CELTIKA

SCIENCE-FICTION
Collection dirigée par Bénédicte Lombardo

ROBERT HOLDSTOCK

Livre premier du Codex Merlin

CELTIKA

Traduit de l'anglais (Royaume-Uni)
par Thierry Arson

LE PRÉ AUX CLERCS

Titre original :

Celtika. Book One of the Merlin Codex

Ouvrage publié pour la première édition sous la direction de Patrice Duvic

ISBN : 2-266-13902-9

À mes frères celtes du Kent,
Pete, Chris et James

Remerciements

Mes remerciements à Yvonne Aburrow et à ma traductrice finlandaise, Leena Peltonen, pour nos conversations au sujet de Northsong. Des extraits du poème *A Flower*, de R. Andrew Heidel, paru dans son recueil *Beyond the Wall of Sleep* (Mortco), et de *Invocation I*, de Philip Kane, tiré de *The Wildwood King* (Capall Bann), sont incorporés au texte, avec l'aimable autorisation des auteurs.

Remerciements tout particuliers à Sarah, Howard, John Jarrold et Mary Bruton, pour leur patience et leurs encouragements.

C'était un si vieux navire – qui sait, qui sait ?
Et pourtant si beau, que j'observais en vain
Dans l'espoir de voir le mât s'épanouir comme une rose
Et tout le pont se couvrir de feuilles, à nouveau.

Extrait de *The Old Ships*, de James Elroy Flecker

Beaucoup nous est ôté, mais beaucoup encore nous reste,
Et bien que nous ne soyons plus cette force jadis
Qui remuait terre et ciel, ce que nous sommes, nous le sommes :
Des cœurs confiants d'une même trempe héroïque,
Affaiblis par le temps, le destin, mais bien déterminés
À lutter, à chercher, à trouver, sans jamais céder.

Extrait de *Ulysse*, de Alfred Lord Tennyson

Prologue

Iolcos, en terre grecque, l'an 978 de l'Ère Ancienne.
Bien que je n'en fusse point le témoin à l'époque, voici ce que j'ai entendu dire...

Un seul membre de l'équipage était resté à Iolcos, et vivait à la limite de la cité, près du port, à Pagases. Chaque jour au crépuscule, Tisaminas longeait le mur en ruine bordant le port, passait devant les galères alignées aux voiles noires, les bateaux de pêche ballottés par le ressac et les vaisseaux de commerce colorés, pour atteindre un coin désert où était amarré un navire délabré. Un homme aigri par les ans était assis à sa poupe, emmitouflé dans une épaisse peau de mouton pour se protéger de la froidure.

— Le bonsoir, mon vieil ami ! le héla Tisaminas. Est-il quelque chose que je puisse pour toi ?

Le regard qui croisa alors le sien était embrasé par la fureur, et une voix grondante lui répondit :

— Mes fils ! Aide-moi à retrouver la dépouille de mes fils, Tisaminas !

— Je ne le puis. Nous n'y pouvons rien, ni toi ni moi. Peut-être Antiokus, le jeune enchanteur ; mais il s'en est allé depuis longtemps. Nous ne réussirions pas, tu le sais fort bien. N'est-il donc autre chose que tu désires ? Demande-moi n'importe quoi, je tenterai de faire le tour de la lune à pied pour toi, si tu le veux.

L'homme sur le pont en contrebas se recroquevilla un peu plus sous sa pelisse, regard fixé sur la proue, perdu dans le temps.

— Mes deux fils sur les brancards funéraires, Tisaminas. Et une torche à mon poing. La possibilité de leur dire adieu. Rien de plus. Et la tête de leur sorcière de mère, fichée sur la pointe d'une lance ! Voilà tout ce que je veux.

Le rituel de colère et de désespoir ne variait jamais, les mêmes paroles, la même impuissance, semaine après semaine, au fil des ans.

Tisaminas répondit, cette fois-ci comme toujours :

— Ils sont morts. Partis à jamais. Médée les a tués il y a vingt années, et nous avons tous été incapables de l'en empêcher. Elle a fui dans son propre pays, en un monde souterrain que les gens comme toi et moi n'atteignent qu'en rêve. Ce que tu demandes ne peut être que rêvé, mon ami. Je ferai quand même le tour de la lune à pied pour toi. À moins que je ne t'apporte à boire et à manger... Une tâche un peu plus aisée.

L'homme sur le pont soupira :

— Je ne désire pas que tu fasses le tour de la lune à pied... C'est trop loin. Et je n'avalerai que ce qui tombera du ciel.

— Alors bonne nuit, Jason.

— Bonne nuit à toi. Et merci de veiller sur moi.

— Je veillerai sur toi jusqu'à la fin, tu le sais.

— Je la désire tant, cette fin, Tisaminas !

C'était la vérité. Argo la souhaitait également...

À nouveau, le regard de Jason étincela :

— Mais pas avant que cette sorcière ne soit jetée en pâture aux corbeaux !

Alors Tisaminas déballa le pain, le fromage et les olives de son sac, jeta sur le pont de ce navire jadis si fier cette nourriture frugale, et Jason glissa le tout sous sa cape, avant de se recroqueviller encore dans le giron de chêne d'Argo, pour ruminer le souvenir de ses fils assassinés.

Pourquoi Tisaminas ne repartit-il pas, cette nuit-là ? Quelque pressentiment du sort de notre vieil ami, peut-être, murmuré par la déesse au regard vigilant, à la proue d'Argo... Il s'attarda, hors de vue du héros consumé de fureur et de chagrin sur les planches craquelées et gauchies, lui-même empli d'une immense tristesse.

— La fin approche. Je n'aurais pas dû prononcer ces paroles. J'ai souhaité qu'elles se réalisent ! Que ferai-je sans toi, Jason ? Que ferons-nous ?

La lune ronde brillait au ras des promontoires, depuis des heures, immobile, comme suspendue dans le Temps. Le seul signe de vie dans le port silencieux était le mouvement incessant des vagues sombres contre les digues et les galères attachées entre elles. Tisaminas ne comprenait pas ce qui se passait.

— Si seulement Antiokus était là, murmura-t-il à la nuit. Il pourrait expliquer cela. On dirait que le Temps a ralenti...

Il remarqua alors les torches flambant au sommet de chaque promontoire, brandies par des hommes immobiles qui contemplaient le port.

— Le moment est donc venu, souffla-t-il, et ses yeux embués de larmes cherchèrent Jason dans les ténèbres.

Comme si ces paroles avaient brisé un charme, un espar pourri se détacha de la mâture d'Argo et s'abattit sur son pont, frappant le héros assis là, dans son rêve. Les os craquèrent et un flot de sang jaillit de la bouche de Jason.

Tisaminas tourna les talons pour donner l'alerte, mais une voix lui chuchota :

— Reste ici. Grave dans ta mémoire ce que tu vas voir.

Alors il regarda derrière lui. Une jeune fille aux yeux de nuit se tenait là, enveloppée dans une grande cape verte. Elle lui sourit, puis attira son attention sur Argo.

Le Vieux Navire se mit à tanguer sur les eaux. Il rompit ses amarres, sa proue se tourna vers la haute mer puis, sans hâte, il glissa entre les noires galères de guerre d'Iolcos, sans qu'aucune rame ou voile ne l'entraîne. Au bord des falaises, d'autres torches s'allumèrent, deux lignes de feu qui marquaient le passage de Jason vers l'étreinte de la lune.

— Ils ont tous su, dit l'homme sur le quai. L'ancien équipage, leurs fils et leurs filles, tous ont su. Argo nous a tous appelés !

Il trouva sa propre torche, la brandit et l'agita. Les feux sur les promontoires décrivirent des boucles en réponse.

— Il nous a tous prévenus, cria Tisaminas alors que le navire passait entre les falaises. Il nous a tous appelés !

Et, d'un ton apaisé, il ajouta :

— Merci pour cela au moins, Argo. Au revoir, vieil ami !

Depuis les hauteurs au loin, les torches furent jetées dans la mer, et leurs larmes de feu saluèrent le départ d'un grand homme, tandis que le fier navire voguait vers le large. Subitement la lune s'éleva dans la voûte étoilée, rattrapa le cours du Temps et disparut derrière les collines à l'ouest d'Iolcos. Tout redevint obscur, et le vaisseau funéraire fut avalé par le noir océan.

Tisaminas se tourna vers la jeune fille avec appréhension. Il se savait en présence non d'une mortelle mais de la déesse qui avait protégé Jason la plus grande partie de sa vie.

— C'est terminé, alors... Enfin ! Après toutes ces années d'agonie.

— Oui. C'est enfin terminé, dit-elle. Jason est entre de bonnes mains.

— Argo est fragile, s'inquiéta Tisaminas. Pourra-t-il le mener jusqu'à sa dernière demeure ? Hors de vue et hors d'esprit ?

— Oui, dit la jeune fille. Il le conduira à sa dernière demeure.

Elle éclata de rire en se détournant, et sa cape se gonfla.

— Mais l'un d'entre vous saura toujours où le trouver !

Au nord du pays de Pohjola, sept cents ans plus tard...

Il ne se souvenait qu'à moitié de ces terres glacées, et il se frayait péniblement un chemin dans la neige depuis ce qui lui semblait une éternité, tirant parfois ses chevaux de bât par la bride car il rechignait à employer un charme, ce qui eût pourtant simplifié les choses. Ses os le démangeaient, comme pour lui dire : « Le pouvoir est là, tu pourrais user de magie pour abréger cette épreuve ! »

Mais le voyageur désirait conserver la plénitude de ses forces pour atteindre ce mystérieux Lac Hurlant pris dans les glaces. Aussi endurait-il les tourments de l'hiver et la nuit sans fin. Et les chevaux peinaient avec lui. Quand la neige était fine il courait, et quand les chevaux creusaient des traces profondes, il marchait dans leur sillage. C'est ainsi, lune après lune, qu'il progressa dans le désert de neige sous la pâleur nocturne, vers la contrée de Pohjola et l'endroit étrange qui était son but.

L'homme avait fixé une parure d'os de loup et de dents d'ours à son cou, et il avait recouvert de peaux de vison et de renard les fourrures pelées et puantes qu'il avait endossées, six mois plus tôt, au moment de quitter les plaines marécageuses de Carélie et de traverser le pont de glace en direction des montagnes du Septentrion.

L'hiver ne connaissait ni aube ni crépuscule, dans ce pays singulier, où régnaient immuablement les nuages éclairés par la lune, des pans de ciel étoilé et la clarté spectrale au nord. Seuls la fatigue de son corps et les brèves visites de la lune lui indiquaient l'heure du repos. Les chevaux n'aimaient pas cette pénombre éternelle.

— Mes os me démangent, dit le jeune homme dans sa barbe couverte de givre.

Il détacha d'un revers de la main la glace qui pendait aux naseaux irrités de ses deux compagnons, et approcha sa torche pour inspecter leurs yeux et leur encolure, à la recherche de quelque blessure.

— ... Ils me démangent parce qu'ils sont sculptés et gravés de toute la magie dont j'aurai besoin au long de mon existence à venir. Je suis né ainsi, il y a de cela des centaines et des centaines de vies de chevaux, mes amis ! Je sais... je suppose que je pourrais recourir à une parcelle de cette magie afin de rendre notre existence un peu plus supportable. De tous les chevaux que j'ai connus, vous deux êtes sans conteste les meilleurs. C'est pourquoi je ne vous ai point donné de nom. Mon chagrin sera déjà bien assez grand quand vous ne serez plus. On dirait que les chevaux s'améliorent à mesure que s'écoulent les siècles ! Par charme, oui, je pourrais invoquer une douce chaleur... mais je ne le ferai pas. Je préfère la garder pour le moment où nous en aurons vraiment besoin. Allons, mes amis... ce n'est pas si dur. Bientôt nous arriverons au lac. Pour aujourd'hui marchons encore une heure de plus, d'accord ? Ensuite nous ferons halte pour nous restaurer. Je vous le promets !

Un souffle glacé sur son visage et le regard triste des deux animaux, voilà tout ce que le jeune homme reçut en guise de réponse à ce long plaidoyer, comme si les bêtes comprenaient à la légèreté de leur charge que les vivres étaient presque épuisées. Déjà leurs os saillaient sous la peau et les couvertures, là où le rationnement commençait à creuser les chairs.

Cette nuit infinie... La dernière fois qu'il était venu ici, cinq générations plus tôt, un jour éternel régnait, et il avait pensé ne jamais revoir les étoiles. À présent c'est le soleil qui lui manquait. Au nord, la danse des lumières aux mille reflets chatoyants s'était intensifiée avec l'aube, pareille au souffle d'une déesse ruisselant dans les cieux aussi ténébreux que le Styx et piquetés d'étoiles.

— Le jour approche, mes amis. Et bien que mon cœur s'en réjouisse, je dois être au Lac Hurlant avant son arrivée. Trop de choses s'éveillent avec l'aube en ce pays transi jusqu'à la moelle. Allons... Un dernier effort ? Une dernière heure ? Pour moi ? Pour votre maître Merlin, qui est aussi vieux qu'il est jeune ?

Regards insensibles, silence, souffle glacé.

— Je ne gaspillerai pas mes os précieux pour arriver là-bas, lâcha le jeune homme, que gagnaient l'impatience et la colère. Il faut que je préserve ma magie !

Il lâcha les longes, fit demi-tour et avança dans la neige profonde sur une sente tracée par une meute de loups. Il hurla et gronda en percevant leur odeur et, par pure provocation, fit cliqueter le talisman en os de loup sur sa poitrine.

Après un moment d'hésitation, les chevaux lui emboîtèrent rapidement le pas.

— Mais quoi, songea-t-il, j'ai toujours su y faire avec les animaux !

PREMIÈRE PARTIE

Résurrection

1

Niiv

Je n'étais pas plus étranger en cette contrée qu'elle ne m'était familière. La dernière fois que j'avais emprunté cette route à travers les forêts sauvages et les étendues neigeuses qui constituaient le nord de Pohjola, c'était une gorge ouverte, gardée par des animaux pas plus dangereux que le renard polaire, le vison jacassant et les oiseaux charognards aux ailes sombres. Mais, en cinq générations, les choses avaient bien changé.

Alors que je sortais du bois de bouleaux pour m'engager dans la gorge, je me retrouvai devant un alignement de statues de bois à l'expression sinistre, hautes comme cinq hommes, chacune entourée de torches qui illuminaient leurs traits sévères.

Au nombre de dix, ces monstres barraient le défilé. Entre eux, une épaisse barrière d'épineux empêchait le passage de toute créature, sauf peut-être un rat des neiges, et si une porte perçait cette muraille, je ne pus l'apercevoir.

J'utilisai les épines comme des crochets et érigeai un abri de fortune avec les peaux contenues dans mes bagages. Je donnai à manger aux chevaux, puis j'examinai un à un les visages sculptés dans le bois. L'un, aux cheveux de feuilles et à l'expression menaçante, attira mon regard un long moment. Quand je finis par le reconnaître, la révélation fut pour moi un choc. C'était une représentation de Skogen, un vieux filou de ma connaissance dont le nom signifie « l'Ombre des Forêts Oubliées ». Et c'est exactement ce qu'il avait été. En un passé lointain, lorsqu'il avait encore forme humaine, nous avions partagé maintes aventures. À présent voilà qu'il était devenu, dans la nuit éternelle, un dieu de bois au visage craquelé par la glace. Skogen n'avait pas sa place ici. Quand je prononçai son nom, la flamme des torches qui lui formait comme un collier parut vaciller d'amusement. Je n'avais pas envie de rire, pour ma part, car des souvenirs troublants assaillaient mon esprit.

Un deuxième visage me devenait maintenant familier, dont je déchiffrai les traits grossièrement ébauchés. Lui aussi venu de temps anciens, mais plus agréables à évoquer.

— Eh bien, eh bien, Sinisalo. Tu grimpais aux arbres et voilà que tu en es un toi-même. Tu aimais à me jouer des tours avant de fuir comme le vent. Et maintenant tu as pris racine.

Sinisalo était « l'Éternel Enfant de la Terre ». Jadis, j'avais moi-même été *sinisalo*. Toute créature vivante est *sinisalo* pendant une brève période de sa vie. Le pouvoir de l'enfant est le plus souvent abandonné à mesure que l'être grandit. Pour certains d'entre nous, néanmoins, ce faon malicieux et fantasque demeure toujours dans les limbes de notre conscience, et peut être invoqué à loisir. L'éternel enfant était là, âgé de cinq mille ans, comme une mémoire taillée dans le bois d'un bouleau.

— Sinisalo, murmurai-je encore avec affection en lui envoyant un baiser.

Le visage dans le tronc immense ne changea pas d'expression, mais d'énormes oiseaux noirs s'envolèrent de leur nid d'hiver et vinrent se percher sur les saillies escarpées de toutes les statues.

Bien des années s'étaient écoulées depuis ma dernière rencontre avec ces entités, et j'avais oublié la plupart d'entre elles. Mais je me souviens que, chaque fois que nos chemins se croisaient, qu'elles fussent statues de pierre ou de bois, masques ou dessins colorés sur les parois de cavernes, le cours de mon existence s'en trouvait modifié. En pire. Ces dix faces, déjà anciennes dans mon monde, semblaient m'observer depuis toujours et m'apparaissaient comme de fâcheux présages d'un bouleversement dans ma vie de voyageur, altérant le peu de sécurité et de joie sur le Chemin que je suivais. Non pas que ces étendues couvertes de roche, de glace et de forêt fussent un plaisir à traverser, mais j'étais ici pour des raisons personnelles, et j'avais espéré un changement vers un mieux.

Non, ces totems horribles et grimaçants n'étaient pas un signe de bienvenue. Mes os me démangeaient. À l'exception de Skogen et de Sinisalo, leurs noms m'échappaient toujours. Mais il y avait de la vie dans le bois, ils m'avaient traqué pour leurs propres raisons – cela, en revanche, ne m'échappait pas. Je me demandai s'ils pouvaient déceler la confusion qui m'habitait et ma répugnance à évoquer plus clairement mes souvenirs.

— Écoutez ! m'écriai-je. Deux d'entre vous me sont connus. Et les autres aussi, sans doute, si je parvenais à les reconnaître. Je suis votre ami. Je parcours le Chemin. C'est la centième fois que je l'emprunte, au moins ! Qui tient le compte ? Cent fois déjà je suis passé ici... Et il me faut poursuivre ma route. Veuillez appeler ceux qui vous ont érigés. Je désire leur parler. Que s'ouvre la porte !

Puis, exténué, je m'endormis d'un profond sommeil. Quand les corbeaux me réveillèrent dans l'éternelle obscurité du nord, je me tournai vers la muraille éclairée par les torches de cinq hommes montés sur des rennes. L'un avait mis pied à terre et me toisait depuis le centre de la barrière d'épineux. Lourdement drapés de fourrures, ils semblaient énormes, juchés ainsi sur leurs bêtes. Arborant des couleurs hivernales sur leurs bois, les rennes étaient enveloppés de couvertures bariolées et de capuchons d'où jaillissait leur respiration gelée.

L'homme, dont je ne distinguais que les yeux, me demanda qui j'étais. Je répondis dans le même dialecte que j'étais déjà venu par le même Chemin, alors que j'étais jeune guerrier, cinq générations plus tôt, pour lutter en compagnie de leur ancêtre, le héros Lemkainon, contre Kullaavo, le sombre esprit à la peau d'ours, qui hantait le pays.

— Tu as combattu au côté de Lemkainon ? Contre le monstre ?

— Oui.

— Cela n'a pas donné grand-chose. Kullaavo hante toujours la forêt.

— Nous avons fait de notre mieux.

Je lui révélai le nom que je portais lors de cette rencontre et lui rappelai que mon retour avait été prédit, exactement à cette période. L'homme souffla du givre dans ma direction, puis dit :

— Si cela est vrai, alors tu es un enchanteur. Certains vivent jusqu'à ce que la chair déserte leurs os. Et même alors, leurs os continuent parfois à s'agiter, pleins de vie. Es-tu un enchanteur ?

— Oui. Laissez-moi passer.

Son regard se fit plus intense. Sans doute ne pouvait-il me voir très clairement.

— Combien d'oiseaux chevauches-tu dans les nuées ?

Il me demandait mon âge, bien sûr ; les Pohjolans mesurent l'âge du shaman au nombre d'oiseaux-esprits qu'il peut habiter quand il entre en transe, sur la base d'un oiseau pour dix ans de vie.

— Deux, répondis-je.

— Seulement deux ? Mais tu prétends être venu ici il y a cinq générations...

— Je m'en tiens à deux, car ainsi je voyage plus vite.

Plus on est jeune, plus on est leste.

— Plus nombreux sont les oiseaux, plus grands sont les talents, c'est connu.

Plus on est vieux, plus on est sage.

— Eh bien, certes. Mais moins nombreux sont les oiseaux, plus grands sont les appétits.

Et plus grande est l'énergie. Cela va de soi !

J'arpentais ce monde avant que les Pohjolans ne naissent de la grande glace. Mais d'habitude je ne chevauchais que deux oiseaux – un faucon et un corbeau. Je ne les avais d'ailleurs pas sollicités depuis quelque temps, parce qu'il me paraissait plus important de conserver ma jeunesse.

Mon inquisiteur réfléchit à mes paroles, puis m'interrogea sur la raison de ma venue à Pohjola.

— Je vais nager dans le Lac Hurlant, dis-je.

Ma réponse parut le stupéfier.

— Un endroit terrible entre tous. Ses eaux retiennent plus d'hommes morts qu'il n'en est de vivants dans le pays de Kalevala. Pourquoi désirerais-tu courir un tel risque ?

— Je recherche un navire qui y a sombré.

— Cent navires gisent au fond du lac, rétorqua le gardien. Le Vieillard des Eaux a construit son palais avec leurs membrures et les os des noyés. C'est un lieu de grande épouvante.

— Aucun Vieillard des Eaux n'aura touché au navire que je recherche.

L'homme sur la muraille se pinça machinalement le bout du nez tandis qu'il pesait mes propos.

— C'est fort peu probable. Enaaki est vorace. Quoi qu'il en soit, la surface de glace est plus épaisse qu'un homme adulte. Les *voytazi* eux-mêmes ne pourraient passer au travers.

Les *voytazi*, je le savais, sont ces démons des eaux qui attirent les imprudents sur le rivage et les noient dans d'horribles souffrances. Les Pohjolans vivaient dans la terreur de ces créatures.

— Je connais un moyen de traverser la glace.

Immobile auprès de son renne, l'homme éclata de rire.

— N'importe qui peut traverser la glace pour aller en dessous. La creuser n'est pas le problème. Le lac regorge de ces fous qui ont psalmodié, agité leurs colliers de perles et frappé leurs tambours. Mais la glace se refermera sur ta tête, comme sur la leur. Comment ressortiras-tu ?

— Il se peut que je connaisse le moyen d'y parvenir.

— Alors tu détiens un secret, répliqua l'autre. Un secret que tu devras me révéler pour que nous t'accordions libre passage.

Je m'esclaffai à sa plaisanterie, avant de comprendre qu'il était des plus sérieux. Je me rappelai que ces peuples du Septentrion étaient avides de sortilèges, qu'ils échangeaient aussi communément que les

Grecs troquaient des olives et des fromages à la blancheur de lait.

Cet homme, pourtant, commençait à m'irriter. Il était clair qu'il n'accorderait pas le passage à un quelconque étranger jeune et puant, aux cheveux graisseux et à la barbe longue, aussi sauvage qu'un corbeau et chargé comme une mule ; pas sans marchander, en tout cas. Et je le soupçonnais d'avoir peu de temps à consacrer aux enchanteurs eux-mêmes, ces fous qui psalmodiaient, agitaient leurs colliers de perles et tambourinaient, comme il les avait si élégamment décrits. Mais il devait être avide de ces petits enchantements que l'on nommait *sedjas* en ces contrées.

— D'un semblable secret je ne révélerai rien, et tu le sais. Mais j'ai des talismans à offrir en échange, et un remède à la morsure de l'hiver que je te montrerai plus tard. Laisse-moi passer. Il faut que je me rende au lac.

— Tu détiens un remède à la morsure de l'hiver ?

Sur ces terres désertiques plongées dans la nuit, tout être, homme ou loup, rêvait d'un remède aux souffrances qui le tenaillaient lorsque le givre tombait des arbres pour s'introduire dans son cœur. Depuis longtemps j'avais découvert que le meilleur remède à ce mal était... de croire qu'il existait un remède.

L'homme pinça de nouveau la glace pendant à son nez.

— Qu'as-tu à faire avec ce navire ?

Exaspéré, impatient, j'en dis plus que je ne le souhaitais :

— Je pense connaître son nom. J'ai naguère vogué à son bord, avec son capitaine et je sais qu'il se trouve toujours sur le vaisseau. Je désire répandre des fleurs sur son tombeau.

L'autre grogna, puis observa les troncs-totems autour de lui.

— Je ne te comprends pas. Mais il semble que les *rajathuks* ont accepté ta requête.

Il réfléchit intensément, puis haussa les épaules.

— Aussi le libre passage t'est-il accordé, conclut-il.

Laissant mon regard se promener sur tous les *rajathuks*, les arbres-gardiens, je pris soin de les remercier tous.

La porte s'ouvrit. Sans plus attendre, je la franchis et pénétrai sur le territoire de Pohjola, tirant sur les longes de mes chevaux, qui renâclaient. La masse d'épineux et d'osier se remit aussitôt en place, entre les immenses idoles de bois.

Je fus présenté à chacun des cavaliers, dont un seul, un géant du nom de Jouhkan, me montra quelque intérêt.

Lutapio, leur chef, qui m'avait interrogé, inspecta mes montures. Il me proposa de les échanger contre un renne, mais je refusai. De bons chevaux, même de bât, sont difficiles à trouver et je possédais ces deux-là depuis cinq ans : ils étaient devenus de fidèles compagnons. Abandonner des chevaux au Temps, à la Mort, ou perdre des chiens et des chats sauvages, eux aussi compagnons de valeur, est l'une des épreuves les plus rudes lorsqu'on arpente le Long Chemin. Ma route est riche des tombes de mes vieux amis, ou de monuments érigés de mes mains à leur mémoire.

J'avais pensé que Lutapio rechercherait une forme de paiement pour l'hospitalité qu'il s'apprêtait à m'offrir, mais il repoussa ma suggestion avec nonchalance. J'étais le bienvenu si je voulais voyager avec eux jusqu'au lac, dès qu'ils en auraient terminé avec une tâche dans la forêt qui devait leur prendre quelque temps.

Nous nous rendîmes à la colline abritant le sanctuaire de Louhi, la Maîtresse de la Terre du Nord, un endroit sacré où une caverne étroite s'enfonçait dans le cœur d'une montagne et dont le Seuil était gardé par des arbres aux ramures entremêlées. Des flammes bleutées dansaient dans deux vasques de pierre de chaque côté de l'entrée, et la blancheur éclatante des crânes d'ours pendus aux branches reflétait la lumière inquiétante qui baignait les lieux.

Les chevaucheurs de rennes avaient dressé deux petites tentes non loin de là, et deux grands feux crépitaient, qu'alimentait le reste de leur troupe en fouillant sans cesse les alentours pour collecter le bois mort. Les rennes soufflaient et bronchaient au bout de leur longe.

La curiosité m'attirait vers la caverne, mais Lutapio insista pour que je reste à l'extérieur. Je percevais une mélopée, entonnée par trois voix de femmes dont l'une, me sembla-t-il, modulait des paroles tandis que les deux autres égrenaient des harmonies. Le chant se transforma en un cri de douleur, puis le silence s'établit, suivi par des sanglots et le bruit du bois que l'on frappe avec colère.

Le cycle se répéta. Lutapio me ramena près de la chaleur du feu et m'offrit à boire.

— Son nom est Niiv. Elle te parlera, ou non. Tout dépendra, m'expliqua-t-il, sans préciser de quoi dépendrait cette éventuelle conversation.

— Son père est mort dans le lac, il y a peu, continua-t-il. Il était le plus grand des voyageurs de rêves, et maints animaux accueillaient son esprit, bien qu'il fût plus puissant dans le corps de l'ours. Un loup rendu fou par la lune a tué son fils aîné. Jouhkan, son cadet, n'a aucun désir de voyager par les rêves. Aussi Niiv est-elle venue ici, avec ses sœurs, pour demander à Louhi de pouvoir reprendre les rêves de son père. Afin d'y être autorisée, elle doit revivre les souffrances de sa vie, jusqu'à sa mort. Elle a presque accompli ce voyage, comme tu peux l'entendre. Elle doit être terrifiée...

— Et si la Maîtresse de la Terre du Nord rejette sa requête ?

— Alors, elle ne reviendra pas, répondit simplement Lutapio en désignant un fossé creusé dans la neige, marqué par un poteau auquel pendait un collier fait de pierres d'ambre.

— J'espère que la Maîtresse approuvera sa démarche, dis-je spontanément.

Plusieurs des hommes rirent, dont Lutapio, qui déclara :

— Je connais Niiv. Louhi lui mangera dans la main.

— À quelle distance sommes-nous du lac ? m'enquis-je quelques instants plus tard.

— À cinq repos de distance, six si tu es lent. Jouhkan et Niiv t'emmèneront. La rive grouille d'étrangers, parmi lesquels beaucoup d'enchanteurs. L'air y est empuanti par les odeurs de potions, de sorts et d'excréments. Tu serais sage de demeurer vigilant. Mais quelque chose me dit que tu le seras.

Je remerciai Lutapio et lui assurai que je me tiendrais sur mes gardes. Six repos, avait-il dit... Lorsque la nuit dure presque la moitié d'une année, les « jours » et les « nuits » cessent d'avoir une signification réelle, mais j'avais maintenant une idée assez précise de la distance qui restait à parcourir. Ainsi donc mon voyage serait moins long que je ne l'avais escompté.

Un vent glacial jaillit de la gueule de la caverne-sanctuaire. Nos feux crachotèrent et des escarbilles voletèrent jusque sur les peaux des tentes, mais moururent rapidement sur la couche de graisse puante qui les recouvrait. Un peu plus tard, les trois femmes surgirent de la caverne, courbées en avant ; j'entendis des rires fuser sous les écharpes aux couleurs vives qui dissimulaient leur visage à l'exception de leurs yeux, qui brillaient à la lueur des feux. Elles coururent jusqu'à leur propre tente, s'y précipitèrent et rabattirent le pan de peau derrière elle. Leur hilarité redoubla, fut bientôt remplacée par un chant, cette fois de joie pure, et les trois voix s'unirent en une mélodie pleine de gaieté.

Qui qu'elle fût, Niiv détenait à présent une certaine magie, celle de son père, et elle en était ravie.

Lutapio et les autres rampèrent dans leurs tentes pour se coucher. Je restai accroupi devant le feu quelque temps encore, m'interrogeant sur l'opportunité de chercher à en savoir plus sur la Dame de Pohjola. J'avais entendu parler de Louhi, bien sûr ; son influence se faisait sentir partout. Mais je ne l'avais jamais rencontrée. Ces pensées vagabondes furent interrompues quand une des femmes sortit de la tente, me considéra une seconde puis s'approcha et s'agenouilla dans la neige, ses robes volumineuses étalées en corolle autour d'elle. Elle portait une toque de laine rouge enfoncée sur le front, et une écharpe couvrait son visage. Dans la fente de ce masque hivernal, les yeux bleu pâle me scrutaient. Je fus troublé par l'intensité de ce regard, presque envoûté, saisi comme un poisson par la pointe de l'hameçon. Je ne pus m'empêcher de songer : « Cette femme sait qui je suis. »

Nous restâmes ainsi pendant ce qui me parut une éternité. Tandis que je tisonnais le feu avec des brindilles incandescentes, elle ne me quittait pas des yeux. Soudain elle parla :

— Tu es l'un de ceux qui suivent le Chemin autour du monde, n'est-ce pas ?

Étonné par tant de perspicacité, je répondis :

— En effet. Comment sais-tu cela ?

— Louhi à la chevelure de givre m'a montré comment voir ces choses. Elle semble troublée par ta présence. Cette grande barbe me dissimule ton visage et je m'interroge à ton sujet. Qui es-tu ? Qu'importe, au fond. Je le découvrirai... Tu vas au lac.

C'était une affirmation, cependant j'acquiesçai :

— Oui. À la recherche d'un navire.

— Je découvrirai qui tu es, répéta-t-elle sur un ton presque menaçant.

Elle se releva, chassa de la main la neige recouvrant ses robes, tourna les talons et rejoignit sa tente.

— Je te l'aurais dit volontiers si tu me l'avais demandé, murmurai-je alors qu'elle disparaissait sous l'abri de peaux.

Après le repos, un renne frais et dispos fut harnaché pour moi et Jouhkan m'aida à le monter. Je jugeai la sellerie singulière, mes cuisses trop écartées pour une assise confortable et les rênes passées entre les bois de l'animal peu maniables.

Derrière la laine de leurs écharpes, les trois sœurs s'esclaffèrent, puis me hélèrent d'un ton moqueur – mais je n'étais que taquiné, et non point insulté –, avant de mener leurs rennes trotter le long d'une sente creusée dans la neige. Avant d'imiter ses congénères, ma monture lança une ruade. Parce que je tenais les longes de mes chevaux de bât, je faillis être jeté à bas de ma selle mais je parvins à me maintenir. La façon quelque peu disgracieuse dont je tressautais dans le sillage des trois jeunes femmes les réjouissait au plus haut point.

Jouhkan aiguillonna mes chevaux du bout de sa

lance pour les inciter à allonger le pas, et c'est ainsi que nous partîmes en direction du sud, abandonnant les lumières du nord pour emprunter des pistes bien marquées. Le voyage était épuisant, mais je l'aurais effectué sans halte avec joie. Je pouvais presque sentir l'approche de l'aube. Hélas, mes guides s'arrêtaient fréquemment pour bavarder en mangeant quelque victuaille, accroupis en un petit cercle. Ces retards m'exaspéraient de plus en plus.

— Ton impatience ne te fera pas aller plus vite, me nargua Niiv.

Elle mastiquait un morceau de poisson salé. Elle avait interdiction de manger de la viande, m'expliqua-t-elle, puisqu'elle était fille d'un shaman mort pendant son passage à l'âge adulte. Elle n'était pas encore vraiment « née », mais elle me murmura qu'elle était déjà enceinte. Tout cela ne me concernait en rien. Bientôt elle ferait offrande sur le tombeau de la Dame de Pohjola, qui procéderait aux derniers arrangements. Tout se présentait pour le mieux, croyait-elle. Jouhkan était son frère aîné et son gardien désigné, mais il était conscient que Niiv déciderait seule de sa destinée.

— Je suis là pour la protéger des ours et des loups, dit-il avec un sourire résigné. Elle préférerait danser avec eux... et c'est sans doute ce qu'elle ferait sans ma présence.

Privés de poisson, Jouhkan et moi mâchâmes des lanières de viande de renne tellement putrides que je faillis demander si ce n'étaient pas les boyaux séchés de quelque homme mort noyé. Mais il n'y avait aucune autre nourriture, aussi me tins-je coi. Pour oublier le goût j'observai la belle jeune fille. Des cristaux de givre et de sel soulignaient le contour de sa bouche tandis qu'elle mastiquait bruyamment et avec voracité. Elle soutint mon regard avec une telle intensité que je sentis mes sourcils se froncer nerveusement, ce qu'elle remarqua instantanément. Sur son visage flottait toujours l'ombre d'un sourire entendu.

— Là où tu vas, c'est le lac le plus dangereux de tout Pohjola, et même au-delà. À part Tuonela, le Lac Noir. Savais-tu cela ?

Je n'ignorais pas qu'il y avait danger, mais je savais seulement qu'au fond de ce lac reposait un navire hurlant ; j'étais persuadé que c'était ma vieille galère qui avait coulé là, avec mon bon ami. Je connaissais l'existence du Vieillard des Eaux, mais quelque chose dans le ton de Niiv me donna à réfléchir. Il n'était pas impossible que je dusse me préparer à user de certains de mes talents.

Elle poursuivit :

— Pendant le long été, les psalmodieurs passent une semaine sur la rive. Ils chantent pour amadouer les eaux et persuader Enaaki, le vieil homme du lac, de les laisser nager sous la surface. Parfois il les arrache à la rive et les démembre. Mais d'ordinaire il accepte une visite à l'approche de l'hiver. Il se nourrit d'entrailles et tu devras lui offrir au moins l'équivalent de celles d'un renne ou d'un cheval si tu veux le convaincre de te laisser nager au fond des eaux jusqu'à son antre. Savais-tu cela ?

Je l'ignorais également. Si cette offrande se révélait indispensable, ce dont je doutais, il faudrait que je me procure un renne. Hors de question de sacrifier mes chevaux.

Niiv se délectait à m'exposer tous ces détails.

— Plus de cent *voytazi*, les esprits aux dents acérées comme des harpons, gardent les bateaux échoués au fond du lac. Le palais d'Enaaki est semblable à un labyrinthe, avec des murs de bois liés ensemble par des herbes aquatiques et un toit fait d'os humains. Il s'étend sur des lieues dans la pénombre. Le lac n'a pas réellement de fond, seulement le toit du palais d'Enaaki, truffé de trous et de pièges. S'il surgit pour t'emporter, tu seras englouti si vite et si profondément que ton fantôme n'aura même pas eu le temps de quitter la surface, où il surnagera, inconscient.

— Je ferai en sorte de lui donner en offrande un bon repas d'entrailles.

— Il le faut.

Elle me dévisagea quelques secondes et eut une petite moue.

— Enaaki a dû dévorer ton ami depuis bien longtemps. Ce n'est que son fantôme qui hurle.

— Si ce que tu dis est vrai, alors je perds mon temps...

Puis le sens de ses paroles m'apparut. Avec quelle aisance n'avait-elle pas deviné mon secret : je n'étais pas venu honorer un mort, mais dans l'espoir que mon ami était toujours en vie. Pour moi, c'était à sa présence tourmentée dans les profondeurs et à ses hurlements horribles que le lac devait son nom.

— Mais je ne crois pas que ce soit vrai, dis-je encore, avec prudence maintenant.

— Pourquoi donc ?

— À cause du navire qui le protège. Enaaki en personne ne peut dévorer un tel vaisseau.

— Si c'est bien celui que tu crois, ironisa-t-elle.

— Oui.

— Et si c'est bien ton ami.

— Oui.

— Dis-moi... Quel est ton âge, Merlin ?

Elle s'était penchée en avant, dans un mouvement presque avide. Son souffle était d'une étonnante douceur, malgré son repas de poisson. Avant d'avoir pu me reprendre, je m'inclinai également vers elle, jusqu'à faire se frôler nos deux nez. J'étais attiré par elle comme un amoureux par la dame de son cœur.

Sur le point de lui dire la vérité, alors qu'émanaient d'elle un charme et une beauté presque irrésistibles, je fus retenu par mon incapacité à trouver les mots justes pour expliquer les milliers d'années passées à parcourir le Chemin circulaire qui entoure à la fois le monde de la réalité et tous les mondes infernaux.

— Mon âge est plus grand qu'il n'y paraît, fis-je maladroitement.

— Certes. Cela, je le sais, car parfois un crâne apparaît sous ton visage. Tu devrais être mort depuis longtemps, mille fois mort. Dis-moi comment tu as réussi à maintenir en vie le jeune homme qui t'habite !

— Mieux vaudrait le lui demander. Mais voilà un temps infini qu'il n'est plus.

Elle médita ma réponse, puis me tapota le bout du nez avec le dernier morceau de poisson salé.

— Je n'en crois rien, murmura-t-elle.

Elle inclina la tête de côté, et sourit derrière la neige et le sel en happant sa bouchée. Puis elle remonta la bande d'étoffe sur son visage, prête à retourner dormir sous sa tente, mais s'attarda quelque temps encore près du feu. Jouhkan m'observait, tandis qu'il attendrissait la viande séchée à grands coups de dents noircies par les écorces. Il n'avait pas saisi grand-chose de la conversation.

— Si, dans les cuisines d'Enaaki tu trouves ton ami intact, et non en pièces, comment t'y prendras-tu pour le ramener au sec ? me demanda-t-il. Lutapio te l'a dit, l'épaisseur de glace est plus haute qu'un homme adulte, et elle peut se refermer sur toi en quelques secondes...

Une fois encore, cette curiosité prudemment formulée. La demande semblait parfaitement innocente, mais Jouhkan lui-même essayait de m'arracher les secrets que je pouvais détenir.

J'éludai sa question.

— D'abord, je dois arriver là-bas, et apprendre certaines règles...

J'étais toujours affamé.

— Puis-je prendre encore un peu de viande de renne ?

Jouhkan parut interloqué.

— De la viande de renne ?

Du doigt je désignai le tendon bruni qu'il tenait dans sa main gantée. Il rit en secouant la tête.

— Malheureusement, ce n'en est pas... grogna-t-il. Mon estomac se soulève quand je pense à la provenance de...

— Pardonne-moi ! l'interrompis-je en hâte. Je t'en prie, n'entre pas dans les détails !

Il me tendit une lanière de cette viande répugnante. Derrière son écharpe, Niiv riait en silence.

2

Urtha d'Alba

— Répondras-tu à une question ? demandai-je à Niiv, qui me précédait, pendant la troisième période de notre voyage vers le lac.

Depuis deux « jours », elle paraissait sombre, et elle avait été malade par deux fois. Ses sœurs l'évitaient, sans qu'aucune dispute entre elles n'expliquât cette attitude. Nous n'avions pas beaucoup conversé, d'autant que les occasions avaient été plus que rares. Un vent mordant balayait les bois, pénétrait jusqu'à l'os et réduisait nos pensées aux moyens de conserver un peu de chaleur et à l'idée d'un foyer bien chaud. C'était plus calme à présent, on n'entendait plus que le crissement des sabots sur la neige fraîche et le grognement des animaux.

— Oui, si tu réponds à une des miennes.

Elle m'intriguait de plus en plus, mais je tenais plus que tout à le dissimuler. Elle m'était familière d'une façon qui me troublait, non parce que je sentais le feu crépitant de ses pouvoirs d'enchantement dans sa tête emmitouflée mais, curieusement, à cause de la manière dont elle riait.

— Qui est le père de l'enfant que tu portes ?

Elle me jeta un regard par-dessus son épaule, chevaucha un moment sans rien dire, puis lança :

— Je l'ignore

— Tu ne sais pas qui est le père ? Dormais-tu donc pendant qu'il te besognait ?

— Cela n'a pas été décidé ! rectifia-t-elle avec colère. Pas encore !

Un frisson de compréhension me glaça l'échine. L'écho de mots familiers me parvint par-delà les générations. Je contemplai son dos qui oscillait sur sa monture. Une énergie vibrante émanait d'elle. Silencieuse, la tête légèrement inclinée sur la gauche, elle sentait la curiosité qui me dévorait.

— Je vois, dis-je. Il n'y a pas vraiment d'enfant, rien qu'un espoir dans ta tête. Juste un rêve. Il n'y a encore rien en toi.

— Il y a bien un enfant en moi, répliqua-t-elle sèchement. (Après un silence, elle ajouta :) Cet enfant n'a pour l'instant pas trouvé de père. Jusqu'à présent il est Niiv, et Niiv seule. Il attend son père. Je ne cesse de lui répéter d'être patient, mais les enfants sont des êtres très exigeants.

Elle me regarda de nouveau et je vis dans ses yeux qu'elle s'amusait de moi.

— Celui-là veut naître, reprit-elle. Mais sans un père, comment pourrait-il grandir convenablement ?

— Comment, en effet ?

Nous chevauchâmes longuement en silence. Plongé dans mes réflexions, je tentais de savoir si Niiv m'effrayait ou si elle me fascinait. Ses paroles m'avaient donné la chair de poule. Mes os chantaient presque ! Alors même que je n'utilisais aucun pouvoir à cet instant – ce sont choses qu'on paie cher –, mes os m'incitaient de toute leur puissance à me montrer prudent.

De fait, les signes d'alerte étaient partout, et plus particulièrement dans le tourbillon de feu qui déchirait le ciel nocturne derrière nous, muet et sinistre. Au septentrion l'horizon était animé d'une cascade de lumière, une chute scintillante de couleurs enflammées qui se reflétaient constamment dans les perles et les os polis fichés dans la coiffe de Niiv.

Mon inquiétude était double. De toute évidence, la jeune fille jouait avec le don d'enchantement reçu de la Dame du Nord. Elle avait créé un enfant en son sein, pressentant que ce réceptacle humain permettrait d'absorber une autre vie et d'autres talents. Je connaissais ce tour depuis le moment où j'avais posé le pied sur le Chemin, et je savais comment y résister. C'était une stratégie périlleuse, que Niiv était encore trop jeune pour maîtriser ; elle n'en devenait donc que plus dangereuse. Son père lui avait sans doute appris quelques rudiments de magie, mais je pressentais qu'il n'avait jamais eu l'intention de les lui enseigner. Tout me suggérait qu'elle les lui avait plutôt dérobés. Quand il était mort noyé, dans d'horribles souffrances, Niiv avait sauté sur l'occasion pour réclamer son droit à l'enchantement. Son frère semblait vivre dans un monde éthéré qui n'appartenait qu'à lui, et il chevauchait loin derrière nous. La jeune fille n'avait personne pour la conseiller, la guider et tempérer ses excès. Et j'étais conscient qu'elle-même ignorait à quel point elle était dangereuse.

Bien que j'eusse dévoilé ma propre nature devant elle, comme je l'aurais fait devant n'importe qui d'autre – je n'étais qu'un simple shaman, qui comme tous les autres mentait au sujet de son âge et de ses pouvoirs –, elle avait réussi à voir au-delà du mensonge. Elle savait que je n'étais pas un shaman ordinaire. Elle avait vu le crâne affleurer sous mon visage.

Elle avait aussitôt reconnu en moi « un de ceux qui parcourent le Chemin ». Elle possédait un talent brut. À partir de cette minute, il me faudrait mesurer mes paroles et mes actes.

Mon second intérêt portait sur la simple familiarité que m'inspirait cette femme, et je soupçonnai que ce serait également le sujet de sa question.

Après un moment, je demandai :

— Quel était le nom de ta mère ?

— Ma mère ? Elle fut nommée d'après le bleu du lac au plus fort de l'été. Pourquoi me poses-tu cette question ?

— Quel était le nom de ta grand-mère ?

— Ma grand-mère fut nommée d'après le givre qui brille sur les branches des arbres au cœur de l'hiver. Pourquoi me poses-tu cette question ?

— Et ton arrière-grand-mère ?

Niiv hésita avant de répondre, sans me regarder. Les bêtes bronchaient et reniflaient tout en labourant la neige de leurs sabots.

— Comme ma mère. Pourquoi me poses-tu cette question ?

— Et la grand-mère... de ton arrière-grand-mère ?

— La grand-mère de mon arrière-grand-mère ? Comme tu es curieux, Merlin. Étrangement curieux. La grand-mère de mon arrière-grand-mère fut nommée d'après la brume qui s'accroche aux arbres en automne.

— Petite Meerga, murmurai-je à part moi, avant de dire à voix haute : Ta mémoire remonte loin.

— Nous n'oublions pas, confirma-t-elle. Depuis le giron de la Maîtresse de la Terre du Nord, toutes mes aïeules m'observent. Pourquoi toutes ces questions ?

— Tu me rappelles quelqu'un.

Niiv rit.

— Pas la petite Meerga. Elle est morte il y a deux cents hivers.

— Je sais.

La petite Meerga, la Dame de la Brume. Je regardais Niiv et je me remémorais son ancêtre. Tout était clair, à présent que j'avais établi le lien. Elle avait les mêmes yeux, le même rire, la même façon nonchalante de chevaucher. Et la même étincelle de provocation dans tout son être.

La nostalgie s'évanouit et laissa place au rire quand je me rappelai ma première rencontre avec la femme dont la descendante – ma propre arrière-arrière-je ne sais combien de fois-petite-fille – allait à présent devant moi...

Meerga était parfumée et sûre d'elle lorsqu'elle se glissa sous ma tente en compagnie de sa sœur. J'étais excité à la perspective de cette rencontre. Sa sœur, épouvantée, lui demanda à plusieurs reprises si elle savait ce qu'elle faisait. Meerga la rassura et la congédia, avant de paraître douter elle aussi de sa résolution.

Nous bûmes une coupe et mangeâmes quelques morceaux de poisson, assis de chaque côté d'un petit feu dont les flammes jetaient une lumière agréablement dorée sur son pâle visage. Quelque chose avait dû la mettre en train – sans doute pas ma conversation –, car soudain elle se mit debout, m'invita à l'imiter, et commença à se dévêtir.

Sous sa cape de laine elle portait une robe à motifs bleu et rouge taillée dans le meilleur lin, imprégnée du parfum des campanules. Elle fit glisser les bretelles et laissa choir la robe, dévoilant des linges blancs et vaporeux qui embaumaient des senteurs de fleurs printanières, dont les pétales séchés avaient été piqués dans les coutures. Elle était très belle et elle me fixa de ses grands yeux bleus tandis qu'elle délaçait avec grâce les nœuds à ses épaules. Le tissu tomba sur le sol, révélant à son tour un vêtement à la légèreté aérienne, d'où montait une odeur de rose mêlée à cette fragrance qui excite comme nulle autre, l'arôme qui ne doit rien aux fleurs.

Elle commença à retrousser ce dernier voile sur ses cuisses et me taquina :

— Ne me feras-tu pas partager un peu de cette fourrure ?

— Eh bien, si tu es sûre de le désirer...

Je fis glisser ma fourrure de loup de mes épaules et la repoussai du pied. En dessous, je portais une chemise en daim et un pantalon. Bien que ce dernier fut lâche au niveau de l'entrejambe, la chemise avait adhéré au linge de corps dont à cet instant je n'aurais pu dire la matière. Je fis tomber mon pantalon et le regard de Meerga s'emplit d'horreur. Alors je baissai les yeux sur ma personne, et je partageai son émoi.

J'avais lavé tous mes vêtements dans la rivière sacrée de l'Aeduii, un affluent du grand fleuve Daan. Et je les avais bien lavés ! À dire vrai, cela s'était produit en été – quel été, je n'en étais pas certain – et dans un pays au climat beaucoup plus clément. Je n'avais tout simplement pas remarqué qu'ils avaient fini par pourrir.

Je me confondis en excuses, puis je séparai à deux mains la chemise du linge de corps ; l'odeur forte de moisissure et de sueur se mêla au subtil parfum de rose qui émanait de Meerga. Pour ma part, je trouvai la combinaison fort agréable. Mais elle avait porté une main à sa bouche, et me dit au travers de ses doigts :

— As-tu quelque peau humaine sous cela ?

— N'en doute pas...

Le linge finit par se décoller, en se déchirant là où les insectes l'avaient percé pour atteindre la peau. Je n'avais encore jamais remarqué ces piqûres, qui saignaient à présent, et me faisaient souffrir. Nu, je contemplai mon corps conquis et dévasté par un monde sans guère de rapport avec les rois, les armées et les appétits du mien.

— Je vais arranger cela... bredouillai-je.

Mais une bouffée d'air froid m'annonça le départ précipité de Meerga, sa cape jetée en hâte sur les épaules.

Elle réapparut pourtant un long moment plus tard, les bras chargés de mousses et d'onguents divers, et entreprit de me nettoyer. Pendant la nuit, sa fille fut conçue. Mais j'avais depuis longtemps quitté la rive du lac quand l'enfant vint au monde, et avec lui la lignée qui devait aboutir à Niiv.

Ce rire et ce regard avaient survécu à deux cents hivers...

Ayant résolu de ne pas partager cette découverte avec la jeune fille, je dis simplement :

— Mais tu voulais me poser une question personnelle en retour. Vas-y, parle.

— Merci.

Nous progressions avec lenteur à travers la forêt de bouleaux. Niiv semblait déçue que notre précédente conversation se fût tarie.

— Mais le moment n'est pas venu, décréta-t-elle. Je t'interrogerai plus tard, quand nous aurons atteint le lac. J'espère que tu seras prêt à répondre.

— Toute ma vie je me suis senti prêt à tout, sauf à chevaucher un renne. Si donc ta question est : « Est-ce que tu aimes les rennes ? », la réponse est non. Et si ta question est : « Est-ce que tu aimes ce que tu manges ? », non, sans hésitation. Est-ce que j'aime te regarder chevaucher ? Oui. J'aime te regarder chevaucher.

Elle rit à ces mots, d'un rire qui me frappa par sa sérénité.

— Ai-je envie d'être de retour sous un climat doux, près des mers aux eaux bleutées qui s'étendent au sud de cette contrée ? Oui, sans aucun doute. Aimerais-je devenir le père de ton enfant à naître ? Voilà une vraie question.

— Mais pas celle que je veux te poser, répliqua-t-elle aussitôt sans tressaillir, sans la moindre trace de colère devant ma présomption. Elle s'absorba à nouveau dans sa chevauchée.

— Mais aimerais-je l'être, cependant... dis-je d'un ton rêveur.

— Mais aimerais-tu l'être, cependant... me nargua-t-elle.

— Je ne connais pas la réponse.

— Ni moi. Comme je l'ai dit : ce n'était pas ma question.

Elle me décocha ce qui me sembla être un sourire espiègle, bien que la nuit et son masque de laine n'eussent laissé voir que l'éclat fugace dans ses yeux, à la lumière des torches. Le reste n'était qu'imagination.

Et la démangeaison dans mes os me tourmenta longtemps sous ma cape crasseuse.

En raison de mon impatience, qui avait peu à peu gagné mes jeunes compagnons, nous atteignîmes les abords du lac après cinq repos seulement. J'étais tourmenté par la faim, tandis que l'excitation et la hardiesse de Niiv croissaient à mesure que nous approchions de son foyer. Le vent soufflait plus fort du sud et les odeurs de cuisine devenaient presque irrésistibles.

Toutefois la jeune femme nous ordonna, à Jouhkan et moi, de rester sous le couvert des derniers arbres clairsemés de la forêt, tandis qu'elle courait vivement vers la lueur des feux que nous apercevions au loin.

Jouhkan caressait sa barbe jaune et fournie.

— Il se prépare quelque chose, dit-il. Sans doute une nouvelle arrivée. Elle a toujours eu du flair pour ces choses, même avant que la Maîtresse de la Terre du Nord ne lui donne une nouvelle paire de narines !

Elle devait avoir un meilleur odorat que le mien, car je ne décelai dans la brise que les odeurs de la nourriture, mêlées aux relents d'urine, de sueur et de rennes. Et aussi la senteur piquante d'un fruit, une baie jaune qui poussait durant toute la longue nuit de Pohjola, une parcelle de magie parfumée dans l'obscurité sans fin. Le commentaire de Jouhkan me renforça dans la conviction que Niiv était née avec un réel talent pour la sorcellerie. Ayant des capacités très sommaires au départ, elle était maintenant pareille à un églantier qui pousse dans toutes les directions, sans retenue. Ma méfiance envers elle grandissait.

Niiv revint en courant, tête découverte, cheveux au vent. Elle était hors d'haleine dans ses robes raidies par la neige, et semblait mécontente. Dès l'instant où elle nous rejoignit, elle me prit le visage dans ses mains nues et plongea son regard dans le mien.

— Ce sont des *Galliks*, dit-elle. Très dangereux, à ce qu'on dit. J'ignore tout de ce peuple, mais d'autres les connaissent. On les surnomme « Têtes emplumées », à cause de ce qu'ils font à leur chevelure. Les connais-tu ?

Des *Galliks* ? Des Têtes emplumées ? Je les

connaissais fort bien. Les cheveux méchés à la chaux, hérissés dans la bataille tel du bois gelé ou des plumes blanchies, le corps peint du visage, des yeux et des membres de leurs ancêtres, la voix entraînée à crier pour couvrir le grondement des cascades, les bras assez musclés pour porter le poids de tout leur corps d'une seule main quand ils se jetaient hors de leurs chars pour s'accrocher à la crinière d'un cheval lancé au galop. Oui, je les connaissais fort bien. Les Grecs les appelaient *Keltoï*.

Galliks, Keltoï, Bolgae, Celtes : on leur donnait maints noms différents, et ils désignaient chacune de leurs tribus d'après quelque haut fait, créature, ancêtre ou vision. C'était un peuple très voyageur, déroutant, d'un caractère ordinairement chaleureux.

— Quand sont-ils arrivés ?

— Il y a quelque temps, alors que je chantais avec Louhi. Ils paraissent très contrariés.

— Que cherchent-ils en venant ici ?

— Que cherches-tu, toi, en venant ici ? Que cherche chacun des voyageurs qui déboulent ici ? La même chose, sous des apparences diverses. Cet endroit attire la folie et l'espoir, comme la peau tiède attire le moustique. Je t'en prie, sois prudent avec eux. Ils ont déjà proféré des menaces envers un campement voisin. Leurs tentes se dressent non loin de mon village.

De nouveau elle me décocha ce regard étrange, qui disait : « Je sais qui tu es ! » Et, assurément, elle savait que j'étais plus âgé que mon visage. Elle sourit, et ajouta :

— Je pense que tu devrais demander le gîte à ces brutes. Si tu t'es montré assez persuasif pour que les *rajathuks* t'autorisent à fouler le sol de Pohjola, tu seras peut-être capable de convaincre les Galliks de laisser dormir le métal assoiffé de leurs épées.

Il était aussi dans mes intentions de chercher à être logé auprès d'eux, car ils pourraient m'être fort utiles, et j'étais familier de la plupart de leurs dialectes. Néanmoins, je devais tout d'abord rendre visite à un vieil ami.

Le lac gelé était beaucoup plus vaste que dans mon souvenir. Sa rive boisée était jalonnée des feux de plus de cinquante campements, crépitant et réchauffant la nuit, à perte de vue. La glace s'étendait devant moi, couturée de cicatrices aux endroits où les shamans, durant tout cet hiver interminable, avaient tenté de sonder ses secrets. Et même maintenant, je distinguai des ombres dénudées qui, bravant l'obscurité et le frimas, s'agitaient, dansaient, glissaient et rampaient. Certaines allaient jusqu'à marteler l'immense couvercle d'eau gelée qui les séparait du monde des fantômes, des navires et des offrandes anciennes reposant au fond du vaste lac. Plusieurs hautes silhouettes élancées se tenaient, immobiles et indistinctes, au centre du lac.

Les bois alentour étaient pareils à des spectres inquiétants sous la lueur des étoiles, et leurs cimes se parèrent d'argent tandis que la lune s'élevait dans le ciel, scintillant parfois lorsque les voiles de lumière au nord devenaient plus brillants. Les racines de ces arbres et les esprits aquatiques se murmuraient d'étranges secrets en des langages oubliés. Ce lac semblait venu tout droit de la nuit des temps, chargé de mystères insondables. Ce que je recherchais pouvait tout aussi bien se trouver dans l'un de ces énormes bouleaux ou sous un taillis d'épineux que sur le Vieux Navire englouti dans l'étreinte d'un fond boueux, très loin sous la glace.

J'écoutai des heures durant, je guettai le cri de désespoir, la voix hurlante qui invoquait ce qu'elle avait perdu. Mais pour l'instant au moins, le lac n'était que silence.

Le temps seul pourrait m'apporter la réponse que j'espérais. Or, du temps, je n'en avais guère. Car avec le printemps viendrait le danger.

Plus tard, je m'approchai de deux tentes basses dressées par les *Keltoï*. Un homme seul, accroupi dans ses fourrures, gardait l'entrée de l'enclos rudimentaire. Il me jeta un regard soupçonneux, me demanda mon nom, et d'après son dialecte j'estimai qu'il venait du bord du monde lui-même, de l'Île des Morts, plus communément appelée Alba, et que je connaissais sous le nom de Pays Fantôme.

Cette île était proche du pays qui m'avait vu naître. Ses hauts lieux étaient marqués des mêmes pierres gravées de spirales. Dans ses grottes planaient l'odeur de la même terre, et les mêmes rêves. Pour des raisons qui m'échappaient, les morts se regroupaient dans ce vaste Pays Fantôme, se cachaient dans ses forêts et aux sources de ses rivières, au cœur de l'île. Maintes tribus vivaient aux lisières de ce territoire, protégées par d'anciens et puissants ouvrages défensifs construits par les esprits qui marchaient, chevauchaient et combattaient là-bas. Alba était une île étrange, une terre où je ne me sentais guère à l'aise, et j'évitais autant que possible d'y séjourner.

Un bras d'eau séparait l'île des falaises de craie blanches situées à la limite de l'immense contrée où passait mon Chemin. Les hommes qui rôdaient le long de cette frontière sculptée par la mer se signalaient souvent les uns aux autres par le reflet du soleil sur leur bouclier. Par beau temps et mer calme, de petits navires traversaient le détroit.

Je fus autorisé à accéder au campement, où je trouvai un chef de clan, quatre guerriers de son escorte et deux druides, les prêtres-sorciers des *Keltoï*.

Ces gens avaient le parler bruyant, la langue crue, mais l'hospitalité innée. Il régnait sous leur tente une stimulante odeur d'huile de cèdre. Je fus immédiatement invité à partager leur repas, et la question de la contrepartie fut tacitement remise à plus tard. Ils transportaient tous avec eux une tête tranchée dans un sac en cuir, et chacun prit plaisir à me montrer son trophée. Le chef affirma que le crâne grimaçant qui l'accompagnait partout lui chantait parfois les louanges de ses triomphes à venir.

Ces hommes parlaient à leur trophée comme à un ami, lui demandant pardon lorsqu'ils l'enfermaient dans son sac à la fin d'une conversation, arguant qu'il fallait bien manger.

J'avais assisté à ce rituel à de nombreuses reprises, et pas seulement avec les habitants d'Alba.

Je ne tardai pas à apprendre que les deux druides avaient tenté plusieurs fois de pénétrer sous la glace pour retrouver quelque objet perdu et très important pour le clan, et ils avaient échoué. À présent, déshonorés, ils étaient assis, pensifs et moroses, à l'écart du chef. La barbe peignée et les cheveux ras, à l'exception d'une longue tresse qui pendait sur leur tempe gauche, ils étaient vêtus de pantalons neufs en daim et de belles vestes épaisses en peau de mouton. Le plus vieux arborait une *lunula*, splendide pectoral d'or en croissant de lune, pendu à son cou. Tous deux étaient mieux mis que les guerriers, dont les capes aux motifs criards et les hautes bottes de cuir dégageaient une odeur forte.

Le chef de clan s'appelait Urtha. C'était un homme à l'esprit vif, prompt à réfléchir autant qu'à s'emporter, semblable encore à un jeune chien fou malgré ses nombreuses cicatrices, récoltées dans les combats, enclin pareillement à de grands rires et à de brusques accès de fureur. À l'instar de bien des hommes rencontrés lors de mon long périple, il émaillait ses propos d'obscénités, ce qui pouvait leur donner une apparence insultante. Mais je sus dès ses premières paroles qu'il n'y mettait aucune offense : c'était simplement sa façon de s'exprimer.

Il me présenta à ses compagnons. Deux étaient des recrues venues d'une tribu voisine, les Coritani, avec laquelle le clan des Cornovidi d'Urtha était actuellement en paix. L'un s'appelait Borovos, et c'était un jeune guerrier à la chevelure de feu, prompt à la colère ; il était responsable à lui seul de la réputation d'agressivité de son groupe, comme je le découvris bientôt. L'autre, son cousin, avait nom Cucallos. Pelotonné dans une grande cape noire à capuche, il semblait rêvasser à d'anciens raids fulgurants sur son cheval. Les deux autres appartenaient au groupe de cavaliers d'élite d'Urtha, qu'il appelait ses *uthiin*. Nombre de ces rudes seigneurs aimaient chevaucher avec une telle garde rapprochée, qu'on baptisait généralement d'un nom qui qualifiait leur chef. Ces hommes étaient liés à leur seigneur par des codes d'honneur et des tabous, et leur statut dans le clan était nettement plus élevé que celui des guerriers ordinaires. Ces deux-là, au visage dur, marqué de cicatrices éloquentes, buvaient sec mais se montraient avenants. Ils se nommaient Manandoun et Cathabach.

Le reste des *uthiin* d'Urtha gardaient sa forteresse et sa famille, sur l'île, sous le commandement temporaire de son ami et frère de sang, Cunomaglos.

— Seigneur-Chien ! me traduisit Urtha dans un rire tonitruant. Un nom bien choisi pour ce molosse des champs de bataille. L'endroit, ma forteresse, sera en sûreté entre ses mains.

— Que venez-vous chercher ici ? lui demandai-je.

Il me jeta un regard mauvais.

— Si je te le dis, tu vas le rechercher toi aussi.

— Trop de choses occupent déjà mon esprit, répondis-je. J'ai ici pour seul intérêt un navire qui repose au fond du lac.

— Celui qui hurle comme un homme à l'agonie ?

— Oui. Es-tu aussi à sa recherche ?

— Non. Pas du tout. Les navires sont étrangers à ma quête.

— Alors, pourquoi ne pas me donner une indication de l'objet de tes recherches ? Nous pourrions peut-être nous aider mutuellement.

— Non, répliqua Urtha avec force. Je peux néanmoins te dire qu'il s'agit d'un vieux trésor. Sur les cinq qui ont été perdus, quatre sont disséminés dans le sud, quelque part. Mais celui-ci m'importe particulièrement, à cause d'un rêve que j'ai fait concernant mes fils et le destin de mon pays. J'ai besoin d'en savoir un peu plus. Voilà pourquoi je suis venu ici. Je ne peux t'en dire plus, sinon que ces Une-Tresse... (Il désigna les deux druides recroquevillés dans leur coin.)... ont eu recours à un oracle. Il a interrogé les entrailles de merles morts, si je m'en souviens bien.

Ses guerriers, qui l'écoutaient, ricanèrent en jetant des regards méprisants aux prêtres.

— Et l'oracle a déclaré qu'il fallait faire voile vers le nord, reprit-il. Jusqu'à ce trou à pisse ! Nous essayons d'atteindre ce lieu maudit depuis près d'une saison. Enfin, je crois qu'il s'est écoulé environ une saison. Comment le saurais-je ? Personne ne m'avait dit que le Nord est le royaume de la nuit éternelle.

Il baissa la voix, qui se fit grondement menaçant :

— Dès mon retour au pays, je m'assurerai les services d'autres oracles. Mais ne leur en dis rien. Et Aylamunda, mon épouse, me manque, continua-t-il d'une voix apaisée. Tout comme ma fille, Munda. La petite terreur ! Elle a presque quatre années, aujourd'hui. Et je l'aime beaucoup. Même à quatre ans, elle me défie... et je ne peux lui résister ! Elle en sait déjà plus que moi sur l'art de la chasse. Il y a de la déesse en elle, si tu comprends ce que je veux dire. Un jour elle sera femme de grande puissance. Je plains le pauvre prétendant qu'elle prendra pour époux. Mais elle est adorable. Elle aime à courir avec mes trois molosses préférés, Maglerd, Gelard et Ulgerd. Des créatures merveilleuses ! Ils me manquent, eux aussi. J'aurais dû les emmener avec moi.

— Et tes fils ? As-tu des fils ?

— Je regrette que tu en aies parlé, maugréa-t-il. Ce sont des démons. Jumeaux de cinq ans. Il a fallu un charme de proportion héroïque pour persuader leur père d'adoption, chef chez les Coritani, de les garder aussi longtemps qu'il l'a fait. Borovos et Cucallos, ici présents, appartiennent à sa garde personnelle, et ils savent de quoi je parle. Je ne voulais pas voir ces petits diables revenir, mais il me les a renvoyés dès qu'ils ont eu cinq ans, accompagnés d'un beau taureau noir et d'une génisse en guise d'excuse. Quand je rentrerai, il me faudra assurer leur éducation moi-même. J'imagine qu'ils ont déjà fait tourner en bourrique ce brave Cunomaglos, leur nouveau gardien. S'il n'a pas cédé à la violence ! Oui, j'avais espéré jouir de deux années de paix supplémentaires. Ces sinistres petits démons...

Après une pause pensive, il poursuivit, devisant à présent plus pour lui-même qu'à mon intention.

— Oh, ils ne sont pas oisifs, ni stupides. Mais ils s'emportent trop vite, pour la moindre vétille, si j'en crois leur père d'adoption. Ils créeront des problèmes après ma mort. Ces deux-là s'écharperont par cupidité, je le sens, et ils déchireront le pays, à moins que je ne trouve un moyen d'y remédier au plus tôt...

Il continua de marmonner des propos inintelligibles pendant encore un moment.

Tous les enfants mâles des chefs *keltoï* étaient élevés par une famille d'adoption jusqu'à l'âge de sept ans avant d'être renvoyés à leurs parents naturels. Cette période, traditionnellement appelée la « séparation », était d'ordinaire assez pénible pour les géniteurs, bien que ce ne fût apparemment pas le cas en ce qui concernait Urtha. Le retour était nommé l'« accueil », et ce temps de mise à l'épreuve et de formation des liens affectifs pouvait également se révéler douloureux, à cause de l'hostilité qui pouvait alors naître. Une proportion non négligeable de ces jeunes princes finissait d'ailleurs, l'adolescence venue, dans les tourbières à sacrifices, entravés sous les eaux basses, étranglés, puis la gorge tranchée.

Mais je désirais lier amitié avec Urtha, du moins pour le moment.

— Dois-je comprendre que ce sont tes druides qui t'ont prédit la venue de troubles liés à tes fils, en ces terres lointaines où tu règnes ?

— Oui... Ce sont eux qui interprètent les signes après que je leur ai raconté mes rêves.

— Alors je suppose que c'est la vérité.

Urtha posa sur moi un regard perçant, avant de le porter sur les sorciers à la triste mine.

— Je vois ce que tu veux dire, approuva-t-il dans

un murmure. Ils ne sont plus d'aucune utilité, à présent, et peut-être qu'ils étaient déjà inutiles alors. Peut-être que les choses iront bien, après tout...

— Je suis las, annonçai-je. Et ma propre quête m'attend.

— Le navire hurlant, as-tu dit. J'en sais peu à son sujet, mais je te souhaite bonne chance. Tu en auras besoin si tu dois te geler les parties en essayant de le hisser de sous la glace.

— Merci. Dans quelques jours, et afin de te remercier de ta courtoisie, je te dirai ce que je peux voir, si tu me comprends... et si cela t'agrée.

Il gratta son épaisse barbe noire en songeant à mes propos.

— Tu es un enchanteur ?

Pourquoi le cacher ? De toute façon, il le découvrirait bientôt, soit quand il comprendrait que j'allais descendre jusqu'au navire, soit par Niiv, que je soupçonnais de ne pas avoir la discrétion pour vertu cardinale.

— Oui, répondis-je. (J'ajoutai avec un sourire :) Le meilleur.

Il éclata de rire.

— Ils prétendent tous cela. Et puis, tu es trop jeune. Tu n'es même pas plus âgé que moi.

Sans réfléchir, je confiai spontanément à Urtha ce que j'avais celé à Niiv.

— Je suis beaucoup plus âgé que toi, déclarai-je. (Il me considéra d'un air interdit.) Mais je suis un vieil homme qui sait rester jeune. À ma naissance, ton pays n'était que forêts, et les animaux des temps anciens régnaient encore sur les berges des fleuves...

— À quand cela remonte-t-il ?

— À un passé fort lointain, distant de nous de centaines de vies de bons chevaux.

— Tu es un menteur dérangé par la lune, décida Urtha après un moment. (Un sourire rusé se peignit sur ses lèvres.) Ce n'est pas un grief, comprends-le-bien. Non, au contraire. Tu es sans doute un menteur, à l'esprit dérangé par la lune, mais je pense que tu sais bien mentir, et comme nous n'avons que les étoiles et la lune pour divertissement... Je me réjouirai d'entendre quelques autres de tes fables. Dans ce lieu oublié des dieux, il n'est rien d'autre à faire que boire et pisser ! soupira-t-il, balayant l'intérieur de la tente d'un regard lugubre.

— Je ne suis pas un menteur, affirmai-je avec aplomb. Toutefois tes doutes ne me font pas insulte.

— Il n'y a plus rien à ajouter, alors, conclut-il aimablement, mais il y a encore à boire !

Il saisit une gourde de cuir et l'agita devant moi.

— Tout à fait d'accord.

Le « soir » suivant, c'est-à-dire après le repas précédant le coucher, un événement troublant se produisit, qui me mit sur mes gardes.

Un des membres de l'escorte d'Urtha – Cathabach, je pense – me mena dans la forêt ouatée de neige. Urtha et ses autres hommes étaient là, qui contemplaient les vêtements de leurs deux druides accrochés sur des bâtis de bois, imitant grossièrement la silhouette d'un homme. À mon approche les commentaires railleurs cessèrent. Seul le souffle glacé des guerriers présents m'accueillit lorsque je rejoignis le chef.

— Voilà ce qui arrive lorsqu'on a failli, dit Urtha. Quel gâchis ! Malgré leurs défauts, ils n'étaient pourtant pas dénués de talent.

— Que leur est-il arrivé ? m'enquis-je en sentant que quelque mal avait été perpétré.

Mais Urtha se contenta de désigner des traces qui se perdaient dans la neige.

— Ils se sont transformés en loups, dit-il. C'est ce que les druides font quand ils veulent s'échapper.

— Sont-ils morts ?

Ma question mit le jeune chef en joie.

— Pas encore. Ils retournent seulement chez eux, par le Chemin le plus ardu.

Les druides étaient tenus en haute estime par la plupart des tribus *keltoï*, au sein desquelles ils occupaient des positions d'importance. Mais pas dans le pays d'Urtha, semblait-il. Et c'était une erreur manifeste que de courir nu dans la neige en pleine nuit.

Urtha ôta le pantalon en daim d'un des mannequins, puis la veste en peau de mouton fourrée. Enfin il décrocha la *lunula* de l'autre forme. À ma grande surprise, il me tendit le pantalon.

— En aurais-tu l'usage ? Il est taché de merde, je crois, mais tu peux le laver, et il est solidement cousu. C'est mieux que ces hardes puantes que tu portes.

— Merci.

— Veux-tu aussi la veste ? Elle te sera utile, sous ce climat.

— Je ne dis pas non. Merci encore.

— Ne me remercie pas, dit-il en posant sur moi un regard pénétrant. Je ne te les donne pas. Nous ferons affaire, le temps venu.

Il me confia l'épaisse veste de mouton, et brandit la *lunula* en or dans ses deux mains, la caressant de ses pouces.

— Je suis heureux d'avoir récupéré cet objet de pouvoir. Il est très ancien. Oui, très ancien. Il recèle... des souvenirs.

Je sentis qu'Urtha attendait une réponse de ma part, mais je me tins coi. Après un moment il se tourna vers moi, l'air attristé.

— Cette *lunula* appartient à ma famille, et cet homme avait acquis le droit de la porter. Maintenant je peux la conserver, au moins quelque temps, jusqu'à trouver un homme meilleur à qui la prêter. Je suis heureux que tu aies surgi de la nuit, Merlin.

Il serra la *lunula* contre sa poitrine, et son regard se perdit dans le lointain. Un moment passa, puis il soupira.

— Ainsi c'est fait. Ils sont partis. Bien...

Il me jeta un coup d'œil, puis s'éloigna.

Serrant mes nouveaux vêtements contre moi, je le regardai. Combien d'années devraient encore s'accumuler en moi, me demandai-je, pour que mon don de prescience atteigne un niveau satisfaisant ?

J'avais éveillé la curiosité d'Urtha, et il suscitait la mienne en retour. La disparition des druides, la reconquête de la *lunula* ancestrale suggéraient que les vents du changement s'étaient mis à souffler pour le seigneur de guerre.

Tout cela parce que j'avais surgi de la nuit.

3

Argo

Dans ses fourrures et son châle, Niiv semblait être un oiseau au plumage bariolé. Elle sautillait autour de moi alors que nous marchions dans la neige, et jacassait sans discontinuer.

— Comment t'y prendras-tu ? Comment t'y prendras-tu ? Dis-moi, Merlin. Dis-moi !

Depuis notre arrivée aux abords du lac gelé, la fille du shaman s'était dispensée de pratiquer les rituels dont elle avait hérité la charge de la Maîtresse de la Terre du Nord. Au lieu d'adopter une attitude de méditation et de recueillement à l'intérieur de la hutte de peau et d'os où son père avait passé une bonne partie de sa vie à envoyer au loin son esprit, par les ailes, les nageoires ou les pattes qui galopent dans la forêt, elle avait déclaré avec fougue :

— Il y a tellement plus à apprendre des étrangers ! Les *sedjas* me garderont, mais si je m'enferme pour respirer la fumée et frapper le tambourin de peau, cachée à la vue de tous ces inconnus, que puis-je espérer comprendre du monde qui s'étend au sud ?

Son refus de la tradition n'était pas vu d'un très bon

œil derrière le haut mur d'enceinte et la lourde porte de son village, mais on le tolérait ; et la hutte aux fumées nauséabondes, avec ses potions, ses poisons, ses décoctions d'écorces et de champignons, ses huiles de poisson et ses fermentations qui tournaient la tête et ouvraient l'esprit, demeura inoccupée, les pans de son ouverture maintenus hermétiquement clos par les os minces de quelque échassier.

L'enfant gambada et rit et plaisanta tout au long de ces derniers « jours » de la terrible nuit hivernale. Elle me reniflait, me questionnait, mais ignorait son oncle Lemanku, qui la mettait en garde contre sa curiosité affichée ; elle enfreignait toutes les règles et se servait de ses nouveaux talents pour tenter de me déstabiliser, sans soupçonner qu'après tant d'années sur le Chemin j'aurais pu saisir toutes les questions muettes dans son esprit et la garder à distance très aisément.

Ce n'est pas Niiv qui me posait un problème, mais le très vieux Enaaki, ce fou triomphant dans son lac. Les puissances plus anciennes demandent une plus grande compréhension, car il s'agit alors, face à elles, d'appréhender l'austérité qui présida au commencement du Temps.

— Comment t'y prendras-tu ? insista la jeune effrontée une fois encore.

— Je te l'ai dit. Je vais creuser un trou dans la glace et descendre au fond du lac.

— Tu mourras aussitôt. Il y a des centaines de corps dans ces eaux, ceux des insensés qui ont cru comme toi qu'il leur suffisait de s'enduire la peau de graisse et de plonger pour découvrir les secrets du lac. Non, je suis sûre que tu as en tête une ruse, une *sedja* qui te protégera.

Je lui dis vrai lorsque je répondis :

— Je n'ai concocté aucun charme spécial. Si ce que

j'espère trouver au fond du lac s'y trouve bien, alors ma protection viendra d'en bas.

Enfin... peut-être, ajoutai-je en mon for intérieur.

Je ramassai de la neige, la pétris en une boule qui l'atteignit en plein nez, et elle s'arrêta net, outragée. Je lui présentai mes excuses.

— Je croyais que tu te baisserais.

Elle secoua la tête avec fureur, et des cristaux de givre volèrent de ses cheveux.

— Je croyais que seuls les enfants aimaient jouer avec la neige, me gronda-t-elle.

— C'est que j'ai gardé un cœur d'enfant, alors. Désolé.

— Tu n'es pas un enfant, tu es un fou, grogna-t-elle. Et un menteur. Tu dois en savoir beaucoup plus que ce que tu me dis.

Si seulement cela était vrai, songeai-je. Son souffle glacé m'effleura. De sous ses vêtements montait ce parfum qui ne cessait de me rappeler son ancêtre Meerga, dont l'odeur musquée me hantait. Ses pâles iris étaient semblables à des joyaux. En dépit du froid je me sentis excité et charmé par cet oiseau danseur dans ses fourrures teintes de couleurs vives.

Elle savait quel trouble elle éveillait en moi. Je le voyais à l'étincelle qui embrasait ses prunelles quand elle me regardait. Mais elle était curieuse, et persuadée que j'avais à disposition quelque magie cachée.

— Fort bien. Si tu veux le savoir, j'ai dévoré la ramure entière d'un renne, sur laquelle, bien entendu, j'avais préalablement gravé les sept cris et chants qui ouvrent le portail des profondeurs glacées, et sous ces vêtements neufs mon corps est enduit d'entrailles de poisson et d'huile de foie, afin qu'Enaaki ne sente pas l'humain.

— Ridicule, siffla-t-elle avec irritation. Enaaki te reniflera immédiatement. Tu te moques de moi !

Je ne possédais aucun savoir particulier relatif aux lacs gelés ; une magie relativement anodine suffirait pour survivre à la noyade et au froid pendant une heure environ, ce qui devait me laisser le temps d'entrer en contact avec le fond. Mon problème concernait le temps : il me fallait traverser ce couvercle de glace avant que ces brèves aubes rougeoyantes ne deviennent plus vives, comme mon instinct ne cessait de me le répéter. Le navire ne hurlait que l'hiver ; le printemps venu, il retombait dans son mutisme. Les aubes lumineuses étaient proches, et tout ce que j'étais venu accomplir devrait être terminé avant que le soleil ne fasse fondre les festons blancs aux branches des arbres.

— Je ne me moquais pas de toi.

— Peu importe. Si tu ne te prépares pas, tu te noieras. Et tu ne seras plus qu'un ventre blanc de plus sous la surface, dont les viscères nourriront Enaaki. Plaisante tant que tu en as envie, mais tu as besoin d'un guide. Et je peux t'aider à en trouver un, mais seulement si tu le veux.

Sur ces paroles, elle tourna les talons et s'en fut à grands pas. Je me demandai où, parmi tous les campements qui entouraient le lac, dénicher assez d'entrailles d'animal pour nourrir le sinistre gardien.

La meilleure façon de se déplacer sur le lac, comme je le découvris dans les « jours » suivants, était de le faire sur des patins taillés dans des omoplates de renne, que fabriquait avec soin un homme du cru ; il gagnait ainsi fort bien sa vie. Selon la demande, il les assujettissait avec adresse à toute chaussure. Une petite poussée, un peu d'élan, et le moins gracieux des shamans vieillissants évoluait avec légèreté sur la surface gelée. En s'inclinant vers l'avant et en se tenant mains dans le dos, on donnait au mouvement davantage de fluidité et on le maîtrisait mieux. Je m'exerçai un temps, décrivant des arcs élaborés tout autour du lac. Je restai loin des territoires des différents campements, et louvoyai entre les autres visiteurs, qui semblaient utiliser cet étonnant moyen de déplacement surtout pour se distraire.

Niiv arriva en glissant vers moi. C'était une Pohjolane, et elle maîtrisait l'art de la danse sur la glace. Elle m'entraîna plus loin, là où nombre de shamans, couverts de graisse et nus à l'exception de leurs chaussons de cuir et de leurs patins en os, dansaient selon des figures complexes, afin d'invoquer le pouvoir de creuser un trou dans la glace, m'expliqua-t-elle. Leurs corps, d'une blancheur de cadavre dans la lueur des torches, glissaient et chutaient, et des éclaboussures de givre ponctuaient chaque arrêt brutal de leurs étranges danses d'enchantement.

Tout cela se passait sur les bords du lac. Le centre était gardé par des statues de glace. Les silhouettes gigantesques de ces dix totems disposés en cercle – des « *sedjas* de la nuit froide », me murmura Niiv – tournaient leurs traits à demi fondus vers la forêt qui les entourait. À l'intérieur de ce vaste espace protégé régnait une profonde agitation. Des trous y avaient été creusés et entretenus régulièrement par l'outil ou le feu, car ils se refermaient vite. Sous le couvercle de glace, les cadavres nus formaient une couche blanche comme le ventre des poissons. La plupart étaient des visiteurs attirés par la légende, plutôt que des shamans de la région. À l'aide de longues gaules glissées par des trous étroits, les Pohjolans hissaient ces corps à la surface. Sous les morts, cependant, se trouvaient ceux qui avaient réussi à maîtriser le froid. Ils flottaient entre deux eaux, bras croisés sur la poitrine, tournant lentement sur eux-mêmes. Errant dans les eaux froides, ils s'efforçaient d'invoquer les esprits des profondeurs pour satisfaire leurs désirs, quels qu'ils fussent.

Il me faudrait descendre parmi eux.

Après trois « jours » de préparation, je me sentis enfin prêt à agir. Avec l'aide de Jouhkan, je creusai un orifice dans la glace, me dévêtis, avalai la petite *sedja* que j'avais confectionnée dans un os de poisson, et glissai pieds en avant dans le trou.

Je m'étais préparé à affronter les esprits, mais pas l'eau elle-même, aussi le froid fut une terrifiante brûlure. Je hurlai en plongeant vers le fond, gaspillant mon souffle un moment, comme si un millier de dents déchiraient mes chairs. Je vis des aiguilles de glace se former sur ma peau. Tout ce que je pouvais faire, c'était me concentrer sur la raison de ma présence ici, suspendu dans le lac, parmi les silhouettes tournoyant au ralenti des shamans et des prêtres, nimbées d'une étrange lumière venue d'en haut, où la glace était animée par la lueur des torches. En bas régnait un halo singulier, mais même mon corps de jeune homme était vaincu par ce froid monstrueux, insoutenable.

Aussi je recourus à un soupçon de magie, ce qui me fit vieillir quelque peu mais me réchauffa, et je nageai aussi profond que j'en étais capable, sous le niveau où flottaient les shamans. J'invoquai le pouvoir de vision et scrutai l'obscurité, où je distinguai ce qui ressemblait à des ruines, sans doute l'antre d'Enaaki. Des visages qui m'observaient battirent en retraite dans la pénombre dès que je croisai leur regard. J'entrevis l'éclat de l'or, la lueur du bronze et le lustre du fer, toute une étendue désolée de trophées, d'offrandes et de secrets confiés au lac au fil des siècles. Les mâts et les proues des navires qui avaient coulé là gisaient, pillés jusqu'aux membrures, en un amoncellement brisé et couvert d'herbes.

Soudain, un tourbillon m'entoura ; les visages lisses et translucides des gardiens des eaux me toisèrent intensément. Ils semblaient peinés de ma présence à cette profondeur, mais n'essayèrent pas de me combattre. Je m'étais préparé à cette descente pendant trois jours entiers, et j'avais offert plus qu'un simple repas d'entrailles aux entités du dessous. J'avais chanté et psalmodié dans les bosquets, suivant avec le plus grand soin les instructions du jeune shaman qui m'avait pris en pitié. J'avais confectionné un tambourin personnel, taillé au couteau l'écorce des bouleaux et gravé mon nom sur des pierres que j'avais ensuite jetées dans les profondeurs glacées.

À présent j'éprouvais assez d'assurance pour me risquer à mettre un nom sur ma quête.

L'air s'échappa en grappes de bulles de mes poumons lorsque je hélai le Vieux Navire devenu tombeau, le Vaisseau Hurlant...

— Argo ! criai-je. (Le son se répercuta au loin, transperçant les tourbillons et les remous.) Argo ! Réponds-moi !

D'un regard fébrile, je sondai les eaux profondes à la recherche d'un signe de sa présence. J'appelai encore, nageai plus bas, criai deux fois encore. Je commençai à perdre toute notion du temps. Je remarquai à peine que les *voytazi* me suivaient, en une sarabande d'yeux, de bouches et de doigts osseux, mais ils restaient à distance.

J'avais trop froid pour ressentir la moindre panique, mais je me mis à nourrir l'idée lugubre que, peut-être, je m'étais trompé. Et si Argo n'était pas venu ici ? S'il reposait ailleurs, en d'autres profondeurs, dans un autre lac ou quelque mer cachée, où il veillait toujours sur la dépouille de son capitaine ?

Et finalement me parvint le murmure de cette voix si familière quand j'étais avec Jason, pendant le long voyage au cœur du monde, avant notre retour à Iolcos, la voix du navire lui-même :

— Laisse-nous en paix. Remonte à l'air libre. Laisse-nous abandonnés au sommeil.

— Argo ?

Soudain les eaux se mirent à s'agiter. Le lac semblait irrité. Je discernai un vaisseau brisé, sombre et indistinct, à la coque frangée de branches tordues qui s'élevaient telles des vrilles. Je devinai que c'étaient là les branches du chêne sacré qui constituait sa quille – il avait continué de pousser !

— Argo ! Jason est-il vivant ?

Avant que je puisse prononcer un mot de plus, des mains invisibles me saisirent. Je fus tiré vers la surface et projeté si violemment contre la couche de glace que j'en restai étourdi. Dans un éclat de rire, mes tourmenteurs disparurent, rapides comme des anguilles. Pendant quelque temps je flottai doucement là, parmi les cadavres boursouflés, puis mes poumons menacèrent d'éclater. Je n'avais plus aucune maîtrise de la situation ; sur le point de me noyer, je tentai d'invoquer la chaleur, mais en vain. Je grattais la glace, de plus en plus désespéré, quand j'aperçus un hameçon pendant au bout d'un fil, tout près d'un corps bleui. Repoussant le cadavre de côté, je m'agrippai à ce crochet d'os salvateur. Le passage vers l'air libre était presque trop étroit pour mes épaules, mais quelqu'un à la surface savait que j'étais un être vivant, car on me hissa jusqu'à ce que ma tête jaillisse au-dessus de la surface. Niiv se précipita vers moi, avec une cape épaisse. Dans le scintillement de l'aube, et à la lumière des torches, je vis les larmes dans ses yeux.

— Je croyais t'avoir perdu, s'exclama-t-elle avec colère. Je t'avais bien dit de mieux te préparer !

Je ne sus que lui répondre. Mes talents m'avaient trahi dans le royaume d'Enaaki, à moins que je n'eusse échoué à cause de la réticence d'Argo lui-même – et la leçon donnait à réfléchir.

Plus tard, réchauffé et remis de cette folle incursion, menée avec la maladresse et la paresse de l'arrogance, je m'allongeai sur la glace, près du trou de pêche, et à nouveau j'appelai Argo, l'implorant de me répondre.

— C'est moi Antiokus. Tu dois te souvenir de moi : j'étais avec toi quand tu as appareillé pour la Quête de la Toison d'or. Jason, je t'en prie, entends-moi. Tes fils ne sont pas morts ! Écoute-moi. Tes fils sont vivants ! Argo, répète-lui ce que j'ai dit.

J'essayai, encore et encore. Je ne saurais dire combien de temps je restai étendu là, scrutant le trou dont les bords commençaient déjà à fondre à mesure que le soleil léthargique s'élevait au-dessus de l'horizon, vers le sud. Les *voytazi* au visage pointu me raillaient, toutes leurs dents sorties en un horrible rictus, avant de disparaître en menaçant de m'attirer vers les profondeurs.

— Argo ! Il faut que tu me croies ! Le monde a changé d'une façon très étrange, mais les nouvelles sont bonnes pour Jason. Argo ! Réponds-moi...

Alors, enfin, la voix venue des profondeurs glacées murmura à mon adresse :

— Il ne désire pas revenir. Son existence est arrivée à son terme quand Médée a tué ses fils.

— Je sais, dis-je au navire. J'étais présent, j'ai vu ce qu'elle a fait. Mais ce n'était que tromperie et illusion. Le sang sur leurs corps n'était qu'artifice.

Je sentis la glace trembler sous moi, comme si le lac entier frémissait d'émotion.

Le silence se referma sur mes paroles, mais je devinai Argo troublé, et je sentis que mes mots s'infiltraient dans le bois de sa coque jusqu'à Jason.

Je suppliai encore :

— Jason, tes fils sont toujours vivants ; ils ont grandi et sont devenus des hommes. Tu peux les retrouver. Reviens-nous !

Un moment plus tard, la glace sous mon corps tressaillit. Puis elle se fendit, dans un bruit semblable au claquement d'un fouet gigantesque, et une large crevasse s'ouvrit sur les eaux pures.

Je me relevai et regagnai en titubant le bord du lac, où les torches flambaient en cercle dans les poings des visiteurs.

Il montait vers la surface. À l'instant où la glace s'était ouverte, avant que je ne m'enfuie vers un lieu sûr, j'avais vu l'ombre d'Argo qui commençait à s'élever, les branches pareilles à des feuilles taillées à la serpe jaillissant de la coque éventrée.

Au nord, les lumières dans les cieux s'étendaient presque jusqu'au zénith. La nuit hivernale se dissipait plus vite à présent. Les arbres dans leur gangue de givre commençaient à montrer des couleurs. La résurrection d'Argo coïncidait avec le premier véritable passage à l'aube. Sous nos yeux la clarté se renforçait vers le sud, au-dessus de la morne forêt, et les feux du jour renaissant s'élevaient en un arc lumineux.

C'est alors qu'il heurta la chape gelée. La surface du lac explosa vers le ciel, et une fontaine d'échardes de glace scintillantes retomba autour de la coque sombre quand l'antique navire au mât brisé, torturé par une végétation sauvage, jaillit des profondeurs. L'eau ruisselant de sa haute proue, il s'éleva avec solennité, presque avec dignité, et les branches qui l'enserraient se brisèrent comme des rames contre un écueil, jusqu'à ce qu'il émerge à demi. Puis il retomba, et la poupe se souleva, tandis qu'apparaissait la silhouette accroupie de la déesse drapée dans de longues herbes. Tout le vaisseau frémit, comme une bête qui s'éveille dans l'aube glacée, puis se figea.

Accroché au mât, dans un enchevêtrement de cordages et d'algues, on voyait la forme d'un homme, tête rejetée en arrière comme s'il avait trépassé en hurlant sa fureur aux cieux. L'eau coulait de sa bouche béante. La lumière de l'aube se refléta dans l'éclat vivant de ses prunelles. Alors même que je me tenais au bord du lac, je sentis qu'il me regardait.

— Je savais que tu survivrais... lui murmurai-je.

Il ne pouvait m'entendre, bien sûr. Il n'était pas mort, mais sous l'emprise d'un froid profond.

Mais le calme d'Argo m'inquiétait. Le navire, d'ordinaire si fougueux, gisait, inerte. Je me rappelai que, lors de sa mise à l'eau, il avait tellement tiré sur ses cordages que soixante hommes et plus avaient dû unir leurs forces pour le retenir sur sa cale de lancement, tandis qu'il frémissait et luttait pour se libérer et trouver l'océan. Quand on l'avait enfin lâché, il avait frappé l'eau du port avec une si grande violence qu'il avait disparu pendant un moment sous la surface avant de resurgir et de se tourner vers le large. Les Argonautes, nageant et s'accrochant aux cordages, s'étaient hâtés de monter à son bord pour rejoindre leurs bancs et ainsi ralentir à la rame le vaisseau impatient et le diriger de nouveau vers le port.

Argo avait autrefois été un navire possédé d'une telle puissance, d'une telle vie ! Mais aujourd'hui...

Je m'aventurai sur la glace avec Niiv et Urtha, qui portaient des torches. En se réchauffant, le chêne du navire émettait des craquements. Le corps de Jason se balançait doucement dans son cocon. Je touchai les planches glissantes, contournai la proue et contemplai les yeux peints en bleu.

— Qu'y a-t-il ? demanda Niiv à mi-voix.

— Il est mort. Le navire est mort...

Pauvre Argo ! Il avait vogué si loin avec son précieux chargement. Il avait emporté Jason dans le plus profond tombeau qu'il avait pu trouver, un endroit tissé de mémoire et de magie. Jamais il n'avait rêvé de rejoindre un jour la surface, mais ma voix avait fait battre à nouveau son cœur de chêne, et il s'était évertué à retourner à l'air libre. L'effort, semblait-il, avait été trop grand, et le vaisseau avait péri alors même qu'il redonnait vie au capitaine.

— Je suis désolé, murmurai-je. J'ignorai quelle épreuve ce serait pour toi.

Urtha me dit :

— L'homme gémit, il n'est pas mort. J'ai déjà vu cela se produire... C'est une chose remarquable.

La tête de Jason était retombée en avant et il commençait à s'agiter dans la toile d'araignée des cordages. Urtha était fasciné.

— Quand un homme se noie dans un lac en hiver, il cesse de respirer, mais son esprit reste parfois en lui. C'est arrivé à un de mes ennemis. Il était noyé depuis une nuit et un jour après notre combat au bord d'un petit lac, et soudain il a flotté à la surface, et ses yeux se sont ouverts.

— Êtes-vous devenus amis, par la suite ? s'enquit Niiv.

Urtha tourna vers elle un regard perplexe.

— Amis ?

— C'était un présage. Un présage d'amitié.

— Vraiment ? Je n'en avais pas idée. J'ai pris sa tête. Je l'ai toujours.

— Aidez-moi, dis-je d'un ton sec pour couper court aux anecdotes d'Urtha.

Nous nous hissâmes sur le pont. Comme nos pieds dérapaient sur la surface poisseuse, nous dûmes nous accrocher au filet qui retenait mon vieil ami. De son couteau à lame de bronze, Urtha trancha les herbes et le chanvre, et Jason s'écroula dans mes bras. De l'eau jaillit encore de ses poumons, et il poussa un hurlement de nouveau-né.

Un traîneau avait été approché d'Argo. Urtha et moi y descendîmes doucement Jason, que nous confiâmes aux Pohjolans qui attendaient. Ces derniers l'enveloppèrent dans des peaux et le ramenèrent sur la berge, pour l'installer sous une tente, près de la chaleur revigorante d'un feu de bois de bouleau qui crépitait sauvagement.

4

Jason

La glace fondait. L'aube s'était imposée et les torches ne servaient plus que pour les expéditions dans la forêt profonde. Autour du lac, l'activité grandissait. Comme le monde, s'éveillaient aussi les passions et l'humeur des visiteurs de cet endroit perdu au septentrion. Argo demeurait muré dans le silence et son écrin de glace.

Pendant plusieurs jours, Jason oscilla entre des chutes dans l'inconscience et des périodes de veille durant lesquelles il tenait des propos incohérents et était sujet à des accès de violence. Le sang s'était remis à sourdre de la blessure due au mât qui avait écrasé sa poitrine. Les Pohjolans, qui maîtrisaient la science des lichens, plantes et extraits d'écorces pour guérir tous les maux, la nettoyèrent et la pansèrent.

Je patientai cinq périodes de repos avant qu'on ne vienne m'annoncer que Jason désirait me voir.

On lui avait démêlé la barbe, et sa chevelure pendait en longues mèches noires et grises, tirées droit par le peigne. Les cicatrices de son visage formaient des marques livides sur son teint buriné, comme lorsque je l'avais vu vivant pour la dernière fois, à Iolcos. Le regard sombre, narquois et rusé était toujours aussi pénétrant. Ses mains tremblaient quand elles saisirent les miennes, et ses doigts manquaient encore de force. Son sourire avait conservé toute sa séduction ambiguë, cependant il paraissait profondément heureux de me revoir.

— Antiokus. Jeune Antiokus...

— On me connaît sous le nom de Merlin, à présent.

— Antiokus, Merlin... Quelle importance ? Et comment se fait-il que tu n'aies pas vieilli depuis que tu m'abandonnas, il y a tant d'années ?

— J'ai vieilli. Mais les ans me sont un fardeau léger.

— Je le vois bien. Hélas, il n'en est pas de même pour moi. Pourquoi m'as-tu abandonné ? La fureur m'a saisi ! J'avais grand besoin de toi.

— Je t'avais prévenu, lui répondis-je sans lâcher ses mains. Mon destin est de suivre le Chemin qui court autour du monde.

— Oui, oui, je sais, fit-il avec une pointe d'impatience. Et de visiter chaque caverne et chaque vallée qui mènent aux Enfers...

— J'ai passé plus de temps avec toi que je ne l'aurais dû. Mais lorsque la compagnie est de qualité, de même que la nourriture, et que...

Au fond de la tente, je remarquai alors une jeune femme assise sur le sol, enveloppée de fourrures noires, qui nous observait paisiblement d'un regard ensommeillé.

— Quand tout est de qualité, repris-je, et tout a toujours été de qualité avec toi, Jason... Alors je m'accorde quelque liberté d'action. Mais tôt ou tard vient l'heure de repartir.

Il sourit. Son souffle était encore froid, comme si la

glace habitait toujours ses poumons, mais le feu d'une vie nouvelle brûlait dans ses yeux.

— Ce fut un grand et mémorable voyage, celui que nous fîmes sur la rivière après avoir dérobé la Toison d'or, n'est-ce pas ?

— Certes. Grand et mémorable, sans aucun doute.

— Étranges et merveilleuses furent les rencontres que nous fîmes en chemin. Étranges aussi les royaumes que nous traversâmes. As-tu revu Héraclès ?

— Non, bien que j'aie beaucoup entendu parler de lui. Il ne cesse de se fourrer dans des situations impossibles.

— J'aurais tant aimé que tu restes plus longtemps à nos côtés. Tu aurais dû rester ! C'est la vérité, ton absence m'a fort peiné, après que cette sorcière eut tué mes fils...

Il s'interrompit brusquement, se rembrunit et répéta : — Mes fils... (Il se détourna et s'assit lourdement sur le banc de bois.) Il m'est venu un rêve des plus singuliers, poursuivit-il.

— Raconte-le-moi.

Se prenant la tête dans les mains, il murmura :

— Ce n'était qu'un songe éveillé, qui m'a transporté de l'autre côté de la Porte d'Ivoire, Antiokus... Aussi faux qu'importun.

— Décris-le moi.

— C'était une voix... Une voix qui me murmurait que mes fils étaient toujours en vie. Quelle folie !

— Et quelle folie est-ce là ?

Il leva les yeux vers moi, et eut un sourire triste.

— La folie d'un vieil homme, qui par désespoir se raccroche à son passé, je suppose.

— Tu n'es pas vieux, dis-je. Tu ignores ce qu'est la vieillesse. Quand Argo t'a emporté loin du port d'Iolcos pour mourir ici, tu n'avais pas vu cinquante étés.

— À moi, ils semblaient être dix mille.

— Voilà qui est beaucoup, approuvai-je en souriant.

Et probablement plus que tous les étés que j'ai moi-même connus, pensai-je.

J'avais perdu le compte de mes ans, bien qu'il m'eût été possible de le découvrir si j'avais choisi de gaspiller mon temps à rechercher la gorge profonde qui entaille les forêts du Ponant, là où j'avais vu le jour, et où le livre de ma vie était tenu.

— De toute façon, ajoutai-je, ce n'était pas un rêve.

— Qu'est-ce qui n'était pas un rêve ?

— La voix. C'était la mienne. Je t'ai appelé, et Argo t'a ramené à la vie...

Un instant mes pensées volèrent avec tristesse vers le navire toujours immobilisé dans la glace du lac.

— Argo est mort pour te ramener, poursuivis-je d'une voix étranglée. Et son corps est très mal en point. Mais nous pouvons le reconstruire, et lui trouver un nouvel esprit.

Jason me regardait fixement. Son visage immobile était pareil à celui d'un enfant qui lutte pour appréhender un concept inédit. Toute sagesse, toute connivence avaient disparu de ses rudes traits tandis que son rêve et ma réalité se mettaient à heurter les barreaux de sa conscience.

— Mes fils sont morts. Devant mes propres yeux, Médée leur a tranché la gorge...

— Je le sais. J'étais là, t'en souviens-tu ? Lors du dernier jour passé avec toi. Je pensais déjà à la suite de mes pérégrinations, et mon don de prescience m'avait été dérobé dès le Seuil du palais franchi. Je n'étais pas assez attentif...

— Que racontes-tu là ? demanda le vieux guerrier, la voix calme. Antiokus, que veux-tu dire ?

— Peut-être vaudrait-il mieux que je te montre, Jason.

— Me montrer quoi ?

— Comment nous avons tous été bernés.

J'espérais être capable d'invoquer la vision. J'avais passé beaucoup de temps à m'y préparer. L'effort me coûterait un peu de ma jeunesse mais cet homme était mon ami, il m'avait sauvé la vie quand mes propres talents m'avaient fait défaut. Ce que Médée et lui s'étaient mutuellement infligé était certes impardonnable, et peut-être fallait-il y voir la véritable raison pour laquelle je l'avais abandonné à son sort, tant d'années auparavant. Mais à présent, connaissant la vérité, j'estimais de mon devoir envers Jason de lui narrer ce que j'avais découvert. Et si je parvenais à le convaincre qu'il avait porté le deuil sans raison, cela valait bien de vieillir de quelques jours.

Mais j'étais encore trop jeune alors pour envisager les conséquences d'un tel acte, et les ravages que la connaissance de la vérité causerait chez cet homme.

— Où allons-nous ? interrogea-t-il.

— Habille-toi chaudement. Sèche les larmes de tes yeux. Et suis-moi dans la forêt !

Intriguée par mon comportement, Niiv insista pour nous accompagner dans le long voyage au cœur de la forêt. Johkan se joignit également à nous, ainsi que le jeune shaman qui m'avait déjà aidé aux préparatifs et qui superviserait mon offrande et le déroulement du rituel quand nous serions arrivés à la clairière indiquée. Il n'était pas du tout convaincu que je puisse parvenir à mes fins, mais si je réussissais il en tirerait un accroissement non négligeable de ses propres pouvoirs.

Pendant le temps passé au bord du lac, j'en avais appris beaucoup sur les *rajathuks*, les esprits tutélaires de cette contrée. À un moment ou un autre, dans le passé, j'avais rencontré chacun d'entre eux, même si quatre seulement avaient compté parmi mes amis. La principale difficulté résidait dans l'ancienneté de ces amitiés ! J'avais conservé mon apparence physique et ma vivacité d'esprit, et ma mémoire s'étendait loin. Mais le Temps est un ennemi terrible pour le détail et la précision des souvenirs.

Ces amis, devenus idoles, étaient des sources puissantes d'enchantement et de vision, chacune avec un domaine d'action précis. Celui qui pouvait m'aider maintenant se nommait Skogen, « l'Ombre des Forêts Oubliées ». Il fallait que je le persuade d'invoquer le souvenir de la tragédie d'Iolcos devant nos yeux, afin de la révéler dans toute sa sanglante duplicité.

Une voûte formée de branches de noisetier entrelacées indiquait l'entrée du sanctuaire de Skogen. À son extrémité, nous trouvâmes un mur de pierre grêlé de niches où, au fil du temps, avaient été placés os sculptés et crânes d'animaux. En notre nom, le shaman sortit quelque chose de sa besace, qu'il déposa dans une des niches. Contournant le mur, nous nous enfonçâmes dans les taillis jusqu'à l'endroit où quatre piliers en bois entouraient la statue de pierre. Quatre torches faisaient danser les ombres. Une fumée âcre montait en volutes de petits feux qui délimitaient l'espace du sanctuaire proprement dit.

Deux fois plus haut que moi, le totem était taillé dans un énorme bloc de roche grise, couvert de sculptures profondes et imbriquées racontant des scènes immémoriales. Le visage qui nous contemplait était entouré de feuilles ; ses traits étaient noueux, et ses yeux fendus selon un angle singulier. C'étaient des yeux capables de scruter les ombres du passé, et aussitôt je sentis leur curiosité envers Jason.

Nous restâmes dans le cercle extérieur un long moment, à répéter un charme assez court et à inhaler les fumées d'un des feux, comme nous l'indiqua le shaman. Lui-même, selon un de ces rituels très communs dans les terres du Nord, se scarifia. Puis il revint auprès de nous. Dans sa barbe noire brillait le sourire de ses dents ébréchées. Il prit son tambourin tendu de peau et se mit à battre un rythme rapide avec un morceau d'os.

— Sa perplexité est grande à ton égard. Demande-lui ce que tu veux voir.

Jason et moi avançâmes dans le second cercle et levâmes les yeux vers le visage attentif. Le battement du tambour se transforma en un roulement frénétique, exagérément sonore, qui parut faire trembler les broussailles. La fumée m'étourdissait. Les arbres semblaient tourner autour de nous, et Skogen demeurer seul en place. C'était la transe de vision, la magie fruste des shamans. Comme je l'y invitai, Jason bredouilla d'une voix anxieuse :

— La mort de mes fils. Montre-moi la mort de mes fils.

Et je vis que cette requête creusait son visage de douleur.

Pendant un instant, les broussailles continuèrent leur grondement de tonnerre. Puis, soudain, le silence et l'immobilité régnèrent.

Je concentrai mon regard sur Skogen, le plongeai dans ses immenses yeux de pierre.

Je sentis alors la puanteur du bois calciné, j'entendis le bruit d'hommes qui courent, le hurlement des enfants et le fracas des épées...

— Oh, dieux ! s'écria Jason. Je me souviens de

cette odeur mêlée de sang et de feuilles brûlées ! La sorcière est là !

Les broussailles parurent s'effondrer sur elles-mêmes et un feu étrange m'éblouit...

Par le fer, nous nous étions taillé un chemin dans les jardins du palais, et seuls sept d'entre nous survivaient encore quand nous atteignîmes ses portes. Nous envahîmes les lieux, parcourant salles et couloirs, pour enfin affronter le brasier en son cœur. Je reconnus immédiatement le caractère surnaturel de ces flammes et je m'arrêtai, hésitant, mais avant que j'eusse pu proférer un mot Jason bondit à travers le mur de feu. Je me jetai derrière lui et courus, hébété, sur le sol de marbre poli jusqu'aux appartements privés de Médée. Les autres Argonautes, ceux qui avaient réchappé des combats précédents, jaillirent des flammes derrière moi, bouclier tenu à bout de bras devant leur visage, l'épée brandie. Ensuite, tout se déroula si vite, jusqu'à l'abomination dont nous fûmes les témoins, que je n'en ai conservé que des souvenirs fragmentaires.

— Antiokus ! s'écria Jason. Garde-toi à gauche !

Je pivotai juste à temps pour parer la javeline lancée par un des gardes de Médée. La large lame me toucha le bras à l'oblique, et l'homme, emporté par son élan, s'empala sur mon épée. Dans sa chute, son casque surmonté d'un crâne de bélier égratigna ma joue, ce qui était assurément un mauvais présage. Jason et les autres se précipitaient déjà dans le couloir étroit aux murs bleus, à la poursuite de la femme qui fuyait en entraînant les enfants. Je m'élançai derrière eux, sous le sinistre regard noir des béliers en or peints sur toute la longueur du passage. Les jeunes garçons criaient, terrifiés par ce qui se passait.

Une rangée de guerriers revêtus d'armures légères, de casques et de larges boucliers nous barra le Chemin. Jason se jeta parmi eux, et les combattit avec une frénésie meurtrière qu'en temps normal je n'aurais associée qu'aux *Keltoï* des terres du Ponant. Devant notre assaut impétueux, les gardes au visage sévère s'égaillèrent. Tisaminas et Castor restèrent en arrière pour terminer le massacre.

Médée s'était réfugiée dans le sanctuaire du Taureau et, alors que Jason nous précédait jusqu'aux portes bardées de bronze, à présent closes et verrouillées par la femme désespérée, nous comprîmes notre erreur.

Derrière nous, en travers du couloir étroit, un énorme couperet en pierre s'abattit, qui nous prit au piège. Face à nous, l'effigie monstrueuse du Taureau, devant laquelle se tenait Médée triomphante, s'ouvrit comme une porte. Au-dehors s'étirait la route du nord. Un char et six cavaliers attendaient, qui maîtrisaient à grand-peine leurs montures impatientes et effrayées. Je reconnus parmi eux Cretantes, l'aurige en armure, confident et conseiller de Médée en son pays natal.

Les pauvres enfants se débattaient dans l'étreinte de leur mère. Soudain ils comprenaient que leur sort, à la merci de Médée, serait marqué du sceau d'une terreur bien plus grande que par la faute de leur père.

Jason se jeta contre les barreaux défendant l'entrée du sanctuaire, et implora la femme vêtue de noir de libérer les jeunes garçons.

— Trop tard ! Trop tard ! s'écria-t-elle sous son voile de nuit. Mon sang lui-même ne saurait les sauver des ravages de ton sang. Tu as trahi ceux que tu aimes, Jason. Tu nous as cruellement trahi en te vautrant dans les bras de cette femme !

— Mais tu l'as brûlée vive !

— Et maintenant, c'est toi qui seras consumé par

les feux des Enfers ! Rien ne changera jamais en toi, Jason. Rien ne peut changer ! Si je pouvais te séparer des enfants et les laisser vivre, c'est ce que je ferais. Mais je ne le puis, aussi dis adieu à tes fils !

Le hurlement de Jason fut celui d'un loup.

— Antiokus ! Fais quelque chose !

— Impossible ! m'écriai-je. Toute ma magie m'a déserté.

Il lança son épée vers la femme, mais la lame passa loin de son but. Et, en cet instant terrible, Médée commit son forfait, d'un geste si vif que j'aperçus à peine le reflet de la lame qui trancha la gorge des jumeaux. Elle nous tourna le dos, dissimulant leurs corps sous ses voiles, et se pencha sur son œuvre atroce tandis que Jason hurlait. Elle enveloppa les têtes dans des morceaux de tissu, puis les lança à Cretantes, qui les glissa dans des sacs accrochés à sa ceinture. Ensuite Médée traîna les corps jusqu'aux chevaux. On les jeta sur des couvertures où on les ligota.

Un instant plus tard, la troupe était partie, laissant derrière elle des tourbillons de poussière et l'odeur du sang des innocents, tandis que deux Furies cruelles, enfermées dans le repaire de Médée, narguaient les Argonautes.

Jason s'écroula sans desserrer les doigts des barreaux. Il s'était cogné le visage contre le rempart de métal qui défendait l'entrée du temple jusqu'à perdre conscience ; ses yeux et son visage étaient tuméfiés, sa bouche à vif. Orgominos pesait de tout son poids contre la porte de pierre derrière nous, et cherchait le levier qui nous libérerait de ce piège. J'étais désemparé ; tous mes pouvoirs magiques m'avaient trahi dès mon entrée dans le palais, ce qui m'emplissait de confusion et d'incrédulité. Je crus que Médée avait usé de sa propre sorcellerie pour me neutraliser en prévision du double meurtre. Mais bientôt j'éprouvai la démangeaison familière de mes os, et mes capacités me revinrent. Je vis en une seconde comment ouvrir la porte, ce que je fis. Nous tirâmes le corps de Jason, à travers la barrière de flammes, à l'air libre.

Les derniers gardes de Colchide attachés à Médée n'étaient visibles nulle part. Sans doute s'étaient-ils esquivés afin de la rejoindre dans sa fuite.

— Trouve des chevaux, ordonnai-je à Orgominos, et rassemble les autres, blessés ou non.

Tisaminas s'accroupit auprès de moi et releva la tête meurtrie de Jason. Celui-ci ouvrit les yeux, et soudain sa main m'agrippa à l'épaule.

— Pourquoi ne l'as-tu pas empêchée ? murmura-t-il.

— Je suis désolé. Je t'avais prévenu, elle est plus puissante que moi. J'ai essayé, Jason. De toutes mes forces, j'ai essayé.

Son visage baigné de larmes était tordu par le chagrin, mais il accepta mes paroles d'un hochement de tête.

— Je le sais. Je n'en doute pas. Tu as toujours été un ami loyal. Je sais que tu as essayé.

Il grimaça de douleur en voulant bouger.

— Allons, grogna-t-il, aidez-moi à me relever ! Et amenez les chevaux ! Nous devons la poursuivre...

— Les chevaux arrivent, lui dis-je.

— Elle ira vers le nord, Antiokus. Je connais le cheminement de son esprit. Elle se précipitera jusqu'à la mer et le port secret. Nous pouvons encore la rattraper !

— Nous tenterons d'y parvenir, en tout cas, affirmai-je. Néanmoins, au fond de mon cœur, j'étais déjà certain que Médée nous avait échappé à jamais, car elle avait toujours été plus rusée que Jason.

Je le regardai s'efforcer de reprendre contenance et de dompter le chaos en son esprit, et soudain une grande tristesse m'accabla. Il se peut même que j'aie murmuré :

— Oh, non...

Jason sentit mon trouble. Ses yeux noirs et brillants de larmes scrutèrent mon visage à travers le voile de la douleur.

— Antiokus... dit-il doucement. Si tu penses que c'est la vengeance qui guide mes actes, tu te trompes. Je ne désire pas m'élancer à la recherche de Médée, du moins pas pour l'instant. Je veux retrouver mes fils.

Il tremblait de tout son corps quand il m'étreignit.

— Je dois les pleurer avant toute chose, poursuivit-il. Mais elle a emporté leurs dépouilles ! Antiokus... Tu es certes étranger à ces contrées, mais pas assez pour ne pas comprendre ceci : comment pourrais-je pleurer seulement sur leur souvenir ? Je dois retrouver mes enfants, les serrer dans mes bras ! C'est à moi qu'ils appartiennent, pas à elle !

Il m'écrasait contre lui, et son visage exalté était tout proche du mien.

— Mon bon ami... reprit-il. Antiokus, ne sois pas triste. Aide-moi !

J'étais incapable de parler. Je ne pouvais lui révéler mes pensées. Comment lui avouer qu'il était temps pour moi de partir, qu'avant longtemps je devrais le quitter ? Il sentait ma confusion et, parce qu'il était Jason, il voulait instiller en moi un peu de son courage. Mais il se méprenait sur la raison de ma tristesse, et me croyait brûlant du désir de me lancer à la poursuite de Médée, si peu de temps après la mort de ses chers enfants.

Orgominos arriva avec nos montures.

Meurtri et abattu, égaré par le chagrin et ne se retenant à la raison que par le plus ténu des liens, Jason sauta en selle et, après un long regard implorant à nous tous, et à moi en particulier, il lança son cheval pour traquer sa femme en fuite et franchit au galop les portes du palais.

Je le rejoignis et chevauchai à son côté, mais seulement pendant quelques heures.

À l'époque, à Iolcos, nous avions eu du mal à accepter ce que nous avions vu. Quel meurtre épouvantable ! Et pourtant nous ne pouvions que croire à cette horreur, car elle s'était déroulée sous nos yeux.

Mais à présent, dans le bosquet sacré de Skogen, les actions de Médée devenaient transparentes, et enfin je percevais de quelle façon nous avions été dupés. Tandis que le stratagème se révélait à moi, je n'eus pas le courage de poser mon regard sur Jason, mais j'entendis le tonnerre de son cœur et la précipitation de son souffle quand la vérité lui fut dévoilée.

Il avait suffi d'une entaille à la gorge de chaque fils, et le sang avait jailli en même temps qu'une drogue puissante envahissait leur corps. Les enfants s'étaient écroulés à l'instant. Le sang de cochon qui avait paru gicler de leur cou nous avait laissés abasourdis d'horreur. Médée s'était courbée sur eux et, des plis de sa robe, avait tiré des têtes en cire et en crins de cheval qu'elle avait prestement enveloppées dans des bandes de son voile. Elle avait lancé ces leurres à Cretantes, puis rassemblé ses forces et traîné ses fils endormis jusqu'aux chevaux, et nous n'avions vu des enfants que leurs jambes.

Un subterfuge promptement exécuté, roué, et si convaincant !

Le cœur de Jason, alors qu'il découvrait la vérité, battait à une vitesse insensée, pareil au tambour d'une galère à l'attaque.

Tout le jour suivant, nous poursuivîmes Médée. Son char de chêne et d'osier filait à travers les collines, et ses roues tournaient plus sous l'effet de sa volonté qu'à cause de la puissance des chevaux. À un moment ou un autre, elle nous piégea. Nous nous retrouvâmes lancés derrière ses gardes et son char, dont l'aurige n'était qu'un homme déguisé en femme. Médée s'était éclipsée, avec Cretantes et les enfants, et avait bifurqué vers une crique de la côte où un petit navire l'emporta sur l'océan qui s'étend au levant, jusqu'à une contrée alors en guerre avec Iolcos.

Étrangement, j'entraperçus cette suite d'événements du haut des collines, sans comprendre alors ce que je voyais. Mais Skogen amplifia cette scène dans sa clairière aux broussailles chantantes.

La galère était propulsée par huit vigoureuses paires de rameurs. La voile, peinte aux couleurs de Médée, noir et or, était hissée avec arrogance, comme si celle-ci savait n'avoir désormais plus rien à craindre. La coque effilée, basse sur l'eau, glissait à vive allure vers la haute mer, en direction du levant, vers Rhodes peut-être, ou la cité en ruine de Troie. Médée était assise et versait des pleurs amers en serrant dans ses bras ses fils, maintenant réveillés. Ils se chamaillaient et frottaient l'estafilade encore fraîche à leur cou, sans comprendre que leur mère faisait muettement ses adieux à une existence qu'elle avait fini par aimer, jusqu'à ce que Jason trahisse cet amour. En son cœur elle se sentait veuve et laissait derrière elle un homme mourant de désespoir à cause de la conjuration fatale qu'elle avait ourdie. Jason paierait le prix de sa trahison ; Médée, quant à elle, s'était condamnée, ainsi que ses fils, à une vie d'exil.

Les buissons retentirent de cris de rage.

— Est-ce la vérité ? me demanda Jason. Est-ce la vérité, ou quelque tour de magie ?

— Ce que tu viens de voir est la vérité, murmurai-je. Jason renversa la tête en arrière pour hurler aux étoiles, dont la lueur déclinait déjà.

— Toutes ces années perdues ! Tout ce temps consacré au deuil ! Alors que j'aurais dû la traquer. J'ai abandonné bien trop vite. J'aurais dû la poursuivre sans cesse, jusqu'aux confins du monde !

Des larmes de colère et de frustration coulaient sur ses joues. Et l'amertume incendiait le regard qu'il posa sur moi, comme si j'étais coupable.

— Toutes ces années gaspillées, Antiokus ! Alors que mes fils auraient pu être à mes côtés ! Que la déesse soit maudite pour ne m'avoir rien dit ! s'exclama-t-il.

Et, sur cette dernière malédiction dictée par la fureur, il quitta le sanctuaire au cœur de la forêt.

Je restai dans le cercle de broussailles jusqu'à ce que se termine la psalmodie du rituel de clôture, puis je revins au lac à cheval, accompagné de Jouhkan et de Niiv, qui faisait preuve d'un mutisme inhabituel.

— Où est-il ? demandai-je à Urtha lorsque nous arrivâmes au campement.

Il désigna le centre du lac, et j'aperçus Jason qui se tenait sur une plaque de glace brisée, à la proue d'Argo mort, bras levés face au navire, comme pour le rappeler à la vie. La chape gelée fondait rapidement dans la clarté de l'aube. Le long silence de l'hiver se dissipait au son de l'eau courante. La glace craquait.

Plus tard, Jason entra dans la tente d'Urtha, où je me restaurais. Assise à côté de moi, toujours silencieuse, Niiv contemplait le feu d'un regard pensif. Il demanda la permission de se joindre à nous et Urtha l'y invita. Jason avait rasé sa barbe et noué sa longue chevelure en une seule natte qui descendait dans son dos presque jusqu'à ses reins. Il avait trouvé un pantalon romain rouge serré aux cuisses et coupé au-dessus des genoux, ainsi que des bottes grises fourrées. Sur ses épaules était toujours jetée la peau de mouton noire qu'il avait portée durant ses dernières années à Iolcos.

Ses yeux étaient embués de tristesse quand il les posa sur moi. Il s'accroupit devant le feu et réchauffa ses paumes aux flammes.

— Le navire... Argo est mort. La déesse l'a quitté.

— Je sais. L'effort de la résurrection a été trop grand.

— Je retire ce que j'ai dit dans le cercle de broussailles, au sanctuaire, Antiokus. Du premier au dernier mot ! Peut-être Médée a-t-elle aveuglé la déesse tout autant qu'elle nous a aveuglés.

— C'est une sage pensée, dis-je prudemment.

— Oui. Mais si elle n'est pas juste, alors nous devrons naviguer sans elle.

Il m'était déjà venu à l'esprit qu'Argo pouvait être ranimé sous la protection d'une des déesses locales, quelque frustes et imprévisibles qu'elles fussent. Je gardai cette idée pour moi, car Jason m'observait toujours, et le pli entre ses sourcils s'était creusé.

— Comment as-tu su ? demanda-t-il enfin. Comment as-tu découvert, pour Kinos et Thesokorus ?

Je lui dis que je n'avais retrouvé que Thesokorus, « l'enfant qui bondit sur le dos des taureaux », comme

Jason l'avait surnommé en raison de sa témérité. Pour Kinos, « le Petit Rêveur », je n'avais entendu à son propos qu'une énigme.

— Thesokorus, murmura Jason. Il doit être adulte, à présent.

— Il est connu sous un autre nom.

— Le nom n'a pas d'importance. L'as-tu vu ? Tient-il de moi ?

J'avais appréhendé ce moment. Non pas tant à cause de la vérité quant au sort de ses enfants chéris que pour ce que Jason devrait maintenant apprendre sur lui-même.

Oui, j'avais des nouvelles de Thesokorus depuis que j'étais allé voir un oracle, à qui j'avais entendu un fils poser une série de questions sur son père.

5

En Macédoine

D'où j'étais assis, à l'ombre d'un chêne au bord de la place du village, je pouvais contempler à loisir les collines nimbées de brume et le reflet du soleil sur le marbre des portes qui marquaient l'entrée du sanctuaire.

J'étais là depuis huit jours, à guetter l'écho de la trompe de bronze sur les pentes abruptes qui entouraient les murs blancs de cette ville macédonienne. L'oracle, sous la protection du dieu Poséidon, était réputée capricieuse et peu digne de confiance : la rumeur lui attribuait plus d'un point commun avec Perséphone, qui hante les sombres couloirs des Enfers. Cette déesse n'utilisait aucun moyen humain pour délivrer ses messages ; sa voix surgissait directement de la caverne où, lorsqu'elle le jugeait bon, elle s'éveillait dans la pénombre. Elle n'avait pas de nom, on ne devait jamais s'adresser à elle directement, et on ne la connaissait que comme le « souffle suspendu du Temps ». Elle allait et venait dans ses grottes comme coule au hasard la brise par un matin d'été calme.

Certains visiteurs patientaient un an ou plus avant d'être invités à la consulter, prétendait-on, et j'avais déjà décidé de reprendre ma route d'ici un jour ou deux, car j'étais venu en ce lieu poussé par la curiosité, bien plus que par la perspective d'une éventuelle consultation. Je disposais d'assez de temps pour me rendre dans les endroits les plus étranges de ce monde, pour peu que j'en entendisse parler.

La ville voisine était une agglomération modeste mais déjà envahie par la foule. Romains, Macédoniens, Étrusques, Carthaginois, Scythes et Illyriens, dont la plupart avaient installé leur campement hors les murs de la cité, déambulaient maintenant dans les rues étroites à la recherche de vin, d'olives et de ce mouton succulent qu'on cuit dans les fours d'argile pendant tout le jour. Entre eux, les visiteurs se montraient indifférents ou agressifs, irritables ou endormis par l'ennui, mais au moins ils n'affichaient aucune animosité envers la population locale – qui le leur rendait bien –, à l'exception du petit groupe qui s'était installé sous les branches tordues de trois vieux oliviers, de l'autre côté de la place où je passais des heures à méditer.

Ils étaient six, tous méfiants et manifestement sur la défensive. Dès le premier regard, je les avais identifiés comme étant des *Keltoï*. Ces guerriers venus en meutes des contrées du Nord, Hercynie, Hyperborée, pays des Gaules ou autre, n'étaient, pour les gens du cru, et surtout pour les Romains, que des barbares. Mon opinion était plus mesurée, pour avoir croisé la route de nombre d'entre eux au cours de mes tribulations. Je savais leur réputation de droiture, d'honnêteté, tout autant que leur goût pour le combat individuel. Ils adhéraient sans réserve à un ensemble de lois et de codes qui faisait d'eux, dès le premier contact, les plus accueillants des hôtes ou les ennemis les plus déterminés.

À les observer, je n'aurais pu dire de quelle partie de ces contrées de marécages, de forêts et de montagnes qui s'étendent au nord ils venaient. Pas des clans d'Alba ou de Gaule au ponant, j'en étais certain. Leurs vêtements, kilts, pantalons et ces courtes capes caractéristiques étaient teints en bleu et rouge, leur chevelure nouée sur le sommet du crâne et décorée de ficelles où étaient enfilées des perles multicolores, signe qu'ils n'étaient pas en guerre. Leur moustache longue recouvrait la bouche et retombait sous le menton en pointes raidies avec de la graisse animale. Leur pose était arrogante, et leur regard menaçant se posait avec insistance sur toute personne qui croisait leur chemin.

L'un ou l'autre d'entre eux montait toujours la garde, tenant devant lui son bouclier ovale, la lance appuyée négligemment au creux de l'épaule. Assis à l'ombre des oliviers, les autres passaient leur temps à boire du vin dans des jarres en terre et à manger d'énormes quantités de fruits, de viande et d'olives. Inutile de préciser que ce régime avait des effets désastreux sur leur digestion. Leurs chevaux étaient attachés tout près, à la grande exaspération des habitants, qui estimaient que ces hommes du Nord auraient dû camper hors de l'enceinte, comme tous les autres visiteurs.

Ils avaient grandement éveillé ma curiosité, je l'avoue. Ces hommes étaient blonds, à l'exception notable de leur chef. Sa peau, par contraste, paraissait bistre, sa chevelure était d'un gris bleuté car lavée à la chaux, mais ses yeux, loin d'être bleus comme ceux de ses compagnons, étaient sombres et mélancoliques, et sa moustache très noire. Très certainement il n'était pas natif du clan. Quand il prit la garde à son tour, et s'appuya sur un haut bouclier orné de l'effigie de

Méduse, j'eus le sentiment qu'il concentrait son attention sur moi, qui l'observais depuis l'autre côté de la place, ce qui ne tarda pas à me mettre mal à l'aise.

Le temple d'Athéna, un édifice de pierre sommairement chaulé dont l'accès, formé par une volée de marches, était flanqué de deux encensoirs fumants, dominait la place. De temps à autre, des prêtres y entraient, qui venaient demander à la déesse si l'oracle allait arriver. Chaque jour au crépuscule, ils apparaissaient sur les marches et annonçaient :

— Elle arpente toujours les cavernes des Enfers, mais elle vient vers nous.

À ces mots, Romains et Grecs maugréaient, mécontents ; les *Keltoï* éclataient d'un rire cynique et à l'unisson crachaient des noyaux d'olive sur la place.

En dépit de leurs postures farouches, ils semblaient très détendus, sans doute parce qu'ils appréciaient la douceur du climat.

Au huitième jour, peu avant l'aube, les collines retentirent du son grave de la trompe de bronze. Par cinq fois il fit vibrer l'air, et la ville revint à la vie. Chaque groupe leva le camp, sella ses montures, rassembla les chiens et partit au trot vers les hauteurs. Dans le temple d'Athéna s'élevaient les chants d'accueil pour l'éveil de l'oracle. Les poules couraient en tous sens, les chiens aboyaient et les cochons grouinaient. Bien des habitants de la cité lancèrent des cris de colère et des jurons en constatant que leurs locataires avaient filé vers les collines sans régler leur dû.

Les *Keltoï* observèrent toute cette agitation avec intérêt, et lorsque le calme fut revenu sur la place ils harnachèrent sans hâte leurs chevaux, burent ce qu'il restait de vin, rotèrent avec satisfaction, rirent tout leur saoul en échangeant des plaisanteries et des gestes grossiers, puis se mirent en route. Alors qu'ils quittaient la place, ils se retournèrent sur leurs montures pour me jeter des regards graves et sinistres, qui me poursuivirent jusqu'à ce qu'ils soient hors de ma vue.

J'attendis un bon moment avant d'aller chercher un de mes chevaux et de m'engager à mon tour sur la sente raide qui menait au sanctuaire.

J'étais déjà venu en ce lieu à de nombreuses reprises, même si ma dernière visite remontait à plusieurs générations, de sorte que je savais parfaitement où me dissimuler afin d'écouter l'oracle dispenser son savoir à ces quémandeurs de sagesse.

Une série de ravines, chacune terminée par une arche de marbre, s'enfonçait profondément au pied des collines, serpentant entre les escarpements rocheux et les broussailles jusqu'à l'esplanade naturelle où s'élevait, étincelant, le temple de Poséidon. L'édifice se dressait devant les bois touffus de chênes et de cèdres élancés et odorants qui masquaient la roche grise, interdisant l'accès au ravin très encaissé et au dédale de cavernes où résidait l'oracle. Une trompe géante à tête de bélier était suspendue à deux poteaux, son embouchure tournée vers les terres en contrebas. Elle oscillait doucement dans son harnais de cordes.

Ici avaient été construits un grand nombre d'abris pour les visiteurs, et l'activité battait son plein. On bouchonnait les montures, on les nourrissait et on les abreuvait, on allumait les feux pour préparer le repas. J'attachai mes chevaux dans un coin d'ombre, leur laissai à manger et à boire dans des écuelles de terre cuite, et je me fondis dans la végétation. Je longeai l'orée du bois et parvins bientôt aux niches rocheuses bordant le gouffre où retentirait la voix de l'oracle. Ici, tout son éveillait un écho amplifié dix fois. Le moindre murmure me serait aussi audible qu'à la personne posant sa question près de la crevasse.

Une odeur de soufre planait dans l'air, mariée à celle de chair brûlée. J'entendais les assistantes de l'oracle préparer sa venue. Le gémissement de la brise montait des entrailles de la terre. À l'orée de la forêt s'étaient perchés par dizaines des corbeaux qui tous demeuraient muets.

Les visiteurs vinrent et posèrent leurs questions. La voix de la prophétesse était douce, et évoquait celle d'une vieille femme obligeante, avec des accents parfois légèrement ironiques. Où qu'elle se tînt, je ne pouvais l'apercevoir. C'était une journée de grande chaleur, et le soleil alourdissait l'atmosphère de son miel. Confortablement installé dans cette anfractuosité sur le surplomb rocheux, je glissai peu à peu dans une somnolence insidieuse, bercé que j'étais par les odeurs de soufre et de thym.

Des heures s'écoulèrent avant que je ne me réveille. Quand j'ouvris les yeux, le jour déclinait déjà, et cependant les nuées de corbeaux demeuraient silencieuses dans les frondaisons. On consultait l'oracle en grec, mais avec un accent du nord. Je me penchai de côté pour regarder au-delà du rocher. Comme je l'avais pensé, c'était ce *Keltoï* à l'apparence si singulière.

— On parle d'une horde nombreuse qui se rassemble au Septentrion, disait-il. Et d'une Grande Quête, menée par un homme du nom de Brennos. Est-il sage que je me joigne à cette armée ?

L'oracle ne se manifesta pas, et le jeune guerrier finit par montrer des signes d'impatience. Seules les bourrasques montant de l'abîme, qui faisaient penser à une respiration surnaturelle, signalaient que la question était étudiée.

Enfin la réponse vint :

— Rien ne s'y oppose, Orgetorix. Sache pourtant que les maux infligés par l'épée et la lance t'atteindront si tu épouses la Grande Quête. Mais elle te mènera à l'endroit de ta naissance, et il te faudra alors prendre une décision difficile.

— Quelle décision ?

— Je ne sais pas. Ce n'est pas clair. Quelque chose de cent fois pire que ce qui te tourmente dans tes songes.

À présent, le *Keltoï* restait coi. Je le voyais, campé au centre du cercle de roches devant l'entrée étroite du Monde d'en-bas. Bras croisés sur la poitrine, et tête baissée, il était plongé dans une profonde méditation.

Orgetorix ? C'était là un nom fort puissant, qui signifiait « le Roi des Tueurs » !

Soudain le jeune guerrier revint à la vie.

— J'ai d'autres questions.

— Parle, souffla la voix.

C'était surprenant. Cet oracle se montrait bien indulgent avec ce visiteur *keltoï*.

Il posa sa question :

— Je sais ce que mon père a fait. Un fantôme me l'a montré lorsque j'étais enfant. Je suis au fait de sa trahison. Mais jamais son nom ne m'a été révélé. Aussi je te le demande : par quel nom mon père est-il appelé ?

— Os Pourrissants !

Orgetorix tiqua. L'oracle avait parlé dans un murmure froid et dur. La respiration du *Keltoï* trahissait sa colère, pourtant il parvint à contrôler son trouble et dit :

— Un nom terrible. C'est un nom terrible. À présent, dis-moi la vérité.

— Ton père était un homme terrible. N'en exige pas plus de moi à son sujet.

— J'exige cependant de connaître son nom.

— Ton exigence n'est que fumée dans la tempête.

— Alors dis-moi : quel était le nom de ma mère ?

— Ta mère était Médée, fille d'Æétès, roi de Colchide. Elle t'enleva à ton père, et te cacha en une contrée fort lointaine. Ce fut une grande épreuve pour elle, une grande perte, et elle mourut en de terribles tourments.

Pendant un moment, ces paroles résonnèrent en moi à la façon d'un dialecte étrange, familier sans l'être, presque identifiable, mais qui toujours conservait son mystère, comme s'il planait aux frontières de ma compréhension. Puis leur signification me frappa avec la violence d'un coup de massue en plein front. Les mots vibrèrent des échos du tonnerre.

Médée ? De Colchide ?

Par quel prodige je parvins à contenir ma surprise et à ne pas révéler ma présence, je ne saurais l'expliquer. Toutefois je suis sûr que je poussai une exclamation atterrée. Le nom était pour moi semblable à un cri d'angoisse. Médée ? Non, impossible !

Il se passait quelque chose de trop extraordinaire pour que je puisse l'appréhender. Machination ou coïncidence, je n'aurais pu le dire ; mais soudain la peur me saisit, et elle n'avait nul fondement, hormis la certitude que rien de ce qui se déroulait en contrebas n'était bon.

Mais... Médée ? À présent, j'identifiais les signes dans la voix du jeune *Keltoï* : cette douceur de ton qui pouvait si vivement prendre les accents du commandement. Oh oui, il parlait bien comme son père. Jason ! Fils d'Æson et de la sage Alcimédé.

Se pouvait-il que le guerrier fût un des fils de Jason ?

Il devrait depuis longtemps reposer au tombeau.

Des pierres roulèrent au bas de l'escarpement quand je me reculai pour mieux réfléchir à ce dont je venais d'être témoin, et je craignis d'être découvert. La conversation dans le gouffre s'interrompit un moment, puis reprit.

Le *Keltoï* demanda :

— Suis-je loin... Suis-je loin de mon foyer ?

— Très loin. Et jamais tu n'y pourras retourner. Ce monde qui était tien t'est perdu, à jamais.

Si c'était un des fils, lequel ? Et où était l'autre ?

— Mon père est-il mort ? demanda le jeune guerrier sans passion.

L'ombre d'une menace planait dans sa question.

— Il y a de cela bien longtemps. Tu ne peux revenir en arrière, Orgetorix. Tu ne peux aller que de l'avant. Et ainsi prennent fin mes réponses.

J'entendis un bruit sec, métallique : le *Keltoï* avait eu un mouvement de colère en direction de l'oracle.

— Non ! Encore une question !

— Plus de questions. Le temps de tes questions ici est écoulé.

— Une dernière ! J'offre la main qui tient mon bouclier contre une dernière question !

Il avait parlé avec les accents du défi.

Je perçus le son de l'épée qu'on tire du fourreau, et je vis Orgetorix prêt à se trancher le poignet.

— Qu'est-ce qui vaut l'offrande d'une de tes mains ? demanda l'oracle avec un à-propos certain.

— Un frère.

Alors, d'une voix radoucie, la prophétesse déclara :

— Fort bien. Épargne ta main.

Le jeune et impétueux *Keltoï* rengaina sa lame.

— Je garde souvenir de mon frère, mais c'est comme celui d'un rêve. « Le Petit Rêveur », tel était son surnom. Nous avons été arrachés ensemble à notre foyer, et nous étions couverts de sang. On nous a confiés à une famille d'inconnus. Nous avons grandi en une contrée sauvage, à l'abri d'une forteresse aux murs épais. Ensemble, nous avons appris le maniement des armes. Et un jour, il a disparu, comme l'ombre se fond dans la nuit. Où est mon frère ?

L'oracle garda le silence un long moment. Enfin, sa voix, empreinte de sérénité, déclara :

— Il est vivant, aujourd'hui, entre des murailles battues par les flots. Son nom résonne là où vit le serpent. Il règne sur son monde, bien qu'il l'ignore. Et c'est tout...

— C'est tout ? Mais ce n'est rien !

Soudain irritée, l'oracle siffla :

— Parce que tu es égaré, je t'ai donné plus que je ne l'aurais dû. Parce que tu as démontré de la hardiesse et une âme entreprenante pour trouver ce lieu, je suis restée plus longtemps que je ne l'aurais dû. Mais mon temps ici est écoulé. Et quelqu'un guette nos propos. Je crains pour toi.

Le jeune guerrier sortit à reculons de la gorge, jetant de droite et de gauche des regards méfiants, la main coiffant la garde de son épée. Mais il ne vit pas qui l'espionnait près de l'abîme. Il disparut prestement dans les bois, en direction de ses compagnons.

Médée !

Les pouvoirs de cette femme dépassaient donc tout ce que j'avais pu soupçonner. Pas un instant je ne doutais de la réalité de ce que mes yeux avaient vu. Et voilà que j'avais devant moi le fils aîné de Jason, qui se faisait appeler Orgetorix. Le frère du « Petit Rêveur », sorti du Temps, déplacé non en un autre lieu, mais en une autre époque. La supercherie ourdie par la sorcière avait confiné au sublime ! C'est certainement d'avoir caché ses fils dans un monde aussi lointain qui l'avait tuée.

Je l'avais à peine connue, et pourtant elle s'était trouvée au centre de mon existence durant ces quelques années passées en compagnie de Jason. Un voile noir, ce manteau scintillant d'un éclat bronze et or, le cliquetis des perles, cette démarche furtive, les incantations lugubres, l'odeur du sang sacrificiel et des herbes brûlées... J'avais préféré me tenir à l'écart de tout cela. De même je m'étais bien gardé d'intervenir en quoi que ce fût dans la relation entre mon téméraire et vigoureux ami et son amante clandestine.

Mon cœur n'en avait pas moins été brisé pour lui quand elle avait tué leurs fils.

Après la rencontre avec l'oracle, je m'attardai plusieurs jours encore dans cette petite ville macédonienne, absorbé dans de profondes cogitations. Orgetorix et ses cavaliers étaient partis. Je fus étonné qu'ils se soient évaporés aussi soudainement, et en dépit du petit effort que je consentis, et de l'usage d'un charme bénin, je ne pus les retrouver. C'était étrange, mais sans grande importance. Ils faisaient route vers le nord, pour rejoindre l'armée qu'avait évoquée le *Keltoï* et participer à une grande aventure.

Au matin, je décidai de ma propre Quête : j'irais également vers le septentrion, mais avec pour but cet endroit où longtemps j'avais cru qu'Argo avait mené Jason pour son dernier séjour. J'avais entendu les légendes locales à propos d'un navire venu du Sud brûlant, et de l'homme qui hurlait à son bord la douleur d'avoir perdu ses fils. Mais je ne m'y étais jamais intéressé, n'ayant jusqu'alors aucune raison de le faire. Oui, je me rendrais en ce lieu pour voir si le navire, qui avait aimé l'homme au point de choisir de l'accompagner, l'avait conservé vivant en son giron.

Et j'avais trouvé Jason ! Et maintenant je devais lui révéler l'effroyable vérité.

— Aucune recherche, quel que soit le nombre d'années que tu y aurais consacré, ne t'aurait permis de retrouver tes fils, lui assenai-je. Médée ne les avait pas cachés dans le monde que tu connaissais. Ni sur une île, aussi isolée fût-elle, ni au cœur des montagnes du bord du monde, ni dans les grottes profondes qui plongent dans les entrailles de la terre. Elle ne les a pas emmenés chez elle, en Colchide, ni dans le Nord barbare...

Le regard de Jason était funeste, mais j'y décelai l'étincelle de l'intérêt.

— Où, alors ?

— Elle les a cachés dans le Temps. Dans ce qui était alors l'avenir. Elle les a cachés *maintenant*.

— Elle aurait donc invoqué Cronos ?

— J'ignore quelle puissance elle a invoquée, et je préfère ne pas y penser.

Il me dévisagea longuement.

— Et quand... Quand est-ce, maintenant ? Plus de vingt ans ?

Quelle serait sa réaction ? Il me fallut beaucoup de discernement pour trouver les mots. Devais-je faire de mon mieux pour le préparer à cette révélation, ou me contenter de l'exprimer sans apprêt ? Je doutai qu'il me crût d'emblée, aussi une réponse rapide me sembla-t-elle préférable. Il aurait tout le temps d'y réfléchir ensuite.

— Sept centaines d'années.

Il me considéra comme si mes paroles n'avaient aucun sens, et c'est à peine si l'ombre d'un pli marqua son front. Puis il hocha doucement la tête.

Je poursuivis donc :

— Elle ne pouvait savoir qu'Argo te protégerait du Temps, toi aussi. Tu es resté au fond de ce lac si longtemps que le monde que tu as connu a changé, au point que tu ne le reconnaîtras pas. Peut-être aurais-je été plus sage en te laissant à l'étreinte de ces eaux glacées...

Soudain une grande crainte m'envahit : celle d'avoir fait le mauvais choix.

Face à moi, toujours ce regard fixe, et ce mutisme.

— Je suis désolé, Jason.

Tout ce qu'il avait connu, du moindre village à la plus grande cité, n'était plus que poussière et ruines, ou reposait sous la pierre de nouvelles murailles. J'avais vu les anciennes civilisations s'effondrer. J'avais vu le monde se transformer complètement. Tout ce sur quoi Jason avait compté avait été balayé par les ans et les invasions.

Je lui en dis ce que je pouvais, et je répondis de mon mieux à ses questions. S'il était curieux d'apprendre dans quelles circonstances Médée avait péri, il garda la question murée en son cœur. Quand j'eus terminé le récit de toutes ces années perdues pour lui, je murmurai :

— Tout ce que tu as jadis aimé gît à présent au tombeau...

Son visage s'assombrit et, se penchant vers moi, il chuchota :

— Tout, sauf mes fils.

— En effet, s'il faut en croire l'oracle. Tout, sauf tes fils.

— Et toi, ajouta-t-il d'une voix rauque. N'oublie pas ton rôle dans cette histoire.

Son regard las se fit scrutateur.

— Tu es venu me réveiller, reprit-il. Tu as traversé la moitié d'un monde afin de me tirer des eaux. Pourquoi ?

La question m'inquiéta. Pourquoi, en effet ? Tout ce que je pus trouver à répondre fut :

— Parce que j'ai connu le bonheur, en ces temps lointains avec toi, sur Argo, à Iolcos. Et parce que je savais où te trouver. Je connais ce lac, j'ai entendu tes cris. Je n'en avais pas la certitude absolue, et pourtant je savais que c'était toi. Et puis, après tout, j'avais le temps de faire cela, que j'aie eu raison ou tort.

Il soupesa un moment cette réponse, puis se détourna et contempla fixement le feu, légèrement tassé sur lui-même, visage dans les mains, comme pour se dissimuler au regard angoissé du monde autour de lui.

Après une longue prostration, il se leva et quitta la tente. De tout ce temps, je n'avais pas remarqué l'attention portée par Niiv et Urtha à notre conversation, même si aucun des deux ne pouvait la comprendre. Cependant la curiosité dévorait visiblement la jeune fille, et elle était à l'évidence ravie. Lui avais-je révélé quelque chose malgré moi, non pas par les mots mais par quelque langage silencieux ? Décidément, il me faudrait être prudent en sa présence.

Urtha me dévisageait avec curiosité.

— Il a l'air fort troublé, ton ami.

— Je viens seulement de lui dire combien il est loin de chez lui.

— Cela suffirait à troubler n'importe qui, grommela Urtha. À quelle distance, son foyer, exactement ?

— Disons qu'il ne pourra jamais y retourner.

— Tu n'as pas été très délicat, semble-t-il.

— Non, je ne crois pas. Il a reposé au fond de ce lac pendant un temps très long. Jadis, il fut un très bon ami. Il m'a tiré d'une situation difficile. Tu ne me croirais pas, même si je te racontais la chose en la déguisant en histoire...

— J'ai entendu ça, déjà, rétorqua Urtha avec un petit sourire narquois. En général, cela signifie qu'il n'y a pas grand-chose à raconter.

— Eh bien, pas cette fois. Je sais à quel point vous autres *Keltoï* aimez que les histoires soient grotesques. Mais il m'a vraiment aidé. Jason et moi partageons un lien dont tu saisirais très bien la nature. Néanmoins c'est en monstre qu'il s'est conduit avec sa famille, et son épouse l'a puni d'horrible manière.

Urtha grimaça à cette pensée.

— Mais tout cela appartient au passé, poursuivis-je. Le fait est que durant l'année écoulée j'ai traîné mes pauvres chevaux à travers la moitié d'un monde pour retrouver Jason et lui apporter de bien étranges nouvelles...

Le guerrier eut un rire tranquille.

— Oui. Et ce sont de bien étranges amis que tu as, qui gisent noyés au fond des lacs...

— Mes autres amis ne gisent pas au fond d'un lac. Et maintenant que je l'ai retrouvé, je commence à me demander d'où me venait cette ardente nécessité.

— De le ressusciter d'entre les morts ?

— Exactement.

— Une dette d'honneur. Un lien, tu l'as dit.

— À moins que quelqu'un ne se soit servi de ce lien pour me manipuler...

Urtha éclata de rire, puis il but le vin à sa jarre.

— Là, je ne te suis plus. J'espère que tes histoires

sont un peu plus cohérentes. Nous aimons le grotesque, c'est vrai. Mais nous aimons aussi la cohérence. Je te pose la question une fois encore : à quelle distance est-il de son foyer ?

Niiv était irritée de ne rien comprendre, mais je continuai de converser dans la langue d'Urtha. J'en vins à lui relater ce que j'avais révélé à Jason. Je lui fis jurer le silence, quand bien même il ne croyait pas à une seule de mes paroles.

Il m'écouta d'un air impassible, puis but encore, tout en réfléchissant.

— Sept centaines d'années ? Je connais une vallée où se dresse un arbre qui a cet âge. Son tronc est sculpté du haut en bas. C'est un endroit sacré. Mais l'arbre dépérit. L'écorce de ta peau est plus solide, si tu parles vrai.

— Je te l'ai dit, je ne mens pas.

— Et je commence à te croire. Aussi vais-je te donner un conseil : n'ébruite pas trop ton grand âge, pas plus que tes talents. Enaaki et ses démons aquatiques hantent peut-être le fond du lac, dans un palais de bois et d'os, et ils ne s'intéressent à rien d'autres qu'aux entrailles d'animaux, mais il est bien des gens dans les campements alentour qui ne sauraient que trop bien le parti à tirer d'un homme aussi intelligent que toi.

— Je reçois ce conseil comme un gage d'amitié.

— Tu fais bien, car l'amitié est chose importante. D'ailleurs, j'ai très envie de savoir quoi faire de toi, moi aussi !

Et il eut un large sourire.

Un courant d'air glacé pénétra dans la tente quand Jason revint au chaud, s'approcha du feu et s'accroupit. Son regard passa d'Urtha à Niiv, puis à moi.

— Savent-ils ?

— Je l'ai dit à Urtha. Il se peut que j'en informe

également Niiv, mais elle tâte de la sorcellerie, et je préfère lui parler d'abord.

— Dis-le-lui, fit Jason. Peu importe. D'ailleurs nous pourrions bien avoir besoin d'elle. Et nous aurons très certainement besoin de ton ami.

— Sois prudent, Jason, lui recommandai-je. Tu es si loin de ton époque et de ton monde.

Il se releva brusquement. Il me dominait de toute sa taille, et ses prunelles étaient enflammées, mais par le défi et l'espoir, non par la colère. Il dit :

— Je n'ai que faire de mon monde et de mon époque ! Pourquoi le devrais-je ? Lorsque nous sommes partis à la recherche de la Toison, dans notre jeunesse, quand nous avons volé ces trésors et l'oracle de Colchide, quand nous avons fui nos poursuivants sur la mer et dans les marais, que nous avons remonté des fleuves inconnus, traversé des gorges sombres et des forêts ténébreuses, toutes sortes de contrées hantées par les pires cauchemars, n'avons-nous pas alors vécu dans des mondes qui n'étaient rien pour nous ? N'est-ce pas la vérité ? Réponds !

— Oui.

Il s'était référé à Médée en l'appelant « l'oracle ». Brûlait-il de connaître son sort, ou repoussait-il de son esprit toute pensée la concernant ?

— Oui ! poursuivit-il. Nous avons survécu à tout cela grâce à notre intelligence, Antiokus, t'en souviens-tu ? Grâce à nos épées, et à notre navire... et parce que telle était la volonté de la déesse !

Il était vivant, de nouveau ! Il arpentait l'abri de la tente, le corps alerte et l'esprit vif.

— Nous n'avions nulle idée de l'endroit où nous nous trouvions ni de notre destination. Nous avons simplement propulsé Argo à la force des rames contre les courants des eaux noires, nous l'avons porté sur les terres quand il le fallait, avec pour seul espoir de nous rapprocher de notre foyer.

— Je m'en souviens.

— Et j'en suis heureux. Aussi, crois-moi lorsque je t'affirme ceci ! s'exclama-t-il en se penchant vers moi, avec la voix d'un homme qui a retrouvé foi en la vie. Toute mon existence, j'ai accepté que mon monde soit le monde dans lequel je vais ! Le temps m'indiffère. L'endroit m'indiffère. Je suis ici ! Ceci est mon monde, maintenant, Antiokus. Un monde neuf, étrange, qui ne demande qu'à être exploré. Et, je l'espère, à la lumière du jour ! Si ce que tu dis est la vérité, alors un de mes fils au moins foule ce monde de ses pas, tout comme moi ! Je peux le retrouver. Et c'est pour relever ce genre de défi que je suis né. Quelle meilleure raison, mon ami enchanteur, pour briser la glace, reconstruire notre navire et voguer vers le sud ensoleillé ? Peux-tu me le dire ?

— Je ne vois aucune raison qui soit meilleure, Jason.

— Bien !

Je me levai à mon tour et il m'étreignit en souriant.

— Nous recruterons des rameurs parmi tous ces gens qui campent autour du lac, et ainsi nous naviguerons. Va dormir, et rêve, Merlin. Rêve bien. Je ferai de même. Et lorsque nous nous éveillerons, nous tirerons Argo au sec et nous le ramènerons à la vie !

DEUXIÈME PARTIE

L'Esprit du Navire

6

L'Esprit du Navire

Jamais je n'avais oublié la beauté d'Argo. Même à présent, alors qu'il reposait, indolent, sur le bord du lac, à demi pourri, sa coque effilée veinée de couleurs vives et d'images des dieux de la contrée grecque de Jason mangée par les herbes aquatiques, il offrait encore un spectacle admirable au regard. Il conservait une pureté de ligne incomparable, malgré les branches brisées qui avaient poussé de sa carcasse, depuis la forme coulée de sa proue acérée jusqu'à la courbe élégante de la poupe, où se dressait le visage sculpté qu'illuminait encore le regard serein d'Héra. Il donnait l'impression de frémir au toucher, comme habité du souvenir de la vie ; et, tandis qu'il gisait sur le sol compact, soutenu par des cales et des filins, il semblait murmurer :

— Reconstruisez-moi ; faites-moi plus solide, plus fort ; préparez-moi à la Quête. Je me meurs depuis trop longtemps...

J'avais cru le navire mort lorsqu'il avait crevé la surface du royaume aux dents de glace d'Enaaki, mais en faisant le tour de la coque, la torche haut brandie, je sentis la dernière étincelle de vie qui luisait encore en lui, toujours là, depuis presque un millier d'années.

Maintenant que le soleil n'hésitait plus à se montrer, même si c'était encore avec parcimonie, je pouvais de nouveau mesurer le temps en jours et en nuits. Et pendant deux de ces jours encore trop courts et deux de ces nuits toujours trop longues, Jason resta agenouillé face à la proue d'Argo, et il lui parla dans le silence de son âme. Au troisième jour il creusa un trou profond, qu'il emplit de bois d'allumage et de bûches, puis appela l'oncle de Niiv, Lemanku, qui lui avait proposé ses services. C'était un maître charpentier et un constructeur de bateaux chevronné. Jouhkan offrit lui aussi son aide. Dans la surface de la coque, Lemanku découpa l'effigie flétrie de la déesse aveugle et l'apporta sur la fosse. Jason plaça la tête divine sur les bûches, puis il sacrifia un jeune renne de ses mains nues, étranglant la bête devant les Pohjolans assemblés et tout de rouge vêtus pour l'occasion, qui observaient la scène avec la plus grande gravité. Ils agitèrent leurs torches dans un lent mouvement de balancier et entonnèrent par brefs couplets un chant aigu et gazouillant pour montrer qu'ils approuvaient cette cérémonie sacrificielle.

Jason décapita l'animal et jeta la tête sur les bûches, puis il mit le feu au petit bois.

Bientôt une grande flambée s'éleva en crépitant de la fosse.

En proie à une frénésie extraordinaire, Jason découpa le cadavre aux articulations et embrocha les pièces de viande sur des pieux qu'il disposa en travers du feu. Niiv alimentait le brasier.

Lorsque la tête fut calcinée jusqu'à l'os, il versa

dessus une pleine jarre de la capiteuse boisson locale. Des flammèches bleutées s'en élevèrent, qui dansèrent dans l'air pendant plusieurs minutes.

Quand tout fut fini, et que des braises rougeoyantes monta le doux fumet de la viande rôtie, Jason vint devant Argo.

— Adieu, Vieux Navire ! Adieu, Vieux Cygne ! Mais aujourd'hui je te verrai refleurir, et la source des feuilles rejaillira de ton pont. Une vie nouvelle pour toi, vénérable vaisseau... Je t'ai aimé, Argo, lorsque tu fus guidé par Héra au grand cœur, et je t'aimerai encore avec un nouvel esprit-gardien. Sur ma vie, je t'en fais serment !

Puis, se tournant vers Lemanku et Jouhkan, il dit :

— Et maintenant, à vous. Brisez-le jusqu'à son squelette et son étrave. Mais arrêtez-vous là, car c'est de là que nous recommencerons. Ne touchez à rien du Vieux Navire qui gît à l'intérieur.

Ses paroles me surprirent. C'était la première fois que Jason faisait référence au « Vieux Navire à l'intérieur ». J'avais navigué avec lui pendant une aventure qui avait duré des années, coûté maintes vies et nous avait menés dans les contrées les plus exotiques, un périple qui avait causé la mort de ses fils – ou, du moins, l'avait-il cru –, et l'avait condamné à vingt années de souffrance. Pas une seule fois il n'avait dit qu'il était au courant de ce dont j'avais eu l'intuition lors de mon embarquement sur Argo, à Iolcos, une éternité plus tôt et peu avant que le navire ne s'élance vers la Colchide et la Toison d'or...

Je n'avais rien vu de la construction d'Argo, des siècles plus tôt en terre grecque, quand Jason l'avait commandé et que le constructeur Argos était sorti de nulle part pour offrir ses compétences. Lorsque mes pérégrinations sur le Chemin m'avaient ramené à Pagases, au nord d'Iolcos, le navire était déjà sur cales et prêt pour la mise à flot. Le taciturne constructeur de bateaux avait achevé son travail ; l'ancienne coque pourrie qui gisait toujours au cœur d'Argo avait alors été enchâssée dans un bois solide et neuf, peint et décoré des symboles de la mer et du ciel, et des dieux protecteurs. Jason s'était rendu en personne auprès de l'oracle de Dodone et avait coupé une branche du chêne sacré pour la nouvelle quille d'Argo.

Je me joignis alors à la foule des curieux – la plupart étaient venus pour voir le groupe de héros que Jason avait rassemblés autour de lui – et, sur un coup de tête, je demandai au jeune homme au regard vif qui faisait ses dévotions à Héra, et qui n'était autre que Jason lui-même, si un enchanteur lui serait de quelque utilité à bord.

— Aucunement, répondit-il, les mains toujours immobiles dans la fumée qui s'élevait de l'offrande, sans même m'accorder un instant d'attention.

— Je viens des Orcades, j'ai traversé l'Hyperborée et les étendues illyriennes au ponant. Ces contrées sont dévastées ; le jour s'est transformé en nuit, le vent en feu et les morts se sont levés du sépulcre. Je serais heureux d'avoir quelques nouveaux amis, et je sais raconter une bonne histoire.

Mais pas sur ce sujet ; les terres au nord et au ponant étaient effectivement dévastées, et j'avais fui la terreur qui y régnait, car je n'avais nulle envie de m'y attarder pour essayer de comprendre les causes d'un tel désastre.

— Un conteur ? dit-il en me regardant enfin. (Un sourire hésitant caressa ses lèvres.) Pourquoi pas ?

Cela nous changera d'Héraclès, qui ne cesse de parler de lui. Sais-tu manier la rame ?

— Ramer et combattre, oui. Quant au reste, je peux apprendre. Je sais également prendre soin des cordages, du gouvernail et des hommes pris du mal de la houle quand vient la tempête...

— Ils seront plus d'un !

— Et je sais comment pisser sous le vent en pleine tempête...

— Un homme instruit ! Essaie d'enseigner cette excellente habitude à Héraclès, veux-tu ?

— ... et comment naviguer dans la brume. Je parle également plus de langues que la plupart des hommes n'en connaissent l'existence, et je peux en apprendre une nouvelle entre le lever et le coucher du soleil.

— Oh, nous ne manquons pas de baragouineurs, fit-il. (Je me demandais s'il parlait de traducteurs.) Et nous n'aurons pas l'usage de plus de trois langues pendant ce voyage : mes ordres, tes réponses et des chansons, pour ces dernières dans le dialecte de ton choix. Mais puisque tu manies la rame, et si tu es réellement capable de naviguer dans la brume... Tu sais naviguer dans la brume ?

— J'ai le savoir qui le permet, oui.

— J'ai un homme qui lit dans les vagues, et un qui peut déchiffrer les messages du vent, mais un homme apte à voir dans la brume... Voilà qui me plaît. Tant que tu garderas pour toi toute autre sorcellerie, tu es bienvenu. Et retiens bien ce que je dis : toute autre sorcellerie. Je n'en veux pas à bord. Est-ce assez clair ?

— Très clair, approuvai-je.

Néanmoins son refus de la magie me laissait interdit. La plupart des marins auraient offert de coûteux sacrifices pour pouvoir profiter de tels talents. Mais bien sûr, Jason n'était pas un marin comme les autres.

De plus, il jouissait déjà de la protection d'un gardien susceptible et grincheux, qui veillait sur lui du haut de l'Olympe.

— Nous partirons à la prochaine marée, ajouta-t-il. Embarque dès que tu seras prêt. Pas de cheval. Pas vivant, en tout cas. Et si c'est pour la viande, seulement l'arrière-train.

Aussi, après avoir vendu mes deux fidèles chevaux, je rejoignis les rangs des Argonautes, dont la seule démonstration de bienvenue consista à me présenter une longue branche de frêne et à m'expliquer comment y tailler ma rame.

Un jeune homme au teint pâle et aux gestes nerveux, connu sous le nom d'Hylas, m'apporta son concours, car le travail du bois n'était pas une de mes spécialités. Hylas était le serviteur d'Héraclès, et aussi son amant patient. D'un commerce agréable et doté d'une fine intelligence, il était clairement exaspéré par leur relation. Héraclès lui était fidèle à l'excès, une attitude que, selon la rumeur, il n'étendait pas à ses conquêtes féminines. Mais son mignon, tout en reconnaissant la bienveillance du héros à son égard, ne supportait plus la situation, moins à cause des exigences physiques de son maître que de son égocentrisme monstrueux.

— Il est disposé à faire n'importe quoi, à aller n'importe où, si c'est pour la gloire. Il acceptera n'importe quelle aventure, pourvu qu'elle puisse ajouter à sa grandeur. Selon son humeur, il ignore les dieux, ou bien se chamaille avec eux. Il se surnomme lui-même « le semeur de graine de la future épopée ». Imagines-tu cela ? Il a quarante filles, autant de fils, tous bâtards, à qui il a seulement laissé la narration de ses actes de bravoure, en leur recommandant de propager ces hauts faits aux quatre coins du monde dès qu'ils pourront marcher et parler ! Il ne vient aider Jason à ramener la Toison d'or que pour une seule raison : un dieu ou un autre lui aura chuchoté que cette quête particulière serait sans doute celle dont on se souviendrait le mieux longtemps après sa disparition. Par conséquent, il ne peut imaginer rester à l'écart de cette expédition. Après tout, qui se souviendra du reste de l'équipage ?

Il tomba dans un silence maussade.

— *Ego... ergo Argo* *, non ? suggérai-je en manière de plaisanterie.

Hylas rit, et son humeur chagrine se dissipa. Je fus étonné, et pour tout dire impressionné, qu'il ait compris cette plaisanterie en latin.

— Quelque chose comme ça, approuva-t-il. Quelque chose comme ça... Mais je te le dis, Antiokus, et sur ma vie : à la première occasion, dès notre première escale, je m'enfuirai. Et s'il semble alors que j'abandonne Jason, ce ne sera pas par manque de courage pour la Quête. T'en souviendras-tu ? Je sens que je peux placer ma confiance en toi. La vie que je mène m'est devenue une telle épreuve... Mes rêves sont peuplés de visions, de discours en des langues inconnues, et en songe je suis presque sur le point de les comprendre toutes ! Je dois découvrir ces merveilles par moi-même. On m'y incite, je le sens. Comment pourrais-je cependant explorer ces mondes dont les dieux m'indiquent l'accès, alors que je suis lié à un homme aussi raisonnable qu'un sanglier et monté comme un taureau, qui ne porte que des peaux de chats sauvages et défèque en marchant sous prétexte qu'ainsi il perd moins de temps dans ses déplacements ?

* « Moi... donc Argo » en latin (*N.d.T.*).

— Voilà une excellente question. Excellente à plus d'un titre, en fait.

Les rêves d'Hylas étaient son portail ouvrant sur un univers plus vaste et plus riche que celui des montagnes et des vallées de sa contrée natale. C'était un interprète naturel, possédant le talent inné d'aborder l'étrangeté pour la transformer en familiarité. Et bien qu'il ne fût nullement le seul à être doué de cette aptitude – Jason m'en avait fait la remarque quelque temps plus tôt –, il était unique par son lien affectif avec Héraclès, l'aventurier aimé des dieux, dont les exploits étaient admirés jusque dans la lointaine Hyperborée.

— Je t'aiderai, ajoutai-je. Demande-moi mon concours quand il te sera nécessaire. Mais si je t'aide, tu dois me promettre de ne jamais révéler à quiconque la nature de ce que j'aurai fait pour toi, ou comment je l'aurai fait.

— Sur mon bouclier, je le jure ! s'enflamma le jeune homme dans un élan de gratitude sincère. (Il eut un soupçon de curiosité qui disparut très vite derrière un sourire de soulagement.) Tu me redonnes espoir, Antiokus. Un peu de courage, aussi. Quelque chose à préserver et faire croître. C'est un bienfait pour mon cœur. Sois-en remercié ! À propos, tu rabotes le bois trop superficiellement. À cette cadence, tu en as pour jusqu'à l'hiver. Allons, confie-moi cette rame, je la façonnerai pour toi.

Il déserta le navire lorsque nous mouillâmes près du mont Arganthon, une lune entière après le début du voyage, et je leurrai Héraclès, qui crut que son jeune compagnon avait été enlevé et noyé par les nymphes peuplant un plan d'eau au fond des bois. C'était un petit étang aux eaux douces, et pour séduisantes qu'elles fussent, les entités qui l'habitaient étaient totalement innocentes d'un tel forfait.

Elles se réfugièrent au fond de la vase quand Héraclès frappa l'étang de sa lance un millier de fois en hurlant sa colère. Il but une pleine jarre de vinaigre, puis urina et vomit dans les eaux troublées. Ensuite il quitta Argo pour errer sans but quelque temps, insoucieux des dieux, comme à son habitude, le cœur brisé.

Dès son départ, Hylas, qui s'était dissimulé non loin du navire, regrimpa à bord. Nous le débarquâmes quelques jours plus tard à l'embouchure du fleuve Achéron, à sa propre demande. Ensuite, je ne sais ce qu'il advint de lui. Mais la vivacité de son esprit et sa bonne humeur me manquèrent.

Tout cela arriva plus tard, après qu'Argo eut entamé sa Quête. Mais j'en reviens à ce jour, sur les quais de Pagases, lorsque, avec ma rame terminée par les mains habiles de ce même jeune homme, gravée de mon nom et ajoutée aux autres qui attendaient d'être embarquées, je gravis la passerelle pour inspecter le navire lui-même. Très vite, je me rendis compte que ce n'était pas un vaisseau ordinaire. Il n'y avait rien que je puisse identifier, et je ne m'étais pas préparé à ouvrir mon âme à une compréhension plus profonde, mais sous le pont, quelque part à l'avant, battait un cœur plus ancien que l'énorme poutre de chêne qui avait été taillée pour former la quille.

Je descendis à fond de cale, me dirigeai vers l'avant, et c'est alors qu'on me mit en garde ! Je ne vois pas d'autre expression pour définir ce qui se produisit : ce n'était pas une voix, ni une vision, juste le sentiment intense et soudain que je pénétrais en un lieu qui n'était pas seulement privé, mais *interdit*.

Bouleversé, je décidai de retourner sur la terre ferme afin de retrouver Argos, celui qui avait construit cette galère, et de l'interroger sur sa création. Mais comme s'il détectait ma curiosité et s'irritait de ma présence, Argo se mit à tirer sur les cordages qui le retenaient. Sa coque gémit, les tenons de bois qui le maintenaient droit au-dessus commencèrent à s'extraire de la terre compacte, et la traction fit chanter les cordes. Le navire cherchait à glisser sur la rampe de lancement, tel un goret à la gorge tranchée qui se débat dans son propre sang. De toutes mes forces j'agrippai l'encastrement du mât, m'attendant à être renversé à chaque instant. Sous mes pieds, Argo bronchait et protestait.

— Lance-moi, semblait-il dire. Mets-moi à l'épreuve des flots. Vite !

Dans l'air vibrait un son pareil au cri des Furies.

Jason prit une hache à double tranchant à l'un de ses aides, invita d'une voix sonore Héraclès à l'imiter et s'élança vers le navire en criant :

— Vous autres, à l'eau ! Et toi, sondeur de brume, lance les filets de bastingage !

Alors que les Argonautes se dévêtissaient et couraient vers la mer, Héraclès et Jason tranchèrent les cordages de maintien à l'unisson.

Enfin libre, Argo glissa sur la rampe. La proue plongea dans les eaux du port et disparut sous la surface, et je faillis bien être noyé. Puis le navire se redressa en frémissant de toute sa membrure, tel un animal qui s'ébroue après s'être rafraîchi par une nage dans les eaux froides. Je déroulai par-dessus bord les filets de bastingage, deux de chaque côté, puis je me rendis à la proue pour observer les hommes qui nageaient vigoureusement vers nous en criant. Qui ils étaient, d'où ils venaient, quels talents étaient les leurs, tout cela m'était inconnu à cet instant, mais ils entouraient Argo et riaient, comme s'ils venaient de capturer un taureau.

Le navire pivota sur son aire de sa propre volonté, pour faire face aux héros et leur rendre muettement leur salut. Puis il s'immobilisa et laissa les hommes grimper à son bord.

Héraclès les suivit, traînant derrière lui une douzaine de rames à travers les eaux du port, qu'il leva deux par deux vers les mains impatientes de l'équipage. Avec six rames de chaque côté – en haute mer, le navire serait propulsé par vingt –, nous ramenâmes paisiblement la galère au port, l'amarrâmes et entreprîmes d'y charger les provisions.

— Quel navire ! s'exclama Jason, rayonnant et couvert de boue en sautant à bord. Avec une telle vigueur dans sa quille, nous atteindrons les côtes de la Colchide en une nuit ! Trois mois ? Allons donc ! La Toison est plus proche que nous ne le pensions.

La suite des événements devait prouver le contraire, bien sûr, comme je l'ai écrit ailleurs.

Argo était plusieurs navires en un seul, et un fragment de chacun, jusqu'au plus ancien, était inséré dans sa proue, caché dans sa double coque effilée, au cœur de sa structure. Héra n'était que la dernière de la longue lignée des gardiens de ce vaisseau détaché des contingences du monde. Si l'on s'accroupissait à sa proue, on sentait le courant des fleuves et des mers qui avait survécu au Temps, et on humait l'odeur de vieux bois, de vieux cuir, et celle des vieux cordages tressés et tendus sur tous ces vaisseaux qui avaient navigué à la voile ou à la rame jusqu'au-delà des mondes connus par leurs constructeurs.

Tant de vie dans une unique coque froide.

Et maintenant, bien des générations plus tard, la peau était arrachée des restes pourrissants de ce fier et vigoureux navire. Dans l'aube rosée, luisante de givre, et selon les directives de Jason, Lemanku ôta les planches de la coque pour mettre à nu le cœur d'Argo. Fasciné, je découvris la cage de branches, un entrelacs poussé du vieux chêne qui avait reposé dans le giron d'Argo, irriguant sa coque comme des veines. Ces pousses avaient transpercé les bordages, qu'elles maintenaient ensemble en une étreinte protectrice.

Lemanku resta stupéfait de ce que ses efforts révélaient. Il me désigna les différents bois : chêne, orme, bouleau et hêtre.

Les instructions de Jason furent très claires :

— Coupez tout sur une longueur de la taille d'un homme à partir du bloc de bois qui se dresse dans la proue.

Il faisait élaguer Argo !

— Posez la nouvelle quille, puis construisez à partir d'elle. Ne vous attaquez à la proue qu'en dernier.

Lemanku dit :

— Ce navire a été construit selon une technique très primitive, que je n'avais encore jamais vue.

Jason lui demanda d'expliquer son propos, et le maître charpentier lui montra comment chaque planche avait été disposée bord à bord avec les autres le long de la coque, puis fixée grossièrement avec des cordes, avant d'être scellée en place à l'aide de goudron, ou d'une substance similaire.

— Je suis surpris qu'il ne se soit pas démantelé dans la première tempête essuyée.

— Non, la première tempête n'a pas eu raison de lui, ni aucune autre par la suite. J'ai mené ce navire sur quarante rivières, dans des eaux bouillonnantes d'écume blanche, parfois si froides que des blocs de glace le frappaient par babord et tribord. J'ai conduit Argo à l'ombre de montagnes mouvantes, jusqu'à la lisière de forêts au feuillage ondulant, et jamais Argo ne m'a fait défaut. Comment pourrai-je le reconstruire plus solide encore ?

— Je n'ai pas dit que je saurai le reconstruire plus solide, répondit Lemanku avec calme. Seulement mieux : je peux faire en sorte qu'il transporte plus, et plus vite.

Sans prendre le temps des remerciements, Jason déclara :

— J'aime à l'entendre. De combien d'hommes auras-tu besoin ?

— Des charpentiers rompus à la construction des navires : dix. Des ferronniers : vingt. Des charbonniers : cinq... Je peux trouver la plupart d'entre eux.

— Je t'amènerai ceux qui te manqueront, affirma Jason en se tournant vers moi. Toi et moi ensemble, Antiokus ? Pour un tour de recrutement ?

— Alors commençons sans délai. Chaque jour l'aube devient plus claire, et bientôt ce lac sera déserté pour six mois au moins. Tout le monde lève le camp.

Lemanku montra comment les planches pouvaient se chevaucher avant d'être clouées ensemble avec du fer, afin de créer une coque à la fois plus résistante et plus flexible. C'était la première rencontre de Jason avec ce métal. Il observa la forge et la trempe avec fascination. On trempa des clous longs et épais, à la forme grossière, qu'on enfonça dans les planches et dont on aplatit l'extrémité sur la surface interne de la coque.

Et malgré tout, Jason exigea un arrimage avec des cordes. Lemanku ne cacha pas sa perplexité devant une telle demande, mais Jason insista.

— On m'a enseigné que pour être apte à naviguer

sur les océans, un navire doit être maintenu en une seule pièce par un poids de cordes supérieur à celui de tout l'équipage.

— Alors il te faudra plus de lest, rétorqua Lemanku. Les cordages vont s'imbiber d'eau et déséquilibrer le navire.

— Tes cordages seraient-ils faits d'éponge ? Allons, sur ce point je m'en remets à toi. On entreposera le lest dans des sacs de peau. Nous aurons tout loisir d'en déverser le contenu par-dessus bord si nécessaire, et de le remplacer dès que nous passerons près d'une plage rocailleuse ! Mais nous avons besoin de ces cordages. Ils maintiendront Argo d'un seul tenant non seulement dans les tempêtes, mais aussi lorsque nous le transporterons sur terre. Et pour tirer un tel navire au sommet d'une colline ou à travers une forêt, il faut le caler dans un ber. Tire-le par l'avant, et tu dénuderas la quille !

— Je le sais bien, répliqua Lemanku avec l'assurance de l'homme de l'art. Toute ma vie j'ai construit des navires. Je les ai traînés sur la glace et sur la roche. Je sais comment renforcer la quille, l'élargir, et graisser les rondins de roulement avec des entrailles de poisson, du gras et du foie. Je l'ai fait tout au long de mon existence. Tu as l'intention de tirer ce navire à sec ? Où donc ?

— Je l'ignore. Mais chaque rivière a ses hauts-fonds, chaque mer finit par rencontrer la terre. C'est une simple précaution. Des entrailles de poisson sur les rondins de roulement, dis-tu ?

— Pour faciliter le passage.

— Je te crois. À nous deux, nous construirons un vaisseau merveilleux. Mais n'oublie pas mes cordages !

Le maître charpentier éclata d'un rire tonitruant. Les

deux hommes arrêtèrent les différentes étapes pour à nouveau parer de chair le squelette d'Argo, puis Jason quitta le chantier et retourna à son travail.

Pendant que Lemanku continuait d'élaguer l'épave, Jason, Jouhkan et moi lui empruntâmes sa yole et fîmes sans hâte le tour du lac à la recherche d'un nouvel équipage pour manœuvrer Argo lorsqu'il serait prêt. Nous avions déjà recruté Urtha et ses quatre compagnons, malgré la condition inhérente à leur participation : nous devrions tout d'abord voguer jusqu'au pays natal d'Urtha, afin qu'il revoie sa famille, tandis que Borovos et Cucallos visiteraient leur propre clan. Cela n'ajouterait qu'un léger détour à notre route de retour vers la Grèce. En échange, le jeune seigneur de guerre prêterait cinq de ses *uthiin* à Jason, qui tous accepteraient avec joie l'aventure, la recherche d'Orgetorix, il n'en doutait pas. Comme ils étaient des combattants émérites – ainsi que tout *Keltoï*, crut bon de préciser Urtha –, leur aide serait inappréciable.

Jason accepta mais, malgré ces arrangements, pour l'heure nous manquions encore de bras.

La plupart des occupants des campements d'hiver avaient bâti des appontements sommaires pour mouiller parmi les herbes aquatiques, avancées branlantes en bois qui étaient maintenant dégagées de la gangue de glace. De hautes palissades ou des remblais de terre protégeaient les tentes et abris contre les visiteurs indésirables. Partout brûlaient des torches. Des chiens de diverses races tiraient sur leur laisse en aboyant.

Jason avait emprunté un cor en bronze à Urtha, dont il se servait pour annoncer notre arrivée, et aussi notre souhait de commercer. Par deux fois nous fûmes accueillis avec une hostilité et une méfiance si manifestes que nous battîmes prudemment en retraite, mais à cinq reprises nous pûmes débarquer. Nous partageâmes le manger et le boire de ces pèlerins venus de tous les horizons au bord du lac du Vaisseau Hurlant.

Nous avions pour tâche de recruter au moins vingt hommes ou femmes sachant manier la rame, ou capables de l'apprendre. Vingt nouveaux Argonautes qui accepteraient d'abandonner leurs affaires dans le Nord pour naviguer vers le sud.

Jason fit à cette occasion la démonstration de son art de la rhétorique, et il alterna avec talent propos charmeurs et railleurs pour raconter son histoire. Il but, plaisanta, flatta et moqua. Il était bien plus âgé que la plupart des hommes qu'il rejoignit autour des feux, mais il était si vif, si adroit que, lors des parodies de défis qu'il provoquait souvent, il gagnait par ruse ou, s'il perdait, c'était dans de grands moulinets et un éclat de rire.

Le récit qu'il fit du premier voyage d'Argo en Colchide et du retour rendait l'épisode méconnaissable pour qui avait pris part à l'aventure. Il s'en était fallu d'un cheveu, à l'en croire, pour que des avalanches rocheuses manquassent la proue de notre navire, et la Toison, une fois dérobée dans son sanctuaire malgré la garde féroce qui la protégeait, avait déclenché l'ire de guerriers surnaturels jaillis d'une ribambelle de dents de serpent éparpillées ; des forêts entières nous avaient poursuivis en courant sur leurs racines le long d'un grand fleuve qui coulait de montagnes enneigées jusqu'à une contrée peuplée de femmes cannibales et de singes géants maniant des troncs d'arbre en guise de massue, et vêtus des peaux et des os des victimes de leurs femelles.

Je pense qu'il faisait allusion au fleuve Daan, et à

cette peuplade vivant à sa source qui s'était montrée très amicale et hospitalière, et nous avait d'ailleurs aidés à transporter Argo sur la langue de terre séparant les deux fleuves, afin que nous puissions voguer de nouveau vers le sud et les mers chaudes au-delà de la Ligurie, et leurs îles hantées.

Mais il aiguisa leur appétit d'aventure. Et il savait jauger son auditoire mieux que quiconque ; d'instinct il reconnaissait le moment propice pour arracher l'approbation par l'insulte ou l'obtenir par la flatterie.

— Sur ceux qui oseront prendre place à bord d'Argo, la moitié mourra. Gardez cela à l'esprit avant de décider si vous vous joindrez à moi. Ne montez pas sur le navire sans réfléchir. Sans quoi, je vous tuerai de mes propres mains !

« Je le répète : un sur deux parmi les plus forts échouera. Un sur deux parmi les plus aguerris sera terrassé par des créatures sorties tout droit de vos pires cauchemars. Un sur deux parmi les plus sages sera emprisonné dans les filets de la séduction et de la tromperie, pour y demeurer englué à jamais. Les risques sont grands ! Je le sais ! Je les ai déjà courus, et moi j'ai survécu...

« Comme il en a été, ainsi il sera ! Croyez-moi ! Mais la récompense n'en sera que plus grande pour ceux d'entre nous qui survivront.

Et quand on lui demandait quel serait l'objet de notre Quête, il répondait :

— Mon fils aîné.

— Et comment la Quête de ton fils aîné nous apportera-t-elle aussi grande récompense ?

— Grâce à tout ce que nous rencontrerons et vivrons en chemin. Vous ne pourrez pas comprendre tant que vous n'aurez pas vu la coque brillante d'Argo, et on est justement en train de la construire, là-bas, où la nuit durant les forges ne cessent de rougeoyer. Argo est comme vous ou moi, il recherche toujours le danger ; il a du flair pour débusquer les mystères dissimulés en ce monde qui nous paraît si ordinaire et familier. Il s'est risqué dans les Enfers, et en est revenu. Tout comme moi.

On lui demanda :

— Quand as-tu perdu tes fils ?

— Il y a une éternité. Ils m'ont été enlevés par une femme que vomit la bouche de Hel en personne. Aucune femme n'oserait reconnaître en cette créature une égale de son sexe. Aucun homme ne pourrait effleurer sa peau sans se rendre compte qu'elle est morte depuis bien longtemps, et que seules malice et haine lui ont conservé l'apparence de la vie. Médée ! Prononcez son nom et tremblez. Médée ! La tueuse de frères, la tueuse de rois et la reine des illusions. Mais elle pourrit depuis bien longtemps dans la tombe, à présent, ce dont vous avez tout lieu de vous féliciter...

7

Recrutement

La lumière vacillante des torches sur le Lac Noir annonça l'arrivée des tout premiers Argonautes. Deux petits esquifs avançaient à la rame vers nous à travers la surface parsemée de blocs de glace, et le gémissement d'une corne nous indiqua que nos premières recrues provenaient d'un campement de Germains, des hommes rudes aux cheveux et à la barbe de lin, protégés du froid par d'épaisses fourrures de loup et d'ours. Lorsque Jason leur avait dépeint l'aventure prochaine, ils s'étaient montrés méfiants. Son histoire n'avait pas paru les impressionner outre mesure. De fait, ils avaient accueilli avec indifférence l'idée d'éventuels butins et de trésors à ravir au passage.

Ils étaient beaucoup plus intéressés par les « grottes qui parlent », qui, avaient-ils entendu dire, pouvaient révéler sa destinée à un homme. Ils voyageraient donc pour trouver un tel oracle. Et ils n'auraient sans doute pas trop de mal à y parvenir : les « grottes qui parlent » abondaient dans la contrée de collines desséchées dont Jason était natif.

Nos trois volontaires, des individus robustes, s'appelaient Gutthas, Erdzwulf et Gebrinagoth.

Au fil des nuits, de nouveaux Argonautes arrivèrent, le plus souvent par la voie des eaux, et quelquefois à pied.

Une paire de jeunes aventuriers, Conan et Gwyrion, des Cimbres, traversèrent le lac dangereux à bord d'une embarcation bien frêle. Ils étaient las, amaigris et affamés, et fort mal vêtus pour affronter les rigueurs d'un tel climat. Leurs vêtements à carreaux colorés, pantalons, chemises en laine et capes, eussent été plus indiqués pour quelque raid d'été dans les terres du Sud. Chacun avait un couteau à manche doré et un petit bouclier rond orné du visage barbu et échevelé de Llew en or martelé.

Jason les accueillit, les pressa de se restaurer pour recouvrer leurs forces – leurs barbes elles-mêmes étaient trop fines ! –, et il leur demanda pourquoi ils s'étaient risqués aussi loin au nord.

Telle n'était pas leur intention, avaient-ils expliqué. Par pure espièglerie, et s'étant mutuellement jeté un défi pendant un festin dans la longue halle de leur père, ils avaient dérobé le célèbre char de bronze et d'osier de Llew, tiré par ses deux magnifiques juments noires et armé de javelots qui revenaient toujours dans la main du lanceur. Ayant volé le char, ils avaient fouetté les chevaux et fait au galop, sous la lune, le tour du *dun* aux hauts murs de Llew.

Mais l'attelage jamais ne se fatiguait. Les juments galopaient toujours et rien ne put les ralentir. Par les collines et les forêts, par-dessus la mer brumeuse et les rivières gelées, le char les emporta toujours plus loin au nord, pour finalement éjecter les deux jeunes impudents et plonger à travers la glace dans le lac. Pendant longtemps, ils avaient dû se débrouiller seuls. Qu'ils eussent survécu, et même réussi à voler une embarcation, prouvait qu'ils ne manquaient pas de ressources.

Cet épisode leur avait servi de leçon. À présent ils désiraient retourner dans le Sud, chez eux. Jason les accepta sans hésiter.

Les Cimbres avaient entendu parler de lui et de son nouvel Argo par leurs voisins de campement au bord du lac, les Volques, guerriers à la chevelure sombre, dont la poitrine et les cuisses s'ornaient de plaques de fer qu'ils frappaient avec des couteaux en os pour exprimer leur satisfaction ou leur irritation. Eux aussi avaient été intrigués par la Quête de Jason. Ils arrivèrent menés par Michovar. Ils venaient à pied, au trot, un sac sur le dos, la lance tenue dans leurs mains brunes, leurs plaques de métal brillant à la lueur des torches. Ils proposèrent de ramer avec nous jusqu'à leur contrée, par quelque route que nous jugerions bon d'emprunter. C'est pourquoi ils nous rejoignaient : trop longtemps ils étaient restés loin de leurs foyers, et ceux parmi eux qui s'y connaissaient un peu en navigation étaient morts pendant l'hiver.

Notre nombre, nourri semblait-il d'hommes perdus ou esseulés, s'accroissait. Avec Cathabach et Manandoun, deux des cavaliers *uthiin* d'Urtha, et ses voisins Borovos et Cucallos, nous étions maintenant au moins douze, et sans doute treize, car Lemanku avait manifesté son désir de nous accompagner. Son âge posait un problème à Jason, mais je lui fis remarquer que lui-même était plus vieux que le maître charpentier. Jason laissa entendre que certains hommes vieillissent mieux que d'autres, et que le penchant de Lemanku pour le vin de baies ne l'avait pas aidé. Mais la présence d'un constructeur de bateaux sur un navire pendant un voyage long et probablement périlleux constituerait un atout indéniable.

Lemanku était à peu près assuré d'avoir sa rame.

Peu après, les geignements et les râles de trois chats

sauvages à l'agonie annoncèrent l'arrivée d'Elkavar, natif d'Hibernie. Il déboucha des bois et s'arrêta en silence devant nous tandis que le gémissement sous ses bras mourait lentement. Urtha était enchanté de le voir.

— De la musique, enfin ! Tu seras mon hôte à ma table. Ou du moins, ce qui me sert de table dans ce pays désolé...

Urtha était depuis longtemps excédé par les plaintes modulées des Pohjolans, qu'ils appelaient des mélopées. Le sac de cuir empli d'air et hérissé de trois tuyaux, un instrument de musique dont on jouait en soulevant et en abaissant les coudes sur cette outre pleine d'air, émettait selon moi des sons guère plus plaisants, mais à l'évidence Urtha et les autres *Keltoï* étaient d'un avis différent.

— Désolé de vous avoir fait peur, dit Elkavar dans le dialecte d'Urtha. Mais dans le pays d'où je viens, on apprend tôt à faire attention à ses actes. Quand je vois des hommes du Pays Fantôme, et que je me remémore ma participation au raid sur Dun Eimros il n'y a pas si longtemps, où j'ai remporté un duel contre le champion du roi Keinodunos – un combat difficile s'il en fut, et une tête plus difficile encore à prendre – eh bien, quand je vois gens tels que vous, je ne puis être assuré de l'accueil.

Le Pays Fantôme jouxtait le territoire d'Urtha, et pour les Hiberniens comme Elkavar, le premier englobait le second, alors qu'il n'était accessible qu'aux morts. Pas plus les hommes d'Urtha que moi ne savions la moindre chose du roi qu'il avait cité, mais aucun d'entre nous n'ignorait la tactique des raids côtiers, et cet homme se rappelait l'un d'eux, ainsi que sa conclusion prompte et sanglante.

— Si ton sac et tes tuyaux de pipe géante peuvent

nous remonter le moral quand tu en joues, lui dit Jason par l'intermédiaire d'Urtha, alors tu es le bienvenu.

Je suppose qu'il pensait à Orphée et aux mélodies exquises de sa harpe.

— À la façon dont j'en joue, il est plus probable que je réveille les morts, railla le jeune homme en grimaçant. Mais il semble que vous pourriez en avoir l'utilité quand même. Je parle des morts. C'est un bien grand navire pour si peu de bras.

— Tu es donc invité à y ajouter les tiens, répondit Jason.

— Qu'il en soit ainsi. Je suis Elkavar d'Hibernie. Je sais me servir d'une rame et je peux lancer un javelot du haut d'une colline au sommet d'une autre, avec seulement mon pied droit. Pour quelque raison qui me demeure obscure, nous sommes entraînés à faire ce genre de choses dans mon pays, bien que je sois heureux de ne jamais en avoir eu besoin.

Il n'était pas très grand, ni puissamment bâti, et il paraissait affamé, à en juger par son visage aux traits creusés. Ses cheveux d'un brun roux étaient coupés court. Le sourire venait aisément à ses lèvres, mais son regard vif et méfiant disait à la fois sa prudence et sa curiosité.

Quand il se fut installé près du feu et qu'il eut mangé un peu de viande, il posa une question singulière :

— Quelqu'un peut-il me dire où je me trouve ? Je sais que c'est le nord, car je reconnais la disposition de certaines étoiles, l'Élan, et les tétons de Deirdre. Mais d'autres ont disparu. J'ai voyagé plus loin sous le ciel que je ne l'aurais cru possible. Et puis, ce pays glacé ne peut être que le Septentrion. Lorsque nous lançons des raids sur les côtes du Nord il fait toujours froid et humide, je me demande bien pourquoi nous prenons cette peine, vraiment. Les contrées du Sud sont chaudes et brumeuses, et il y a toujours bon vin et fromage doux. Mais cette nuit sans fin ! Aussi je pose la question : où suis-je ?

Jason éclata de rire.

— En vérité, je ne suis pas le mieux qualifié pour répondre à cette question. Tu ferais mieux d'interroger Merlin. Il peut utiliser quelque charme, mais il est trop paresseux pour le faire. Cependant nous serions curieux d'apprendre comment tu est parvenu jusqu'ici.

— En vérité, je ne suis pas le mieux qualifié pour répondre à cette question, répliqua Elkavar avec un rire las.

Toutefois il nous raconta ce qu'il savait de son aventure.

Il avait fui après que le raid auquel il avait participé dans son propre pays se fut soldé par un échec. Il avait pris la direction du sud et du territoire tribal, avec cinq coureurs aux pieds légers à ses trousses. Il avait réussi à les tenir à distance en passant par des forêts inconnues et en suivant le cours de rivières peu profondes. Cinq jours après le début de la poursuite, il avait franchi les frontières du clan et s'était accordé un peu de repos dans les collines boisées des morts, ces monts de terre qui dissimulent les routes et les sentes qui mènent sous la terre.

Enivré par sa réussite, il s'était permis un petit air.

— Un seul, et ce n'était même pas un air de triomphe ! Juste pour exprimer ma joie de me retrouver chez moi. Parfois je me dis que je n'ai pas plus de jugeote qu'une dinde au début de l'hiver, qui glougloute gaiement alors qu'on aiguise les couteaux.

Le geignement strident des chats sauvages à l'agonie avait trahi sa cachette.

— Toutes ces collines silencieuses possèdent des

entrées qui donnent sur des routes souterraines secrètes, continua-t-il.

Quand mes poursuivants ont surgi de la nuit, je n'ai eu d'autre choix que de plonger sous le sol et de ramper pour sauver ma vie. J'ai progressé comme un ver pendant une éternité avant de pouvoir me relever. Alors j'ai marché, marché, et tout ce temps je me disais : « Il faut bien que cette galerie ressorte quelque part à l'air libre ! » Mais je marchais toujours, dans une sorte de crépuscule permanent, sans étoiles ni signe de vie, rien que ce tunnel de la voûte duquel pendaient les racines des arbres de la forêt. Enfin je suis ressorti à la surface, juste à côté de ce lac gelé. Quand j'ai voulu retourner dans le tunnel, quelque part non loin d'ici, ce n'était plus qu'une simple caverne. Et maintenant je reconnais quelques-unes des étoiles, mais je sais bien que je suis arrivé très au nord. Ce ciel diffère de celui que je connais.

— Nous allons voguer vers le sud, dit Jason. Tu retrouveras tes étoiles et ton ciel.

— Soyez-en remerciés. Et j'ai entendu dire que vous partiez à la recherche de ton fils. Je t'accompagnerai jusqu'à ce que tu l'aies retrouvé. N'importe quoi tant que je regagne le Sud.

Jason me prit à part.

— Cette caverne dont il a parlé pourrait-elle nous être de quelque utilité ? Devrions-nous l'explorer ?

— Nous ne pourrions y aller avec le navire. Et si Elkavar lui-même a échoué, alors je doute que nous puissions faire mieux.

— Toi, peut-être ?

Je lui répondis que j'avais eu connaissance de l'existence de maintes voies souterraines pendant que mes pas foulaient le Chemin, des routes ténébreuses qui reliaient des contrées fort éloignées les unes des autres. Mais, comme bien d'autres choses dans mon monde et dans le sien, ces itinéraires enfouis dans le sol m'effrayaient et je les évitais délibérément.

D'autres encore nous rejoignirent alors qu'on étalait la dernière couche de peinture sur Argo.

À pied vint Tairon le Crétois, transi et misérable. Ses compagnons de voyage reposaient depuis longtemps dans leurs tombeaux gelés. Il partageait l'enthousiasme d'Elkavar à l'idée de revoir le Sud et son doux climat. Il était aussi piètre rameur qu'excellent archer ; son arc était petit, et taillé dans la corne, mais, quand il nous fit une démonstration, son habileté me rappela Ulysse, qui avait décoché une flèche au travers d'une rangée de douze anneaux de hache avant de massacrer les prétendants de son épouse.

Tairon était le fils aîné d'une des plus vieilles familles de son île natale. Il était venu dans le Nord en quête des tablettes d'argile gravées par Dédale, qui expliquaient le plan exact et les clefs du labyrinthe construit pour retenir le Minotaure. Le monde auquel le Crétois appartenait était plus ancien encore que celui de Jason.

Si Tairon était immortel, toutefois, il n'en donna aucun signe, et lorsque j'utilisai un charme léger pour sonder son cœur je n'y trouvai que jeunesse et cette curiosité maladroite qui condamne tout homme à se lancer dans des quêtes qui dépassent ses capacités.

Il conviendrait de surveiller cet homme énigmatique et déroutant, mais pour le moment simplement impatient de partir vers le sud.

Le dernier à se présenter fut un Scythe, visiblement plus jeune qu'il ne prétendait l'être, à en juger par sa voix douce et ses mains frêles. Il s'appelait Ullan. Je ne gardais souvenir d'aucun Ullan rencontré lorsque nous avions fait le tour des campements du lac pour notre recrutement, et quelque chose chez le nouveau venu m'échappa sur le moment. Son visage était peint en noir en signe de deuil pour son compagnon perdu, nous expliqua-t-il, au cœur de cet hiver glacé, et il était enveloppé dans une épaisse cape également noire. Il refusa sur le moment de nous dire la raison de sa venue au Lac Hurlant.

Jason restait incertain à son endroit.

— Une de mes ancêtres a navigué avec toi jusqu'en Colchide à la recherche de la Toison, il y a de cela plusieurs centaines d'années, dit l'adolescent.

— Qui donc ?

— Tu la connaissais sous le nom d'Atalante. À l'époque, elle t'a caché sa vraie nature et sa véritable origine. Te les révéler lui aurait fait courir un danger certain, car en ce temps vous étiez en guerre avec son pays.

— Je me souviens d'elle, dit Jason. Elle a débarqué avec Hylas à l'embouchure de l'Achéron, peu après la désertion d'Héraclès parti en quête de son jeune amant. Elle n'est pas revenue. Elle n'a pas vu la Toison. Elle n'a pas pris part à la bataille finale.

— Elle est retournée en ses foyers. Elle a seulement profité de ton vaisseau pour accomplir une partie de son trajet. Comme nombre de tes Argonautes le feront, elle est entrée dans ta vie, et en est ressortie. Mais jamais elle n'a cessé de parler des jours passés à bord d'Argo. J'aimerais arpenter son pont pendant quelque temps.

— Et ta famille a gardé ce souvenir pendant plus de générations que je ne puis imaginer ? dit Jason, toujours sceptique.

— D'où je viens, les sujets de conversation sont rares. Une bonne histoire fait grand profit. Naviguerai-je avec vous ?

— Tu m'as l'air bien maigrelet.

— Tout le monde ne peut être aussi fort qu'Héraclès, mais le mince Hylas a assumé sa part de labeur, non ? Et Tisaminas n'était pas le meilleur pour plonger comme il faut le plat de la rame dans l'eau, il le claquait plutôt sur la surface. Du moins, c'est ce qu'on m'a raconté.

— C'est vrai, dit Jason, que l'évocation de ce détail si lointain impressionnait. Oui, c'est la vérité. C'était un bon ami, mais un rameur désespérant. As-tu quelque talent ?

Ullan sourit largement.

— Je peux me mouvoir sans être vu ni entendu dans la forêt la plus dense et la plus sauvage, et vous rapporter le souper.

— Un chasseur.

— Alors, puis-je embarquer ?

— Tu le peux.

— Tu en es sûr ?

— J'en suis sûr.

— En ce cas, appelle-moi chasseresse. Mon nom est Ullanna.

Elle repoussa le capuchon de sa cape et envoya un baiser à Jason.

— Emmène-moi au sud, c'est tout ce que je demande.

Jason éclata de rire.

— Avec plaisir. De toute façon, c'est la seule destination possible, ici !

L'unique arrivée à cheval fut celle d'un Dace d'imposante stature, un homme aussi vieux que Jason, dont la barbe semblait un nid gris frangé de noir. Il mit pied à terre et mena sa monture jusqu'à l'endroit où Argo, en plein chantier, se dressait sur ses cales, éclairé par les torches. Il plaqua la main sur la coque non terminée.

— Y a-t-il de la place pour un cheval ? interrogea-t-il dans la langue de Jason.

— Que peut faire le cheval ?

Le Dace eut un rire dédaigneux.

— Ce qu'il peut faire ? Il peut galoper, volter sur place, et il est sans peur dans la bataille. Il est fidèle à son maître, et capable de porter un lourd fardeau... sans jamais se plaindre. Il se nourrit sur le pays, il ne se mêle pas des affaires d'autrui, et il produit du crottin, beaucoup de crottin... ce qui est utile, n'est-ce pas ? Certains le pensent, en tout cas. Pour résumer, j'aime ce cheval.

De la paume, il flatta le large flanc de l'animal.

— Et je ne partirai pas sans lui, ajouta-t-il d'un ton de défi.

— Que peut-il faire encore ?

Le Dace toisa Jason, puis contempla sa monture dont il caressa la crinière noire.

— Ce qu'il peut faire encore ? Cela ne te suffit pas ? Eh bien, il tient chaud la nuit. Oui, très chaud, je peux en témoigner. Même dans la pire des tempêtes de neige, perdu dans les montagnes, tu n'auras pas froid pelotonné contre son dos. Et il est assez grand pour réchauffer beaucoup d'hommes, mon fier cheval. C'est un animal très chaleureux !

Il caressait affectueusement la bête.

— Que sait-il faire d'autre ? insista Jason.

Le Dace parut irrité. Après un long silence, il demanda d'une voix paisible :

— Qu'avais-tu d'autre à l'esprit ?

— Sait-il cuisiner ? Ramer ? Chanter pour alléger nos esprits et nos cœurs pendant qu'il galope ? Ou connaît-il la magie ?

Un moment, le cavalier dévisagea Jason d'un air impassible, puis il répondit sèchement :

— Je n'en ai aucune idée. Je n'ai jamais pensé à le lui demander. J'espérais que sa force, sa chaleur et une production copieuse de crottin suffiraient.

— Peut-il apaiser Poséidon ?

— Poséidon ? Qui est Poséidon ?

— Le dieu des mers. C'est très mauvais pour les marins lorsqu'il est d'humeur chagrine. On voit alors des vagues gigantesques briser des bateaux en deux.

— Maintenant que tu en parles, dit le grand homme, la mine songeuse, mon cheval est très bon nageur.

— Nous n'avons pas besoin de nageurs, nous avons besoin de rameurs.

Le regard du Dace se fit méprisant.

— C'est un cheval. Il n'a pas de doigts. Mais ne sont-ce pas des glènes que je vois là ? Puis-je en prendre une ?

Sans attendre la réponse, il approcha de l'endroit où étaient entassés les cordages qui devaient servir à maintenir soudées les nouvelles planches d'Argo, et choisit un rouleau. Il alla ensuite à l'orée de la forêt, et lia ses deux extrémités autour d'un arbre au tronc massif et aux racines profondes. Puis il revint en courant jusqu'à son cheval, et passa simplement la boucle autour du poitrail de l'animal. Alors il tourna la monture vers le lac et lui appliqua une claque retentissante sur la croupe.

— Va nager un peu.

Au petit galop, le cheval approcha du bord de l'eau et s'engagea avec précaution dans l'étendue glacée. Bientôt il eut atteint une profondeur suffisante pour ne plus toucher le sol, et il se mit à battre vigoureusement des jambes pour avancer.

Lorsque la corde se tendit, je pensai qu'il s'arrêterait et reviendrait vers la rive, mais il continua son effort. Derrière lui le grand arbre craqua, ploya, gémit, grogna, et ses racines saillirent de la terre gelée. Il s'effondra de toute sa hauteur et fut traîné sur le sol. Nous nous dispersâmes en hâte pour éviter ses vastes branches qui s'abattirent en frôlant le flanc d'Argo.

Le Dace rappela son cheval, qui fit demi-tour et revint vers la berge.

Jason contempla un moment l'arbre arraché, puis hocha la tête à l'adresse de l'homme.

— Nous trouverons de la place pour ton cheval.

— Voilà qui est bien. Il s'appelle Ruvio. Quant à mon nom, c'est Rubobostes. Et je sais me rendre utile, moi aussi.

Rougeoiement, lueur et pâleur appartenaient au passé ; avec l'Arbre en Feu la glace du lac s'était débandée et avait commencé à fondre. À présent l'Œil Vigilant posait sur nous son regard brumeux, le soleil se levait enfin, à demi visible, moitié de globe cyclopéen apparemment encore ensommeillé, pour une période plus longue de jour en jour.

— Kainohooki a repoussé la porte de sa tombe hivernale, disaient les Mères à leurs enfants. Il a dormi si longtemps, pour digérer son dernier festin, que ses pets enflammés éclaircissent le jour. Il lui faut maintenant chasser l'ours, apprivoiser le renne, attraper le poisson, et transpercer de sa lance les *enniki voytazi*, qu'il pendra et séchera pour que les sorcières les utilisent. Kainohooki est un ami.

Ces récits n'étaient pas nouveaux pour moi. Et de fait, les rivages du lac et les mares, réveillés par le dégel, commençaient à dégager les odeurs fétides contenues pendant tout le long hiver.

J'avais déjà vu de tels miasmes des marais s'enflammer, avec parfois des conséquences tragiques : bateaux calcinés alors qu'ils étaient en construction sur leurs rampes boueuses, chasseurs de hérons brûlés vifs alors qu'ils épiaient leur proie dans les joncs. Pourtant le phénomène se produisait plus volontiers pendant les fortes chaleurs de l'été, et dans les plaines alluviales. Aussi éprouvais-je quelque soulagement au fait que seul Kainohooki, et non les Pohjolans eux-mêmes, se laissât aller à allumer ses émissions hivernales.

La vie revint en Argo soudainement et inopinément, alors que l'éclat du soleil était à son apogée.

Lemanku et deux autres hommes travaillaient dans la coque. La nouvelle quille avait été posée. C'était une magnifique pièce en bois de bouleau pohjolan, artistement sculptée et poncée, en partie creuse pour contenir la souche du vieux chêne de Dodone dont la force avait porté Jason pendant tout son premier périple. Lemanku s'était rendu dans le bois sacré de Mielikki elle-même, la Dame de la Forêt, et après une longue cérémonie comportant moult battements de tambour et chants, il avait abattu un des ancêtres bouleaux. Ainsi Mielikki serait notre nouvelle protectrice.

Jason était quelque part au loin, parti recruter encore, et j'aidais le Dace à façonner une rame. Les feux crépitaient autour de nous, quatre chiens se poursuivaient mutuellement en aboyant, et la clameur du métal qu'on forge emplissait nos oreilles d'un tonnerre constant et agressif.

Tout cessa, mouvements et bruits, lorsque le hurlement de douleur et de peur poussé par Lemanku déchira l'air froid. Ahuri, je regardai en direction de la coque d'Argo. Le maître charpentier en sortit par le flanc, titubant, sans cesser de hurler. Ses yeux n'étaient plus que deux puits sanguinolents. Il descendit la rampe en vacillant puis marcha à l'aveuglette vers le lac.

Derrière lui apparut un des ouvriers pohjolans qui s'écria :

— Il était dans la proue ! Quelque chose lui a lacéré le visage !

Dans sa hâte de terminer la fixation de la quille, Lemanku avait désobéi aux instructions pourtant très strictes de Jason, qui avait bien précisé qu'il serait le seul à travailler dans cette partie ancienne et redoutable du vaisseau.

Je me précipitai vers l'homme blessé, qui s'était écroulé dans le lac et des deux mains s'aspergeait le visage. Autour de lui, l'eau entra en ébullition ! Sans cesser de crier de terreur, il se força à s'agenouiller. Un étrange essaim sembla alors sortir de lui, pareil à une armée de serpents qui peu à peu s'éloigna pour aller se perdre au loin, en un maelström de vaguelettes ondoyantes qui le fuyaient et roulaient vers les bois.

Mais autre chose agitait les eaux, et je vis apparaître la large tête aplatie d'un *voytazi*. Je courus jusqu'à Lemanku et le rejoignis au moment où la bouche froide s'ouvrait pour mordre. J'étais prêt à sacrifier quelques années de vie pour protéger le charpentier, mais le démon battit en retraite, peut-être au souvenir de mon plongeon, bien des jours auparavant.

J'aidai de mon mieux cet homme corpulent à se remettre sur pied. Il souffrait horriblement, mais s'était calmé. Eau et sang cascadaient de ses yeux crevés. Pour Lemanku, désormais, la vision des choses ne serait plus qu'un souvenir.

— Allons auprès du feu, le pressai-je.

Il me laissa le guider jusqu'à la chaleur des flammes, et une sécurité relative.

— L'étincelle n'est plus, murmura-t-il en frissonnant. (Il but une gorgée de bouillon à un bol que je lui mis entre les mains.) Elle a été si vive ! Elle a jailli du néant, du bois si étincelant... Elle est sortie de nulle part et m'a ravi l'étincelle. Il n'y a plus que la nuit... Les ténèbres. Elle me tuera si je remonte à bord.

Elle ? De qui parlait-il ? D'Argo ? Le fidèle et vaillant Argo aurait commis cet acte terrible ? Je ne pouvais le croire, mais il ajouta :

— Il faut que je me rende dans sa forêt. Je dois l'implorer d'épargner ma vie.

— La forêt de qui ?

— Mielikki. Mielikki a investi le navire. Jason voulait le bois le meilleur, et les bouleaux de cette partie de la forêt sont les plus beaux. J'ai cru qu'elle m'accorderait cet arbre, ce seul arbre. Un si beau bouleau. Je pensais avoir tout fait comme il faut. Je paierai de ma vie, pour cette erreur, comme j'ai déjà payé de ma vue. Vous paierez tous. Vous aurez besoin de l'aide de dieux très bienveillants si vous embarquez sur ce navire.

L'épouse de Lemanku et deux de leurs filles arrivèrent, et la plus jeune fut secouée de sanglots irrépressibles en découvrant le visage massacré de son père. Sa femme lui prodigua des soins avec efficacité et promptitude, mais lorsqu'elle posa les yeux sur moi, ils étaient froids comme la glace :

— Tu aurais dû prévoir. Tu aurais dû empêcher ton ami, ce spectre, de commettre ce méfait.

Elle parlait de Jason.

— L'empêcher ?

— Il désirait cet arbre avec trop d'ardeur. Il a

trompé mon homme avec des propos de miel. Mais toi... Toi, tu vois plus loin que nous tous, je le sens. Tu aurais pu le dissuader. Ce navire vous tuera tous, à présent.

Comme elle avait rapidement eu l'intuition de la situation ! Peut-être, à l'insu de Jason et de moi, y avait-il eu dispute sur dispute dans le gîte de ce malheureux constructeur de bateaux, des plaidoyers désespérés pour qu'il renonce à prendre cet arbre dans le bois sacré de Mielikki. Et Lemanku avait rétorqué que la Dame de la Forêt offrait toujours ses fûts pour les bateaux. C'est ainsi que se passaient les choses.

Les bateaux, oui, mais ceux qui étaient destinés à son peuple, pour chasser dans sa forêt et parcourir les lacs et les rivières de son royaume. Non des navires qui avaient navigué au-delà de l'Œil Vigilant. Des navires étrangers, à la quille habitée par un esprit étranger et où embarquaient des étrangers.

Mielikki était capricieuse. Elle se trouvait maintenant en Argo, et elle n'était pas contente.

Je m'étais attendu à ce que Jason réagisse à sa manière bien particulière en apprenant ce qui était arrivé, c'est-à-dire par un accès de fureur et de récriminations. En fait il affronta la situation d'une autre façon, qui lui était également personnelle : en montrant une très vive inquiétude pour Lemanku, tempérée cependant par quelques remarques exprimant sa logique à lui :

— Il sait toujours ce qu'il fait quand il s'agit de navires, n'est-ce pas ? Il peut se déplacer par le toucher à l'intérieur de la coque, non ? S'il me dit où enfoncer un clou, j'enfoncerai ce maudit objet là où il le commande ! Remets-le sur pied, et au travail.

Et il fit preuve d'un mépris qui n'appartenait qu'à

lui face au danger posé par le nouveau gardien d'Argo :

— Capricieuse, Mielikki ? Ces esprits le sont tous ! Je suis bien placé pour le savoir. Crois-tu que nous n'aurions pas pu naviguer jusqu'en Colchide, dérober la Toison et être de retour à Iolcos en moins d'une saison, et sans perte ? Bien sûr que si, mais nous n'aurions pu accomplir tout cela que si la déesse l'avait bien voulu. Or elle désirait s'amuser un peu à nos dépens. Elle était engagée dans une partie complexe avec les autres dieux, les autres spectres, les autres ombres du mont Olympe ! Je savais tout de ces amusements divins avant même que la barbe ne me pousse au menton. C'est là un risque que nous prenons à chaque voyage, et la raison pour laquelle si peu d'entre nous sont nés pour relever ce genre de défis. Quel âge as-tu dit que tu avais, Antiokus ?

— Je suis très âgé.

— Alors ne prétends pas ignorer ce dont je parle.

Hélas, je ne savais que trop bien à quoi Jason faisait allusion, et je murmurai :

— Ulysse partageait ton point de vue.

— Ulysse était arrogant, dit-il avec vivacité. (Son regard étincela comme il me retournait le sarcasme.) Ulysse a bravé la puissance de Poséidon, et il a été puni pour cela. Je ne provoque aucun dieu : j'énonce simplement la vérité. Je sais, et j'accepte. Je n'ai jamais défié personne dans ma vie, sinon Médée, au sujet de mes fils. Médée était une sorcière, pas une déesse. Elle est morte, à présent, et sur ses chairs putréfiées poussent l'ajonc et le chardon ! Je ne me crois pas meilleur que les dieux, Antiokus. Tu ne peux me comparer à ce fou d'Ulysse.

— Ce n'était pas un fou.

— Il était rusé, je le reconnais. Mais il s'est vanté. Ce qui fait de lui un fou. Il méritait son sort.

— Il l'a sollicité.

— Mériter, solliciter, où est la différence ? Son talent de stratège, ce bateau retourné, avec sa coque creuse, tiré par les chevaux le long de la grève, oui, c'était là un bon tour. Les murs de Troie se sont écroulés lorsqu'il a pénétré à l'intérieur de la ville. Certes, Ulysse était un homme intelligent. Je ne doute pas que cette idée de dissimuler ses hommes à l'intérieur de l'épave transformée en un gigantesque cheval ne soit la preuve de son esprit fertile, et je porte cette ruse à son crédit sans hésiter. Mais au lieu de sacrifier aux dieux, au lieu de leur offrir leur dû, aussi contestable soit-il, il les a ignorés. Et cela, ce n'est pas le comportement d'un homme intelligent... Jamais je ne commettrais semblable erreur. M'entends-tu, Mielikki ? Aide-nous dans notre voyage, et la gorge que tu choisiras, je la trancherai au-dessus d'un feu, dans une coupe de cuivre ! Je t'en donne ma parole, sur ma vie.

Quel homme indomptable ! Je contemplai ce visage enflammé par la détermination et la hardiesse. Il était jeune lorsqu'il était parti en quête de la Toison ; Ulysse était alors plus âgé et plus sage, plus arrogant aussi. À présent Jason était encore plus vieux, et furieux. Il avait vieilli, oui, mais comme le vin dans une épave gisant au fond de la mer, sans avoir connu les douceurs de la vie, et sans que la vie l'adoucisse. C'était un homme à deux visages : toujours jeune pour le combat, et pourtant âgé en pensée et en malice. Le milieu de son existence était vide comme cette embarcation tirée par des chevaux, que les Troyens avaient accueillie en leurs murs, et d'où s'étaient déversés les

Achéens avides de carnage. Vide, peut-être, comme Argo lui-même, avec cet espace secret en lui qui jusqu'à présent nous était interdit, et qui cependant abritait un fantôme régnant sur un monde spectral de forêts étincelantes, un fantôme capable de frapper et d'aveugler tout homme ou femme qui l'approcherait.

8

Départ

La reconstruction d'Argo était à présent achevée, bien qu'il n'eût pas encore été dédié à sa nouvelle protectrice divine. Et comme s'ils avaient été avertis qu'approchait la métamorphose du bois mort en navire neuf, les premiers vols de cygnes apparurent dans le ciel, surgissant de la lueur même du soleil qui se levait lentement. Vague après vague, ils nous survolèrent, cou noir et bec rouge, pour décrire des cercles sur la forêt saupoudrée de givre avant de glisser ensemble vers le lac. Par centaines ils vinrent, ces esprits des airs qui annonçaient l'arrivée du printemps, ne rompant le silence que par le bruissement feutré de leurs ailes. Ils continuèrent de se poser avec délicatesse sur les eaux pendant une heure ou plus, en se querellant entre eux bruyamment, et attendirent que l'esprit du poisson vienne à leur rencontre pour les nourrir.

Je me tenais au bord du lac, avec Urtha et Jason, et nous étions tous trois saisis d'une même crainte révérencieuse devant ce spectacle. Niiv courait ici et là, telle une enfant sur le point d'éclater de quelque bonheur intérieur. Les Argonautes, las et échevelés, quittèrent leur couche en titubant et se regroupèrent autour du chantier. Ils contemplèrent les cygnes qui décrivaient leurs derniers cercles dans l'air avant de se poser sur le lac, et discutèrent du goût que devaient avoir ces grands oiseaux courroucés.

Les Pohjolans dansèrent et chantèrent ; ils dansèrent au rythme de Niiv exaltée, et à celui du ballet des cygnes ; ils chantèrent comme les morts revenus du tombeau, et ce fût un concert de ululements, de babillages et de louanges, où prédominaient les voix de femmes. Leur joie était si communicative que les Volques revêches mimèrent quelques pas de danse à leur tour, un peu par moquerie, surtout parce que eux aussi sentaient la venue de la nouvelle saison et l'achèvement de quelque chose qui moquait le Temps : notre navire, notre Argo !

Il était plus élancé que celui d'antan, mais il avait conservé cette grâce spécifique aux vaisseaux grecs, avec sa proue à la ligne abrupte et arrogante, son mât unique, et ses décorations alignées le long du bastingage, aux couleurs glorieuses, qui représentaient les nouveaux Argonautes rameurs. Ses yeux vigilants, de chaque côté de la coque, scruteraient mers et fleuves avec soin.

Niiv amena son oncle, Lemanku, aux prunelles éteintes, afin qu'il apporte la touche finale au navire. Ses fils traînèrent l'effigie de Mielikki, la Dame de la Forêt, jusqu'à la proue d'Argo, où le bois avait été creusé pour accueillir le visage taillé dans le chêne. Lemanku avait œuvré avec fébrilité à sculpter ses traits, sentant de ses doigts le relief du bois. Il avait insisté pour que cette tâche n'échoie qu'à lui seul.

Le visage qui nous contemplait, lorsque l'effigie fut hissée à sa place, était pour le moins inquiétant : yeux étrécis, nez fin, lèvres légèrement étirées sur l'ombre d'un sourire qui pouvait être de mépris comme de pitié. La chevelure avait également été sculptée, et cascadait sur la poitrine menue ; des dents d'ours avaient été accrochées en collier autour du cou dans une bande protectrice ; les crânes de petits oiseaux étaient enserrés dans un entrelacs de lanières de cuir, en un pendentif macabre. Mais plumes et fleurs séchées ornaient la couronne, adoucissant l'aspect malveillant du visage.

Gutthas le Germain et Urtha le *Keltoï* soulevèrent l'effigie, que Jason fixa avec des chevilles de bois enfoncées à la masse. Sur son insistance, des cordes furent attachées autour de la statue, fermement nouées, puis enduites de poix.

Dès que Mielikki fut en place, Argo frémit sur la rampe, mais au contraire de ce qui s'était passé à Iolcos, il demeura calme et ne tira pas sur les haussières. Le cheval du Dace avait été harnaché, et la bête était prête à contenir l'ardeur du navire si celui-ci cherchait à se libérer avant que Jason ne soit prêt.

Alors que nombre d'Argonautes creusaient une tranchée de lancement dans la rive, et disposaient des rondins de bouleau à la limite des eaux du lac, Jason et Lemanku préparèrent un autel pour le sacrifice propitiatoire, simple tas de bois mort empilé afin de former une plateforme arrivant à hanche d'homme, assez grande pour accueillir l'offrande. Lemanku traça une image d'Enaaki dans le bouleau et la plaça sur l'autel ; Jason tailla au couteau dans un morceau de bois une représentation sommaire d'Apollon, qu'il peignit ensuite en noir. Il lia des plumes de cygne en une gerbe afin d'honorer Héra, dernière protectrice du navire. Une offrande plus consistante serait nécessaire pour Mielikki.

Dans ce but, Urtha le conduisit à la rame sur le lac dans un esquif léger, qu'il manœuvra avec prudence entre les cygnes. À l'aide d'une corde terminée par un nœud coulant, Jason prit au piège un grand oiseau et l'attira jusqu'à leur barque. Puis il lui brisa les ailes avec une pagaie. Alors qu'ils étaient poursuivis par les autres oiseaux, furieux, le jeune guerrier souqua vigoureusement jusqu'à la rive en tirant derrière eux le cygne aux ailes brisées. On le traîna vivant jusqu'à l'autel, où il fut ligoté et préparé pour le feu.

Vêtus d'une longue fourrure blanche et coiffés d'une toque colorée, Lemanku et sa nièce, Niiv, s'avancèrent pour célébrer la cérémonie.

— Attendez ! Cela ne va pas !

Rubobostes le Dace venait de pénétrer en trombe dans le cercle. Il déposa son épée sur l'autel, pour montrer qu'il était dépourvu de toute intention belliqueuse.

— Des plumes ? Des écorces gravées ? Un cygne ? Jason, ça ne va pas du tout. Si je dois embarquer avec mon cheval, je veux avoir l'assurance que nous nous sommes concilié les bonnes grâces d'Istarta. Il faut lui offrir un sacrifice, sinon le courant des rivières coulera contre nous, et des loups à deux pattes nous traqueront dans la forêt. Nous n'aurons aucune chance. Des plumes de cygne ? Voilà qui ne suffira pas.

Les objections de Rubobostes furent traduites au reste de l'équipage.

Gebrinagoth le Germain s'avança de deux pas et plaça son épée sur l'autel, lui aussi.

— Je partage son avis, bien qu'en ce qui me concerne, Istarta ne m'inquiète pas. La protection de Bélénos nous sera indispensable, et Bélénos est un dieu irascible. Si nous ne lui dédions pas le cœur toujours battant d'un lièvre sur un bûcher approprié, de grands dangers ne nous seront pas épargnés durant le voyage.

Un des Cimbres au teint cireux voulut parler, de même que Michovar le Volque. Immobile, bras croisés sur la poitrine, Jason les contempla tous.

Je m'écartai un peu tandis que les discussions prenaient un tour plus vif. Après un moment, Jason me rejoignit et s'assit sur un rocher.

— Nous n'y arriverons jamais, dit-il d'un ton dépité. J'ai besoin de ces hommes, de leur force et de leur adresse, mais je ne sais comment satisfaire leurs dieux respectifs.

— Découpe un animal quelconque et brûle les meilleurs morceaux. C'est ainsi qu'on procède partout.

— Mais ils exigent tous des animaux différents.

Je compatis à son souci.

— Puisque personne ne remet en cause ta place de chef et de capitaine dans cette expédition, pourquoi ne pas imposer ta volonté, et simplement offrir un sacrifice à Apollon et à la Dame de la Forêt ? Après tout, c'est elle qui sera notre protectrice.

— Chacun d'entre eux a besoin de son gardien divin, répondit Jason dans un soupir. Rubobostes veut sacrifier à un dieu qui est le porteur de feu, gardien des voyageurs et soigneur des blessures récoltées pendant la bataille. Il réclame une chauve-souris vivante et les pattes avant d'un loup ! Les Cimbres veulent rendre hommage à Indirabus le belliqueux, protecteur du voyageur et dispensateur du don d'éloquence... Ils refusent d'embarquer tant qu'on n'aura pas trouvé un porcelet. Les Germains veulent offrir un lièvre des neiges à leur dieu du feu et protecteur. Le Crétois, Tairon, propose que nous immolions un nouveau-né en le rôtissant vif dans une urne de métal ! Folie que tout cela !

— Folie très commune à l'époque où nous nous sommes connus, Jason, lui rappelai-je. Et elle a perduré bien des années ensuite. C'est révoltant, certes, mais pas insensé.

— Vraiment ? Et où crois-tu qu'ils trouveront une urne en métal de la taille nécessaire dans cet endroit oublié des dieux ? Folie, te dis-je !

— Tous ont trop envie de partir vers le sud pour se disputer très longtemps, supputai-je. Par ailleurs, j'ai beaucoup voyagé de par le vaste monde, j'ai vu la mort, la perte, le changement et l'innovation. Ce qui me frappe chez tes Argonautes, c'est qu'ils recherchent tous la même protection, et qu'ils ont tous un dieu ou une déesse supposés en mesure de la leur consentir. La *même* protection. Tous leurs dieux sont les mêmes, sous des noms différents. Crée donc un nouveau symbole, qui leur convienne à tous et qui absorbera la protection de Bélénos, d'Istarta et des autres, et offre-le aux Argonautes.

— C'est une bonne idée, commenta Jason.

Il se mit à réfléchir en grattant pensivement sa barbe grisée par les ans. Tout à coup il sourit et se frappa le genou du plat de la main.

— Argo lui-même, bien sûr ! Il y a en lui des pièces tellement anciennes que j'ai du mal à imaginer leur âge. Si le monde a commencé dans les flammes, il en reste une étincelle dans sa proue. S'il a commencé par un déluge, il demeure de la boue et de la moisissure sous son pont. S'il a commencé en hiver, nous trouverons une flèche de glace enfoncée dans son cœur ! Il est là depuis le début du Temps, et je ne m'en étais pas rendu compte. Tu vois réellement au fond des choses, mon ami. Mais quelle image invoquerai-je pour le représenter ? Quoi que je sculpte, cela devra avoir les attributs du feu, de la guérison, de la navigation, de l'éloquence... et ceux des lièvres, des porcs, des loups, des chauves-souris !

— Une rame, suggérai-je.

Il fronça les sourcils.

— Une rame ? Pourquoi donc ?

— La rame murmure avec éloquence dans l'eau...

— Ah, pas avec cette bande de pattes de loup à cervelle de lièvre...

— Mais entre des mains habiles, la rame murmure. N'est-ce pas ?

— Je suppose que oui.

— Et on peut s'en servir comme d'une arme ?

— Une arme lourde entre toutes les autres mains que celles d'Héraclès, ou peut-être de Rubobostes, mais... Oui, elle peut servir d'arme.

— Et sauver la vie d'un homme qui se noie, et trouve le soutien de son bois flottant ? Oui, une rame. Il faut que ce soit une rame !

Soudain Jason s'enthousiasma pour mon idée.

— Une rame sculptée par chaque homme et chaque femme qui naviguera avec nous ! Oui, c'est bien et juste ! Une rame dont le façonnage aura mêlé la sueur et l'effort, et les pensées et le cœur et les espoirs, et aussi un peu de sang, de chaque Argonaute. Ce qui s'applique également à toi, Antiokus.

— Merlin.

— Merlin, si tu veux. Tu la sculpteras toi aussi. C'est une excellente idée ! Mes yeux viennent de se dessiller aux subtilités de l'Autre Monde. Les dieux s'adressent à nous sous bien des formes, mais chaque peuple doit se faire sa propre image de son protecteur. C'est là une bien belle leçon que tu m'as enseignée !

— Heureux d'avoir pu me rendre utile.

— Dois-je sculpter un visage ? Sur la pale ?

— Ah, mais lequel ? rétorquai-je du tac au tac. Aura-t-il les yeux ouverts, ou clos ? Sa bouche sourira-t-elle, ou sera-t-elle sévère ? Sera-ce le visage d'un homme, ou celui d'une femme ? Les deux ? Aucun ? Le peindras-tu, ou non ?

Jason leva la main pour m'interrompre.

— Je comprends ce que tu veux dire. Éclaire-moi, Merlin... mon ami et sage conseiller.

— Il n'est pas indispensable de sculpter un visage.

Il demeurait indécis, et se tiraillait la barbe.

— Mais je pense que nous devrions sculpter quelque chose. Toutes les statues sont ainsi faites. Il ne me plairait pas que nous ne gravions rien sur cette rame.

— Ce n'est vraiment pas nécessaire. L'idée et une incantation de ta part suffiront...

— Mais que fais-tu des symboles ? Nous aurons besoin du soleil lorsque nous naviguerons, et aussi des vents, et d'une mer calme, et il nous faut également apaiser les rivières, et éviter de rire des sanctuaires étranges que nous rencontrerons, car cette attitude provoque souvent bien des incompréhensions. Je pourrais sculpter les signes pour toutes ces choses. Je me rappelle encore comment faire. J'ai appris à Iolcos...

— Nous trouverons tous ces charmes au cours de notre voyage, et avec les hommes qui rament. Tu as parmi les Argonautes quelques individus aux talents affirmés.

Il hésitait encore.

— Alors, aucune sculpture. Une simple rame, taillée d'une pièce dans le tronc d'un chêne. Et chacun des Argonautes participera à sa création : l'un coupera l'arbre, l'autre enlèvera l'écorce, un troisième taillera le manche, un quatrième façonnera la pale, et un cinquième la polira... Oui, c'est bien ainsi. Rien de plus.

— Et chacun gravera son nom dessus, ainsi que celui de son protecteur.

Le regard brillant que me lança Jason exprimait autant son soulagement que son amusement.

— Eh bien, voilà ! C'est ça qu'il nous faut : une rame sculptée de noms ! Tu vois ? Je savais que j'avais raison d'insister.

— Puisque tu le dis, Jason.

— Puisque je le dis, approuva-t-il en souriant.

Il retourna auprès du navire et persuada l'équipage, comme je n'avais jamais douté qu'il le ferait. Car il avait l'art de manier les mots.

L'autel était terminé, et une rame de trois fois la hauteur d'un homme avait été façonnée, taillée, gravée puis plantée à la verticale dans la fosse près d'Argo. Tout d'abord elle fut dédiée à Mielikki, par le sacrifice du cygne ; puis une offrande fut faite à Enaaki sous la forme d'un jeune renne, afin d'apaiser le gardien du lac, puisque nous étions sur son royaume. Cela accompli, Jason alluma le feu. Les flammes mirent un moment à mordre le bois, mais bientôt elles léchaient la longue hampe en s'élevant vers les cieux, aventureuses, sifflant et écartelant les fibres pour libérer la chaleur, la sève et l'énergie qui nous guideraient dans notre voyage vers les eaux chaudes du sud, et le fils de Jason, dissimulé dans le Temps.

L'ordre fut donné de ranger vêtements et armes. Les réserves de viande et de vin de baies qui nourrissaient les Pohjolans pendant l'hiver furent chargées à bord du navire, ainsi que des peaux pour constituer une protection du pont contre la pluie. Le cheval dace devrait embarquer par les eaux peu profondes du bord ; Rubobostes avait déjà fabriqué un harnais qui permettrait à l'animal d'aller sans encombre si le courant devenait violent, ou la mer dangereuse. Ruvio devrait être nourri de ce que nous trouverions en chemin, bien que les gens de Lemanku eussent rassemblé assez de fourrage sec pour quelques jours.

Les Pohjolans, coiffés de leur haute toque écarlate et emmitouflés dans des fourrures épaisses, se rassemblèrent et chantèrent pour nous des mélodies mélancoliques qui parfois se transformaient en cris aigus et joyeux, ou en railleries. Des cadeaux furent échangés, et Niiv m'offrit une dent peinte. Une petite *sedja* qui m'apporterait réconfort, expliqua-t-elle. La dent était humaine, une molaire, creuse et abîmée. Je ne doutais pas une seconde que ce fût l'une de celles de son défunt père. Elle conservait toutes ses dents dans une petite bourse qu'elle gardait contre sa poitrine, sous ses vêtements. Elle me faisait là un cadeau de grand prix.

— Jason refuse que je t'accompagne, dit-elle avec une moue. J'ai essayé de le persuader, et mon oncle aimerait que je lui dise adieu. Eh bien, c'est à toi que je dis adieu. Mais je ne pense pas que ton ami tiré des glaces ait confiance en moi.

Les larmes embuaient les yeux de la jeune fille, malgré la colère qui crispait ses lèvres. Elle me considéra un moment sans rien dire, puis s'approcha et déposa un baiser sur ma joue.

— Était-ce à ton père ? dis-je en brandissant le talisman.

Elle eut un sourire plein de coquetterie.

— Oui. Comme tu es intelligent !

— Que fera pour moi cette *sedja* ?

— Tu ne vieilliras que d'une minute avant de le

découvrir. Elle ne t'occasionnera aucun mal, seulement du bien.

— Hmm...

Je me demandai ce qu'elle avait fait à ce morceau d'ivoire à demi pourri, mais supposai qu'elle l'avait simplement soumis à un charme inoffensif qui lui permettrait de me voir, de temps à autre, dans ses rêves, en guise de petit réconfort...

— Tu me manqueras, Merlin.

— Toi aussi, tu me manqueras, lui répondis-je.

Et je songeai que tel serait en effet le cas, car elle m'intriguait ; mais je pensai aussi qu'il serait bon de me retrouver loin de ces yeux, de cette bouche, de ce regard narquois, de cette impression de duplicité qu'elle dégageait.

Elle fit une dernière tentative, me suppliant de persuader Jason de la laisser embarquer, mais je connaissais mon ami : lui aussi avait décidé qu'il y avait déjà suffisamment d'individus rusés sur son nouvel Argo, et, bien qu'il ne vît aucune objection à confier une rame à une femme, il ne désirait surtout pas que ce fût à une enfant aussi imprévisible que Niiv.

Je repoussai sa requête, et elle parut se faire une raison.

— Eh bien, tant pis. Bon voyage, et n'oublie pas de te laver, au moins de temps en temps.

Elle partit en courant entre les torches fichées dans le sol, en direction du village.

Pendant que nous discutions, le mât avait été dressé et la vergue montée à bord. Les chants étaient devenus fiévreux, et Jason avait dû ingurgiter une libation pour le voyage, un breuvage si fort qu'il était la proie d'une toux violente sur le pont arrière d'Argo, sous la grimace sinistre de Mielikki. Quand enfin il reprit son souffle, il tendit la jarre aux Germains, qui le remercièrent bruyamment et burent chacun une gorgée du puissant liquide. Il ordonna que deux hommes aillent tenir les cordes. Nous échangeâmes un regard à distance en nous souvenant de l'impatience d'Argo quand il sentait venir l'instant de la libération, mais il restait calme. Le lancement s'accomplirait donc dans la sérénité...

J'avais eu cette pensée optimiste un peu trop tôt.

Les cygnes s'envolèrent soudain à l'unisson du lac caressé par les doigts de rose de l'aube, et emplirent le ciel du battement de leurs ailes. Une brume s'était formée à la surface des eaux, qui roula du centre du lac vers la rive. Un froid subit envahit l'air, du givre se forma sur le sol et nos vêtements, et blanchit les arbres à l'orée des bois.

La glace se formait rapidement sur le lac, s'épaississant à chaque instant.

— Lance le navire ! criai-je à Jason. Lance-le, maintenant !

— Exactement ce que je pensais faire, Antiokus ! Tranchez les cordes !

On frappa vigoureusement les cordages. De chaque côté de la coque, huit hommes poussèrent le navire sur les rondins vers le lac. La proue fendit l'eau, mais les doigts de spectre de la glace enveloppèrent aussitôt ses flancs.

— Embarquez ! cria Jason. La passerelle !

Celle-ci fut abaissée jusqu'au sol, et les Argonautes montèrent à bord en hâte, pour se glisser jusqu'aux bancs de nage. Rubobostes mena son cheval dans le ventre du navire et l'attacha avec soin. Les pales des rames brisèrent la glace, qui avançait telle une bête vivante à partir du centre du lac, nous interdisant le passage vers le fleuve et le sud.

Niiv ! me dis-je alors. Ce devait être son œuvre, un

acte de jalousie pour nous retenir ici. J'avais sous-estimé l'étendue de ses pouvoirs, et je scrutai les rangs des Pohjolans, silencieux, à sa recherche, puis je criai son nom tandis que je saisissais le cordage qui me hisserait à bord.

— Est-ce là un tour de cette maudite gamine ? gronda Jason avec colère.

— Je le pense.

— Alors, contre son charme !

Je neutraliserais mieux le charme en neutralisant la fille. Je l'appelai et elle s'avança devant la foule, une torche à la main, un petit sac à l'épaule. Elle me demanda ce que je lui voulais.

— Est-ce là ton œuvre ? Jamais nous ne pourrons traverser la glace.

Au lieu de répondre à ma question, elle me regarda calmement, les yeux brillants.

— Puis-je monter à bord, Merlin ?

Je transmis la question à Jason, qui était furieux.

— Oui ! Oui, d'accord, qu'elle embarque !

Niiv posa le pied sur le pont avant que j'eusse eu le temps de lui lancer une corde. Elle jeta son sac dans la cale et patina sur le pont verglacé vers un endroit où elle se pelotonna. Les rames brisaient la glace et nous éloignaient de la berge, mais une monstrueuse falaise blanche ne cessait de s'élever devant nous.

— Fais quelque chose, implorai-je Niiv. Ouvre-nous un passage.

— Ce n'est pas moi, dit-elle presque nerveusement.

L'ombre d'un sourire flotta sur ses lèvres.

— Qui, alors ?

— Les *voytazi*. Vous leur prenez Mielikki ; ils ne veulent pas vous laisser partir.

— Les *voytazi* ? Mais je croyais qu'ils appartenaient au lac. Pas à la forêt.

— Les racines de la forêt plongent dans le lac. Elles forment une partie du toit du palais d'Enaaki.

Il me fallut un moment pour accepter cette nouvelle, puis je me rendis à la proue et rapportai la rouerie de Niiv à Jason.

— Alors c'est à toi de décider.

Il me donna une claque sur l'épaule et recula pour prendre une rame lui aussi.

La glace s'ouvrit devant nous, fendue par la proue, et Argo se mit à progresser en longues saccades, tandis que je puisais dans mes os la force de faire fondre un passage pour nous, et je souffrais car je voyais dans le cœur de la glace. Je la brisai, l'émiettai afin qu'elle s'écarte et laisse Argo glisser sur les eaux gelées vers le chenal là-bas, au sud, qui nous mènerait vers la mer. Je me souvins d'avoir entendu l'histoire d'un homme qui avait ouvert un chemin à sec dans une mer afin d'échapper à l'armée qui les poursuivait, lui et les siens. Cela avait dû requérir une force extraordinaire, que je ne pouvais invoquer, mais cette glace n'était l'œuvre que d'esprits élémentaires, et j'avais appris à circonscrire leurs manœuvres lorsque je parcourais le Chemin. Et tout se serait bien passé, sans Jason.

Derrière moi, Niiv poussa un cri. Je perdis ma concentration et me retournai au moment où Jason la soulevait à bout de bras et la précipitait dans le lac, entre les murailles de glace.

Il me vit et me lança :

— Ne me regarde pas, Merlin. Concentre-toi pour nous faire franchir ce piège de l'hiver !

Mais je m'élançai sur le pont tout en me débarrassant de ma cape et de ma veste en mouton. Jason me décocha une violente bourrade.

— Laisse-la ! Tu ne voulais pas d'elle à bord, et moi non plus. Elle a réussi à embarquer par fourberie.

Niiv poussa encore un cri, puis disparut sous la surface. La glace se refermait sur nous.

— Vite, Merlin, retourne à la proue !

— Je ne la laisserai pas se noyer. Brise la glace toi-même, Jason. Vois donc comme la tâche est aisée !

— Ne me trahis pas encore une fois !

— Je ne t'ai jamais trahi ! Mais il se pourrait bien que je le fasse maintenant ! Pour ta cruauté...

Quoi qu'il me répondît alors, je ne le compris pas car je rassemblai toute ma chaleur corporelle et bondis par-dessus bord. Je m'enfonçai dans les eaux parmi les *voytazi*, vers la forme inerte de la jeune fille qui se noyait. Ses lourdes robes relevées en corolle lui donnaient l'apparence d'une élodée sombre, sous laquelle pendaient des jambes si blanches et un corps si squelettique qu'on aurait dit ceux d'un cadavre. Quand je l'atteignis, elle était sur le point de rendre l'âme. Je lui transmis une partie de ma force vitale, puis remontai vers la surface. Lorsque nous surgîmes à l'air libre elle hurla, étouffant à moitié, et paniqua. Je la tins serrée contre moi, gardant sa bouche au-dessus de l'eau. La glace enveloppait Argo dans le piège de sa tombe gelée. J'aperçus Jason à la poupe, qui se penchait vers moi, immobile et sans âge, la main tendue comme pour me rappeler.

— Lâche-moi, lâche-moi, haleta Niiv, qui se débattait dans mes bras. Sauve Argo, sauve tes amis ! Je peux nager jusqu'à la rive.

Elle essaya de me repousser. J'avais perdu toute concentration, et le froid m'engourdissait. Dès que mon étreinte sur Niiv faiblissait, ses vêtements alourdis par l'eau l'entraînaient vers les profondeurs.

Je regardai Jason, et sus qu'il allait mourir pour la seconde fois. J'étais furieux contre lui, et en même temps terrifié à l'idée de le perdre.

Je tenais Niiv dans mes bras, et j'étais déterminé à

ne pas la lâcher. Ma vie venait de changer, bien que je fusse trop troublé pour m'en rendre compte.

Je commençai à couler.

Des doigts me pincèrent en me soutenant. Le lac semblait bouillonner autour de moi, alors que les démons à la face triangulaire allégeaient la pression sur mes jambes et mes bras, et me maintenaient à flot comme si j'étais ligoté à un tronc d'arbre. Les *voytazi* nous sauvaient.

La glace entourant Argo se mit à fondre. Jason s'écria :

— Apportez des cordes ! Des cordes ! Merlin, tiens bon, nous revenons à la rame pour te sauver !

Les cordages fouettèrent l'eau. Je nouai le plus proche autour de Niiv, un autre à ma taille, puis Urtha et les Argonautes nous hissèrent, épuisés et meurtris, le long du flanc du navire, avant de nous envelopper de chaudes fourrures.

Les rames se levèrent et s'abaissèrent, et Argo avança de nouveau vers le sud et le grand Œil qui voit tout.

Urtha était tout sourire et ironie tandis qu'il m'aidait à me remettre de ma baignade dans le lac, mais il lançait de temps à autre des coups d'œil vers Jason, qui tenait maintenant la barre, l'air sombre.

— Il y a plus entre cette fille et toi qu'il n'y paraît à mon regard, n'est-ce pas ?

— Non.

— Mensonge ! Mais je suis heureux que cela soit arrivé. Ton ami Jason est plus dangereux que je ne m'en étais rendu compte. Je te le dis, Merlin. (Il toucha mes lèvres du bout d'un doigt, ses yeux fixés sur les miens.) Parce que, aussi amis que vous soyez, lui et toi, je ne voudrais pas que tu penses qu'il pourra sacrifier ses rameurs selon son humeur. Nous sommes ensemble dans ce voyage. Pour différentes raisons, soit, mais ensemble. Et s'il tente une fois encore de jeter par-dessus bord quiconque lui déplaît, simplement parce que l'envie lui en prend, ton ami Jason criera qu'on lui lance un espar avant de couler dans notre sillage. J'espère que j'ai été clair.

En vérité Urtha, homme jeune à la voix jeune, avait parlé doucement mais son courroux était bien présent, et j'acquiesçai, car je comprenais son sentiment.

Si ce n'était Niiv ou les *voytazi* qui avaient rendu aussi difficile ce lancement, alors qui ? Ou quoi ? La réponse me vint instantanément, aussi naturelle que le réveil après un sommeil léger. Je descendis dans la cale, trouvai mon chemin entre les ballots, les sacs de cuir et les rouleaux de cordages, passai à côté du cheval, qui respirait calmement, et arrivai devant la partie interdite du navire, sous la figure de proue, sous Jason, qui tenait toujours la barre.

— Pas plus près, chuchota Mielikki.

— Tu as pris la vue à son oncle, tu as tenté d'enlever la vie à cette fille, tu as essayé de nous tuer tous. Est-ce là ce que nous pouvons attendre de Mielikki, nouvelle protectrice d'Argo ?

— Cet homme a perdu la vue parce qu'il s'est trop approché, me répondit la voix dans un murmure. La fille m'appartient. Pourquoi désirerais-je quitter ma contrée ? Qu'êtes-vous tous, sinon des esprits froids, venus de terres froides ? Oui, j'ai essayé de vous tuer. Mais tu as sauvé la fille qui m'appartient, et je t'ai autorisé à le faire. Laisse-moi te dire deux choses. Je la ferai revenir dans mes forêts, quoi qu'elle souhaite, bien que tu puisses la garder auprès de toi quelque temps encore. Et sache qu'elle est dangereuse. Tu as sauvé ta Némésis. Une chose encore : je me tiens sur le Seuil du monde que contient ce navire, non pas à l'intérieur, et quelqu'un au cœur de ce monde est conscient de ta présence, et souhaite te voir mort. Cela, je te le dis car tu as sauvé la fille. Pour le reste, je déciderai pendant que nous voguerons.

Je lui demandai d'en dire plus, à cette Dame de la Forêt, mais elle demeura silencieuse derrière ses yeux mi-clos. C'est Mielikki en personne qui avait fait naître les falaises de glace, non pas Niiv, ni les esprits du lac, parce que la déesse refusait d'être emmenée loin de sa contrée. C'est uniquement pour sauver sa servante, Niiv la capricieuse, que Mielikki avait fléchi et autorisé Jason à lancer sa Quête vers le sud. Nous étions en chemin, mais il m'était clair à présent que nous étions autant en danger, sur Argo, que sous la protection de la déesse.

Et quelqu'un, sur ce navire, désirait ma mort !

J'évitai Jason, choisissant de m'asseoir à côté d'Urtha. Il marmonnait de vils jurons en maniant la rame. Il me suggéra de l'aider, et devant mon refus il m'injuria. Mais je me sentais bien en sa présence, tandis qu'Argo fendait les eaux au rythme régulier du tambour. Bientôt le lac se rétrécit, les arbres d'hiver rapprochèrent leurs silhouettes austères autour du navire, et nous parvînmes à l'embouchure du fleuve. Là débutait notre long voyage vers le sud, à travers des mers glacées et des côtes hostiles, en direction de l'Île des Morts, Alba.

TROISIÈME PARTIE

En Pays Fantôme

9

Le navire creux

La tempête de glace et l'éventualité que la gardienne de notre navire fût moins heureuse de se trouver à bord que nous ne l'aurions souhaité ne nous préoccupèrent bientôt plus. Nous naviguions avec prudence sur des rivières aux nombreux méandres, et peu à peu nous nous accoutumions au rythme et au poids de l'aviron, à la manière de rentrer les rames dans l'urgence lorsque un arbre abattu ou un rocher affleurant à la surface jaillissait des ténèbres.

Tairon et Jason se tenaient à la proue. Les talents du Crétois pour progresser dans un labyrinthe nous aidaient à trouver les eaux les plus profondes et à éviter d'être pris dans un tourbillon. Elkavar se plaignait bruyamment d'ampoules aux mains, les Volques semblaient accepter la tâche avec philosophie, et les *Keltoï* se racontaient des histoires abominables au sujet des navires sur lesquels ils avaient ramé, navigué et volé par le passé. Jason gardait un œil attentif sur tout, en particulier la cadence et la qualité de la rame, dispensant conseils et critiques sans retenue, et je remarquai que cette attitude irritait Urtha, qui semblait n'apprécier guère notre capitaine. Je l'entendis grommeler à

Cucallos qu'il lui paraissait peu convenable qu'un homme, encore mort récemment, s'arrogeât le rôle de capitaine.

Mais Manandoun le conseilla sagement, et Urtha s'accommoda de son rôle sur le banc de nage. Il se conduisait également en protecteur vis-à-vis de Niiv, qui redoutait Jason.

Bientôt Argo pénétra dans une partie de la Terre du Nord qui compte plus de lacs que de landes, et nous pûmes hisser la voile et fendre les eaux à plus grande vitesse, et ménager nos efforts. Rubobostes tenait la roue du gouvernail lorsque le vent faisait gîter Argo, et le mince Tairon le remplaçait dès que la brise s'adoucissait. Il ne nous faudrait pas longtemps pour atteindre la mer froide et mettre le cap vers le couchant.

Une nuit, alors que nous nous reposions au mouillage sous les branches pendantes de saules, Elkavar vint s'asseoir près de moi sur le banc de nage et me souhaita le bonsoir.

— Je ne voudrais pas être importun, dit-il, mais je me demandais si je pouvais te poser une question personnelle. Sans vouloir t'offenser.

— Il n'y a pas de mal à poser une question, le rassurai-je. Et on ne m'offense pas aisément.

— Vois-tu, poursuivit-il en fronçant les sourcils, je ne suis pas homme d'expérience, ni grand voyageur. Sauf par accident, bien sûr. Oui, c'est vrai, je suppose qu'on pourrait donc dire que je suis un grand voyageur... mais à mon corps défendant. Je ne m'intéressais guère à ce que je découvrais, et la plupart du temps j'étais plus anxieux de retourner chez moi que de poser des questions sur le lieu où je me trouvais.

Les Enfers, voilà un lieu terrible, en particulier pour les gens comme moi, qui y entrent par accident.

— Et quelle est ta question ?

— Durant tous ces voyages accidentels que j'ai faits, j'ai rencontré bien des gens différents. Par le dieu de bonté lui-même, certains étaient accoutrés de très curieuse manière. Et la nourriture ! Je n'ai jamais accepté de manger les yeux des animaux, sauf quand il s'agissait de petits poissons. C'est dégoûtant. Mais comme je l'ai dit, je n'ai jamais prêté grande attention à ces hommes étranges, parce que je crois, aussi bizarres qu'ils aient été, avec leurs coiffes ridicules, leurs épées à la lame courbe et les yeux d'animaux qu'ils mangeaient au petit déjeuner, que je les reconnaissais comme étant... eh bien, mes semblables, plus ou moins. Si tu me comprends.

Il posa un regard aigu sur moi, avant de continuer :

— Mais toi, je ne te reconnais pas. Quelque chose ne va pas en toi, pas du tout. Ta place n'est pas ici. Elle n'est nulle part. Tu me donnes le frisson, comme j'ai le frisson lorsque je vois une grosse araignée suspendue à son fil au-dessus de ma couche. Ne t'en offense pas, je te prie.

— Pas encore.

— Vois-tu, Merlin... C'est bien Merlin, n'est-ce pas ?

— Oui.

— Bien que Jason t'appelle Antiokus ?

— C'est le nom sous lequel il m'a connu, jadis. Je l'avais inventé. Je suis connu sous maintes identités.

— J'allais dire... il se murmure sur ce navire que tu peux défier le Temps lui-même. Est-ce la vérité ?

— Non, pas le défier. M'en défier.

Elkavar eut un rire approbateur.

— Bien dit ! Et c'est une bonne attitude à adopter.

Nous devrions tous nous défier du temps qui est nôtre, bien que pour la plupart d'entre nous cela revienne simplement à l'utiliser sagement. Si la bougie brûle toujours, sa flamme est plus vive lorsque nous sommes jeunes. Mais toi... ta bougie semble brûler sans jamais décroître.

— Elle se consume plus lentement que la tienne, voilà tout.

Il rit encore, triomphant.

— Tu vois ? C'est bien ce que je dis : ta place n'est pas ici. Tu es comme un homme venu des étoiles. Un soleil différent a réchauffé ta peau ; tu pisses un liquide différent. Je l'ai su dès l'instant où mon regard s'est posé sur toi. Quel âge as-tu, précisément ?

— Précisément ? Je n'en ai pas idée. Tout ce que je sais, c'est que dans mon enfance le monde était plus serein, les forêts plus vastes, et le bavardage des hommes guère plus fréquent que celui des pies. C'était un monde immense, où le bruit du vent et de la pluie était le plus puissant de tous les sons. Il y avait des tambours et des flûtes, mais on n'en tirait que des notes très douces. À présent, le roulement des tambours se répercute dans chaque vallée, et des fous tirent des couinements atroces d'outres à tuyaux. Sans vouloir t'offenser, bien sûr.

— Mes tuyaux ne couinent pas, répondit Elkavar sans animosité. Et on a toujours besoin d'une outre à vent. Mais tu as raison, je suis certainement fou. Allons, pour en revenir à toi... Tu es très vieux, alors.

— Oui.

— Et tu possèdes des pouvoirs magiques.

— Oui.

— Puis-je les connaître ? C'était là ma véritable question, en fait, et j'espère qu'elle ne t'offensera pas. Que peux-tu faire au juste ?

Pour un homme qui frissonnait de peur en pensant à moi, Elkavar se montrait fort chaleureux, et à l'aise dans notre confrontation actuelle. Il paraissait avoir le même âge physique que moi, bien que l'étincelle de son regard fût un peu plus vive. Son caractère le portait à rire et à plaisanter, peut-être autant qu'à chanter. Alors que j'étais là, assis sur le banc, à me demander ce que je devais lui révéler, il m'offrit en contrepartie de composer pour moi une belle ballade, vantant mes hauts faits.

Puisque Jason était au courant de mes dons et que Niiv en était au moins à demi consciente, et comme ils seraient sans doute mis à contribution durant notre voyage, je décidai qu'il n'y aurait aucun mal à lui dire la vérité. La vérité, bien sûr, est que seuls certains de mes talents étaient utilisés actuellement, et qu'à l'évidence ils concernaient les déplacements de toutes sortes.

Je lui dis que j'étais capable d'invoquer l'esprit des chiens, des oiseaux, des poissons et des cerfs, et de me déplacer avec eux dans leurs propres univers. Je parvenais à voir en avant dans le cours du Temps, mais c'était dangereux, en particulier si la vision m'impliquait. Je pouvais invoquer un cadavre pour avoir un aperçu des Enfers, mais cela devait être évité à tout prix. Et je savais déceler le mensonge sous la duperie, et révéler la vérité, comme je l'avais fait avec Jason, afin qu'il vît comment Médée avait leurré ses sens et laissé croire à la mort de ses fils.

Elkavar resta silencieux et pensif tandis qu'Argo tanguait doucement dans le courant, sous les nuages nocturnes irisés par la lune. Puis il dit :

— Qui t'a enseigné ces choses ? En quel endroit va-t-on pour apprendre à maîtriser de tels talents ?

— À cela, je ne puis répondre, dis-je avec sincérité.

Toute mon existence j'ai arpenté un Chemin, une route qui court tout autour du monde de façon plus ou moins circulaire. Elle passe par la Gaule, les terres grecques et les montagnes du Levant, et à travers les étendues neigeuses en hiver et le royaume des moustiques qu'est ce pays en été.

— Es-tu seul ? demanda-t-il tout à coup, le visage tendu.

Quelle question singulière ! Je m'efforçai de ne pas montrer à quel point ces trois mots me touchaient. Parce que dans mes songes je revoyais les autres, mes anciens amis, ces enfants avec qui j'avais joué autour du même plan d'eau, sous les mêmes saules, et chassé les mêmes cerfs dans une contrée disparue depuis si longtemps qu'elle n'existait plus, jusque dans mes os. Mais c'était là mon rêve, l'histoire réconfortante que me narrait mon esprit assoupi.

La question était-elle innocente ? À regarder l'Hibernien hirsute, au regard brillant, perdu en ce monde et pourtant pénétré d'un optimisme tranquille, je décidai qu'elle l'était.

— Oui, répondis-je. Pas maintenant, bien entendu. J'ai des compagnons. Toi, par exemple, Elkavar. C'est la deuxième fois que je manie la rame sur ce navire. Je suis vivant depuis bien longtemps. De nombreuses années à manier maintes sortes de rames au bois non poli. Et ce n'est pas mon occupation préférée pour passer le temps.

Il contempla les paumes de ses mains, dont la peau était déjà irritée par l'effort.

— Je suis entièrement d'accord avec toi : ramer est plus dur que je ne le pensais. Mais, avec tous ces enchantements à ta disposition, ne peux-tu au moins invoquer un vent pour nous pousser vers le sud, Merlin ?

Je lui dis que je ne le pouvais pas.

— Tu nous es bien utile, alors.

Il eut un sourire fugitif et s'inclina en avant pour dormir, appuyé sur la rame.

Soudain, Urtha chuchota derrière moi :

— J'ai tout entendu. Nos druides ne sont pas aussi puissants.

— C'est ce que j'ai vu.

Il hésita un instant, puis demanda :

— Peux-tu pénétrer dans les autres mondes ?

Je savais à quoi il faisait allusion.

— Pas facilement. La plupart d'entre eux me sont fermés.

— Tu n'es pas si puissant que cela, alors.

— Cela m'impose un tribut trop lourd. J'aime être jeune, j'aime ce que la jeunesse ajoute à l'existence. Aussi je me montre très prudent dans l'usage de mes pouvoirs.

Ma réponse parut amuser Urtha.

— Si seulement nous avions tous ce choix. Mais tu sais, dans notre pays, lorsque nous mourons, tout recommence. Ne redoute donc pas la vieillesse, Merlin. Laisse-moi veiller sur toi, vieil enfant ! conclut-il dans un rire étouffé.

La traversée des lacs vers le sud à partir du pays pohjolan était derrière nous ; et il en était de même de la mer froide, avec ses glaces flottantes et ses navires de pirates à la ligne élancée. Nous étions sur le point de pénétrer en Pays Fantôme.

La contrée qui avait vu naître Urtha était connue sous de multiples noms, dont la plupart faisaient référence à ses côtes déchiquetées et aux traîtres estuaires des grands fleuves qui menaient à l'intérieur des terres, quand ce n'était pas une évocation des hautes falaises blanches sculptées par la mer le long de ses biefs au sud. Le « pays aux cinq rivières », c'est ainsi qu'un peuple de marchands, les *Phoaniki*, avait baptisé cette île septentrionale inhospitalière, dont les cours d'eau étaient pourtant bien plus nombreux. J'avais rencontré un commerçant intrépide de cette race, qui avait fait le tour de l'île en bateau et dont les dires confirmaient une croyance très répandue : cette terre entrait dans la mer en ses côtes les plus lointaines, et les habitants de ces régions allaient du royaume de l'océan à celui de la forêt comme s'il n'existait aucune frontière entre les deux.

Urtha appelait son royaume Alba, et c'était là un nom à la consonance familière pour cette île que nombre de peuples du sud appelaient Albos, Albon, Hyperalbora, entre autres ; toutes ces dénominations signifiaient invariablement « pays blanc », mais ne se référaient pas nécessairement à ces falaises de craie souvent visibles du territoire des Nerviens, sur le continent. Bien avant l'époque d'Urtha, Alba était restée enveloppée dans la brume pendant plus de cinquante générations, un manteau de nuages étouffant qui avait transformé le cabotage le long de ses côtes en véritable cauchemar. Cette nappe éternelle avait masqué les tempêtes qui frappaient sans cesse les forêts et les montagnes à l'intérieur. L'île avait été un pays de pluie où régnaient des ténèbres terrifiantes, et des légendes couraient à propos d'« arbres-ancêtres » qui se dressaient au-dessus des nuages d'orage et dont la canopée abritait des clans entiers.

C'est à la fin de l'âge des grands sanctuaires de pierre, ces cercles titanesques dressés dans les forêts sauvages, que le nom le plus répandu d'Alba s'imposa : le Pays Fantôme. J'avais repris mon voyage alors, après avoir aidé à l'édification des cercles, mais j'appris plus tard que cet Autre Monde avait surgi au cœur d'Alba, royaume immense de collines et de vallées boisées, relié aux territoires des clans qui l'entouraient, comme celui d'Urtha, par des rivières couvertes de brouillard et des passes étroites.

En Pays Fantôme, l'ombre des anciens morts courait, jouait, chevauchait et chassait avec les esprits élémentaires de ceux à naître, qui prenaient toujours forme humaine et rêvaient aux aventures et au destin que recélait leur lointain avenir. Pour cette raison, le Pays Fantôme était aussi appelé le Pays de l'Ombre des Héros.

Le fief d'Urtha se trouvait à quelques jours de cheval, à l'est de cet Autre Monde.

— Je l'ai vu au loin, expliqua-t-il un jour, alors que nous nous reposions après avoir durement ramé. J'ai aperçu quelques ombres de héros qui venaient à la lisière de leur monde, tout près du nôtre. Ils ont leurs berges de rivières, leurs lisières de forêts, leurs vallées, que jamais nous ne visitons. Ils chevauchent principalement la nuit. Certains parmi ces fantômes sont semblables à mes *uthiin*, attachés à un chef et obéissant à leur propre code d'honneur. Ils viennent d'endroits singuliers, et on a du mal à les reconnaître. Cependant Ambaros, le père de ma femme, affirme avoir vu des signes des ancêtres sur certains d'entre eux. La frontière entre notre territoire et le leur est taboue pour nous. Que l'imprudent traverse la mauvaise rivière, emprunte la mauvaise sente forestière et il disparaîtra aussi complètement qu'une bouffée de fumée par jour de vent, sans qu'il reste même une empreinte de ses pas. Quoique, à dire vrai, il soit presque impossible de pénétrer dans leur royaume. Mais eux viennent dans le nôtre.

Urtha croisa l'index et le majeur pour conjurer le danger qu'il venait d'évoquer.

De telles idées n'occupaient plus l'esprit du jeune chef de clan à présent. Campé à la proue d'Argo, il hurlait son salut aux falaises escarpées d'Alba. Ses *uthiin* souquaient avec plus d'entrain, les Germains et les Volques chantaient à pleins poumons, le Crétois paraissait inquiet. Urtha ne pensait plus qu'à sa femme, à sa fille, et à ses deux magnifiques fils. La perspective de son retour parmi eux l'avait d'ailleurs quelque peu radouci à l'égard des deux garçonnets qu'il avait d'abord décrits comme des « démons ». Jason était à son côté, Rubobostes tenait la barre et, tandis qu'Argo était soulevé par les rouleaux d'un gris sinistre, ils discutaient de l'endroit précis de la côte où nous arrivions. L'aide de Gebrinagoth le Germain fut précieuse, car il avait déjà parcouru le chenal entre l'île et le continent avec un groupe de guerriers, qui, ajouta-t-il nerveusement à l'adresse d'Urtha, n'avait pas débarqué pour opérer un raid. Nous convînmes être trop au nord. Rejoindre l'embouchure de la rivière qui coulait dans les terres d'Urtha nous prendrait deux jours, que ce soit à la voile ou à la rame.

Nous hissâmes la voile pour profiter du vent qui s'était subitement levé et soufflait aimablement du nord, et c'est avec grand plaisir que l'équipage rangea les rames. Argo gîtait fortement mais progressait à bonne allure vers le sud en se tenant écarté de la côte pour éviter les récifs. De temps à autre des silhouettes s'alignaient au sommet des falaises et, lorsque nous passâmes devant certaines plages, des cavaliers masqués, à la longue chevelure, galopèrent à notre hauteur. En une occasion, nous perçûmes la clameur des trompes et des tambours, et des avertissements criés nous parvinrent distinctement. Lorsque Argo se rapprochait trop de la côte, les projectiles lancés par des frondes sifflaient dans notre direction ; dès la nuit tombée, des torches brûlaient, que ce soit sur les falaises ou les plages.

Urtha n'aimait pas ces signes, bien que son inquiétude demeurât vague. J'avais cependant remarqué que nombre des gardiens de cette partie d'Alba qui brandissaient leurs lances ou soufflaient dans les cornes étaient des femmes, des enfants ou des hommes âgés.

Et puis, au plus sombre de la nuit, quelque temps avant l'aube, nous aperçûmes dans le lointain deux grandes silhouettes de bois en flammes, qui donnaient l'impression de s'affronter par-dessus l'embouchure d'une rivière étroite. En brûlant elles déversaient des cascades de braises dans l'eau en contrebas. Nous percevions les cris d'animaux emprisonnés dans ces statues éphémères et que le brasier consumait lentement.

— Est-ce un sacrifice ? s'enquit Jason.

Urtha répondit que c'était probable.

— Et de mauvais augure. Il est arrivé quelque chose. Quelque chose a changé...

Il semblait très inquiet et perturbé.

— Pourquoi dis-tu cela ? demandai-je.

— Parce que cette rivière est la mienne. Mon territoire est à deux jours de route en la remontant. Les gens qui vivent ici sont mes alliés. Nous échangeons bétail, chevaux, et nous nous confions réciproquement nos fils. Tu te souviendras ce que je te dis à présent, Merlin. À ma connaissance jamais leur roi, Vortingoros, n'a fait ce genre de sacrifice. Il s'est passé quelque chose.

Jason écarta les craintes d'Urtha en demandant :

— Si c'est là le Chemin pour atteindre ton fief et les grands guerriers que tu m'as promis, comment passerons-nous sous ce pont enflammé ?

Il y eut un long silence, et peu à peu les regards se braquèrent sur moi.

De son banc, Elkavar lança, en manière de plaisanterie :

— J'ai une excellente proposition à faire : ramons à rebours et oublions tout cela.

Ullanna et Rubobostes accueillirent la suggestion avec entrain, et une vague d'hilarité parcourut les autres Argonautes.

— Existe-t-il une autre rivière que nous pourrions remonter ? demanda Jason.

— Aucune que je tienne pour navigable avec Argo. Par ailleurs, je dois apprendre ce qui est arrivé ici. Avez-vous remarqué cette étrangeté ?

Nous contemplâmes les géants en feu, leurs bras refermés sur les épaules de l'autre, le feu coulant de leur ossature de bois et d'osier comme le métal en fusion coule du creuset. Je compris alors ce que voulait dire Urtha.

Il n'y avait aucun signe de Vortingoros ou de sa garde d'élite ; aucun cavalier, pas de char, pas de femmes hurlant ou brandissant des javelots à la pointe ensanglantée, nul druide appelant sur nous la Furie de Taranis, pas le moindre enfant curieux d'assister au massacre, ni de chien aboyant et écumant de bave.

Or il y avait toujours auprès des brasiers de sacrifice des hommes et des chiens qui attendaient que coule le sang. La ruse aurait pu expliquer cette absence, mais l'élément de surprise – une seconde nature chez Jason – n'existait pas dans le mode de pensée des castes guerrières de Gallia et d'Alba.

— Quelque chose ne va pas, répéta Urtha. Il serait plus sage d'attendre que ces mannequins finissent de se consumer. Ensuite nous ramerons vigoureusement pour entrer dans cette rivière. J'ai un sombre pressentiment.

Jason réfléchissait toujours à ce que venait de dire Urtha quand Niiv murmura à mon oreille :

— Demande aux géants pourquoi ils s'affrontent. Dis-leur d'arrêter le combat.

— Ce sont des effigies en bois. Parler aux arbres ne figure pas parmi mes spécialités.

— Mais ce n'est pas au-delà de tes aptitudes, chuchota Niiv à l'esprit tortueux. Ces effigies ont-elles été érigées par l'homme, ou par quelque charme ?

Je saisis l'idée. Il y avait dans la taille gigantesque et la combustion féroce de ces lutteurs quelque chose qui indiquait qu'il s'agissait de tout autre chose que d'un simple sacrifice. J'avais déjà vu de telles structures enflammées : elles épuisaient généralement vite le bois et la graisse animale pour se réduire à un tas de braises qui pouvaient couver toute une saison, mais sans véritable flamme. Or ces silhouettes illuminaient le ciel nocturne depuis que nous les avions aperçues au loin.

Je concentrai mon regard sur le brasier, franchis par la pensée le mur de flammes et pénétrai dans les crânes de bois des deux silhouettes enlacées. L'affolement des oiseaux et la terreur des béliers empuantissaient l'endroit de peur ; la plupart des animaux étaient déjà morts. Un corbeau attaché conservait pourtant un grand calme en attendant son trépas, tandis que des corneilles criaillaient sous la morsure des langues de feu.

Je revins. Je n'avais décelé aucun indice d'un charme quelconque, à part peut-être dans le corbeau ligoté et imperturbable. Et la taille des géants, plus grands que toutes les effigies que j'avais déjà vues durant mes voyages.

Jason avait appelé Cucallos à la proue ; ce pays était le sien, et en dépit de son habituel mutisme, notre capitaine avait découvert qu'il possédait la vision d'un faucon ; « celui qui voit plus loin », ainsi le surnommaient les *Keltoï*. Son cousin Borovos avait un talent similaire, mais avec l'ouïe. Immédiatement, Cucallos confirma ce qui aurait dû nous être évident : les deux corps embrasés étaient en fait des cadavres. Il distingua également des silhouettes accroupies un peu plus haut sur la rivière, au-delà des géants. Elles demeuraient immobiles au bord de l'eau. Cucallos affirma qu'elles se trouvaient près du débarcadère, à proximité du village et de la forteresse aux hauts murs qui était son foyer.

Urtha souhaitait toujours patienter, en dépit de son inquiétude et de l'envie de savoir ce qui se passait en amont. Il avait un sombre pressentiment, insista-t-il, celui d'un terrible danger. Il lui semblait plus sage de temporiser. Manandoun et Cathabach l'approuvèrent. Eux aussi avaient l'impression que tout cela était un avertissement, invitant à se tenir à l'écart.

Jason était d'avis que ce spectacle monstrueux avait précisément pour but de nous retarder, et il eut tôt fait de prendre sa décision :

— Amenez la voile, abaissez le mât, et tous aux rames ! Te souviens-tu des rochers mobiles qui s'entrechoquaient sans cesse, Merlin ? Nous avons traversé malgré eux, n'est-ce pas ? Et sans plus qu'une égratignure !

— Il me semble me rappeler que tu avais alors quelque aide.

— Vraiment ? rétorqua Jason d'un air de défi en souriant à demi.

— Héra en personne avait fait en sorte de tenir les rochers écartés.

— Ou bien nous l'avons rêvé ! Mais c'est à la force de nos rames et grâce à notre courage que nous avons franchi le danger et rejoint ce noir océan ! Allons, ce n'est ici qu'un petit bûcher nocturne. Tairon, au tambour... Une cadence ferme d'abord, ensuite plus rapide. Niiv, Elkavar, prenez des couvertures et tenez-vous prêts à étouffer les flammes. Ullanna, tu soigneras les brûlures éventuelles. Les autres, à vos bancs.

Nous saisîmes les rames et le tambour résonna. Tandis que le mât était abaissé, les pales des avirons plongèrent dans l'eau et Argo avança. Pragmatique, Jason prit une gaffe qu'il brandit comme un harpon.

— Je vais nous attraper un rôti qui nous durera sept jours entiers !

Dans son élan, Argo chevaucha les vagues avant de les fendre avec plus de force encore. Le rythme du tambour s'accentua, les rames battirent les flots avec une vigueur croissante, Jason nous encouragea et l'arche de feu se rapprocha de nous. Les flammes et les animaux carbonisés tombaient comme des éclairs. Un bélier calciné heurta le pont et Niiv étouffa vivement son cadavre fumant. Une pluie de tisons cascada sur nous, arrachant des cris rageurs aux Argonautes.

Cependant ils continuaient de peser sur leurs rames et nous passâmes sous les géants en flammes aussi vite qu'une hirondelle.

Une énorme cadavre s'abattit dans l'eau à côté de nous, celui d'un taureau d'une taille gigantesque. Le fumet de la viande rôtie et de la graisse crépitante était à la fois une torture et un délice pour des hommes à demi affamés et las de manger du poisson. D'un prompt coup de gaffe, Jason accrocha le taureau sous la mâchoire. Il me hurla de venir lui prêter main-forte. À deux nous tirâmes à moitié la bête hors de l'eau et la maintînmes ainsi jusqu'à ce que le danger soit derrière nous.

Rubobostes vint nous aider à hisser notre souper à bord. Nous le descendîmes dans la cale, à côté du cheval, que les odeurs de feu incommodaient mais qui était resté tranquille, en sécurité dans son harnais.

Le taureau avait des disques de bronze cousus dans le cuir. Sa gorge avait été tranchée et ses flancs étaient hérissés des restes saillants de flèches. C'était un des plus énormes bovins que j'eusse jamais vu, et il avait sans aucun doute été consacré avant le sacrifice.

Urtha partageait cet avis, qui ajouta :

— Mais ce n'est pas l'œuvre des Coritani.

Jason examinait lui aussi la carcasse fumante et les plaques de bronze noircies.

— J'ai déjà vu ce genre de choses dans mon propre pays, déclara-t-il sur un ton singulier.

Il n'en dit pas plus et Argo s'éloigna de l'arche de feu au rythme des rames.

Peu après nous arrivâmes au lieu de mouillage où Cucallos avait aperçu les silhouettes accroupies. La berge avait été dégagée afin de créer une surface d'accostage, et une jetée en bois avançait dans le courant. Argo au ventre plat s'y amarra, de sorte que nous pûmes aisément descendre sur la plage. Les seules embarcations visibles étaient trois carcasses brisées et pourrissantes, abandonnées dans les roseaux. Une haute palissade arrêtait la progression de la forêt autour de ce petit port boueux, mais ses portes béaient, révélant une large piste intérieure qui menait aux toits de chaume d'un village, plus loin.

Les silhouettes, au nombre de cinq, constituaient un spectacle irréel. Chacune avait un genou en terre, le javelot pointé et le bouclier levé devant la poitrine. Chaque détail du visage, de la barbe, de l'armure et des vêtements était clairement discernable, mais il s'agissait d'effigies en chêne, teintes en noir et que la mousse et le lierre verdissaient déjà par endroits.

L'une portait le casque orné d'un chef, son cimier sculpté pareil à un petit faucon aux ailes déployées. Lorsque Cucallos l'aperçut, il fut gagné par le trouble et le désarroi. Il contemplait l'image de son propre père.

Elkavar nous héla. Il avait découvert d'autres statues avec un genou en terre, au pied de la palissade. Tairon, qui avait franchi l'entrée du village d'un pas prudent, revint vers nous.

— Ils sont partout. J'en ai compté vingt sous les arbres, tous différents. C'est comme si une armée entière avait été changée en bois... Un détail curieux : si ce n'étaient leurs vêtements, ils pourraient presque être des Danaens, du pays de Jason. Ils me rappellent les Danaens.

Cucallos et Borovos retournèrent immédiatement vers Argo pour revêtir leur tenue de combat colorée, aiguiser leur épée et choisir des javelines légères. Ils revinrent au pas de course, suivis par Manandoun, lui aussi en armure, et Tairon, dont les prunelles sombres brillaient sous son casque de bronze. Borovos me présenta une javeline.

— Viens avec nous, si tu le veux bien, Merlin.

Nous franchîmes en courant les portes et suivîmes la piste qui s'enfonçait dans la forêt. Des yeux de bois nous épiaient depuis les broussailles, et à un moment Cucallos s'arrêta de nouveau, poussant un soupir déconcerté. Les traits juvéniles de son frère étaient reconnaissables sous un casque au cimier orné d'un cheval. Ces statues, comme celles sur la plage, avaient un genou au sol, le bouclier levé et la lance brandie.

À l'évidence, ces étranges sculptures revêtaient pour

Cucallos et Borovos une signification très importante. J'avais noté qu'ils avaient strié leur visage de peinture rouge, et je supposai que c'était là signe de deuil. Ils avaient deviné ce qu'ils allaient découvrir.

Le village s'étendait devant nous, baigné d'un silence irréel, sans même le grognement d'un cochon pour le troubler. Au-delà, le paysage s'élevait vers les rives hautes et les murailles massives du fort sur la colline, où Vortingoros était entouré de sa cour. Cependant, on ne voyait aucun reflet de métal au sommet de ces fortifications, aucune bannière flottant au vent, pas plus qu'on ne percevait le galop furieux de cavaliers dévalant la route sinueuse vers la rivière.

Nous nous séparâmes. Tairon et moi entreprîmes d'explorer le village désert, tandis que Borovos et Manandoun couraient vers la colline, avec le cheval de Rubobostes qui boitait un peu après la traversée. Cucallos alla seul de son côté, s'enfonçant dans la forêt en direction des bosquets de chênes et du sanctuaire rocheux de Magnodons, le dieu tutélaire de sa tribu.

Les habitations, infestées par les rats, étaient abandonnées depuis un mois au moins, bien qu'il n'y eût nul signe de pillage ou de destruction. Chats sauvages et loups avaient sans aucun doute festoyé avec la volaille, et les cochons devaient s'être échappés de leur enclos et fourrager dans les bois. Nous ne vîmes aucune armure, aucune arme, seulement des faux, des bêches et des socs de charrue ici et là.

Tairon et moi revînmes à la jetée pour attendre les autres. Jason était impatient de repartir, afin d'atteindre les terres d'Urtha. Nous nous éloignions maintenant du Sud au doux climat, là où il espérait trouver Orgetorix, et ce contretemps l'irritait grandement.

Urtha montrait des signes d'impatience, lui aussi. Je

le vis qui errait, anxieux, dans les bois proches de la rivière.

— Il y a quelque chose de très étrange ici, Merlin. Il ne s'agit pas seulement de ces statues. Je redoute presque de prononcer le mot. J'en serai certain lorsque je serai revenu à mon propre fief, sur la colline.

Il contemplait une des effigies moussues. Celle-ci représentait un homme d'âge mûr, à la longue barbe et au regard songeur, avec un torque gravé de loups montrant les crocs autour du cou.

— J'ai bien connu cet homme, me dit-il. C'est lui qui m'a élevé pendant des années. Mais est-ce bien lui ? Ou l'enveloppe qui contient maintenant son fantôme ? Cet endroit a été abandonné. Mais quelle sorte de magie faut-il pour sculpter une image de chaque être qui en est parti ? C'est là un labeur trop grand pour de simples hommes. La cause de tout cela ne peut être que... que...

Il refusa d'en dire plus, terrifié par ce qu'il osait imaginer. Et pour l'instant, je ne comprenais pas avec netteté ce que j'avais devant les yeux. Je laissai Urtha à ses lugubres cogitations.

Borovos et Manandoun réapparurent dans la journée. La forteresse avait été désertée elle aussi, annoncèrent-ils, sans qu'ils eussent remarqué de signe de vie ou de violence. Les habitations étaient vides, tout comme la grande salle royale, encore décorée pour ce qui semblait avoir dû être une fête, bien que la nourriture eût disparu depuis longtemps.

Au crépuscule, Cucallos n'était pas revenu. L'humeur d'Urtha s'assombrissait de plus en plus. Il était à présent très impatient de regagner son territoire. Borovos au sang chaud ne tenait pas en place tant il partageait les inquiétudes de son chef, et Jason avait toutes les peines du monde à le dissuader de courir à la recherche de son ami et cousin. Nous sonnâmes de la corne et Urtha appela de sa voix de guerre. Ce vacarme terrifiant inquiéta plus Ruvio, alors sur le rivage, que notre départ tumultueux des glaces de Pohjola. Aucun cri ne répondit et, à la nuit tombée, Borovos prit soudain une torche et redescendit à terre.

— Il faut que je le retrouve. Je dois savoir ce qui est arrivé ici. Peux-tu attendre encore un peu ?

— Jusqu'à l'aube, lui accorda Jason. Ensuite, nous remonterons la rivière. Mais nous ferons de nouveau halte ici, en redescendant, et nous t'appellerons.

Borovos le remercia puis tourna les talons et franchit les portes au trot, silhouette solitaire engoncée dans la cape de son cousin, qui disparut dans l'obscurité.

Au lever du soleil, il n'avait pas donné signe de vie. Par cinq fois Jason sonna de la corne, cinq longs souffles espacés de silences lourds. Comme aucune réponse ne lui parvenait en écho, et que les deux hommes restaient invisibles, nous levâmes l'ancre de pierre et quittâmes le débarcadère, ramant en silence vers notre funeste destination.

10

Le fort

Un coude brusque de la rivière, flanqué sur chaque rive de hautes pierres grises ornées de roues solaires peintes, de spirales labyrinthiques et d'images de chevaux bondissants, marquait l'entrée dans les terres tribales d'Urtha et le territoire des Cornovidi. Sur quelque distance, les saules frangèrent les rives, puis le cours s'élargit et se fit moins profond. Argo frôlait les herbes aquatiques. Le jeune seigneur de guerre nous pressait et scrutait les bois alentour à la recherche du moindre signe de vie. Il régnait dans ce matin de début d'été un silence qui n'avait rien de naturel, et un sentiment croissant d'appréhension s'appesantit sur l'équipage.

Après un autre méandre, Tairon, qui tenait la roue du gouvernail, désigna un point devant nous d'un geste qui trahissait la surprise. Nous nous retournâmes sur nos bancs et découvrîmes la stature colossale du Chêne de Brigga. L'arbre s'élevait très haut au-dessus des formes affaissées des saules pleureurs. À ses branches pendaient vêtements en lambeaux et armes rouillées, vieilles épées et boucliers ébréchés, en guise d'offrandes à la rivière. Derrière lui, les bois s'ouvraient pour laisser passer la route menant à l'intérieur des terres. Les décombres d'un débarcadère dévasté par le feu étaient à demi submergés par les eaux. Sur la rive, deux magnifiques molosses se tenaient immobiles près des pieux calcinés et surveillaient en silence notre approche.

Puis l'un des chiens se mit à aboyer, bientôt imité par l'autre. Babines retroussées sur leurs crocs et prunelles étincelantes, ils faisaient un vacarme assourdissant.

— Maglerd ! Gelard ! s'exclama Urtha. Mes molosses, mes beaux molosses ! Que vous est-il arrivé ?

Les rames furent relevées, et Tairon, à la roue, pointa avec finesse la proue d'Argo vers la rive, jusqu'à ce qu'elle se loge en douceur dans le lit de sable. On descendit la passerelle de débarquement dans l'eau peu profonde, et Urtha l'emprunta le premier. Il pataugea jusqu'à la terre ferme. Les chiens vinrent à lui en grondant furieusement. Le plus grand le renversa et chercha à atteindre sa gorge. Urtha cria :

— Maglerd ! Maglerd !

Le mufle redoutable recula. L'animal se tint immobile sur l'homme étendu en l'observant. L'autre molosse gronda encore, puis se coucha et rampa à côté de son maître.

Ayant prononcé son nom encore, mais d'une voix plus calme, Urtha tendit la main pour caresser la tête du chien, rendu fou. La bête recula et s'allongea sur le sol comme son compagnon. Le chef *keltoï* se releva lentement, et posa la main droite sur son bras gauche, là où les crocs avaient percé la peau. Il se pencha en avant, tendit la main et les deux chiens, de nouveau saisis de fureur, bondirent vers lui avant de reculer, tête basse, leurs abois à présent semblables à des plaintes. Après quelque temps, le plus grand vint vers son maître et se laissa caresser les flancs.

J'entendis Urtha qui murmurait :

— Qu'y a-t-il ? Gelard... Maglerd... Qu'avez-vous fait ? Pourquoi un tel comportement ? Et qui vous a infligé ces blessures ? Où sont mes autres molosses ?

Il appela Manandoun et Cathabach. L'un d'eux lança son sac au chef de clan, et tous trois entreprirent de revêtir leur tenue de combat.

Urtha me fit signe de le rejoindre, et j'approchai, observant avec prudence les molosses qui haletaient.

— Vois, dit-il en caressant à rebrousse-poil la fourrure noire sur le dos de Maglerd.

Je découvris de terribles cicatrices.

— C'est l'œuvre d'une épée. Ici, et ici aussi. Là, une lance. Et regarde... dit-il en effleurant la hampe cassée d'une flèche toujours fichée dans la cuisse du chien. L'autre a subi le même traitement. Ils se sont vaillamment battus, mais contre qui ?

Il se redressa et me considéra avec le regard troublé de celui qui redoute ce qu'il va apprendre.

— Et qu'ai-je perdu ?

— Allons le découvrir.

— Alors arme-toi, Merlin. Prends un javelot.

Je remarquai le tremblement qui agitait ses mains. Sous son épaisse moustache, ses lèvres étaient sèches, et je percevais la vibration de l'appréhension dans sa voix.

Il ôta sa chemise et accrocha sa courte cape grise à son épaule droite nue, laissant le bras libre pour tenir l'épée. Il sortit un torque de bronze de son sac et en ceignit son cou. Deux mufles de molosses gravés dans le métal se faisaient face sur sa gorge. Puis il suspendit son fourreau en bandoulière. La lame de l'épée était très tranchante. Ses hommes avaient adopté le même accoutrement. Chacun d'entre eux à son tour se rendit à la rivière, ramassa un peu de boue et l'étala sur son visage. Tout en procédant ainsi, ils murmuraient des paroles à l'adresse des eaux.

Ce rituel accompli, nous laissâmes Rubobostes, Tairon, Michovar et ses Volques ainsi que les Cimbres pour garder Argo, car le navire avait grande valeur et Jason se méfiait beaucoup du calme qui semblait régner alentour. Tous les autres prirent leurs armes et s'engagèrent à la suite d'Urtha sur la large piste qui s'enfonçait dans les bois. Nous arrivâmes enfin sur une bande de terrain dégagé, d'où l'on pouvait apercevoir au loin les escarpements de la grande colline fortifiée, demeure d'Urtha et siège de son royaume tribal.

Des remparts énormes entouraient le site, de hautes palissades de chêne noir s'élevant rang après rang jusqu'au mur le plus élevé de tous, où des tours de guet élancées semblaient vouloir protéger les lieux contre les nuages. Cinq portes en enfilade défendaient l'approche entre les talus de terre, la première surmontée par deux crânes de taureau, la deuxième par les bois entrelacés de deux cerfs de quinze étés, la troisième par les gueules squelettiques de loups grimaçants, la quatrième par des crânes humains placés dans des niches creusées dans des colonnades en orme, la cinquième par les crânes peints en rouge des coursiers favoris d'Urtha. Ils avaient tiré son char durant maints raids guerriers, et porté ses enfants lors de joyeux galops. À leur mort au cours d'un combat, contre des Nerviens qui avaient traversé la mer pour un raid, Urtha les avait élevés au plus haut rang parmi les totems de son clan.

Bien avant d'avoir atteint cette dernière porte, nous

savions que la forteresse avait été pillée et abandonnée. Tout était silencieux, visiblement désert, et deux des tours flanquant l'entrée avaient été incendiées. Nulle part on n'apercevait de bétail paissant, ni de chiens se pourchassant. Et dans l'air limpide flottait la puanteur des chairs en décomposition. Tandis que nous gravissions le chemin escarpé, le vent qui s'engouffrait entre les remblais de terre semblait le souffle même du tombeau.

Un peu plus tard, Urtha et ses guerriers s'arrêtèrent au milieu des ruines de ce qui avait été leur vie.

Manandoun hurla sa rage en sortant de la grande halle des *uthiin*, là où Cathabach et lui prenaient leurs quartiers lorsqu'ils étaient au village, car tous deux étaient célibataires.

— Pas d'armes ! Pas de corps ! Où sont-ils donc passés ?

Un massacre avait bien eu lieu, et nous en trouvâmes les traces sinistres en fouillant rues, maisons, étables et forges. Nous découvrîmes des restes éparpillés partout, même dans les fossés bordant la porte du Ponant, là où la colline s'inclinait vers les vallées profondes couvertes de forêts qui menaient aux terres interdites.

Et il y avait les cadavres de plusieurs molosses, dont deux appartenant à Urtha, leurs babines retroussées couvertes de sang coagulé, tués par des javelots. Ils gisaient près de l'entrée principale, et les corbeaux avaient déjà festoyé sur leurs dépouilles pourrissantes. Ils offraient un spectacle horrible.

Mais le pire était encore à venir. Urtha finit par pénétrer dans la grande halle royale, son foyer, et après un moment il m'appela. Je le rejoignis dans la pénombre de la longue bâtisse. L'intérieur aussi avait été saccagé, les tentures de laine lacérées, les jarres et la vaisselle éparpillées et brisées. L'atmosphère putride prenait à la gorge.

Dans un rai de lumière entrant par un trou du mur, Urtha était accroupi auprès du corps d'un gros chien.

— Ce n'est pas Ulgerd, dit-il d'une voix tremblante, mais il fut jadis un compagnon de choix. Urien l'aimait beaucoup. Ensemble ils poursuivaient les lapins, pour le seul plaisir de la course. Et voilà que mon fils l'a tué, et qu'il a tué mon fils.

Passant la main sur le flanc du molosse, il ramassa une petite épée à garde en os, un jouet d'enfant de facture délicate, dont la lame en bronze n'avait pas été forgée pour le combat. Elle avait cependant rempli son office. La reposant, Urtha repoussa le cadavre du chien et dévoila le corps décharné qu'il cachait. La respiration du guerrier se fit heurtée, et dans sa voix naquit un sanglot. D'où je me tenais j'aperçus un petit poing crispé, les membres brisés, le visage et le cou déchiquetés par les crocs.

— Eh bien, Urien, il semble que tu aies péri en brave. Beau travail ! Par le dieu de bonté, tu me manqueras, malgré ton caractère. Je te pardonnerais dix fois tes emportements si cela pouvait te faire revenir.

Il ne put en dire plus et baissa la tête un moment. Puis il ôta sa cape grise et en enveloppa son fils, qu'il souleva dans ses bras en se redressant. Le regard embué de larmes, il me demanda enfin, dans un murmure :

— Qu'est-il arrivé ici, Merlin ? Par le corbeau et le loup, que s'est-il passé en ces lieux ? Les chiens se sont retournés contre leurs maîtres. Il n'y a pas un seul de mes guerriers parmi les morts. La place est déserte alors qu'elle devrait être aux mains de l'ennemi. Qu'est-il advenu du reste de ma famille ? Et où sont mes guerriers ?

— Hélas, j'aimerais avoir les réponses à tes questions. Et je suis désolé pour ton fils...

— Le brave garçon ! J'aurais dû savoir qu'il se conduirait ainsi. Je suis fier de lui. Je ne puis retourner sur Argo avant de l'avoir enseveli, et d'avoir retrouvé les autres.

— Je sais. Je reste avec toi.

Manandoun attendait à l'extérieur de la halle. Il fit une mine lugubre en voyant le fardeau d'Urtha, et tendit les bras pour le lui prendre.

— C'est Urien, dit le seigneur de guerre.

— Et les autres ?

Urtha secoua la tête.

— Je l'enterrerai dans le bois de l'Herne, près de la rivière. Pour le moment, emporte-le dans la halle des *uthiin*, et enferme-le à l'intérieur. Accepteras-tu de monter la garde devant ?

— J'en serai honoré.

Les Argonautes avaient continué leurs recherches sur la colline et aux alentours. Au crépuscule, une chose était claire : aucun des *uthiin* d'Urtha ne comptait au nombre des morts. Vingt-cinq hommes étaient restés ici pour garder les lieux, maintenir l'ordre parmi les castes inférieures, participer aux sacrifices et aux fêtes pendant l'absence du chef de clan, et aucun ne put être retrouvé. Ni d'ailleurs les corps d'Aylamunda, d'Ambaros, son père, ou des petits Munda et Kymon.

La tête entre les mains, Urtha s'assit près du puits pour pleurer la perte de son fils. Il était à la fois effrayé et dérouté. J'allais l'approcher lorsque Jason sortit de l'ombre, regarda un instant le roi solitaire, et prit sous sa veste une petite gourde de cuir emplie de vin. Il la présenta à l'homme endeuillé, puis s'assit à côté de lui, et accepta la gourde lorsque Urtha la lui rendit après y avoir bu. Ils se mirent à parler à mi-voix.

Le vieux guerrier et le jeune chef, le Grec et le *Keltoï*, dont les paroles trébuchaient sur les mots de la langue de l'autre, se comprenaient peut-être mieux à travers le langage de la perte que celui de la guerre. Ou bien Jason lui offrit quelques paroles d'espoir : après tout, seul un de ses fils était mort, et le reste de sa famille ne figurait pas parmi les cadavres.

Quoi qu'ils eussent discuté, quoi qu'il se fût passé entre eux, il faisait nuit depuis longtemps quand Urtha m'appela de nouveau. Il était ivre, et furieux. Gelard et Maglerd, ses molosses survivants, étaient cruellement ligotés devant la halle royale, et de leurs yeux agrandis et luisants à la lumière des torches ils observaient les humains avec une inquiétude perceptible.

— Pourquoi mes chiens auraient-ils agi de la sorte ?

— Je doute qu'ils soient les auteurs de tout cela.

— Mais il n'y a d'autres blessures sur le corps des morts que celles des crocs. Mes chiens se sont retournés contre mon clan et ma famille, ils ont tué, massacré... Certains sont morts dans l'assaut, mais la plupart semblent s'être échappés. Seuls ces deux-là ont survécu et sont restés, et pas pour longtemps encore. Regarde-les : ils savent quel est leur crime, et ils sont terrifiés. Prendre leur vie me donnera quelque apaisement. Je brûlerai leurs carcasses en offrande à Bélénos, et je demanderai une vision de ce qui s'est passé, et de l'endroit où je peux trouver les autres corps.

— Aucun chien n'a commis ce forfait, Urtha. Aucune meute de chiens, de loups ou de chats sauvages. Épargne tes molosses.

— Impossible ! J'avais douze chiens magnifiques. J'aurais donné ma main gauche pour sauver un seul d'entre eux, mais ils se sont retournés contre moi. Ces deux-là m'ont même attaqué lors de notre débarquement. Ce sont des assassins, j'en ai la conviction.

Il parlait comme un homme qui ressasse ses pensées pour se persuader de l'impossible. Il avait besoin d'une cible à son désir de tuer, qui le soulagerait peut-être d'un peu de sa colère, mais pas de sa détresse.

Une idée lui vint alors. Son regard enflammé captura le mien pour me demander la faveur à laquelle j'avais déjà songé.

— Merlin... Tu as emmené Jason dans le sanctuaire de Skogen et tu lui as révélé la vérité sur son passé. Peux-tu me montrer ce qui est arrivé ici ? Cette sorcellerie serait-elle... trop difficile pour tes talents ? Je sais qu'il t'en coûtera. Je te dédommagerai de toutes les façons que je pourrai.

— J'ai montré à Jason la vérité de faits qu'il avait lui-même vus, bien qu'il eût été aveuglé par artifice. Les images venaient de son propre esprit. Je ne puis faire de même pour toi : tu n'étais pas présent lorsque ton fils a péri.

Il parut déçu, mais accepta mes paroles. J'aurais probablement pu écarter les voiles du Temps pour lui, mais j'étais plus que réticent à endurer les ans qui vieilliraient ma peau et mes os. Une telle sorcellerie, comme il la qualifiait, devait être épargnée avec le plus grand soin.

— Peu importe, alors. Nous découvrirons la vérité autrement.

Cependant, il existait peut-être un moyen pour moi d'obtenir un indice sur le sort subi par sa famille : par le rêve. Je le lui dis, et ajoutai :

— En attendant, épargne ces chiens. Quant à me récompenser, ôte cette idée de ton esprit. Je crois que nous serons ensemble sur les bancs d'Argo pendant longtemps encore. Les services s'échangeront.

C'était une nuit très claire. Je distinguais nettement la rivière au loin, et l'éclat argenté de la lune qui caressait la forêt et la colline. J'avais toujours aimé rêver près des cours d'eau, en particulier dans l'étreinte d'un orme vénérable ou d'un hêtre au feuillage bruissant. Je pris une torche et quittai le fort. Tournant le dos au point où Argo était amarré, je suivis la sente qui, selon Urtha, conduisait au bois de l'Herne, tout près d'un torrent qui finalement me mena à la rivière elle-même. Je n'eus aucun mal à trouver le bosquet sacré, entouré de statues grossièrement taillées, et au centre duquel s'élevaient des pierres grises. Parmi les arbres on distinguait les petits tertres qui formaient le cimetière de la lignée d'Urtha.

Je fichai la torche en terre, me pelotonnai contre un tronc et invoquai le sommeil.

Des cris... Des cris de fureur, et les pleurs des femmes...

L'aube apparaît, et un vent frais se met à balayer les terres.

Après quelque temps, le paysage change de couleur et de texture ; c'est l'hiver. La rivière coule, tumultueuse et violente, les bourrasques cinglantes venues du levant annoncent les premières neiges.

Des cavaliers surgissent soudain par les portes principales du fort, sur la colline. Ils sont trente ou plus, chevauchent des montures harnachées de ballots de cuir et d'armes. Les cris et les pleurs continuent. Les enfants poursuivent les guerriers, leur lancent des pierres longtemps après que les hommes sont hors de portée. La troupe entre dans la forêt et se dirige vers la rivière, ne laissant que confusion et alarme derrière elle. Des hommes âgés s'interpellent, des femmes parlent avec animation, des enfants rassemblent les armes aux portes.

Ces cavaliers sont les *uthiin*. Ils abandonnent le fort, ces guerriers, ces gardes d'élite qui en l'absence de leur seigneur doivent veiller sur son fief et sa famille ; ils désertent leur poste. Le royaume d'Urtha est désormais sans défense, vulnérable...

Pourquoi font-ils cela ? Pourquoi trahissent-ils leur roi ?

Je m'éveillai brusquement, car j'avais senti la présence d'un visage proche du mien. C'était Niiv, et son souffle m'effleurait tandis qu'elle m'observait avec curiosité. Elle était très belle dans la lumière de la torche, mais elle me surprit tant que je faillis la frapper.

— Qu'est-ce que tu fais ? chuchota-t-elle, comme si le bosquet pouvait l'entendre.

— Je rêve, répondis-je. Et tu m'as interrompu. J'essayai de discerner, de comprendre et de voir, mais tu as rompu le charme.

Soudain, elle paraissait excitée.

— Laisse-moi rêver avec toi, je t'en prie. Me permettras-tu de partager ton rêve ?

— Non ! C'est dangereux. On doit toujours protéger son propre charme. Ton père ne t'a-t-il pas enseigné cela, au moins ?

— Tu n'as pas confiance en moi.

— C'est vrai. Je n'ai pas confiance en toi, comme

je n'aurais confiance en personne qui ne sache protéger sa vision de rêve. À présent laisse-moi, Niiv. Je m'efforce de venir en aide à Urtha.

Dépitée, elle se rassit, dos voûté, visage pâle et immobile, pour me contempler. J'avais essayé de découvrir la raison du départ des *uthiin*, mais j'avais échoué. Cependant j'avais senti l'approche du danger et je voulais retourner à cet instant, pour voir ce qui s'était produit ensuite.

Je mis en place une simple défense contre la curiosité de Niiv, puis appelai de nouveau le rêve à moi.

Niiv s'était éclipsée lorsque je revins au monde de la nuit dans le bosquet. Des voix d'hommes approchaient, et j'aperçus l'éclat des torches. Hébété, décontenancé, je me levai et allai à la rencontre d'Urtha et des autres. Ils transportaient le corps d'Urien enveloppé dans un linceul, afin de l'ensevelir entre les arbres du sanctuaire, en une tombe peu profonde sous un cairn de pierres blanches. Ce fut une cérémonie courte et triste, et lorsqu'elle fut terminée Urtha me héla.

Je lui narrai ce que j'avais vu, la désertion de ses hommes ; mais je ne parvenais pas à comprendre ce qui avait suivi.

Le groupe d'attaquants avait progressé par les vallées boisées au ponant. Ils étaient arrivés au cœur de la nuit, sous les nuées noires de l'orage, et l'on ne vit d'abord d'eux que leurs torches. Les sabots des chevaux martelaient la terre dans un grondement de tonnerre. J'avais tenté de distinguer leurs silhouettes dans la nuit, mais seul le feu des torches m'était visible. Il y avait là quelque enchantement à l'œuvre. Je ne pouvais discerner ni la silhouette, ni le visage, ni même les montures des attaquants. Le vacarme était terrible, et son effet dévastateur, mais tous ces hommes me demeuraient invisibles.

Derrière les hauts murs de protection, les chiens devenaient fous et sautaient en un large cercle, menés par le plus grand et le plus ancien de la meute. Les gens d'Urtha avaient accouru aux murs, certains avec leur fronde, d'autres avec arc et flèches, la plupart avec à peine une brassée de javelines à pointe de fer. Eux aussi poussèrent des cris, une clameur de défi, un hurlement de rage, en frappant le fer contre le fer afin de créer un bruit terrible qui aurait pu décourager un groupe de rôdeurs prêt à une échauffourée, mais certes pas ces guerriers fantomatiques.

Le flot des torches prit la colline d'assaut. Les portes du fort cédèrent, comme éventrées par quelque bélier. Désespérés, les défenseurs se dispersèrent, luttant contre des hommes qu'ils voyaient mais qui, dans mon rêve, m'échappaient.

Quelques minutes plus tard, les molosses se retournèrent contre leurs maîtres.

La chose arriva si subitement que pendant un moment je ne saisis pas comment ils avaient été transformés. Ils s'arrêtèrent dans leur ronde folle, oreilles dressées, langue pendante, et tous regardèrent dans la même direction, comme s'ils avaient été appelés. Puis ils firent volte-face et, tels des chasseurs silencieux, s'élancèrent vers leurs proies qui fuyaient. Je vis une femme entraînant un garçon, et une fille hurler de terreur et de colère comme deux mâtins se ruaient sur eux. Les torches suivaient les chiens. Ce petit groupe disparut dans les ténèbres en direction de la rivière et du bois de l'Herne.

Il y eut un massacre dans la halle du roi. Je pense que là, l'enfant lutta pour sa vie.

Un moment plus tard, tout était calme.

Le flot des torches se déversa hors de la place forte. Aussi soudainement qu'elle s'était déclenchée, l'attaque prit fin. De nouveau j'entendis le galop des chevaux et les cris sauvages des cavaliers ; mais l'enchantement m'aveuglait toujours.

Urtha avait écouté en silence mon bref et singulier récit. Il était pensif et abattu, comme s'il ne s'était pas attendu à autre chose que ce qu'il venait d'entendre. Pour ma part je me sentais épuisé, tourmenté par les démangeaisons et la faim. Minuit avait passé depuis longtemps déjà. Nous retournâmes au fort et dans la halle des *uthiin*.

D'un ton calme, Urtha déclara :

— Tu sais, je me suis rendu en cet endroit glacé... Pohjola, ce lac... parce qu'on m'avait dit que j'y trouverais la réponse à mes craintes pour cette contrée. Mais c'est mon départ qui était la réponse.

Il était inconsolable pour l'instant, et je le laissai seul.

Peu après l'aube, la corne sonna trois fois à bord d'Argo, pour nous inciter à rejoindre le navire. Urtha et moi montâmes aux remparts, près de la porte principale. Rubobostes venait au petit galop vers nous. Ruvio semblait avoir recouvré toutes ses capacités. Le Dace mit pied à terre au bas de la colline et cria dans notre direction. Un vieil homme était apparu sur l'autre berge de la rivière, nous dit-il, qui désirait voir Urtha. Il était armé d'un arc et de flèches d'aspect redoutable, et menaçait d'occire tout homme qui voudrait traverser le courant.

— À quoi ressemble cet homme ?

Le Dace se lança dans une description détaillée des motifs bleus et verts qui recouvraient la joue et le bras gauches de l'inconnu ; il précisa qu'il avait le crâne rasé, à l'exception d'une houppe de cheveux blancs qui pointait tel le pied d'un champignon avant de cascader comme la crinière d'un cheval ; il lui manquait deux doigts, un à chaque main, mais cela n'affectait certainement pas sa dextérité d'archer.

— Ambaros ! souffla Urtha. Le père d'Aylamunda. Ce vieux loup rusé a survécu au massacre. Mais s'est-il bien battu ?

Il cria la question au Dace.

— D'après son allure, répondit Rubobostes sur le même ton, et si j'en juge par les cicatrices à ses bras et son cou... oui, il s'est fort bien battu.

Il fit demi-tour, remonta en selle et repartit vers le bateau, afin d'y reprendre sa garde. Nous le suivîmes à pied, sauf Elkavar qui resta dans le fort pour jouer et chanter en l'honneur des morts.

11

La désertion du pays

L'homme qui nous attendait sur la berge opposée de la rivière était équipé pour le combat singulier. Cinq javelines fines étaient plantées dans le sol à son côté, pointes dressées vers le ciel. Deux boucliers, l'un rond, l'autre ovale, étaient appuyés l'un contre l'autre. Une hache à double tranchant gisait près de son pied droit et une épée dans son fourreau près du gauche. Il se tenait immobile, bras croisés, face à l'appontement. Il avait les pieds nus, et peints en noir. Son visage rasé ne laissait apparaître que l'ombre claire d'une barbe. Son regard était dur, sa chevelure grise nouée en une queue de cheval qui s'élevait à la verticale du sommet de son crâne pour retomber en corolle sur ses épaules. Il portait une veste de cuir, sans manches, et un pantalon à rayures vertes et rouges, maintenu à la taille par une corde nouée.

— Eh bien, Urtha, reviens-tu triomphant ? cria l'apparition comme le jeune seigneur de guerre s'avançait dans les eaux basses envahies par les joncs. Es-tu revenu avec le chaudron d'Ignorion, dans lequel festoyèrent nos premiers souverains ?

— Non, je ne suis pas revenu avec cela.

— Ou bien la lance infaillible de Lug, qui une fois jetée ne retombe pas au sol avant d'avoir transpercé sept ennemis ? Ou sa fibule, capable d'écimer les chênes si elle est lancée comme il convient ?

— Non, je n'ai rien rapporté de tout cela.

— Alors as-tu traqué et tué le premier des sangliers aux défenses recourbées, qui fait deux fois la taille d'un homme et porte, liés à ses flancs par leurs propres cordes, les chasseurs qui ont échoué à le vaincre par le passé ? Tu t'es vanté de pouvoir accomplir pareil exploit ! As-tu ses défenses ?

— Non, père. Je ne suis revenu avec rien de tout cela, bien que ce ne soit pas faute d'avoir cherché ces trophées le long de mon chemin.

— Alors es-tu revenu avec le bouclier d'argent de Diadara, à travers lequel nous pouvons voir nos ancêtres, mais aussi nos enfants à naître, qui chassent au Pays de l'Ombre des Héros ? C'est, après tout, la Quête que tu t'étais fixée : obtenir une vision de ton royaume dans l'avenir.

— Non, cela non plus, je ne l'ai pas trouvé. J'ai été fallacieusement conseillé.

— Alors es-tu au moins revenu avec des merveilles à narrer à tes enfants, et des exploits propres à exciter l'imagination de tes *uthiin* et de leurs frères ? Le récit d'aventures qui feront taire jusqu'aux morts bruyants du Pays Fantôme par les nuits froides où se déchaîne l'hiver ?

— Non. Je reviens les mains vides, sans rien à raconter.

— Presque une année s'est écoulée ! tonna le vieil homme. Presque une année, Urtha. Et pour rien ?

— J'ai pourchassé un rêve qui était faux, s'écria le jeune chef en réponse. Et je suis revenu dans un cauchemar ! Mais je suis heureux de te voir, au moins, dit-il d'une voix radoucie.

— Pour ma part, cela ne me suffit pas ! rugit le vieux guerrier. (Il arracha une javeline du sol et la pointa à l'envers sur Urtha, en un geste qui soulignait sa colère.) Tu aurais dû te trouver ici. Quelle folie t'a poussé à abandonner ton fort pour courir après l'ombre d'un rêve ? Les enfants les plus terribles deviennent des hommes, et ils peuvent toujours apprendre. Mais les boucliers perdus demeurent introuvables ! Tu aurais dû rester !

— Je le reconnais, et ma peine n'en est que plus grande. Je suis heureux de te voir, père, mais si c'est un combat que tu veux, alors affrontons-nous dans les eaux peu profondes qui s'étalent au pied de la colline.

Ambaros demeura silencieux un long moment. Puis il leva son bras gauche, dévoilant les entailles encore fraîches qui entouraient son biceps. Urtha soupira, parut se voûter légèrement, puis me murmura d'un ton douloureux.

— Ce sont des blessures de deuil. Une pour sa femme, Rhion ; l'autre pour sa fille, Aylamunda... Mon Aylamunda, Merlin. Elle est morte, elle aussi, comme Urien. Je le pressentais. Ainsi donc, j'ai perdu ma femme et mon fils. Et il n'est sans doute pas d'espoir pour la petite Munda et Kymon à la chevelure folle.

Il lança par-dessus les eaux :

— Je préférerais réserver ma fureur pour les tueurs. Le choix t'appartient, père. Quant à moi, je souhaiterais pleurer ceux qui ne sont plus.

— Tu ne manqueras pas de le faire, répondit le vieux guerrier. (Il observa Urtha en silence pendant un long moment.) Mais pas autant que tu l'imagines. Traverse la rivière avec tes amis. Passez au gué.

— Est-ce pour le combat ? cria Urtha. Car si c'est pour cela, alors je viendrai seul.

Ambaros le dévisagea avec intensité, puis secoua la tête.

— Non, pas encore. Et pas entre nous. Conserve ton sang, fils. Le moment venu, il te sera précieux.

Le vieil homme rassembla javelines et boucliers, les chargea sur son dos et s'éloigna à grands pas dans le rideau vert pâle des saules, vers l'endroit où les eaux de la rivière bouillonnaient férocement sur les pierres noires des hauts-fonds.

Urtha et lui se rencontrèrent au milieu du courant et s'étreignirent. Je fus présenté, puis Niiv, qui se tenait toujours près de moi, et enfin Jason. Les deux barbes argentées se jaugèrent d'un regard également méfiant, et se cantonnèrent à la courtoisie la plus lapidaire.

— C'est un fringant navire que tu as guidé à rebours du courant, dit Ambaros. Il est impatient de quitter ces lieux. Et un navire bien étrange, quand bien même cela ne devrait pas me surprendre. Le monde est devenu plus qu'étrange, ces derniers temps.

— C'est Argo. Je l'ai construit de mes mains, mentit Jason. À Pagases, le port d'Iolcos.

— Et où cela se trouve-t-il ?

— Au sud, dans la mer la plus chaude que tu puisses imaginer, en terre grecque.

— Et tu l'as construit de tes mains...

— Puis je l'ai reconstruit sous la lumière de l'Étoile du Septentrion, avec du bois gelé et de la glace au lieu de bronze, grâce à l'aide de ton gendre et de cet homme, qui se tient là. (D'un geste, il me désigna.) Mais il sent toujours les vins de Macédoine et les olives des terres achéennes, et c'est pourquoi il est impatient de repartir.

Pour la première fois, je me rendis compte que Jason avait le mal du pays, et qu'il projetait ses propres désirs et ses propres rêves sur le navire. Si quelque chose manquait à Argo, c'étaient les neiges du nord glacé et la puanteur des rennes en rut : les préférences de Mielikki, plutôt que les fragrances de la terre grecque.

Ullanna venait de traverser à son tour, l'arc passé à l'épaule, le carquois pendu à l'autre. Ambaros fit montre d'une bien plus grande courtoisie à son égard qu'avec Jason. Elle leva la main et effleura les deux entailles à son bras.

— Je suis désolée pour toi de la perte d'êtres chers à ton cœur, dit-elle par mon intermédiaire.

— Ma femme et ma fille, la mère des enfants de cet homme.

Ullanna retroussa la large manche gauche de sa veste. Une longue cicatrice courait de l'épaule au creux du coude ; quand elle ouvrit la main, je vis la marque d'une flèche.

— Mon époux et mon jeune fils, expliqua-t-elle. Tués par les Perses alors que j'étais partie chasser dans les collines. Nous marquons notre chagrin d'une façon très similaire.

Ambaros posa un doigt sur la cicatrice dans la paume de la jeune femme, entre le petit doigt et l'annulaire. Ullanna tira une flèche à pointe de fer de son carquois et piqua la chair d'un mouvement preste.

— Nous portons le deuil le temps que la blessure met à se refermer, dit-elle. (Ambaros acquiesça.) Ou du moins, c'est ce que nous prétendons, ajouta-t-elle.

Le vieux guerrier lui sourit.

— Rapide, douloureux, pratique, me murmura Jason. Si j'avais su porter le deuil ainsi, et le clore de la sorte, vite et bien, cela m'aurait sans doute évité de pourrir vingt années durant.

— Eh bien, c'est fini, maintenant.

— Oui.

La corne de bélier sur Argo lança un avertissement, mais Ambaros leva la main.

— Ce sont des amis. Quelques-uns des gens fidèles qui sont restés en arrière quand chiens et cavaliers ont quitté le fort avec Cunomaglos. Les autres sont morts, Urtha. Tu es parti, puis les autres nous ont abandonnés. Ils ont chevauché le long de la rivière, jusqu'à la mer et au-delà, jusqu'au pays des Bolgae, puis plus loin encore.

Quatre cavaliers portant cape grise, la lance baissée en une attitude ambiguë, traversèrent la rivière au petit trot. Ils étaient prudents mais détendus maintenant qu'ils apercevaient Ambaros conversant avec nous. Urtha connaissait ces hommes, quoique peu, et il ne les aurait pas choisis pour l'escorter. Mais il voulait surtout entendre de la bouche de son beau-père ce qui était arrivé exactement, et qui était l'auteur du massacre. Et qu'avait voulu dire Ambaros lorsqu'il avait parlé d'un monde devenu « plus qu'étrange, ces derniers temps » ?

— Parlons en chevauchant, proposa le vieux guerrier. Prenez ces montures. Mes amis ici suivront à pied et pourront ramasser du fourrage en chemin.

Les quatre *uthiin* parurent étonnés, mais ils mirent poliment pied à terre, non sans couler toutefois quelques regards noirs à leur chef.

Nous nous mîmes en selle et Ambaros nous précéda à travers bois, en direction du ponant.

Après l'attaque, expliqua-t-il tandis que nous progressions, il n'était pas retourné à la place forte. Il avait fui en longeant un affluent de la rivière avant de s'enfoncer dans la forêt, jusqu'à une des nombreuses gorges qui marquaient la frontière entre le territoire d'Urtha et le Pays de l'Ombre des Héros, cet endroit peuplé de fantômes sans âge où Urtha et ceux de son clan pensaient qu'ils iraient quand ils tomberaient au combat, ou quand le Temps les emporterait.

Si Ambaros avait choisi un lieu réputé périlleux pour se cacher, les grottes abondaient alentour, et la région était giboyeuse. Les rochers y avaient été marqués de charmes protecteurs bien avant la naissance des plus anciennes légendes, si bien que lui, ses quelques compagnons et les survivants du raid – de rares familles et leurs chiens – s'étaient sentis plus à l'abri ici, après le ravage du fort. D'autant plus qu'ils avaient un trésor à défendre.

— Un trésor ? s'étonna Urtha.

Nous pénétrions justement dans une gorge. Ambaros emboucha un cor en bronze, et à la note qu'il y souffla répondit un écho identique plus bas dans la vallée. Alors il se retourna vers son fils par alliance et dit avec calme :

— Munda et Kymon ont échappé au massacre. Ils sont en sûreté, et je te mènerai auprès d'eux plus tard.

— Vivants ?

Urtha s'affaissa doucement sur son cheval, et ses épaules tressautèrent tandis qu'il pleurait silencieusement pendant un moment, en proie à un mélange insondable de chagrin et de soulagement.

Nous traversâmes un torrent au cours impétueux, puis suivîmes une piste qui serpentait entre les chênes séculaires. Au-dessus de nos têtes, nous sentions la masse titanesque des à-pics rocheux et le passage des nuages dans le ciel. Bientôt nous arrivâmes dans un défilé étroit. Les gens d'Urtha se hâtèrent de s'acquitter de leur tâche, et plusieurs chevaux renâclèrent comme on les tirait à la longe sur les berges de la rivière peu profonde.

Sans prévenir, refit surface à mon esprit un souvenir douloureux dont je me serais bien passé : cela se produisit alors que je découvrais les lourdes peaux qui pendaient devant l'entrée de deux grottes, fixées au sol par des pieux en bois et peintes d'images destinées à n'invoquer que le dieu de bonté et à décourager le corbeau. J'avais vu de tels gîtes, dans un lointain passé et dans des endroits aussi reculés que celui-ci. Il me revint en mémoire le babillage des enfants, les jappements des chiens, le crépitement du feu, l'odeur tourbillonnante de la fumée et les riches effluves de la viande mise à griller.

Comme en songe, je me remémorai un bain pris dans une rivière, une fille auprès de moi, qui lançait des pierres sur les troncs flottants en comptant les coups au but.

Où était-ce ? Et quand ? Ma vie se déroulait devant les yeux de mon esprit, pareille à un rêve, ou plutôt une succession de rêves. Je me sentais à la fois anxieux et proche des larmes. Des souvenirs très chers, oubliés depuis une éternité, me revenaient, et je pressentais qu'ils laisseraient bientôt la place à d'autres, plus tragiques ceux-là. Je n'étais pas prêt à redécouvrir cette partie de mon passé, et j'éprouvai soudain de l'irritation pour Jason et tous les autres, dont les exigences faisaient progresser trop vite mon âge vers la maturité.

Urtha m'appelait. Il m'attendait entre les peaux tendues devant la plus grande des deux grottes.

— J'ai besoin de toi, Merlin, dit-il alors que je m'avançais, encore étourdi par cette vision inopinée de mon passé. Je ne sais pourquoi, mais c'est ainsi. Les corbeaux ont picoré mes yeux, mais quand ton ombre passe auprès de moi, la lumière s'intensifie un peu.

Il me scrutait d'un regard intense. Soudain, je sentis

le Temps qui tramait sa toile autour de nous. Je m'y attendais, je me doutais que cela arriverait, et je n'en conçus pas d'inquiétude. J'avais éprouvé la même chose avec Jason à Iolcos. Mes rapports avec Urtha allaient se prolonger dans un avenir encore indéfini. Peut-être seulement durant son existence, peut-être plus longtemps. La réponse n'était pas encore disposée à se dévoiler à moi, et pour l'instant je n'avais nullement l'intention d'essayer de percer ce mystère.

— Nos chemins ne s'étaient encore jamais croisés, n'est-ce pas ? me dit-il.

J'avais probablement rencontré ses ancêtres, comme ceux de la plupart des gens. Mais je ne pouvais le lui dire ainsi, pas maintenant du moins. Pas avant d'avoir mieux compris ce qui se produisait dans ma propre vie.

Urtha changea alors de sujet :

— Ton visage est sombre, Merlin. Es-tu triste ? Je connais un certain remède à ce mal.

— Troublé, répondis-je avec sincérité. Et oui, un peu triste.

Urtha me considéra comme un camarade, et me donna une bourrade sur l'épaule.

— Alors nous prendrons le remède ensemble. Mais nous en parlerons plus tard, si tu me pardonnes.

Il s'était rembruni en disant cela, et ajouta :

— Les dieux et les déesses, Némétona en particulier, devraient suffire. Ainsi donc, Merlin, j'ai besoin de te savoir à mon côté. Est-ce étrange ? Je vais affronter la mort de ma femme et de mon fils, et j'ai besoin de ta présence quand je l'entendrai. Il émane de toi un calme semblable à celui de la jeunesse... ou de la Mort, peut-être.

Qu'entendait-il par ces paroles sibyllines ?

— Je n'ai pas l'intention de partir, Urtha.

— Bien. J'ai besoin de ce calme.

Il affichait une attitude brave devant le désespoir, malgré l'éclat des larmes dans son regard qui trahissait son désarroi. Battant des paupières, il recula vers la pénombre dans un grognement, pour s'asseoir près du feu crépitant allumé dans un coin.

Une carcasse de daim et plusieurs oiseaux étaient accrochés à des poutres de bois fixées sous la voûte naturelle de la grotte. Les visages creusés et sévères des dieux tribaux avaient été taillés dans des souches et des tronçons de grosses branches à présent positionnés aux endroits propitiatoires, et chacune des divinités disposait d'un bol en bronze sous son menton. Des couches rudimentaires étaient disposées au fond de la grotte, ainsi que des tas de vêtements et de fourrures, du bois et des armes, des jarres et des coffres à coins de fer, tout ce qui avait pu être sauvé dans le fort après l'attaque. C'était un foyer chaleureux, bien que peu confortable. On mangea de la viande, et tous burent une bière aigre, à l'exception d'Ullanna qui en recracha la première gorgée dans le feu, créant une flambée fugace.

— La contrée a été désertée, fils, déclara Ambaros après un temps. C'est arrivé après ton départ.

— Je sais, répondit Urtha. (Il se leva et baissa légèrement la tête, comme de honte.) Je l'ai vu, père, et je pense que c'est le deuxième désert du Rêve de Sciamath. Je sais ce que tu vas dire, et je serai d'accord avec toi, au moins jusqu'à ce que j'en sache plus : c'est à cause de mon départ que tout cela est arrivé. C'est toujours l'action d'un roi qui détruit la terre.

Ullanna et Jason se tournèrent vers moi, en quête d'une explication au comportement dramatique d'Urtha, qui se tenait très droit devant le vieux guerrier, bras croisés, tête baissée. « Sciamath ? » semblait interroger Jason, perplexe.

Sciamath était né de l'union de la montagne et de la forêt. Homme sauvage s'il en fut, il s'était caché du monde jusqu'à ce que sa peau acquière la dureté de son père, le roc, et que la toison recouvrant son corps devienne aussi abondante que la canopée luxuriante de sa mère, la forêt. Immense, le regard rayonnant, vêtu de bandes d'écorce attendrie cousues entre elles, il avait pénétré dans ce monde par une des vallées venant du Pays Fantôme.

Nullement fantôme mais indubitablement prophète, il avait délivré un message d'avertissement, une vision de l'avenir.

Dans son rêve, qui lui était venu dans les terres sauvages où il avait grandi, Sciamath avait vu trois destructions des terres, trois « déserts », comme il les nommait. La première serait profanation, la deuxième désertion, et la troisième prendrait l'aspect de la désolation.

Ce rêve s'était communiqué à l'homme alors que s'érigeaient les derniers cercles de pierres levées, bien des générations auparavant. De père en fils on avait transmis l'histoire, qui s'était propagée au levant, au ponant et au septentrion, comme une prophétie destinée à tous les clans et à tous les royaumes.

Je gardais un souvenir très net du premier désert, et il était désagréable. Des années durant, alors que je parcourais le Chemin, il m'avait semblé que le monde autour de moi était entré dans la nuit perpétuelle. D'autres mondes et d'autres temps avaient englouti les terres tribales. Et ce fut peut-être à cette époque que le Pays Fantôme d'Urtha avait surgi. Tous les royaumes du Nord avaient été affectés. Dans chaque forêt, les arbres étaient en feu, mais sans être calcinés. Les invocations faites aux dieux n'apportaient que souffrances, et des animaux géants à l'aspect inconnu hantaient les collines et les bois en grondant.

Cela avait duré le temps d'une génération, et je me souvenais avoir fui l'Hyperborée et le Ponant pour me hâter vers les terres grecques où, après quelque temps, ma route avait croisé celle de Jason et d'Argo au cœur de chêne. Ensuite, des événements plus heureux avaient occupé mes jours, mais je n'avais jamais découvert ce qui avait mis fin à la profanation, bien que des histoires de vaisseaux à la coque argentée comme la lune, vus ici et là, m'eussent à l'époque fort intrigué.

Mais était-ce réellement le début d'un nouveau désert ? Se pouvait-il qu'en quittant ses terres pour naviguer vers le nord un seul chef de clan eût déclenché un tel malheur ?

Comme le savait Urtha, et comme je m'en souvenais maintenant, Sciamath avait évoqué « la destruction des forteresses par des cavaliers surgis des ombres ; le ciel s'obscurcissant d'oiseaux à quatre ailes ; le pays jonché d'effigies de bois, de pierre et de terre de ceux qui ont été perdus ; la neige tombant en été ; les abeilles essaimant en hiver ; un homme qui viendra de nulle part, traînant la forêt sauvage autour de lui comme une cape... »

La liste des calamités était impressionnante.

L'étrange vision de ces silhouettes de bois agenouillées sur la terre des Coritani, et les malheurs qui avaient frappé son propre fort ne pouvaient qu'épouvanter le jeune homme ébranlé par leur ressemblance avec le Rêve de Sciamath.

Cependant je restai attentif car Ambaros, après avoir prié le roi affligé de se rasseoir, narra avec tristesse les événements survenus dans les mois qui avaient suivi son départ vers l'inconnu et les terres enneigées, dans sa Quête futile d'une vision de l'avenir.

— Presque aussitôt, Vendodubnos et quarante de ses hommes, des Arvernes, ont attaqué le fort. Cunomaglos et le reste de tes *uthiin* les ont repoussés sans difficulté. L'escarmouche s'est déroulée devant les portes. Vendodubnos était venu fièrement sur son char ; il paradait tel un guerrier triomphant, criant des insultes en direction des fortifications, comme si les murailles elles-mêmes pouvaient l'entendre.

« Il avait été mal informé sur nos forces. Quand Cunomaglos et les autres ont surgi à l'extérieur dans leur tenue de combat brillante, avec seulement un bouclier et une lance, son expression fut celle d'un cochon voyant soudain le couteau en hiver, les yeux écarquillés, les bajoues tremblantes et le couinement au groin. Mais le bruit ne venait pas d'un goret : c'était celui des roues de son char ! Il a fui avec une telle précipitation que l'aurige est tombé au sol, laissant les rênes au gros homme. Cunomaglos galopait si vite derrière le char qu'il a pu tracer de sa pique un dessin dans le postérieur bien gras de l'ennemi.

« L'affaire a été promptement réglée. Cunomaglos a rapporté le char et ses deux beaux chevaux. Il était très satisfait de lui. Je l'ai observé avec attention ; je craignais qu'il ne soit pris par la rage de sang. Les *uthiin* ont chanté et joué jusqu'à l'aube, mais Cunomaglos est demeuré sobre. Cela m'a inquiété. Je ne l'ai pas quitté de l'œil, mais il a gardé ses intentions pour lui et il a laissé la fierté de la victoire s'estomper, et ses compagnons s'assoupir. J'aurais dû reconnaître les signes.

« Une autre troupe est venue du sud pour nous attaquer. Une trentaine d'hommes, sans doute des Trinovanda, tous très jeunes. Ils sont restés à distance du fort, mais ont abattu quelques-unes de nos têtes de bétail sous nos yeux. Cunomaglos a alors envoyé un champion défier le leur. Là aussi, l'affaire a été promptement menée, par les poings, la lutte et les couteaux à écorcher. Cunomaglos a exigé quatre chevaux en échange du bétail tué, puis il a autorisé les guerriers à emporter le corps de leur champion. Il leur a crié que sa tête ne méritait même pas d'être prise. Il n'en reste pas moins que le combat avait été rude, et les Trinovanda, s'ils ne sont pas gagnés par la désertion qui touche le pays, devront être considérés comme des adversaires dangereux. Ils vivent très loin, mais ils guignent de nouvelles terres où s'établir.

« Ensuite, nous avons profité d'un mois de paix. Et puis les émissaires de Brennos sont arrivés.

« Ils sont venus à la nuit tombée, cinq hommes fourbus par la longue chevauchée depuis la côte. Leurs torches brûlaient si vivement qu'à l'évidence leurs intentions étaient pacifiques. Aussi j'ai ouvert les portes et je les ai fait entrer. Crasseux, trempés et affamés, ils avaient passé le jours précédents à recruter le long de la rivière. Ils avaient entendu parler de toi, Urtha, et de tes cavaliers *uthiin*. Ils désiraient s'entretenir avec toi, ont-ils dit. Ils semblaient également très intéressés par le Pays de l'Ombre des Héros. Leur chef se faisait appeler Orimodax.

« Nous leur avons préparé table accueillante, compte tenu de leur arrivée tardive : porc bouilli, poisson salé, pain tendre et pommes croquantes, avec une bonne rasade de vin. Lors du repas, ils se sont montrés courtois ; ils ont refusé les meilleurs morceaux de viande, malgré mon insistance, et lorsque Cunomaglos les a raillés avec arrogance sur leurs hauts faits de guerre, ils se sont contentés de le regarder sans s'irriter, et Orimodax a répondu : “Cela fera l'objet d'une discussion instructive, plus tard.”

« Et tandis qu'ils continuaient de manger, je trouvais de plus en plus déplaisant le calme de leur chef.

« Au milieu du repas, celui-ci m'a offert une lance en remerciement de notre hospitalité. Je te la donnerai plus tard. Elle porte une inscription sur la hampe.

« Dès qu'ils ont été rassasiés et détendus, je leur ai expliqué que l'homme qu'ils recherchaient était parti pour une Quête qui lui était venue par vision. Je ne leur ai pas dit à quel point tu avais été sot de former un tel projet, ni quelle folie était descendue des nuées à l'heure de ta naissance pour faire de toi un homme au jugement aussi égoïste. Je t'ai décrit meilleur que tu n'es. Tu étais parti au loin, dans le Nord, c'est tout ce qu'ils avaient besoin de savoir.

« Pour toute réaction, Orimodax a dit : “Quel dommage ! Il se prépare une Quête bien plus grande, sous la direction de Brennos et des trois clans, et il va la rater.” Orimodax a découpé un peu de viande à la carcasse sur la table, il a regardé autour de lui et ajouté : “Mais il n'y a aucune raison pour que le reste d'entre vous manque cette chance de connaître la gloire.”

« “Aucun homme ici n'est libre de quitter ce fort” lui ai-je précisé, et peut-être aurais-je dû interpréter différemment la grimace de Cunomaglos, mais je ne l'ai pas fait. J'ai pensé qu'il réagissait ainsi parce que mes propos suggéraient la faiblesse de notre garde. J'ai ajouté : “Pas avant le retour d'Urtha.” J'espérais que cet étranger courtois se satisferait de cela. Et apparemment, ce fut le cas.

« “Je comprends a-t-il dit. À son retour, dis à Urtha que nous recrutons des hommes dans toutes les terres du Nord pour se joindre aux trois clans. Nous appartenons aux Tectosages ; les autres aux Tolistobagii et aux Trocmii. Tu as dû entendre parler de nous, j'imagine. Nous, en tout cas, avons entendu parler de vous. Tous les clans sont les bienvenus, bien qu'il y ait certaines restrictions et des règles de comportement qu'il vous faudra accepter si vous choisissez de vous joindre à nous. Nos trois chefs sont Brennos, Bolgios et Achichoros, trois grands seigneurs de guerre et grands champions. Nous rassemblons une armée le long de la rive sud du Daan aux berges boisées, le plus beau fleuve du pays. Nous lui avons déjà fait un millier d'offrandes, et il chante notre victoire et notre triomphe, une grande bataille et une gloire plus grande encore ; un trésor énorme à trouver dans la terre chantante elle-même, au cœur des cavernes d'un pays chaud où, depuis les temps connus, les plus anciens et les plus puissants parmi les hommes ont payé le prix pour connaître leur avenir."

« Ayant ainsi captivé l'attention de tous, il a poursuivi : "Et ce trésor comporte quelque chose qui nous appartient à tous, quelque chose qui fut dérobé pendant le premier désert. Brennos réclamera cette chose pour lui. Il a besoin de dix fois mille guerriers. Venez jusque là-bas, quand vous le pourrez, et si vous arrivez à temps vous serez les bienvenus pour participer à la Grande Quête. Je vous accueillerai personnellement parmi mes Tectosages. Nous pourrons continuer cette discussion..."

« En souriant, il a lancé un regard qui en disait long à Cunomaglos à la sombre mine, et celui-ci a hoché la tête.

« J'ai réfléchi à ce qu'avait dit Orimodax, et j'ai décidé de tout te rapporter dès que tu serais revenu du Nord.

À la fin de cette longue soirée, un gîte confortable fut offert à Orimodax et ses hommes. Ambaros, gardien de la forteresse, alla se coucher. Il était partagé entre la circonspection et l'inquiétude, et pour d'excellentes raisons. À l'aube, il se réveilla pour entendre le vacarme de chevaux nombreux qui quittaient le fort. Le regard encore trouble et le pas vacillant d'avoir bu trop de vin, il sortit de la grande halle royale pour découvrir Cunomaglos et les *uthiin* qui franchissaient les portes sur leurs montures, armés et équipés de pied en cap. Ils lancèrent leur chevaux noirs au petit galop à la suite des Tectosages. Seuls quelques hommes âgés restaient. Le fort avait été déserté.

Ambaros courut aux écuries, détacha son cheval, l'enfourcha et partit comme le vent derrière les déserteurs. Il les rattrapa à la rivière, là où la route s'élançait vers la côte. Il coupa le passage à Cunomaglos avec son cheval, qu'il fit aller et venir au pas devant le jeune guerrier, pendant que tous les autres observaient la scène.

— Est-ce ainsi que tu remercies Urtha pour sa loyauté ? Est-ce ainsi que tu récompenses la confiance qu'il a placée en toi ?

— Je lui avais déconseillé de partir, répondit l'autre avec colère. C'est ainsi que je sers une cause plus grande.

— C'est-à-dire toi-même ! Ta cupidité !

— Et qu'a fait Urtha, sinon servir sa propre cause ? Sinon satisfaire sa propre cupidité ? Et tout cela sur la foi d'une vision ! Je le dis, il devrait être ici. Cette Quête des trois clans est un rêve qui ne reviendra jamais. Orimodax m'en a décrit assez pour me convaincre que tout homme qui mérite son bouclier voudrait participer à la plus grande aventure au monde. On en parlera et on la chantera encore lorsque le ciel lui-même descendra sur la terre. Nous devons y aller. Et toi, tu dois rester. Tu n'es plus que l'ombre de l'homme que tu fus jadis, Ambaros, mais tu es deux fois plus rusé qu'alors. Tu trouveras bien un moyen de tenir le fort.

La ligne des cavaliers se remit en branle. Les dix *uthiin* toisèrent Ambaros en passant devant lui, le visage dur et fermé, sans aucun remords ou regret pour leur trahison. Ces hommes avaient été des amis, et c'était comme s'il ne les connaissait plus. Ils avaient les yeux embués par le rêve, qui est pareil à la brume d'hiver ; ils ne voyaient plus que l'inconnu, qui avait l'éclat de l'or. Ambaros aurait pu lancer son javelot court, mais il ne doutait pas une seconde que Cunomaglos le lui eût renvoyé avec une précision bien supérieure. Et il fallait penser aux enfants.

Ambaros secouait la tête en relatant cet acte de trahison, une désertion qui, je l'imaginais, était pour lui aussi funeste que n'importe quel désert.

— Et puis est venue la tragédie, conclut-il. Nous avons consolidé les murs de notre mieux, et accumulé des provisions au cas où il nous faudrait fuir et nous cacher. Nous nous attendions à des attaques rapides, peut-être un assaut de nuit venu du Pays Fantôme lui-même. Les morts nous ont déjà attaqués par le passé ; ta place forte a été bâtie trop près d'un de leurs chemins, Urtha.

« Mais, je le jure sur mon bouclier, cette nuit-là les cavaliers venaient de ce lieu situé au-delà du Pays Fantôme. C'étaient nos Héros de l'Ombre ! Ils ont jailli de la nuit, du Royaume Merveilleux, et ils ont traversé la frontière en un assaut d'une fureur incompréhensible. Parmi eux se trouvait une femme, qui les exhortait. Son visage était voilé, elle avait les mouvements vifs, la voix dure et étrange. Pourquoi ont-il agi ainsi ? Nous les avons aperçus au loin, depuis la colline de Morndun, où l'on peut contempler le Pays Lumineux en contrebas. Nous avons admiré les chevaux, l'éclat des armures, le brillant des armes, le mur d'enceinte à tourelles, les bois au feuillage miroitant. Pourquoi se sont-ils retournés contre nous ? Nous n'avions pas la moindre chance. Je suis désolé, et grande est ma peine pour ta femme et ton fils...

Urtha leva la main dans un geste de paix.

— Je suis désolé, et grande est ma peine pour ta fille et ton petit-fils. Je sais que tu te serais battu comme un loup furieux pour les sauver.

Jason et Ullanna avaient écouté patiemment, sans comprendre grand-chose. Quand je leur eus résumé le terrible récit d'Ambaros, Jason dit en haussant les épaules :

— Si c'est ce deuxième désert qui t'inquiète tant, Urtha, alors il a débuté avec ce Brennos. Cunomaglos, ce Seigneur-Chien, qui vous a laissés à la merci d'une attaque, serait parti avec Orimodax de toute façon, et tu aurais quand même été abandonné. Cette désertion exhale la puanteur de la cupidité de notre temps, et non le parfum d'une ancienne prophétie. Mais tu es de retour, à présent. Tu peux inverser le cours des choses. Tu es le roi, après tout.

D'un hochement de tête, Urtha remercia Jason.

— Je ne peux annuler la mort de ma famille et de mes amis, dit-il avec tristesse. Cependant je peux les venger, et je le ferai. Jusqu'à mes chiens qui se sont retournés contre moi. Mes trois molosses préférés.

— Tes chiens ? fit Ambaros, surpris. Non, ces trois-là ont été les seuls à rester fidèles quand les autres étaient envoûtés et se transformaient en assassins.

Ulgerd a tout fait pour protéger ton fils Urien, mais le garçon a cru qu'il était attaqué, et il a frappé le chien. Malgré cela, Ulgerd s'est battu contre les autres, il a échoué et Urien n'a pu quitter la maison. C'est ainsi qu'il a péri. Mais Gelard et Maglerd ont pris Kymon et la petite Munda dans leur gueule, et ils ont fui en remontant la vallée. Je les ai suivis. Nous avons été les trois seuls à nous échapper à ce moment. Les quelques autres nous ont rejoints plus tard.

Urtha semblait sous le choc, presque furieux.

— Les chiens ont sauvé la vie à mes enfants ?

— Ils les ont portés pendant des heures, dit le vieil homme. Ils les ont sauvés, et ils les ont mis en sécurité, comme s'ils avaient été sous l'effet de quelque magie. Je te conduirai auprès d'eux. Chaque enfant a un protecteur redoutable dans tes chiens.

Désespéré, Urtha secoua la tête.

— Hélas ! J'ai cru qu'ils avaient participé au massacre, et leur gueule à jamais silencieuse montre maintenant les crocs aux portes de la forteresse. Mais pour cette erreur de jugement je ferai amende honorable.

Ambaros était désemparé.

— Tu les as tués ? Chaque jour après l'attaque, ces chiens venaient se poster près de l'embarcadère pour t'attendre. On aurait dit qu'ils sentaient ton retour prochain. Ils geignaient et pleuraient après toi, Urtha. Ils avaient honte de ce qui s'était passé, parce qu'ils n'avaient pas été capables d'en sauver plus que deux.

Urtha baissa la tête.

— J'ai pris cette honte pour de la culpabilité, et je réparerai ma faute. Mais pour l'instant, conduis-moi auprès de mes enfants !

Le vieil homme eut une hésitation avant de répondre :

— Je te conduirai à eux, comme je l'ai promis. Ils

sont à deux jours de cheval. Que seuls ceux que tu juges indispensables viennent avec toi, nous n'avons pas assez de chevaux.

Urtha demanda à Ullanna et à moi de l'accompagner, ainsi qu'à deux cavaliers d'Ambaros. Niiv et Jason retournèrent à Argo, malgré les protestations de la jeune fille.

Quand nous fûmes prêts, Ambaros prit la tête de notre petit groupe et nous quittâmes le campement en direction de la rivière, mais, au lieu d'obliquer vers Argo, il lança sa monture au petit galop sur une piste étroite qui serpentait dans la forêt à travers les collines.

12

Yeux féroces

Le cheval fourbu qu'on m'avait donné pour la chevauchée n'était pas seulement un brouteur abandonné, trop vieux pour que Cunomaglos et ses *uthiin* l'emmenassent avec eux, et tout juste bon à être sacrifié ; il était aussi trop petit. Pour un homme de ma taille, monter cet animal ne constituait qu'une amélioration très relative par rapport au voyage effectué sur le renne, au péril de mon entrejambe. J'apprécie peu de chevaucher avec les orteils qui traînent dans les chardons. Je me retrouvai bientôt en queue de la petite colonne de cavaliers, et je m'en plaignis à Urtha.

— Je croyais que vous autres *Keltoï* étiez fiers de vos montures.

— Nous le sommes. Les meilleurs chevaux viennent du pays des Bolgae, de l'autre côté de la mer. Nous traversons souvent les eaux pour aller en voler. Nous les élevons et nous les entraînons plus pour leurs capacités à volter que pour leur vitesse, s'ils doivent mener les chars, et plus pour leur endurance que pour leur force, s'ils doivent être montés pour une attaque. Mais quand ils sont vieux, nous les laissons en liberté. Ils trouveront toujours leur propre bosquet sacré où mourir. Pénétrer par hasard dans un sanctuaire de chevaux est considéré comme une grande chance.

— À mon avis, celui-ci a déjà un bosquet sacré à l'esprit, pestai-je.

Deux jours durant nous fîmes route vers le ponant à travers une succession de gorges profondes peuplées d'échos, de vallées silencieuses et de collines peu boisées, pour enfin pénétrer dans une forêt gigantesque, royaume d'une lumière miroitante et brumeuse, cathédrale de verdure où notre passage laissait les ombres et les créatures de toute sorte en proie à une agitation emplie de curiosité.

Nul besoin de s'enquérir de notre destination ; un seul lieu pouvait se trouver au terme de ce parcours tortueux : le Pays Fantôme, le Pays de l'Ombre des Héros.

Au matin du troisième jour, comme Ambaros l'y exhortait, Urtha s'était résigné à voir, sans pouvoir les toucher, son fils et sa fille survivants. Nous sortîmes enfin de la forêt pour déboucher devant une rivière au large cours paresseux nimbé de brouillard. Sur l'autre rive, après une étroite prairie, des bois sombres s'étendaient à perte de vue. Des bêtes étaient venues paître ici, et avaient avancé dans la boue de la rive pour se désaltérer.

Nous établîmes notre campement. D'une corne de taureau, Ambaros tira une série de notes de plus en plus aiguës, qu'il répéta pendant tout l'après-midi. Les animaux sortirent de la sombre forêt et s'aventurèrent jusqu'au bord de la rivière pour nous regarder avant de bondir à couvert : un cerf géant, des loups aux prunelles brillantes, deux ours bruns, un groupe de lynx à dos gris, et une bande sinistre de chiens errants, efflanqués et montrant les dents.

Quand apparurent les enfants, Urtha céda aux larmes. Je m'assis auprès de lui et étudiai d'un regard moins brouillé que le sien le garçon et la fille qui s'accroupirent au bord de l'eau pour nous observer, comme s'ils ne distinguaient que nos silhouettes. Nous étions des ombres pour eux, j'en avais la certitude. Mais ils n'en demeuraient pas moins perplexes. Ils n'avaient pu résister à l'appel de la corne, et sans aucun doute cette curiosité les avait menés de leur refuge à cette limite de leur nouveau monde. Derrière eux, sous le couvert des arbres, je parvins à deviner les formes de trois matrones enveloppées dans des capes à capuche.

— Comment ont-ils fait pour traverser ? finit par demander Urtha. Personne ne peut passer la rivière pour atteindre ce lieu.

— Tes molosses les ont traînés jusque là-bas, et les y ont laissés, dit Ambaros. Et puis ils sont revenus sur cette rive, comme si ce trajet était aussi aisé qu'une chasse d'hiver en forêt. Je les avais suivis dans l'espoir de les rattraper, aussi ai-je tout vu. Ces trois femmes sont sorties des arbres et ont ramassé les enfants, qu'elles ont transportés hors de ma vue. Tu possédais des chiens remarquables, Urtha, bien plus que tu ne l'imaginais.

— Mais je ne puis étreindre ma fille ou jouer au combat avec mon fils. Pour ce que j'en sais, ils sont morts, et je ne vois que leurs fantômes. Là-bas, c'est le Royaume des Ombres, et ils n'ont nulle raison de courir dans ces bois, pas encore.

Je savais ce qui allait suivre. Je sentais la pression des pensées d'Urtha, comme si quelque messager ailé avait voleté d'une tête à une autre, en un présage muet. Puis, conformément à mon pressentiment, Urtha exprima le besoin désespéré qui le tenaillait :

— Merlin... Est-il en ton pouvoir de m'emmener sur l'autre rive ? Quel prix aurais-tu à payer pour cela ? Je serais à jamais ton débiteur.

J'allais lui rappeler qu'il était déjà mon débiteur pour un certain rêve, mais je m'abstins. Sa question me mettait au supplice ; la seule idée qu'il allait formuler une telle demande m'avait glacé le sang. Je ne pouvais traverser cette rivière, bien que la raison de cette impossibilité ne me fût pas claire à cet instant.

Les trois matrones hélèrent les enfants d'une voix douce. Munda et Kymon retournèrent dans la forêt. Leur curiosité n'était certes pas satisfaite, mais presque aussitôt leur esprit se tourna vers d'autres centres d'intérêt enfantins. Je les entendis rire alors qu'ils poursuivaient un lapin qui venait soudain de surgir en terrain découvert et repartait d'un bord vers les arbres.

La noirceur de la mélancolie s'était abattue sur Urtha.

Ambaros proposa de retourner sans délai aux grottes, mais Urtha déclara qu'il passerait la nuit ici. La soirée s'annonçait douce, avec un ciel dégagé où trônait une lune aux trois quarts pleine. Je m'installai pour lui tenir compagnie. Ullanna s'éclipsa pour aller chasser, pendant qu'Ambaros édifiait un abri rudimentaire et préparait un feu.

La journée devint aussi maussade que l'humeur d'Urtha. Des nuages d'orage envahirent le ciel et assombrirent les terres. Il n'y avait nul grondement de tonnerre, aucun signe de tempête, mais cette pénombre grise sur le Pays Fantôme fut déchirée d'éclairs pendant un long moment, et le sol trembla, comme sous le passage de cavaliers. J'étais assis au bord de la rivière, avec Ambaros, et je sentais une approche de l'autre côté de l'eau, mais sans pouvoir rien distinguer.

Ambaros était nerveux. Il avait une petite amulette

en forme de tête de cheval, un os sculpté à l'effigie d'Epona, qu'il frottait entre son pouce et son index en marmonnant des propos inintelligibles. Sans m'en rendre vraiment compte, je me mis à faire de même avec le talisman en ivoire que Niiv m'avait offert.

L'orée de la forêt, là où nous avions aperçu les enfants, s'évanouit soudain pour laisser la place aux silhouettes d'hommes en armure qui marchaient vers nous, tenant nonchalamment javelines et boucliers ovales, et je vis qu'une courte cape était fixée à leur épaule. Sans substance, irréels, ils étaient au nombre de quinze, dont l'un se détachait à l'arrière, monté sur un petit char tiré par deux chevaux d'un blanc spectral. Il dirigea l'attelage jusqu'au bord de l'eau, nous présenta son flanc droit pour prouver qu'il ne nous défiait pas, et me regarda droit dans les yeux.

Stupéfait, je le reconnus aussitôt. Le choc se transforma en incrédulité, et je scrutai ses traits. Non, aucun doute, c'était bien là le guerrier aux yeux et à la barbe sombres que j'avais épié chez l'oracle, en Macédoine. J'avais devant moi Orgetorix, fils de Jason.

Mais cela n'était pas possible. Tout m'indiquait qu'Orgetorix se trouvait avec Brennos. C'est vers la Grande Quête qu'il était parti après avoir consulté l'oracle. Se pouvait-il qu'il eût péri dans quelque embuscade, et qu'il chevauchât maintenant au Pays Fantôme ? Mais il était grec, et non *keltoï*, en dépit de son adoption. L'Achéron, les Champs Élysées, telles étaient ses destinations si le Temps choisissait de lui ôter le souffle de la vie. Comment aurait-il pu modifier son chemin dans l'Autre Monde et choisir le séjour de sa mort ?

D'ailleurs, était-il seulement mort ? Difficile à dire. Le Royaume des Ombres déjouait mes efforts pour y pénétrer par charme et sortilège. La seule idée d'essayer m'emplissait de crainte, et un sentiment de désastre imminent m'étreignait dès que j'osais imaginer cette hypothèse.

Ma présence en ce lieu, ou même dans ses environs immédiats était clairement jugée inopportune. On m'indiquait sans détour que je n'étais pas le bienvenu, ce qui me jeta dans un grand trouble. Tout en caressant du pouce la *sedja* donnée par Niiv, je sentis une voix me murmurer : « Tu es encore une toute petite chose. Tu ne peux pas obtenir toujours ce que tu désires. »

Ambaros respirait calmement et scrutait l'autre berge.

— Peux-tu les voir, toi aussi ? lui dis-je.

— Ils font partie du groupe qui a attaqué et détruit le fort, répondit le vieux guerrier dans un murmure rauque. J'en reconnais plusieurs. Ce sont des ombres de héros, et pourtant ils ont tué sans prévenir. Je ne comprends pas pourquoi. Mais la raison de leur présence dans le Pays Fantôme est claire : ils recherchent les enfants d'Urtha. C'est la seule explication.

Je n'avais aucune lumière à lui offrir sur cette énigme.

— Ce ne sont pas tous des ombres de héros, dis-je. L'homme sur le char est un Grec. Je l'ai vu vivant il y a la moitié d'une année, mais il a dû être tué depuis. C'est un fantôme.

Dérouté un instant, Ambaros me dit alors quelque chose qui me jeta de nouveau en pleine confusion :

— Pas un fantôme, Merlin. Il a grandi, comme les autres. Quand j'avais l'âge d'Urtha je l'ai vu garçonnet. Il s'entraînait à conduire ce même char, qui porte sur son flanc une singulière décoration de bataille. Je l'ai vu très souvent, il est devenu adolescent, puis homme. Il a un frère au Pays Fantôme, mais celui-là, je ne l'ai pas revu depuis des années. On les appelle les « spectres-frères ». Aucun des deux n'a participé à l'attaque contre le fort d'Urtha.

Alors ce n'était pas Orgetorix. L'esprit de l'homme n'aurait pu se trouver au cœur d'Alba pendant vingt années alors que son corps sillonnait la Macédoine et la Grèce. À moins que...

Non, cette apparition, qui me toisait toujours, n'était pas le même jeune homme que celui qui avait interrogé l'oracle à propos de son père. C'était là l'explication la plus simple. Mais lorsqu'il fit demi-tour pour lancer ensuite les chevaux, d'un claquement de rênes, dans un galop silencieux le long de la rivière, j'aperçus l'emblème peint sur le flanc de bataille : la tête de Méduse ! Ce dessin ornait le bouclier d'Orgetorix alors qu'il attendait à l'ombre des oliviers, dans le village macédonien.

J'étais dévoré par l'envie de savoir, mais pour cela il m'aurait fallu traverser la rivière, or elle s'y opposait farouchement. À moins que...

Tentant ma chance, j'invoquai l'esprit du martinet, bondis dans les airs et m'élançai au-dessus des eaux en direction du Pays Fantôme. Par deux fois une barrière invisible me repoussa, mais je finis par la franchir triomphalement. Je planai alors sur la berge irréelle.

J'effleurai Orgetorix de mon aile, et il se retourna, surpris. Il me suivit des yeux, et son esprit me fut ouvert un court instant...

Quelle agitation ! Quel chaos !

Ce n'était pas là l'esprit d'un homme, mais un assemblage rugissant d'ombres et de sosies, un enchevêtrement de mémoires, de fragments de conversation, de hurlements, pareil à l'espoir insensé d'un être à l'agonie.

— Qui es-tu ? s'enquit Orgetorix en sentant ma présence furtive à l'intérieur de l'oiseau rapide.

Kinos ? Est-ce toi ? Est-ce encore un de tes tours ? Où es-tu, mon frère ? Où te caches-tu ?

Il y avait dans ces paroles murmurées une urgence qui faisait écho au désespoir de ce regard inquisiteur.

Puis son esprit se referma, se replia sur les ténèbres, scellé par la fureur, et je m'éloignai à tire d'aile. Quelqu'un m'avait chassé.

Mais rien ne pouvait effacer ce bref et terrifiant regard jeté sur la nature spectrale de ce qui gisait en Orgetorix dans le Pays Fantôme. Tous les souvenirs d'une vie se trouvaient là, de la tendre enfance à l'adolescence, puis à l'âge adulte, des jeux innocents aux parties de chasse, du combat au chagrin d'avoir perdu un ami. Mais toutes ces images s'entrechoquaient en un champ de ruines, tout comme un rêve se dissout au réveil en images étranges et fuyantes, dans la confusion d'un envol soudain de mouettes criardes qui virevoltent et se heurtent dans leur panique. Au milieu de ce vacarme, seule demeurait une pensée cohérente, intelligible : « Où est mon frère ? Où se cache-t-il ? Pourquoi s'est-il éloigné de moi ? »

Je compris que j'avais touché une âme qui n'avait rien d'humain. Peut-être, songeai-je, n'y avait-il dans ce fait rien d'étonnant, s'agissant d'un habitant de l'Autre Monde.

Au crépuscule, le ciel s'était apaisé. Je n'avais parlé à personne de ma rencontre avec l'ombre d'Orgetorix. J'étais encore trop ébranlé par ce souvenir.

Ullanna reparut au campement, portant pendu à un nœud coulant un oiseau blanc d'aspect peu appétissant, et un poisson rebondi sur une flèche. Elle semblait déçue, mais se contenta d'une moue en préparant ce maigre festin.

— Je perds la main. Trop de temps passé sur ce navire au ventre étroit, et pas assez à courir les bois.

Elle avait levé son couteau pour décapiter le poisson lorsqu'elle se figea, le regard fixé sur la rivière.

— Par le souffle d'Istarta, qu'est ceci ?

Du crépuscule émergea une barge effilée, décorée de couleurs vives, qui glissa sur le coude de la rivière comme par magie, effleurant à peine l'eau, sa petite voile à demi repliée saisissant la brise légère. Elle vira vers nous. Aucune rame ne frappait l'eau, et il n'y avait quasiment pas de vent. L'esquif était arrivé là par son seul pouvoir. La frêle silhouette de Niiv était assise à l'intérieur, un bras reposant sur la barre du gouvernail, dans sa main un unique cordage, les yeux dans le vague comme si elle rêvait. Puis elle aperçut notre feu, lâcha la barre et nous adressa un signe. La barge broncha dans le courant, frémit puis sembla jeter l'ancre. Niiv m'appela de sa voix douce :

— Merlin ! Monte à bord, cette embarcation a quelque chose à te dire.

Toute crainte disparue, je pataugeai dans l'eau et Niiv m'aida à grimper auprès d'elle. Aussitôt je reconnus Argo, mais l'Argo de l'époque des sanctuaires de pierre, lorsque les esquifs élégants tels que celui-ci transportaient les dépouilles des nobles morts, la nuit, à la lueur des torches, le long des rivières qui serpentent vers le cœur de la forêt, là où se dressent les cercles de pierres gigantesques. Argo avait envoyé un fantôme à notre rencontre.

Niiv était allée s'accroupir à l'avant, l'endroit interdit de l'embarcation. Quand je l'approchai je fus frappé de son teint grisâtre, comme si la glace avait envahi sa peau.

— Mielikki t'a observé. Elle a observé Urtha. Elle

vous fera traverser jusqu'aux enfants, mais vous deux seulement. Fais-le venir.

Je hélai le chef, qui se débarrassa de sa courte cape, marcha jusqu'à la barge, puis se hissa à bord. Il était à la fois curieux et méfiant quand il s'assit dans l'espace réduit où j'étais accroupi avec Niiv, qui recula à son approche. D'un geste, je fis taire les questions qui se bousculaient sur les lèvres du jeune guerrier *keltoï*. La barge glissa vers l'autre rive, où sa proue se ficha dans la vase. Avant que je puisse me redresser pour regarder par-dessus le plat-bord, la forêt s'ouvrit devant nous, à l'intérieur même de l'embarcation.

Urtha et moi pénétrâmes dans l'Esprit du Navire. Nous marchâmes dans le jour chaud et lumineux d'un monde qui n'était pas nôtre. Mielikki se tenait là, dans une robe d'été, le visage protégé par un voile gris contre les insectes qui tourbillonnaient autour d'elle. Un lynx était allongé à ses pieds, qui surveillait notre approche d'un œil somnolent. Les moustiques nous dévoraient vifs. Dans cette atmosphère brûlante, sous les arbres agités, broutaient de nombreux rennes.

— Cet endroit est mien, dit Mielikki derrière son voile. C'est le Seuil. Je le garde en l'état qu'il me plaît. Continuez d'avancer et vous pénétrerez dans le pays de vos propres ombres ; tes enfants sont là, Urtha.

Elle était jeune. Ses yeux brillaient derrière le tissu léger. Ce n'était pas la sinistre aïeule qui veillait sur le pont d'Argo.

Elle ajouta :

— Et il y a quelque chose pour toi aussi, Merlin, bien que je ne puisse voir assez clairement pour dire si tu souhaiteras en conserver le souvenir.

Je ne goûtai guère la teneur de ces propos, mais la curiosité était une Furie tentatrice dans mon crâne. J'entendais au loin le rire insouciant d'enfants mais aussi les criaillements cruels de corbeaux. Mielikki avait autorisé Urtha à pénétrer dans l'Esprit du Navire, et c'était là un geste de grande bienveillance. Mais sachant ce que je savais sur cette protectrice en écorce de bouleau, je demeurais sur mes gardes. Cependant je dissimulai mes craintes au seigneur de la guerre.

— De combien de temps disposons-nous ? demandai-je à Mielikki.

— D'autant que vous le déciderez. Cela ne fera aucune différence pour les autres.

— Alors mieux vaudrait ne pas s'éterniser.

— À en juger par les murmures que j'entends, vous êtes déjà ici depuis trop longtemps.

J'eus l'impression que, de derrière son voile, Mielikki me souriait. Les insectes suçaient furieusement la sueur sur ma peau, et la senteur de la résine de pin alourdissait encore l'atmosphère étouffante de ce portail ouvrant sur l'été. Je préférai penser que les paroles de Mielikki n'étaient qu'ironie. Toutefois j'étais très conscient qu'Urtha et moi pénétrions en un lieu où jours et nuits pouvaient correspondre à des existences entières dans notre propre monde, c'est-à-dire celui d'Ambaros et de la mystérieuse Grande Quête ; des existences entières, ou peut-être seulement de très brefs instants. Quoique, bien sûr, la différence éventuelle serait plus grande pour Urtha que pour moi.

Le *Keltoï* montrait des signes d'impatience. Il remercia l'esprit gardien d'Argo et, avant que j'eusse pu lui conseiller la prudence, il s'élança devant moi. Je courus après lui et passai soudain de la forêt estivale infestée d'insectes de notre protectrice pohjolane aux bois verdoyants du pays d'Urtha. Quelques minutes plus tard nous arrivâmes dans une clairière. Un groupe d'enfants y faisait la ronde. Quatre d'entre eux se tenaient au milieu des autres et agitaient des bâtons coiffés de chiffons blancs peints d'yeux et de bouches grimaçantes.

Kymon, le fils d'Urtha, se trouvait parmi ce quatuor. Sa fille faisait partie de la ronde. Le jeu se poursuivit quelque temps, puis subitement Munda fut exclue du cercle. Elle rejoignit son frère, qui ne paraissait pas apprécier sa présence, quand elle aperçut leur père immobile dans l'ombre. Kymon et Munda poussèrent des cris de joie et accoururent vers nous. Le jeu était terminé, et les autres enfants s'en furent sans nous prêter la moindre attention, comme s'ils avaient été avalés par la forêt alentour.

Munda se précipita dans les bras de son père, en pleurs. Urtha la souleva du sol et la fit tournoyer autour de lui, couvrant de baisers son front et sa chevelure tressée. Le garçon sauta et s'accrocha à sa ceinture jusqu'à ce qu'une poigne ferme le hisse plus haut. Dans un geste à mi-chemin entre colère et ravissement, l'enfant frappa le dos de son père, qui se laissa faire un moment avant de lui intimer le calme. Je contemplai avec envie Urtha qui s'asseyait entre ses enfants et leur narrait ses aventures, avant d'écouter à son tour leur babil excité. Je ne remarquai rien dans l'attitude de Kymon aux yeux clairs qui suggérât le détestable petit démon décrit par son père à Pohjola. Peut-être ne s'était-il montré insupportable qu'en compagnie de son frère, ce qui n'aurait rien eu de contraire à la nature.

Je croyais Urtha tout à ses enfants et j'allais repartir dans la forêt, mais il me héla :

— Où vas-tu ?

— Jeter un coup d'œil alentour, rien de plus. Prends ton temps.

— Ne va pas trop loin, me recommanda-t-il. Nous

sommes ici par la grâce de l'indulgence, pas en tant qu'invités.

En effet, me dis-je. Pour Urtha et les siens, ce royaume spectral était un lieu de légende, de deuil et de peur ; lui-même avait été bercé de mille histoires sur le Pays de l'Ombre des Héros ; sa crainte de l'endroit n'avait d'égale que la joie éprouvée à retrouver un temps sa famille.

Quant à moi, j'étais de nouveau saisi par ce sentiment diffus de familiarité. La haute crête des collines qui surplombaient ces forêts, la façon dont les rochers escarpés tailladaient les nuages, l'écho des chutes d'eau, le murmure du vent dans les branches, cette sensation de paix et ce frisson de danger, tout cela ne faisait qu'un.

Je trouvai un vallon ensoleillé, tapissé d'herbes hautes et de fleurs pourpres, où planait l'odeur lourde du chêne, et je m'assis un moment dans ce temple de silence. Le soir s'insinuait dans le ciel, et les ombres de la nuit émergeaient tout autour de moi, silhouettes au souffle lent qui se rapprochaient insensiblement pour m'examiner. Je n'éprouvais aucune crainte. Je vis l'éclat du crépuscule sur le bec d'un faucon, la lueur dans l'œil d'un chien sauvage, le scintillement des écailles d'un saumon ; le clair de lune brilla sur un visage et révéla l'innocence enfantine sur un autre. L'herbe bruissait de mouvements furtifs. La tristesse puis le rire dérivèrent dans ma tête. Je fus soudain étourdi par les souvenirs surgis d'un passé qui me demeurait obscur, des trésors d'anecdotes et d'événements, de gens et de familles qui me firent pleurer sans retenue. Des histoires, des ombres... Ces aperçus de mon passé s'évanouirent aussi vite qu'ils m'étaient venus, mais trois faces sévères se penchèrent sur moi pour scruter mon visage avant de disparaître subitement.

En tout, ces masques étaient dix, assis en cercle autour de moi dans la clairière, à chuchoter. Je distinguai la pointe de leur capuche saillant au-dessus des herbes hautes. Leurs voix étaient un chuintement pressant, venu d'un temps oublié ; dix souvenirs de mon enfance, dix visages qui semblaient me poursuivre tout au long de mon existence, et qui apparaissaient toujours au moment le plus improbable.

— Que fais-tu en ce lieu ? me demanda l'un. Tu ne devrais pas être ici. Pas encore.

— Nous ne t'attendions pas, murmura un autre. (C'était la voix de la forêt... Skogen !) Nous sommes surpris de te trouver ici.

L'herbe devant moi s'écarta, et un chien renifleur me couva du regard... Cunhaval ! Puis l'air fut agité par des battements d'ailes et je me souvins de Falkenna. Ces deux formes, le chien et le faucon, je pouvais les adopter pour voir et sentir en dehors de mon propre corps, sans qu'il m'en coûte rien.

Puis un enfant s'esclaffa et me pinça la joue – comment ne pas reconnaître Sinisalo ? –, mais il avait disparu avant que j'eusse pu me retourner pour voir complètement son visage.

— Je me souviens de vous, dis-je. De certains d'entre vous, en tout cas. Vous m'observiez lorsque je suis parti pour emprunter le Chemin. Je n'étais qu'un enfant, alors, et le monde était tellement vide...

— Tu n'es toujours qu'un enfant, railla l'un d'eux.

Je saisis l'éclat de prunelles attentives et un nom me vint, comme un rêve qui se révèle : Celui-des-Creux.

— Et tu as quitté le Chemin trop tôt, poursuivit-il. Tu es toujours jeune. Tu devrais arpenter le vaste monde. Je te connais très bien. Je suis celui qui t'observe depuis les grottes...

— Tous les autres ont presque fini de parcourir le monde, sauf un, murmura Falkenna. Bientôt ils auront terminé leur périple, et toi, tu as à peine commencé le tien.

Et une voix douce, que je reconnus comme étant celle de Rêvelune, ajouta :

— Quel est ton nom aujourd'hui ?

Je le leur dis, et ils éclatèrent de rire. Après un moment, Rêvelune expliqua :

— Ce n'est qu'un surnom, celui dont ta mère t'a affublé : Merlin... Une toute petite partie du nom entier qui te fut donné lorsque tu as joué pour la première fois près de la cascade. Il contient une partie de toi, et en même temps très peu. Ton nom entier est bien plus grand. As-tu d'autres surnoms... Merlin ?

De nouveau, l'hilarité ponctua la prononciation de mon nom.

Je leur avouai que je n'en avais pas d'autre. J'avais adopté maints noms au cours de ma longue existence, et c'est seulement à cet instant que je remarquai avec quelle régularité je revenais à ces deux simples syllabes. Merlin. Elles étaient pour moi porteuses de réconfort, sinon de sens.

— Tu es encore si jeune, dit Skogen d'une voix rude. Tu devrais être plus vieux, mais tu as toujours été paresseux. Ta mère devait lacer tes souliers de cuir pour toi. Je te revois, immobile près de la cascade ; les autres éaient déjà partis, et toi tu restais là, perdu, pieds nus, incertain, soulagé. Tu n'avais même pas emporté ton souper lors de ces premiers soirs sur le Chemin ; tu n'avais pas cousu le cuir pour te confectionner un sac. Il fallait qu'on t'aide pour tout. Et tu n'as pas retenu beaucoup de leçons de tous tes voyages, semble-t-il.

— Pourquoi dis-tu cela ? lançai-je d'un ton de défi à Skogen.

— Parce que tu es revenu, Merlin. Afin qu'on noue une fois encore les lacets de cuir de tes bottes. Si tu maîtrisais ce que les autres ont appris, tu aurais su qu'il ne fallait pas traverser la rivière. Tu parais aller en aveugle.

— Je viens en aide à un ami, l'homme qui est ici avec moi, auprès de ses enfants. J'en ai aidé un autre, l'homme ressuscité, un Grec nommé Jason.

— Tu ne les as pas beaucoup aidés, commenta Cunhaval le chien.

— De mon mieux, sans trop donner.

— Les autres ont donné beaucoup durant leur longue vie, rétorqua Celui-des-Creux sur un ton de reproche.

— Leur peau est flétrie, et leurs cheveux sont gris, dis-je avec colère. Ils sont gris et flétris.

— Et chaque jour un peu plus sages, et pas moins las pour autant, intervint Sinisalo.

L'enfant faisant la leçon à l'enfant. J'entrevis le garçon au visage lisse qui courait dans les herbes, sa sombre capuche rabaissée sur ses épaules. Le masque de Sinisalo était mon propre visage, mais sans la barbe drue, sans les rides, sans le hâle du soleil et du vent, ni les cicatrices laissées par les épines et les serres d'oiseaux. Un instant plus tard je sentis des doigts tripoter mes bottes.

— Elles sont lacées ! railla Sinisalo. Il a résolu un problème, donc.

Les ombres se fondirent dans les bois alentour. Les dernières paroles furent prononcées par Celui-des-Creux :

— Je t'observe quand je le peux...

— À partir des grottes, à partir des oracles, je le comprends à présent... Jamais je ne t'ai reconnu.

— Je ne suis pas intervenu. J'étais là uniquement pour garder un œil sur toi. Mais des yeux plus féroces te suivent et t'épient, en ce moment même.

— Des yeux plus féroces ? Ceux de qui ?

— Celle qui s'est égarée, Merlin. Elle aussi a abandonné le Chemin et traversé la rivière, mais elle se dissimule à nous, et à toi. Vous étiez les meilleurs amis, jadis, lorsque vous n'étiez encore que des enfants. Ensemble vous jouiez sous la cascade, ensemble vous appreniez, et ensemble vous avez créé votre propre langage. As-tu oublié tout cela ?

— Oui... Quoique, parfois, me reviennent des bribes de ce passé. Je l'aimais... Je me rappelle ma tristesse de la quitter. C'était il y a si longtemps.

— Mais aujourd'hui elle te hait. Sa colère l'a métamorphosée.

— Pourquoi ? Dans toutes les générations passées à fouler le Chemin je n'ai jamais rencontré aucun des autres, j'en suis même arrivé à douter de leur existence. Je me suis toujours senti tellement seul.

— Tous, vous étiez seuls. Jusqu'à ce que le moment de rentrer arrive. Et tous sauf deux d'entre vous sont très proches du retour.

— Alors comment peut-elle me haïr ?

— Fouille dans ton passé. Mais elle est tout près, et elle t'épie. Reste immobile et tu parviendras peut-être à l'apercevoir. Je ne puis t'aider plus. Tu as appris à nouer tes lacets. Bien des forêts sont nées, ont grandi et sont mortes avant que ce miracle-là ne se produise ! À présent, il te reste à dénouer d'autres nœuds. Et à te convaincre de vieillir gracieusement...

Le vent faisait onduler les herbes. Les ombres s'en étaient allées. Je restai assis, rêveur, à goûter le passage des nuages et le rafraîchissement de l'air. J'avais la respiration lourde. Je voulus me redresser, et n'y parvins pas. C'est alors que je perçus le son d'une chute d'eau. En me retournant, je distinguai, à travers les arbres penchés, le petit lac étincelant à la surface paisible en dépit de la cascade d'eau cristalline qui s'y déversait du haut de la falaise.

C'était chez moi, le lieu où j'avais joué.

Vêtue d'une robe en peau de daim et en laine d'agneau, scintillante de coquillages polis et de pierres peintes, elle était assise là et m'observait. Le petit arc était bandé et elle luttait pour maintenir la flèche, terminée par une prune, encochée et prête à filer vers sa cible. Sa longue chevelure noire masqua son visage un instant et je bondis de côté, mais elle sentit mon mouvement, les yeux clos, et la prune vint s'écraser contre ma poitrine. Avec un rire de triomphe, elle repoussa les mèches folles de son visage ; dans ses yeux pétillaient le plaisir et la malice.

— Je t'ai eu ! Je t'ai eu ! Tu ne peux pas m'échapper.

Je me rappelle avoir été courroucé. Et quand je me ruai sur elle pour la faire basculer dans l'eau, elle s'était éclipsée, rapide comme le vent. Et seul j'avais trébuché dans le petit lac.

Mais ces yeux qui me narguaient tandis que je pataugeai lamentablement...

Et qui changeaient soudainement ! Ils étaient furieux à présent, étrécis, vieux ! Me toisant à travers un voile moiré, débordants de colère et de férocité. Des yeux féroces, oui, des yeux haineux !

Disparus, soudain, me laissant ébranlé, malade.

Une fillette avec des flèches peintes sur les joues était penchée sur moi et me regardait fixement. Elle m'avait saisi les oreilles et me secouait la tête en prononçant mon nom. Je la reconnus soudain : Munda ! Quand elle vit que j'étais revenu dans le monde des vivants, elle ramassa deux pommes à la peau croquante, qu'elle me tendit.

— Pour toi, dit-elle. Il faut que tu manges. C'est papa qui l'a dit.

— Merci.

— À qui parlais-tu ? demanda-t-elle comme je mordais dans un des fruits.

Sa question me prit au dépourvu. Depuis combien de temps m'observait-elle ? Je me mis debout et scrutai les alentours, puis je me baissai pour vérifier les liens de cuir autour de mes bottes en peau de daim. Les nœuds étaient bien faits, mais je les défis et les refis presque sans y penser. Interloquée, Munda me regardait faire.

J'étais épié ! Par celle qui s'était égarée ! Je m'efforçai de saisir un autre souvenir de mon enfance, n'importe lequel, mais même ceux en rapport avec la cascade étaient vagues, vaporeux comme un songe, et n'en subsistaient que ces yeux, ces yeux terribles. Était-ce une rencontre réelle ? Ou bien ma seule entrée dans le Pays Fantôme avait-elle invoqué les ombres de mon passé, une provocation pour avoir refusé que l'âge prélève son dû sur moi ?

J'étais incapable de me concentrer, de voir clairement. M'étais-je vraiment retrouvé là-bas, chez moi, même pour un instant ? Ou n'avais-je aperçu qu'une image de ce lieu, un monde à l'intérieur d'un autre, et uniquement parce que j'étais passé à travers l'Esprit d'Argo ?

Tout se délita ; la rencontre devint irréelle. Il n'y avait plus que Munda qui, sourcils froncés, ne m'avait pas quitté des yeux.

— Papa a raconté que tu étais étrange. Tu devrais manger un peu plus, dit-elle en secouant la tête.

Elle me prit la main et me guida à travers bois, jusqu'à l'endroit où Urtha et son fils luttaient pour la possession d'une petite épée de bronze. Les trois femmes enveloppées de voiles sombres se tenaient à l'orée de la clairière, et la plus vieille souriait.

— Je dois partir, me lança Urtha sous le poids de son fils qui gigotait. Il faut que je me mette en route vers l'est, et tu dois m'accompagner, Merlin.

Il projeta soudain l'enfant au-dessus de sa tête, se retourna et poussa son cri de guerre, assourdissant son petit adversaire.

— La première leçon de la vie : ne jamais faire confiance à son père pour lutter à armes égales ! s'écria-t-il en riant.

Puis il passa un bras autour de la taille de chacun de ses enfants et les souleva dans ses bras pour les porter sur les hanches, comme il l'eût fait de porcelets. Il vint vers moi et déclara :

— Tu avais raison, Merlin. Les enfants sont un fardeau plus lourd que je ne l'imaginais. Penses-tu que notre amie Ullanna la Scythe saurait farcir, découper en tranches et rôtir ces deux marcassins dodus ?

— J'en suis sûr. Mais elle risquerait d'être offensée de devoir cuisiner une proie qu'elle n'a pas attrapée elle-même.

Urtha grogna, tandis que les enfants se débattaient en couinant.

— C'est un sage avis. Je suppose que tu as raison. La prochaine fois, peut-être.

— Certainement. S'ils sont toujours aussi difficiles à supporter, je suis sûr que nous pourrons préparer un festin.

— Je ne suis le festin de personne ! s'écria Kymon. Il semblait quelque peu inquiet, mais il éclata bien vite d'un rire hystérique sous les chatouilles de son père.

— Tu es le festin de Personne ? Personne était un homme bon, à ce que l'on raconte. Nous l'inviterons à notre table.

Subitement le *Keltoï* fit basculer les deux enfants pour les coller contre ses flancs.

— Allez, ma fille, donne-moi un baiser, dit-il à Munda.

La fillette grimaça, eut un mouvement de recul.

— Tu as trop de poils.

— Donne-moi un baiser quand même.

— Trop poilu, insista-t-elle.

— Donne-moi un baiser quand même, répéta Urtha en l'étreignant plus fortement.

Elle approcha son visage de celui de son père, hésita, puis déposa un baiser sur son front.

— Saisis ma moustache dans tes mains, ordonna-t-il alors à son fils.

Le garçon agrippa les deux longues pointes. Urtha s'arc-bouta soudain pour endurer le poids de son fils. Après être resté suspendu un instant dans cette position, Kymon finit par lâcher prise.

— Qui t'a dit de lâcher ?

— N'était-ce pas douloureux ?

— Bien sûr que c'était douloureux.

Urtha empoigna la queue de cheval jaillissant sur le sommet du crâne de son fils et le souleva du sol.

Kymon poussa un cri, puis se laissa pendre mollement dans cette position pour le moins inconfortable, son regard furieux fixé sur son père.

— Est-ce douloureux ?

— Oui, dit le gamin en croisant les bras d'un air bravache. Mais tant que tu peux me tenir, je suis heureux de pendre ainsi.

— À quel point est-ce douloureux ?

— Très.

— Seulement « très » ?

— Très douloureux, dit l'enfant, résolu. Mais c'est sans importance. Ton bras se fatiguera bien avant que mon cou ne cède.

— Bien parlé, jeune guerrier, dit Urtha en le laissant tomber. La douleur fait souffrir ; c'est dans sa nature. Les membres se fatiguent ; c'est dans leur nature. Mais la douleur et la fatigue ne sont pas importantes. Si les poils qui poussent sur nos crânes et sur nos lèvres peuvent être aussi forts, quelle force peuvent avoir nos cœurs ?

— Une très grande force, dit Kymon en se massant le cuir chevelu.

Urtha s'accroupit et fit s'approcher ses deux enfants.

— Une force bien plus grande que celle de nos cheveux, soyez-en sûrs. Ne l'oubliez jamais, l'un comme l'autre. Avant que nous nous revoyions, j'aurai rencontré un homme fort et je l'aurai envoyé errer dans les marais empoisonnés, où les morts vont sans os, sans souvenir et sans chants.

— Cunomaglos ! s'exclama Kymon, bouillant de fureur.

— Lui-même. Cunomaglos... Lui aussi a une barbe forte, mais quelle force a son cœur ?

— Un poulet a un cœur plus fort ! s'écria le garçon.

— C'est très vrai. De sa barbe je ferai une corde, néanmoins. Il ne faut jamais gaspiller une chevelure solide.

— Quand il mourra, d'autres voix chanteront depuis le Pays Fantôme, annonça Munda avec fierté.

— Oui. Notamment celles de ta mère et de ton frère. Allez, maintenant, retournez auprès des Mères, tous les deux. Vous êtes entre les mains les plus sûres.

Il embrassa les enfants à tour de rôle, les étreignit une dernière fois, puis les poussa vers les trois femmes qui attendaient.

— Je serai de retour avant le printemps prochain ! leur cria-t-il alors qu'ils s'éloignaient tristement, à contrecœur. Et nous rentrerons à la maison ensemble. Je vous le promets, à tous les deux !

Il avait paru aimant et doux tandis qu'il jouait avec ses enfants. Mais à présent, alors que nous rebroussions chemin vers le bord de ce monde, pour retrouver Argo, son visage était aussi sinistre que la Mort.

— Je ne pourrai plus rire, ni même sourire, tant que tous mes traîtres d'*uthiin* ne seront pas embrochés sur des lances, décapités, couverts de sang et ahuris de terreur. Ce sera une période terrible, Merlin, une période de plein hiver, même si cela arrive au cœur de l'été. Tu partageras ta vie avec un cauchemar. Mais je te promets un renouveau pour le printemps, si tu veux bien rester à mon côté.

— Je ferai ce que je pourrai pour toi, Urtha. Tout comme Jason.

Il me lança un regard sombre.

— Jason ? Il fera ce qui sera nécessaire pour accomplir son rêve personnel. Je n'ai pas confiance en lui. Quant à toi, je ne sais trop à quoi m'en tenir, Merlin. J'ai confiance en toi, mais tu me déroutes. Quand nous sommes arrivés ici tu brûlais d'excitation. Et maintenant... On dirait que tu as vu ton propre fantôme.

— Je l'ai vu. J'en ai même vu onze. Riche assemblée de fantômes, en vérité.

— Onze ? Rien d'étonnant alors à ce que le sang injecte tes yeux. Qui étaient-ils ?

Que devais-je et que pouvais-je lui dire ? Et qu'entendrait-il aux propos d'un homme tel que moi, lui parlant d'un temps où le monde était presque silencieux, où la terre elle-même créait des formes et des silhouettes qui parcourraient sa surface, inconscientes, comme sous un enchantement, et sans autre but, semblait-il, que de vivre et de vieillir en contemplant le passage des générations.

J'avais entrevu d'où je venais, mais je n'avais aucune idée de ma destination. Je vivais et n'agissais que pour le moment dans lequel je passais, ne m'aventurant que rarement en d'autres temps ou d'autres lieux, fût-ce pour moi-même ou pour d'autres. Je portais mon existence comme un linceul. La raison de ma hantise n'était pas d'avoir entrevu le commencement de mes jours, mais d'avoir pris conscience de leur futilité.

Et puis il y avait celle qui s'était égarée, et qui maintenant m'épiait de ses yeux féroces.

Qui était-elle ? Pourquoi était-elle habitée d'une telle fureur ?

— Peu importe, dit Urtha, qui avait senti ma confusion.

Et il dirigea ses pas vers la rivière.

13

Rayon de lune

Mielikki, la Dame de la Forêt, nous attendait près de la rivière, au seuil de son sanctuaire. Quand elle nous vit approcher, elle tourna les talons et marcha vers l'ancien Argo, amarré à l'avant et à l'arrière. La déesse voilée se glissa entre les saules et disparut un moment parmi les arbres. Puis elle revint brièvement en vue. Elle me regardait, et je lui dis à mi-voix :

— Merci pour Urtha, et aussi pour moi.

Mais elle répondit seulement :

— Quelque chose est passé près de moi, pétri de rancœur, et se cache maintenant dans le navire.

À ces mots, un frisson me parcourut.

Puis Urtha et moi nous hissâmes à bord de la barge décorée. L'embarcation vira sur l'eau et s'éloigna du Pays de l'Ombre des Héros en direction de l'autre rive. Nous revînmes rapidement dans le crépuscule, pour trouver Ullanna qui chantait tandis que son poisson grillait sur le feu de bois. Ambaros nous héla. Nous accostâmes. Niiv m'étreignit.

— Dis-moi ce que tu as vu. Raconte-moi tout. Y a-t-il vraiment des fantômes, là-bas ? Ambaros prétend que les fantômes ne sont pas seulement ceux des morts, mais aussi ceux des héros à naître. Mon enfant est là-bas, peut-être. L'as-tu vu, Merlin ? Était-ce un garçon ? À quoi ressemblait-il ? Dis-moi, dis-moi...

Je dénouai de ma taille et de mon cou les bras de cette adorable sangsue. J'ai déjà vu briller des joyaux, mais aucun n'eut jamais autant d'éclat que les yeux de cette femme alors qu'elle me harcelait de sa curiosité.

— Plus tard, éludai-je.

— Le poisson ! annonça Ullanna. Il n'en reste pas beaucoup. Il n'était pas très gros au départ, mais nous vous en avons gardé une part ou deux. Mangez-le promptement, ou c'est le feu qui dévorera le peu qu'il reste.

Urtha détacha un morceau sur la broche.

— Pas mauvais, commenta-t-il.

— Meilleur que l'oiseau. Des plumes et des os, rien de plus. Comment supportes-tu de vivre ici, Urtha ? Chasser dans ton pays, c'est comme chercher une bouse dans la toundra !

— Difficile à trouver ? intervins-je en prenant une parcelle de la chair moelleuse du poisson.

— Et quand on en trouve une, elle est sèche depuis des jours, conclut Ullanna. Enfin, les pommes ici ont mûri curieusement tôt, et nous ne mourrons pas de faim.

Urtha fixa la femme scythe avec une insistance que je jugeai de mauvais augure. À l'évidence, il était choqué de l'insulte faite à son pays ; il avait certainement envie de rétorquer que dans cette contrée la chasse était excellente en temps normal, mais que nous nous trouvions présentement à la frontière avec l'Autre Monde, par Bélénos ! Par ailleurs, tout indiquait qu'un des trois déserts de la prophétie était en formation...

Bien que, si Urtha avait argumenté ainsi pour expliquer la pauvreté du gibier, Ullanna lui aurait sans aucun doute rappelé le daim que nous avions vu quelques jours plus tôt, et qui semblait bien charnu et peu farouche.

Il préféra taire son opinion, et grogna seulement :

— Les pommes sont perpétuellement mûres, si près du Pays Fantôme.

Puis il demanda, d'un ton de provocation :

— J'ai entendu dire bien de choses sur les femmes de ton pays. Les marchands colportent beaucoup d'histoires en même temps que l'étoffe et le vin. Est-il vrai que vous vous tranchez le sein gauche pour mieux tirer à l'arc ?

Ullanna jeta un regard hautain sur le *Keltoï*. D'un geste excessivement lent elle se cura les dents de la pointe de son petit couteau, puis répondit :

— Et est-ce vrai que vous, les *Keltoï*, vous êtes si peu doués pour monter à cheval que vous vous coupez les testicules, afin de chevaucher plus aisément ?

— Peu doués avec les *chevaux* ? Es-tu folle ?

Ullanna éclata de rire. Elle déboucha sa ceinture, écarta sa veste de cuir et repoussa le pan gauche de sa chemise, révélant un petit sein orné d'un tatouage rouge. Elle inclina la tête de côté, et se rhabilla vivement.

— Ne crois pas tout ce que racontent les Hittites.

Urtha se rembrunit.

— Les Hittites ?

— Un peuple de commères et de menteurs. Quand je t'ai rencontré, j'étais persuadée que tu étais émasculé. Tu vois ? Les Hittites mentent. Même si ta façon de monter est singulière, ajouta-t-elle avec une petite grimace. Encore un peu de poisson ? Dépêche-toi. Ce que tu ne manges pas, je le finirai. C'est moi qui l'ai attrapé, après tout...

Le *Keltoï* se resservit. Je remarquai qu'il avait discrètement rajusté son pantalon à carreaux, au grand amusement d'Ullanna. En temps normal, Urtha aurait sans doute été plus sensible au sourire de la jeune femme, mais l'ombre de sa famille morte l'avait projeté dans une tristesse qui ne se dissiperait que lorsqu'il aurait retrouvé les traîtres *uthiin*. Peut-être la Scythe le comprit-elle, car elle se détourna de lui et parut se plonger dans ses propres pensées.

Ce soir-là, bien après la tombée de la nuit, Niiv se leva et déclara :

— Argo retourne à l'embarcadère. Il veut que je navigue avec lui. Viendras-tu, Merlin ?

Argo lui avait parlé ? Je n'avais rien entendu. Peut-être ces deux-là étaient-ils plus proches que je ne m'en étais rendu compte.

Je consultai Urtha du regard, songeant à ma promesse faite un peu plus tôt de l'accompagner pour la chevauchée du retour s'il le désirait, mais il eut un geste de son couteau pour me congédier.

— Vas-y, je te reverrai au fort. J'ai quelque chose à faire ici avant de rejoindre Argo. Dis à Jason que je ne serai pas long, s'il peut attendre.

Je franchis les eaux basses et grimpai dans la barge. Niiv s'était pelotonnée parmi les draperies décorées et je m'allongeai auprès d'elle, pieds calés contre la proue. Cette embarcation surnaturelle, venue de la nuit des temps, quitta son mouillage et s'engagea dans le courant. Elle tanguait doucement en négociant le coude de la rivière. Nous arrivâmes sous la grande voûte des arbres, qui nous abriterait au moins pendant une journée de notre trajet de retour vers Jason.

Dans ce silence lunaire Niiv tenta de me séduire, usant de ses charmes, en particulier de son sourire. Dis-moi ceci, dis-moi cela : elle voulait en savoir plus sur le Chemin, sur ma magie, et si cela était douloureux de conserver mes enchantements si serrés sous ma peau ? Pourquoi ne pas partager quelques-uns de mes sortilèges les plus simples ? Et puis, d'où venais-je, et comment était-il possible que je ne vieillisse pas ? J'aurais dû être pareil à un arbre, tordu, brisé, brûlé par la foudre et peinant pour rester en vie.

Elle caressa mon visage, baisa mes lèvres, elle ôta ses vêtements dans un rayon de lune perçant à travers les frondaisons, et nagea dans l'eau en se retenant à un cordage : on eût dit quelque faon de soie argentée évoluant avec grâce dans le courant. Je me penchai pardessus le plat-bord pour la contempler, et malgré ma méfiance j'étais excité.

— Viens, viens, sussura-t-elle d'un ton enjôleur. Tu vas aimer cette eau qui coule à travers tout, l'esprit, le corps, c'est comme si on était la rivière elle-même... C'est une sensation incomparable ! Viens, Merlin, viens goûter à l'eau...

Je ne pus résister. Accroché à l'extrémité de mon propre cordage, complètement nu, je nageai avec elle tandis qu'Argo nous conduisait toujours plus loin vers le levant. Je serrai ce corps frais et vibrant contre moi, Niiv se colla à mon ventre, son nez effleura délicatement le mien, nos lèvres s'unirent, nos langues se caressèrent.

Quand nous remontâmes à bord elle frissonna, nous enveloppa dans une draperie et se lova contre moi. Ses mains caressantes me réchauffaient et me séchaient.

— Est-ce le moment ? murmura-t-elle dans un baiser. Je t'en prie, fais que ce soit le moment.

Si j'avais faibli pendant quelques instants, je recouvrai aussitôt toute ma volonté. J'écartai ses doigts excitants pour y déposer un baiser, séparai nos corps sous l'étreinte du tissu. Un hibou passa en silence au-dessus de nous, et son coup d'aile frôla mes cheveux. Pendant quelques minutes je pus voir ses yeux luisants qui clignaient dans les branches tandis qu'il suivait notre progression tranquille sur la rivière enténébrée. Je me concentrai sur lui et Niiv se lassa de ses vaines sollicitations.

— C'est l'occasion rêvée, murmura-t-elle d'un ton boudeur.

— Je suis trop vieux pour toi, répondis-je, morose.

Bien sûr, ce n'est pas ainsi qu'elle me voyait.

— L'enfant en mon sein se languit d'un père, as-tu peur que quelques-uns de tes enchantements ne t'abandonnent pour vivre dans l'enfant ? Ou en moi ? Est-ce pour cette raison que tu te montres aussi réticent ?

Pour être franc, je n'en savais rien. Durant tout ce temps, dans tous ces mondes visités au long du Chemin, je m'étais laissé aller aux plaisirs de la chair sans beaucoup de retenue, et il existait sans nul doute maints fils et filles de moi, l'enchanteur vagabond, la plupart morts depuis longtemps, mais qui avaient laissé derrière eux leurs propres descendants. Je n'avais jamais ressenti la moindre diminution de mes pouvoirs ou de mes dons ; seuls mon souffle et mon coup de reins s'étaient faits moins endurants. Mais j'avais pris soin de ne jamais m'abandonner avec la folle, l'égarée, la trop joyeuse, mystérieuse ou misérable, et bien que des filles et des épouses de puissants m'eussent porté un intérêt malsain, je n'avais certainement jamais partagé la couche d'une enchanteresse avérée de mon plein gré ; Meerga, l'ancêtre de Niiv, avait été mon seul écart de conduite. Et c'est en effet cette pensée qui me tenait à distance de la fille pohjolane. Tout ce que j'étais susceptible de transmettre dans un acte amoureux ou charnel était voué à mourir quand le moment serait venu ; mais je ne voulais pas que cela me poursuive à travers le Temps lui-même.

Je réfléchissais à ces choses à l'aube, en regardant les corbeaux voleter dans l'air entre les branches et en sentant la bouche douce et maussade de Niiv sur mon corps, non sans y prendre quelque plaisir maintenant que Niiv savait que mon amour lui était interdit, quand soudain l'air devint glacé. L'embarcation frémit comme au passage de rapides, et je me redressai pour découvrir la forme brumeuse d'une galère grecque devant nous, dont la proue s'avançait pour nous surplomber, et me paraissait gigantesque dans la position où je me trouvais.

La barge de chêne se fondit dans cette coque aussi aisément que la teinture dans l'eau ou la brume dans la forêt ; elle fut absorbée, dévorée, et nous laissa, Niiv et moi, enveloppés ensemble de cette draperie, dans le giron du grand navire, parmi les ballots, les sacs et les rames rangés dans la cale.

Et de nouveau nous repartîmes sur la rivière, et en moins d'un jour nous avions rejoint le mouillage près de la piste menant au fort d'Urtha. Nous fûmes accueillis par Jason et les autres, qui pendant le temps de notre absence avaient vécu dans le fort, enterré les corps et consacré talismans et totems de protection pour garder l'endroit sûr pendant les quelques mois à venir.

Urtha et Ambaros arrivèrent à cheval aux portes du fort le quatrième jour, au coucher du soleil. Niiv et moi les attendions. Ullanna menait une vache qu'elle avait braconnée en chemin, et sur son épaule reposait une lance chargée de lièvres. Elle avait enfreint un tabou, mais elle refusa d'écouter Ambaros, toujours mécontent, qui l'avait pourtant implorée de ne pas tuer les lièvres au début du printemps, lorsque l'esprit du blé s'accouple avec eux, puis les disperse dans les champs comme entités protectrices jusqu'à la moisson.

— C'est de la viande, lança-t-elle au vieil homme outragé. Et puis, un peu plus d'« esprit du blé » ne ferait pas de mal non plus...

Pour apaiser Ambaros je fis remarquer que si ce pays devenait effectivement un désert, alors tous les tabous étaient de fait suspendus pendant la durée du phénomène, puisqu'il n'y aurait pas de moisson. Je m'efforçais d'être persuasif, mais j'avais du mal à me rappeler ce qui s'était passé si longtemps auparavant, lorsque le tabou n'existait pas.

— Vraiment ? dit Ambaros, un peu moins bougon. Je suppose que ce peut être vrai. Par le sang de Brigga ! Nous aurions besoin d'un poète ou d'un druide pour éclaircir ce point, mais ils sont tous partis de l'autre côté de la rivière. (Il voulait dire : dans l'Autre Monde.) Aussi je devrai me contenter de ta parole.

Je crois qu'il était assez heureux de pouvoir se déclarer convaincu.

Urtha avait mis pied à terre. Il ôta son pantalon, jeta son épée au sol et se débarrassa du fin torque d'or qui ornait son cou. Se dirigeant vers les deux pieux où ses mâtins avaient été empalés vivants, il cria leurs noms en un hurlement de douleur :

— Maglerd ! Gelard ! Attendez-moi là où jouent les enfants. Je vous y suivrai et nous chasserons ensemble de nouveau, et plus jamais je ne douterai de vous, mes fidèles molosses ! Vous me seriez bien utiles maintenant ; il y a d'autres chiens à tuer, qui marchent sur deux pattes, et vous sentiriez leur puanteur avant que je puisse seulement apercevoir l'éclat du soleil sur leurs lances tachées de sang !

Il me vint soudain à l'esprit que ces pieux étaient nus ; là où les cadavres raidis auraient dû prendre par la gorge, il n'y avait que du bois nu.

Un de ses hommes vint lui annoncer que ses chiens se trouvaient maintenant dans la halle du Bouclier.

— Je suis heureux que vous les ayez décrochés. À présent je veux leur donner des funérailles de héros, avant que nous partions pour le rassemblement sur le fleuve Daan. Aide-moi, Merlin. J'aurai besoin de tous les esprits du blé de ces lièvres pour accomplir cela !

Le visage sévère, il marcha vers la halle du Bouclier. Il y pénétra seul et un moment plus tard hurla une fois encore. Et le vacarme des chiens était assourdissant et terrifiant. Ils devaient lutter avec l'homme, le plaquer au sol, et il se passa un long temps avant qu'il ne ressorte en titubant de la halle du Bouclier. Il avait le visage humide, les cheveux ébouriffés, la peau égratignée par les griffes, et ses yeux, un bref instant, étincelèrent de joie.

Maglerd et Gelard surgirent derrière lui, le poussèrent du museau et se levèrent à hauteur d'épaule pour recevoir son affection.

— Mes molosses ! rugit Urtha. Merlin, ils sont revenus d'entre les morts !

— Ils n'y sont jamais allés ! lui criai-je en retour.

Les deux chiens le firent basculer au sol où tous trois jouèrent à lutter.

Niiv, les deux mains plaquées sur sa bouche, était hilare. Quelques jours plus tôt, très nerveuse, elle avait figé d'un simple charme les épées des hommes qui s'apprêtaient à tuer les chiens.

— Je ne pouvais pas les laisser faire. Quelque chose chez ces molosses... Je savais qu'ils étaient innocents.

Gluant de bave et ensanglanté, les cheveux collés sur les yeux et le nez, mais rayonnant, Urtha marcha avec ses chiens jusqu'à l'endroit où se tenait Ambaros, qui affichait un large sourire.

— Je les emmène avec moi, père. Je suis sûr que Jason les acceptera à bord. Ils ne peuvent pas ramer, mais ils combattent comme des démons. Bien que, Cunomaglos étant parti, je ne sais qui sera leur gardien.

— C'est la fille qui leur a sauvé la vie, déclara Ambaros. Merlin m'a tout raconté.

— Quelle fille ? La Pohjolane ? Niiv ?

— Oui.

Urtha lança les deux laisses enroulées à la jeune shamane.

— Merci, lui dit-il. Maglerd, Gelard, avec Niiv.

Les énormes bêtes allèrent docilement se coucher de chaque côté de la fille, ravie.

— Je les aimerai de tout mon cœur, promit-elle en posant une main sur chaque tête.

— Il est temps de reprendre le voyage, dit Urtha en frottant de la main ses multiples écorchures. Prenons soin de clore les portes derrière nous ; si un homme étranger à ce clan vit ici à notre retour, nous le tuerons. Ceci est mon foyer. Je ne permettrai plus qu'on me vole une seule autre parcelle de ma vie ! Entendez-vous cela, Scaithach ? Morrigan ? cria-t-il aux nuées où les reines-corneilles volaient et contemplaient les événements d'ici-bas. Ceci est mon foyer ; gardez-le pour moi.

Nous fermâmes les portes et Urtha les « croisa » avec deux épées prises parmi celles trouvées dans les ruines. Il enveloppa chacune dans une longueur de l'étoffe grise et pourpre aux couleurs de son clan. Cela fait, nous retournâmes auprès d'Argo et de ses Argonautes impatients.

Jason avait fait installer deux braseros devant la figure de proue de Mielikki. Je remarquai des débris de végétaux et de chairs calcinés, et de profondes entailles dans le plancher de la coque. Vêtu de noir et non rasé, le capitaine était visiblement de mauvaise humeur.

Mais il s'égaya un peu à notre arrivée, et approuva même la venue des molosses, malgré ses interrogations quant à leur nourriture.

Devais-je lui dire ce que j'avais vu ? Cette ombre de son fils ?

En l'absence de toute explication, il paraissait prudent de n'en rien faire mais, bien sûr, il me questionna. Il avait toujours su lire dans mes yeux. Il savait que j'étais troublé.

Aussi lui parlai-je des yeux féroces.

Son seul commentaire fut de déclarer que moi aussi je semblais avoir un passé caché.

Dans l'heure nous ramions dans le sens du courant et vers la mer, où nous traverserions jusqu'aux abords marécageux du Rein ; ensuite commencerait le long voyage sur le fleuve vers la Grande Quête, qui s'assemblait depuis maintenant deux saisons sous le regard attentif de Daanu.

14

Le chant du fleuve

Avec tous les argonautes de retour à bord, le navire au cœur de chêne largua les amarres et se tourna dans le courant qui l'emporta, aidé par les rames, à travers le pays d'Urtha et vers les contrées en ruine des Coritani. Lorsque nous arrivâmes à l'endroit où Cucallos et Borovos avaient débarqué et disparu, Jason laissa filer l'ancre de pierre et dirigea Argo sur les hauts-fonds, où la proue se ficha solidement. Manandoun et Cathabach se rendirent à terre pour y chercher leurs frères d'armes, pendant que sur le pont nous soufflions dans les cornes toute la journée durant, jusqu'à ce que la terre elle-même semble renvoyer l'écho de nos vains appels. Les deux hommes revinrent plus tard, dépités, et se hissèrent à bord.

Niiv aperçut un cygne solitaire et le captura. Usant de ses propres talents, elle murmura quelque chose à l'oiseau puis le libéra. Il prit son essor et survola les bois et les collines, en des cercles de plus en plus larges, à la recherche des deux hommes perdus, mais au crépuscule lui aussi revint bredouille à la rivière et se posa, épuisé, entre les joncs.

Peu après, sous les acclamations de l'équipage,

Borovos sortit de la forêt et vint se camper au bord de la rivière. Il était exténué, dépenaillé, et avait la mine sinistre.

— J'ai accepté de naviguer avec toi, Jason, mais je demande à être libéré de mon serment. Je veux continuer à le rechercher. Modron seul sait ce qui se passe ici ! Si je le retrouve, j'essaierai de vous rattraper, afin d'honorer ma part de notre marché.

Comprenant fort bien qu'en l'absence du corps de son cousin Borovos ne pouvait décemment abandonner ses recherches, Jason accepta sans hésiter.

— As-tu besoin de quelque chose ? lui demanda-t-il.

— De jambes plus rapides, et d'une vue plus perçante, répondit Borovos.

Il brandit sa lance, puis tourna les talons et, en courant, remonta la sente vers les terres sauvages. Niiv libéra le cygne de son sortilège. Alors Jason donna l'ordre d'allumer les torches et de lever l'ancre. Argo repartit au fil du courant, Elkavar à la proue et Rubobostes à la barre. Le soir suivant, nous passâmes sous les squelettes calcinés mais toujours debout des deux géants d'osier, et la voile fut hissée pour attaquer les flots gris de la mer.

Peu après, Argo le Pohjolan entra dans des eaux qui auraient été familières à l'ancien Esprit du Navire, vieux souvenirs venus de la deuxième expédition de Jason, lorsque ses fils étaient encore des nourrissons. Pendant ce voyage, Argo avait longé les falaises de la terre ancestrale d'Urtha – Jason n'osant pas pénétrer dans ce que les Grecs croyaient être le Royaume des Morts – avant de traverser cette même mer jusqu'à l'estuaire du fleuve dédié à Reinu. Reinu la malicieuse, la tentatrice, l'ombrageuse, qui sous divers déguisements guettait à chaque coude du courant, sous chaque surplomb rocheux, à chaque affluent, prête à prendre au piège le voyageur insouciant.

Les vastes eaux et les berges boisées cédèrent place à de gigantesques falaises et à des rapides écumeux qui mirent la proue et la poupe d'Argo à l'épreuve. Malgré la tension constante et la fatigue, Rubobostes demeura à la barre et guida le navire entre les rochers qui surgissaient pour le défier. Comme Alba, cette terre était désertée. Seuls le brouillard spectral et la voix mélodieuse et lancinante de Reinu elle-même rappelaient la présence de la vie.

Plus nous avancions vers le levant et plus Urtha s'assombrissait. Chaque village incendié, chaque débarcadère silencieux, ajouté à sa désolation personnelle, accroissait sa colère. Lui qui s'était montré compagnon prolixe et joyeux dans la première partie de notre voyage, ramait maintenant en silence, souvent vêtu de son kilt de combat, torse nu, le visage et la poitrine ornés des spirales de teinture bleue qui le désignaient comme un homme s'apprêtant à livrer bataille. À plusieurs reprises, quand les rames étaient remisées dans le navire, je remarquai du sang sur le bois, là où ses mains avaient agrippé la hampe plus fortement qu'il n'était nécessaire pour lutter contre le courant du fleuve.

Ullanna, je m'en rendis compte, exerçait sur lui une surveillance discrète mais attentionnée, et elle insistait pour qu'il l'accompagnât à terre chaque fois qu'elle allait y chasser. Invariablement, et bien qu'il partît la mine sombre, il revenait riant, quand il ne se vantait pas de ses prouesses à la chasse, et c'était là un indice de son caractère volontaire, porté à l'exagération, qui pendant ses jeunes années avait dû jouer un rôle dans son élévation au noble rang qu'il tenait à présent.

C'est à Ullanna qu'il parlait d'Aylamunda, comme je le remarquai en tendant l'oreille. Je crois qu'il savait que j'écoutais. Il devait estimer que je n'avais pas envie d'entendre deux fois la même histoire, car à moi il ne faisait de confidences qu'à propos de ses fils.

Plus aucune mention des démons jumeaux, maintenant, ni du risque que ses fils déchirent le pays. Derrière l'invective il y avait eu de l'admiration, et la certitude que ses garçons, lorsqu'ils seraient devenus des hommes, auraient veillé sur ces terres avec justice et férocité en égale mesure, un œil sur la beauté, l'autre sur la nécessité. Et que pouvait demander de plus un père, m'interrogea-t-il, bien qu'il n'eût pas besoin de réponse.

Dans le cœur du *Keltoï* régnait la beauté de ce qu'avait été sa famille, et tous ses espoirs pour l'avenir. Dans l'œil de son esprit brillait l'intransigeante nécessité de venger la mort de tant de rêves, et celle de deux personnes en particulier. La traque serait brève et implacable, qui devait le mener à son gibier : Cunomaglos et les autres *uthiin*, qui en ce moment même attendaient avec une impatience cupide le butin de la Quête de Brennos.

Et il enviait Jason.

— Cet homme est chanceux. Il est revenu d'entre les morts avec l'espoir de retrouver un fils qui est toujours en vie. Moi, je devrai mourir avant de revoir le mien.

— Mais il y aura une autre vie, après celle-ci. Urien t'attendra au Pays Fantôme, et Aylamunda aussi sera là.

— Certes. Mais peut-être sur des îles différentes.

Il était trop mélancolique, et les terres fantômes des

Keltoï trop complexes pour que cette conversation pût déboucher sur la moindre confiance en l'avenir.

Erdzwulf et Gebrinagoth les Germains reconnaissaient maintenant le fleuve. Ils scrutaient les eaux devant Argo et criaient leurs instructions à Rubobostes et aux rameurs. Ils savaient où se trouvaient les endroits sûrs, et où il convenait de lever nos boucliers. Mais l'appel de Brennos à rejoindre la Grande Quête avait considérablement réduit les dangers le long du fleuve, et quand nous accostions sur des rives boueuses, ou chassions à l'intérieur des terres à partir des berges de gravier, le seul risque que nous encourions résidait dans les défenses, les crocs et les griffes des bêtes qui finissaient dans le chaudron de cuivre de Michovar.

Avec l'aide d'Erdzwulf et de Rubobostes, Jason entreprit de dessiner une carte de notre périple, au charbon de bois, sur une peau de mouton tannée. Il m'invita à les rejoindre sur le banc où il traçait notre route.

— Je sais que tu voyages sur un Chemin circulaire. Je sais aussi que souvent tu t'en écartes. T'en es-tu déjà assez éloigné pour arriver à ce fleuve ?

Je lui répondis par la négative. Il posa sur moi un long regard aussi dur qu'incrédule, puis haussa les épaules.

— Cependant il se peut que tu reconnaisses une partie de cette contrée, et tu pourras nous corriger si nous la dessinons mal. Et maintenant...

Il se mit à reconstituer notre progression, commençant par l'île d'Alba au Ponant et l'océan qu'il nommait la Mer Cachée au Levant. Celle-ci était circulaire. La Colchide, où nous avions dérobé la Toison et où

Médée était entrée dans l'existence de Jason, se trouvait sur sa rive la plus lointaine.

— D'Alba à la Mer Cachée... une vie de marche : cent montagnes, mille forêts, des marécages capables d'avaler la lune elle-même. Deux fleuves traversent ce pays, n'est-ce pas Rubobostes ?

— En effet, répondit le Dace après réflexion. Bien que je n'aie entendu parler que de ce Rein, sans jamais le voir.

Jason dessina les fleuves, le Rein coulant vers le ponant et Alba, le Daan en direction du levant et de la Mer Cachée. Chacun d'eux s'étendait à travers marais et forêts, au cœur des terres.

— Et ils se rapprochent à moins de sept jours de marche l'un de l'autre, fit-il en tapotant du doigt un point de cette carte rudimentaire. C'est la tâche qui nous attend : transporter Argo sur ce pont fait de marais et de forêts, entre les eaux dédiées à Reinu l'ombrageuse et Daanu la parfumée. Alors nous reniflerons les talons de ce Brennos ! Nous avons déjà transporté Argo à terre lorsque nous avons échoué en bordure du désert de Libye, t'en souviens-tu, Merlin ? Une vague géante, expliqua-t-il aux autres, nous a frappés et portés deux jours durant à l'intérieur des terres, nous laissant au sec et à la merci du soleil. Nous avons failli périr, mais le désert a envoyé ses propres morts pour qu'ils nous visitent dans nos rêves, et nous somment de revenir à la vie. Nous avons trouvé le courage de traîner Argo jusqu'à l'eau salée, et nous avons repris le voyage vers nos foyers.

Je me remémorais très clairement l'épisode, même si, dans mon souvenir, l'énorme vague qui nous avait jetés à l'intérieur des terres ne nous avait pas charriés pendant deux jours, mais plutôt une demi-journée ; et, pour ma part, aucun mort du désert ne m'avait rendu visite dans mes rêves.

— Argo était alors plus petit, et tu avais plus de dix hommes à bord. Nous disposions de davantage d'épaules pour le tirer.

— Nous ferons le compte des épaules plus tard, rétorqua Jason avec humeur. Maintenant, pour les détails...

Et ils se mirent à esquisser ce qu'ils se rappelaient des courbes et des rapides de chacun des fleuves. Je les observai et la confusion m'envahit, car le Temps modifie jusqu'aux collines. Une grande partie de ce que j'avais naguère connu avait disparu, et ne vivait plus que dans mon souvenir.

— Eh bien, Merlin, me lança soudain Jason avec un large sourire, interrompant ma rêverie. Tu vois ce que je propose pour notre navire. Décèles-tu quelque faille dans notre plan ? Avons-nous oublié quelque chose, d'après toi ?

La stratégie arrêtée consistait à remonter aussi haut que possible le fleuve de Reinu à la rame, puis à transporter Argo à travers les terres pendant sept jours, plus peut-être, jusqu'à l'endroit où les eaux de Daanu étaient assez profondes pour accueillir le tirant d'eau de notre navire. Ensuite, il nous faudrait ramer dans le courant vers le sud et le levant en direction de la Mer Cachée, jusqu'à la forêt où Brennos rassemblait sa horde guerrière pour l'invasion.

— Tu auras besoin de rondins de roulement pour tirer le navire, me contentai-je de répondre.

— Des rondins... répéta Jason en se grattant la barbe. Oui, bien sûr. Il nous faudra les tailler dans les arbres. Des troncs bien ronds seront utiles. Y a-t-il des bois entre les sources des deux fleuves, Rubobostes ?

— C'est ce qu'on m'a dit, rétorqua le Dace. Mais, bien sûr, il pourrait ne s'agir que d'une rumeur.

Et ils éclatèrent de rire.

Jason enroula la peau de mouton, et s'avisa de mon expression dubitative.

— Ne sois pas aussi inquiet, Merlin. Avant longtemps, je te remettrai sur le Chemin. Ce n'est pas la première fois que tu t'en écartes, après tout.

Comme toujours avec lui, j'en dis plus long que je ne le voulais et exprimai une pensée qui me hantait depuis le Pays Fantôme :

— Quelque chose me suggère que mon temps sur le Chemin arrive à son terme.

— Quelque chose, hein ? dit Jason, qui échangea un regard de connivence avec Rubobostes. Eh bien, il n'y a certainement pas à discuter un tel argument.

Ils avaient probablement bu. Je ne voyais pas d'autre explication à une telle légèreté en pareil moment.

Mais Jason vint me trouver plus tard, alors que j'étais accroupi dans la cale, aussi près de l'Esprit du Navire que je l'osais sans y être invité. La lune était pleine et haute, et Argo glissait sur le courant, tout nimbé d'argent. Au gouvernail, Cathabach chantait à mi-voix. Il attendait l'aube, afin que nous puissions lever l'ancre et poursuivre notre voyage.

— Comment va-t-elle ? s'enquit Jason en s'accroupissant auprès de moi.

Il me proposa une outre de vin et un biscuit, mais je déclinai son offre.

— Qui donc ? Mielikki ?

— Je ne l'espérais pas aussi accommodante.

— Le navire ne lui appartient pas, lui rappelai-je.

Et elle a conscience d'une autre présence à bord, et qui ne lui plaît pas.

— Moi, sans doute, grommela Jason.

Il était maussade, mais d'une façon qui ne lui ressemblait pas. Cela éveilla ma curiosité. Nous contemplâmes l'obscurité qui baignait la coque, et sentîmes le givre et l'été mêlés en une odeur fluide qui était comme le suintement de cet Autre Monde.

— J'aurais cru que tu pourrais aller et venir selon ton bon plaisir, dit-il, provocant.

— Je veille sur moi-même, et j'attends mon heure.

— Ah oui ! Rester jeune, ne pas accorder trop de faveurs.

— Pas trop, en effet, approuvai-je.

— Héra a limité le nombre de ses faveurs pour moi, dit-il subitement, lorsque nous sommes partis à la recherche de la Toison et de Médée, quand nous avons fui en tuant ce pauvre garçon. T'en souviens-tu ? Lorsque nous avons parcouru le monde... Oh oui, elle a limité le nombre de ses faveurs.

Son visage s'assombrit comme il se remémorait ce qui lui avait causé tant de peine.

— Mais, tu sais, elle a toujours dit clairement ce qu'elle ferait, et elle ne nous a pas trompés. Cette sorcière pohjolane...

— Chut ! Les sorcières ont des oreilles, et elles sont dangereuses. Jusqu'à présent Mielikki a été une bonne guide, et d'une aide appréciable.

— Pour toi, peut-être, répliqua-t-il sèchement.

Il s'était assurément enivré, bien que nos réserves de vin fussent très basses. Il ruminait des pensées ténébreuses, et semblait inquiet. Une lueur étrange brillait dans ses prunelles.

Ses références à Héra étaient justes, précises, mais il

n'y avait là rien d'étonnant, puisque pour lui l'épisode ne remontait qu'à vingt années dans le passé !

Du temps où elle était gardienne de l'Esprit du Navire, Héra avait dirigé notre premier périple, et elle n'avait jamais menti à Jason. Elle nous avait aidés à franchir les grands récifs mobiles qui s'entrechoquaient continuellement, elle nous avait guidés vers Phineus, le vieillard aveugle que tourmentaient les Harpies, elle avait mis des mots d'amour dans les oreilles de Médée pour que celle-ci trahisse son père et son peuple. Mais quand Jason et Médée avaient tué le frère de la jeune femme et coupé son corps en morceaux, qu'ils avaient éparpillés afin de retarder son père assoiffé de vengeance, Héra s'était retirée du navire. Cet acte de violence avait été trop horrible pour la déesse que Jason avait persuadée d'habiter Argo. Et, dès cet instant, le cœur d'Argo, abandonné par sa divine protectrice, s'était changé en un bloc de glace. Mais c'était un vaisseau de mémoire, de très ancienne mémoire, aussi des gardiens plus anciens lui étaient-ils revenus. Argo aimait son capitaine, qui que fût celui-ci et quels que fussent les actes perpétrés dans l'ombre de sa cale.

Et aucun n'avait été aussi épouvantable, en vérité, que le meurtre et le démembrement de ce jeune homme, ce plan atroce conçu par sa propre sœur afin de distancer leur père. Médée savait, en effet, que celui-ci s'arrêterait pour recueillir les restes de son fils, tandis que Jason et elle forniqueraient et s'amuseraient, en route vers la liberté, le long du courant sinueux du Daan, le fleuve que nous allions bientôt rejoindre.

Jason lança ce qui restait de son vin dans les ténèbres. Quand il se leva, Ruvio broncha dans son harnais, troublé par la colère qu'il sentait toute proche. Au-dessus de nous, les nuages roulaient devant la lune.

— Une libation en ton honneur, chère Dame, éructa Jason. Et en voici une autre.

Il ouvrit ses braies et pissa sur la cloison.

Il s'était avancé dans la partie du navire où moi-même je n'osais m'aventurer, sauf à y être invité. Il s'accroupit là, sous les étais et les cordages noués, et frappa du poing la double coque, mais moins par colère qu'en manière d'invocation.

Lemanku avait perdu les yeux pour avoir franchi ce seuil invisible, dans son enthousiasme à construire un navire neuf et meilleur. Jason, sous l'emprise du vin, avait violé le cœur d'Argo en toute impunité, et Argo demeurait silencieux. Un nouveau seuil avait-il été franchi, alors ? Au moment où je commençais à comprendre à quel point j'avais besoin de l'Esprit du Navire, Jason était-il en train de démontrer sa désertion ? Ses paroles semblaient le suggérer :

— Tant d'anciens vaisseaux sont ensevelis ici, murmura-t-il en caressant les planches. Un temps si vaste craque et gémit dans ce bois d'œuvre, neuf ou vieux. Tant de mondes oubliés de l'homme ! Encore que toi, Merlin, tu en gardes peut-être le souvenir... ajouta-t-il en me coulant un regard de biais. Mais ces mondes sont toujours présents ici, même si ce n'est que dans la pénombre. Chaque navire a été fait de bois, d'adresse, d'esprit d'aventure et de volonté, et en son temps il a reçu un esprit pour gardien. Et ils sont tous là, ces esprits, voilà ce que je crois. Ils sont tous vivants, derrière ce bouleau et ce chêne, et les mots justes peuvent les faire revenir. Ta nouvelle sorcière ne me fait pas peur, Merlin.

Ma nouvelle sorcière ? Jason croyait-il que j'étais responsable de la présence de Mielikki à bord ? Je n'avais rien fait d'autre qu'assister au rituel de la forêt, lorsque le bouleau avait été coupé.

— Ma vieille sorcière m'a aidé quand j'ai eu besoin d'elle, délirait-il amèrement. Héra ! Elle m'aidera encore si je l'appelle assez fort. Cette vieille fille au cœur de glace n'a encore rien fait. Elle ne m'a délivré aucun signe de ce qui nous attend !

Il défia du regard la figure de proue, et l'image de la Dame de la Forêt, grise dans le clair de lune, avec sa bouche en cicatrice et sa chevelure raide, le toisa de ses yeux implacables, dans une indifférence presque moqueuse.

Je me demandai s'il convenait de lui dire le fond de ma pensée. Héra et ses fantomatiques prédécesseurs avaient sans doute abandonné le navire après tout ce temps où Argo était resté prisonnier au fond du lac. Lorsque le navire avait brisé son tombeau de glace, il sentait la mort. Mais je ne pouvais en avoir l'absolue certitude, et je redoutais le prix à payer pour le voyage qui me permettrait de le savoir.

— Lui as-tu demandé son aide ?

— Par deux fois. Pendant que nous étions mouillés devant la forteresse d'Urtha.

C'est donc cela qu'il avait tenté !

— Que lui as-tu demandé, au juste ?

Il parut étonné de cette question.

— Une vision de mon fils, évidemment. Une indication de l'endroit où trouver quelqu'un qui puisse m'aider à le rejoindre. N'importe quoi, un espoir ! Quoi d'autre ? Un rêve auquel me raccrocher, sur lequel concentrer mon esprit pendant que nous voguons.

— Mais tu sais où il se trouve : avec Brennos, au sein de l'armée qui se rassemble sur les rives du Daan, à attendre de réaliser la folie quelconque que Brennos a en tête.

L'outre de vin vide me gifla mollement en guise de réprimande.

— J'avais deux fils, Merlin. Penses-tu que j'ai oublié Kinos ? Mon petit Kinos ? Si Thesokorus est toujours en vie, pourquoi pas son frère ? Cependant tu as raison...

Comment pouvait-il se ranger à mon avis, alors que je n'avais rien dit, l'ayant seulement écouté et observé ?

— Tu as raison : un fils à la fois. Thesokorus devrait s'imposer à mes pensées parce que lui au moins est à ma portée, grogna-t-il. (Il se leva en chancelant.) Tu peux prendre le navire, Merlin. Je te cède la place de capitaine. Tu as les yeux du faucon, l'ouïe du hibou, tu es plus âgé que les montagnes, mais je sais que tu es humain juste à ta façon de regarder cette fille, car dans tes yeux désir et crainte se mélangent. Seuls les hommes ont le cœur assailli par ces deux sentiments. Tu pourras échanger tes petites confidences avec la catin du gel, cette vieille Dame en bois tordu. Culbute-la dans les nœuds du bois, ça m'est égal. Je suis sûr que tu découvriras qu'elle en a plus d'un. Mais je regrette de lui avoir pissé dessus.

Il pivota maladroitement sur lui-même et se mit à crier en direction de l'effigie, et sans s'apercevoir que ses éclats de voix dérangeaient de nouveau Ruvio, ainsi que plusieurs des Argonautes qui sommeillaient.

— Je suis désolé de t'avoir pissé dessus ! Cela ne se reproduira plus !

Il se laissa choir à côté de moi, me dévisagea longuement, puis hocha la tête.

— J'ai une question à te poser, murmura-t-il enfin.

Il faut que je connaisse la vérité, car l'ignorance me ronge.

Je devinais ce qui allait venir, où résidait la cause réelle de cette fureur enivrée. Il avait retardé ce moment depuis trop longtemps. À présent il fallait qu'il sache, au sujet de Médée.

— Elle me nargue dans mes rêves, dit-il, elle me fuit, une tête ensanglantée dans chaque main. Cette image me hante, Merlin. Elle se retourne, rit et me jette ses trophées, et je les attrape. Des boules froides et sanglantes de chair et d'os, de jeunes visages qui me regardent en grimaçant. Un rêve terrible...

— Mais pas plus qu'un rêve, que nous pouvons anéantir.

Il tourna vers moi son visage baigné de larmes et crispé par l'angoisse. Le vin le tenait sous son emprise.

— Que lui est-il arrivé ? A-t-elle eu longue vie ?

Je ne pouvais lui révéler que ce que j'avais entendu dire, et j'étais sûr que cela ne lui plairait guère.

— Elle a vécu jusqu'à un âge fort avancé. Après la mort de son père, elle est retournée en Colchide, sans plus rien à craindre, et elle y a édifié son sanctuaire. Sa tombe se trouve dans la vallée du Corbeau, au nord de la Colchide. Mais elle a été profanée à de nombreuses reprises.

— Par moi, marmonna Jason avec un sourire durci par l'aigreur. Du fond de mon lac, je l'ai atteinte ! Ou si ce n'était pas moi, cela aurait dû l'être.

Mécontent, il considéra l'outre vide.

— Eh bien, voilà. À présent, je sais. Et cela ne m'est d'aucune aide. Peut-être devrions-nous chercher un vin meilleur... moins aigre !

Les jours s'écoulèrent, au rythme monotone des rames, avec pour seule différence les couleurs changeantes de la forêt et la ligne plus ou moins haute des rochers et des falaises qui nous surplombaient dans le silence, tandis que le cours du fleuve se rétrécissait. Nous vîmes des feux qui brûlaient, un soir au crépuscule, et Argo ralentit pendant que Jason et Gebrinagoth étudiaient l'île basse, une longue langue de terre, densément boisée, au rivage en partie aveuglé par des palissades. Des jeunes gens se tenaient là, alignés, qui nous observaient. Certains d'entre eux étaient armés.

Lorsque Gebrinagoth les héla pour demander si nous pouvions accoster, des enfants de tous âges apparurent soudain, mûs par la curiosité, derrière les capes et les pantalons de leurs aînés.

— Non ! nous fut-il répondu.

Des hommes plus âgés s'avancèrent, dont un qui prit la parole :

— Si vous cherchez les autres navires, ils sont passés ici il y a de cela plus d'un mois.

— J'en ai compté plus de quatre fois dix, fit une autre voix. Les tambours battaient vite, et la chiourme ramait vigoureusement. Ils étaient pressés.

Soudain Gebrinagoth identifia cette île au milieu du fleuve.

— C'est l'Île sans Pitié, dit-il. Parmi les familles qui règnent au nord du fleuve, lorsqu'un père soupçonne l'illégitimité de son fils nouveau-né, il le jette à l'eau. Les enfants légitimes réussissent à nager jusqu'à la rive, car ils sont sauvés par Reinag, l'aimable époux rêveur de Reinu. Les enfants illégitimes sont emportés jusqu'à la mer, où ils se noient. Quelques-uns, ai-je entendu dire, trouvent la force de nager contre le courant jusqu'à cette île. Reinu ne leur permet pas de la quitter, mais elle les garde en vie. Ceux que nous voyons maintenant sont les survivants.

Nous rattrapâmes les quarante navires peu après. La plupart avaient été tirés au sec, débarrassés de leurs cordages et recouverts, mais quelques-uns d'entre eux gisaient sabordés dans les eaux basses. Un seul avait été incendié, et sa coque noircie reposait à l'écart des autres, dans une tranchée peu profonde. Les corps calcinés de plusieurs animaux se trouvaient à l'intérieur.

Après avoir échoué ces embarcations, les hordes de guerriers avaient poursuivi leur voyage vers Brennos en chariot, en char et à cheval par les collines au sud, sur une large piste qui s'enfonçait dans la forêt. Le trajet leur prendrait des semaines, mais elles n'avaient pas pensé à traîner leurs navires comme à présent Jason, qui organisait le transport d'Argo.

Les Argonautes versés en ce domaine se réjouirent, car on pouvait aisément couper des rondins de roulement dans les mâts des vaisseaux échoués, ce qui économiserait du temps et de l'effort. Toutes les embarcations furent délestées des leurs, et l'on tailla chacun en plusieurs tronçons de même longueur, que trois ou quatre hommes pourraient manipuler.

Nous devrions suivre le Chemin dans la forêt pendant une journée, derrière les bandes de guerriers, mais ensuite il nous faudrait de nouveau obliquer vers le levant, gravir et descendre une série de collines, et traverser une étendue de marécages au sol plein de traîtrise. À nous seuls, vingt hommes et femmes, on pouvait compter un mois plein pour faire parcourir ce trajet au navire et à notre chargement.

Mais nous avions Ruvio, le robuste cheval dace, qui allait se révéler infatigable à la tâche.

Niiv et Rubobostes revinrent de leur course sur Ruvio. Ils étaient partis en éclaireurs pour évaluer si Argo pouvait continuer plus loin en amont sur le fleuve. Le Dace semblait incertain.

— Des hauts-fonds rocheux et des rapides, c'est tout ce que j'ai vu, pour ma part. Je ne suis pas étonné que ces navires aient été laissés ici. Mais la fille n'est pas de cet avis.

Niiv ne tenait pas en place.

— Il y a des marécages en abondance, qui se déploient en éventail, me dit-elle devant Jason. Certains sont profonds, je peux le sentir. Ils s'étendent entre les collines et les bois. Il nous suffit de les trouver. Je suis certaine que nous y arriverons... avec un peu d'aide, ajouta-t-elle d'un ton entendu.

Je crus un instant qu'elle faisait allusion à mes pouvoirs, mais elle précisa aussitôt qu'elle pensait à Argo lui-même, et plus particulièrement à sa divine gardienne.

— La Dame de la Forêt sait ouvrir un chemin dans la glace et fendre les trains de flottage bloqués sur les rivières. Elle pourrait soulever Argo dans les hauts-fonds, ce qui nous ferait gagner un temps précieux et économiser nos forces, ajouta-t-elle.

Erdzwulf confirma que plusieurs rivières se déversaient dans le Rein en cette contrée. Si elles étaient navigables, il nous serait possible d'atteindre par elles le bord du marais du Loup. Nous ne serions plus alors séparés des sources du Daan que par une unique montagne.

— Mais elles ne sont pas navigables...

— Pas encore, nuança Niiv, le regard pétillant de

malice. Laisse-moi parler à Mielikki. Merlin, m'accompagneras-tu, s'il te plaît ? Elle semble te porter grande estime.

J'acceptai, malgré mon appréhension après la conduite grossière de Jason quelques nuits auparavant. Mielikki ne s'était pas vengée de l'hérésie d'ivrogne du vieil Achéen, mais je me remémorai sa soudaine violence lors de notre départ de Pohjola, tout autant que sa bienveillance lorsqu'elle avait montré à Urtha ses enfants survivants, ou quand elle m'avait mis en garde contre une présence spectrale m'épiant depuis l'Esprit du Navire.

Les autres nous laissèrent donc seuls à bord, et je pris quelque repos dans le harnais de Ruvio tandis que Niiv chantait un hymne à la déesse. Elle dodelinait de la tête et des épaules au rythme de sa mélopée, et sa longue chevelure semblait liquide dans le halo de la torche. Le visage glacé de Mielikki la contemplait de ses traits impassibles, gravés dans le bois. Après un moment Niiv fit silence. Elle resserra sa cape sur ses épaules, se coiffa de la capuche et se tourna vers moi. Quand elle s'avança je vis plus d'os que de chair dans son adorable visage, maintenant livide et inquiétant.

— Éteins la torche, me dit-elle. Qu'ils remontent tous à bord. Ramez selon mes directives.

La voix était celle de Niiv, mais son souffle, quand il me toucha la face, était lourd de la pestilence du marais.

Les Argonautes furent tirés d'un sommeil de plomb. Maugréant, ils chargèrent sur Argo les rondins dont nous aurions besoin et s'installèrent aux bancs de nage. Niiv leur ordonna de se bander les yeux.

— Ramer en aveugle, en pleine nuit et dans des eaux basses hérissées de rochers ? C'est de la folie, se plaignit Manandoun.

Jason le fit taire.

— Toi aussi, Jason, commanda Niiv.

Elle s'était mise au gouvernail et se tenait très droite. Son visage luisait de givre sous la lune. Jason, peut-être rempli d'humilité à l'idée qu'Argo allait faciliter notre progression en dépit de ses injures, obéit sans rechigner.

Il se noua une bande d'étoffe sur les yeux et prit ma place pour ramer. J'allai vers l'avant. Niiv me cria :

— Ne regarde pas trop profond, Merlin. Mais tu peux regarder. Un peu.

Elle savait que j'étais à même de comprendre ce qui se passerait, mais elle voulait se mettre en valeur, et je n'y trouvai rien à redire. Après tout, elle utilisait son propre enchantement.

Elle ordonna de larguer les amarres et de ramer. Argo avança d'une saccade sur le fleuve, puis parut y glisser, et les avirons se mirent à effleurer l'eau presque en silence.

Les rives se refermaient sur nous et le courant roulait vivement en écumant sous la proue, mais Argo avançait toujours, plus loin dans les collines, et toujours il prenait à gauche au confluent de deux rivières. Parfois il frémissait, parfois il tremblait lorsque nous frôlions un lit de gravier. Les branches des aulnes et des saules balayaient le pont. Les hommes souquaient en mesure, leurs mouvements dirigés par le rythme de la chanson inquiétante de Niiv, qu'elle avait présentée comme un chant du Nord. Elle maniait la barre comme si celle-ci était aussi légère qu'une plume.

— Ne regarde pas derrière toi ! lança-t-elle quand je lui jetai un coup d'œil.

J'obéis, mais j'avais eu le temps de voir la lueur distante du soleil derrière elle, comme si nous nous déplacions dans un tunnel. Au-dessus de nous, la corne de la lune brillait. Jupiter scintillait d'un éclat constant, quatre petits oiseaux en or dansant autour de lui. La rivière s'étrécissait toujours davantage. Même un canot d'osier n'aurait pu y flotter, à présent. Néanmoins Argo glissait comme un cygne dans la nuit infinie, mû par le chant et guidé par la magie.

Je laissai Niiv se débrouiller.

— C'est une course bien longue, commenta Elkavar après plusieurs heures. Le jour s'est-il levé ? Pourrions-nous prendre quelque repos ? Boire un peu ?

— Pas de repos, dit Niiv.

Une fois de plus je risquai un regard vers la jeune fillc. Mielikki la dominait de toute sa taille, silhouette effrayante qui se découpait sur le soleil rubis.

— Alors un autre chant, peut-être ? insista l'Hibernien.

Mais Niiv siffla :

— Retiens ta langue. Un autre chant, c'est un autre sortilège !

Et elle reprit le chant du Nord depuis le début, et Argo filait sans encombre sur des torrents et des canaux qui ne pouvaient accepter son tirant d'eau.

Des créatures se déplaçaient dans les bois tout autour de nous, des têtes se dressaient, curieuses, sous les étoiles, et des yeux luisants nous observaient. Si les Argonautes n'avaient pas eu les leurs bandés, je crois qu'ils auraient paniqué. J'aperçus la gueule d'un loup et le museau d'un cerf. Le double disque brillant des prunelles d'un hibou cligna au passage de la frêle embarcation sous l'oiseau de nuit, et pendant un moment terrifiant le ciel s'obscurcit quand un gigantesque corbeau prit son essor, passa en rase-mottes au-dessus de nous et décida que nous étions trop étranges pour être dévorés.

— Nous n'irons pas plus loin, annonça soudain Niiv. Relevez les avirons !

Ainsi fut fait, mais l'équipage, exténué, demeura sur les bancs de nage, sans ôter les bandeaux, suivant les instructions de Niiv. Elle ordonna aux Argonautes de débarquer. En titubant ils descendirent du navire et pataugèrent jusqu'à la berge. Rubobostes, qui était comme les autres plongé dans les ténèbres, attacha son cheval à la proue d'Argo. Tandis que le reste d'entre nous poussait, l'animal tira péniblement le navire de l'eau vers les broussailles, sur une centaine de pas, jusqu'à ce qu'il s'incline légèrement sur le côté et s'immobilise.

Tout le monde put alors se reposer, et nous dormîmes jusqu'à l'aube. Je me réveillai pour trouver Niiv lovée contre moi, et son visage était aussi paisible que celui d'une enfant. Pendant que les autres se levaient, s'étiraient et cherchaient à se soulager de cette longue et pénible nuit, la fille continua de dormir. Mielikki l'avait abandonnée, et sa jeune beauté l'habitait de nouveau.

Jason me héla et je le rejoignis au bord du petit torrent frangé de fougères qui cascadait du flanc de la montagne entre les rochers, les chênes rabougris et les ronces tordues.

— Est-ce toi qui as fait cela ? demanda-t-il. Qui nous a amenés jusqu'ici ?

— Pas du tout. J'ai seulement veillé à la proue pour décourager les prédateurs.

De fait j'avais les yeux et le dos douloureux. J'avais usé de mes talents sans m'en rendre compte et je ne voyais qu'une explication à cela : Mielikki avait refermé une main osseuse sur mon cœur pendant la remontée de la rivière. La chose était trop inquiétante pour que je me contente de l'hypothèse que Niiv m'avait influencé.

— Tu parais soucieux, constata Jason.

— Je suis toujours soucieux quand tu es dans les parages, répliquai-je. Tu pisses sur les déesses et tu parcours le monde, alors que tu es mort depuis sept cents ans, comme si rien ne s'était produit entre-temps. C'est un comportement qui rend soucieux.

— Sept cents ans ? fit-il en riant doucement. Je ne veux même pas savoir ce qui a bien pu se passer pendant mon sommeil. Et c'est comme cela que je le ressens, Merlin : j'ai dormi. À présent je suis éveillé, mais qu'y a-t-il de changé ? Les arbres semblent les mêmes, les étoiles semblent les mêmes, tu sembles le même. Les femmes ont toujours la même apparence, et le même parfum ; la mer a toujours la même odeur. Je navigue avec un jeune homme qui veut se venger, et un tas d'autres qui recherchent des choses que seuls les dieux pourraient leur accorder. Qu'y a-t-il de différent ? À bord se trouve un homme qui chante comme un chat à l'agonie plutôt que comme une alouette, et qui joue d'un instrument évoquant Hel en train d'enfanter plutôt que les arpèges apaisants de la harpe d'Orphée. Mais qu'y a-t-il de différent ? Quand je verrai mon fils, je le reconnaîtrai à ses yeux et il me reconnaîtra aux miens. Il voudra me rosser car il sera furieux : il a vécu sans moi aussi longtemps que j'ai vécu sans lui. Du temps s'écoulera avant nos embrassades, mais c'est toujours ainsi quand l'amour a été interdit entre un père et son fils. Qu'y a-t-il donc de différent ?

Il me fixa, attendant ma réponse.

— Je l'ignore, avouai-je enfin. Mais quelque chose est différent.

Et je songeai : « *Dans ce navire, une présence pétrie d'amertume et de rancœur...* »

— Bah ! fit Jason. De nouveaux dieux, de nouvelles philosophies, de nouveaux métaux, de nouveaux royaumes. Est-ce là ce que tu veux dire ? Comprendre ces différences m'occuperait le restant de ma vie. Et tout ce que je désire, c'est combler le fossé qui me sépare de mes fils. Je suis prêt à faire n'importe quoi. Je m'assiérai près du feu, j'obéirai à leurs ordres, je les laisserai me railler, s'emporter contre moi, me traiter de monstre... pour peu que je parvienne à combler ce fossé de vingt ans. Ce silence me hante, Merlin. Peux-tu comprendre cela ? Où sont-ils allés ? Quels gibiers ont-ils chassés ? Qui ont-ils aimé ? Quelles plaisanteries ont-ils partagées ? Qu'ont-ils appris ? C'est tout ce qui m'intéresse ; c'est la seule différence dans ma vie que je tiens à établir. Peux-tu comprendre cela ?

— Bien mieux que je ne comprends comment un navire construit par quarante hommes a pu être propulsé par les rames de vingt sur un torrent trop étroit pour un cygne.

— C'est pourtant toi qui as accompli cela. Admets-le, Merlin.

— Pas moi, mais Argo.

— Non, pas le navire. Pas lui ! Je n'ai plus besoin du navire. Tu avais raison de dire qu'il avait rendu son dernier soupir lorsque je suis moi-même revenu d'entre les morts. Désormais, je n'obtiendrai plus aucune aide de ce navire, seulement de toi, car tu peux recevoir de l'aide où tu veux, et la transmettre si tu en ressens la nécessité.

Et avec un geste de colère et d'ingratitude il balaya tout cela, et repartit en hâte vers le feu où ses Argonautes essayaient de comprendre leurs rêves, bâillant et grommelant.

Plus tard ce jour-là, Rubobostes revint en galopant vers Argo. L'excitation empourprait son visage.

— Tirer le navire jusqu'en haut sera long et pénible, mais ensuite ce sera une promenade pour redescendre jusqu'aux marais. J'ai vu des chevaux et des cerfs qui broutaient au loin. De quoi chevaucher et manger ! Un rêve de Dace ! L'endroit semble cependant fétide et dangereux, et l'horizon est barré par une forêt dense. Où est Ullanna ? Elle serait capable de chasser les yeux fermés et de nous rapporter un festin pour le souper.

Niiv dormait toujours, et aucun appel, aucune secousse ne put la réveiller. Aussi l'enveloppai-je du mieux possible dans sa cape et la transportai-je dans le giron d'Argo. Elle était plongée dans le Sommeil de Mort, un endroit que j'avais moi-même visité. Beaucoup plus jeune que moi, et nettement moins expérimentée dans la maîtrise de la puissance des charmes, elle allait mettre plus longtemps à revenir de ce royaume.

Mais quand elle reviendrait, elle serait plus forte.

C'est Elkavar qui apporta une note de pragmatisme à notre situation, alors que nous entreprenions de décharger la cargaison d'Argo.

— Nous n'arriverons jamais à tirer ce navire jusqu'en haut de cette colline, dit-il. Pas en étant aussi peu nombreux. À cinquante ou soixante, peut-être. Mais pas avec nos bras trop rares.

— J'ai déjà transporté ce navire, gronda Jason, irrité. J'y parviendrai encore.

— Pas avec le genre de nœuds que tu utilises pour le harnacher, intervint Rubobostes avec calme. Ils céderont, ou bien ils scieront sa quille jusqu'à la membrure. Pour une centaine de pas, ils convenaient sans doute, mais pas sur une telle distance.

Nous nous tournâmes tous vers le Dace, qui parut surpris de ce soudain intérêt.

— De la graisse, des rondins, des cordes, des poulies, sans une centaine d'hommes, cela nous prendra une vie entière. Ce qu'il vous faut, c'est Ruvio, ce vieux tireur de souches, et des nœuds gordiens.

Tous les visages affichèrent la même incompréhension. Jason eut un geste qui signifiait : « Eh bien, qu'est-ce donc ? »

— Un nœud gordien est une merveille de l'intelligence, expliqua le Dace. Une corde passée dans la boucle du nœud est aidée par le nœud lui-même ! Il semble tirer tout seul et réduit grandement l'effort. Le nœud gordien est connu depuis l'aube des temps, mais seuls certains hommes maîtrisent la complexité de sa confection. Jadis, un chef de guerre macédonien voulut en dénouer un, et échoua...

— Alessandros, murmura Tairon.

— Iskander, marmonna Ullanna. Je m'en souviens, maintenant.

— C'est le même. Il y a une génération de cela, quand il menait son armée vers le levant, il fut sommé de défaire le nœud, fante de quoi il devrait effectuer des dévotions publiques à son sanctuaire. Voulant prouver sa valeur, il a passé des jours à lutter avec le nœud. Mais toujours le complexe entrelacs de corde avait raison de ses efforts, et dans un accès de rage le seigneur de guerre l'a tranché avec son épée. Un acte téméraire, s'il en est. Le nœud est tombé au sol, coupé en deux parties qui ont aussitôt formé deux nœuds plus petits, mais identiques. C'est un système très intelligent.

— Et sans utilité pour nous présentement, si je comprends bien, dit Jason toujours irrité. Puisque nous n'avons pas de tels nœuds.

— J'ai dû omettre de le mentionner : je sais comment les confectionner.

— Bien, bien, bien... souffla Jason en gratifiant le Dace d'un large sourire approbateur.

— N'avais-je pas dit que je saurais me rendre utile ?

Jason et Erdzwulf attachèrent des longueurs de mât de chaque côté de la quille, afin d'élargir la base du navire et rendre le roulage plus facile. Ensuite le cheval dace, las mais toujours volontaire, se mit à tirer et Argo, poussé de chaque côté par huit d'entre nous, quatre Argonautes faisant passer les rondins de la poupe à la proue, fut hissé sur la pente de la colline. La manœuvre devint vite une routine. Ruvio s'ébrouait et soufflait, mais il prit vite le pas et il atteignit le premier des deux sommets avant même de signifier à son maître qu'un peu de repos serait le bienvenu.

Rubobostes le complimenta et lui flatta le flanc, et alla même jusqu'à partager son eau. Je l'entendis murmurer à l'animal :

— J'espère que nous ne serons jamais à court de viande. Je te jure qu'il faudra qu'ils m'abattent et me mangent avant de seulement penser à te toucher !

Quand Niiv sortit enfin de sa léthargie, nous étions déjà à une belle hauteur et nous contemplions le lointain embrumé. La première partie navigable du Daan était encore à deux jours d'efforts, par-delà un lac et des marais, dans une contrée qu'Erdzwulf affirmait être le territoire tribal des Séquanes, une terre qui se dévoilait à nous dans l'oubli du soir.

QUATRIÈME PARTIE

L'Œil du Faucon

15

L'Œil du Faucon

La glace sur le grand fleuve Daan avait commencé sa débâcle. Des nuées de corbeaux et de grues survolaient la vaste étendue de campements et d'enclos qui s'étirait le long de ses berges et dans la forêt. Le printemps jaillirait bientôt des arbres et du sol gelé. Déjà l'air se faisait plus stimulant, et les hordes rassemblées se réveillaient de la torpeur de leurs quartiers d'hiver. Les feux eux-mêmes brûlaient de plus belle et les couleurs des clans furent ravivées aux totems qui marquaient le campement de chaque armée.

Ici étaient les rois des Bituriges et des Arvernes, les seigneurs de guerre des Sénones et des Ambarii, les chefs et les champions des Carnutes et des Trocmii, clans imposants ou réduits en nombre. Certains avaient autrefois été des ennemis farouches, mais ici toute querelle était bannie sous peine de mort, même si dans les premiers temps le seigneur de guerre Brennos avait autorisé quelques règlements de comptes par champions interposés. Aucune réclamation d'esclaves ou de territoire n'était cependant tolérée après le combat ; le perdant s'engageait à rembourser le vainqueur sur sa part du butin de la Quête.

Des hordes de guerriers s'aventurèrent dans la contrée largement désertée autour de cette portion du Daan, à la recherche de bétail égaré, moutons ou chevaux, et de champs de légumes d'hiver abandonnés. Le blé serait ramassé en chemin, plus tard durant l'année, ou razzié dans les villages traversés.

Avec la fin de l'hiver, de nouvelles troupes avec leurs propres provisions arrivèrent de leurs camps établis plus au nord, ou plus au levant, et c'étaient là les dernières tribus à rejoindre la Grande Quête. Chacune se présentait en une longue caravane de cavaliers, chars, hommes à pied, femmes et enfants, chariots et carrioles, et ce qui restait de leurs bœufs, moutons, oies et cochons.

Les arrivants se voyaient assignés à l'une ou l'autre armée des deux capitaines de Brennos, Achichoros ou Bolgios, et étaient menés jusqu'à leur campement. On expliquait à leur chef la position qu'il devrait occuper lors de la marche à venir vers le sud, la direction que prendrait la Quête étant pour l'instant le seul renseignement disponible.

Les trois seigneurs de guerre chevauchaient à travers les innombrables camps, Achichoros dans sa cape grise en fourrure de loup et coiffé de son cimier en forme de faucon, Bolgios à la barbe rouge et aux yeux de jade dans son armure de cuir clouté, Brennos, les yeux étroits, les traits secs, la moustache imposante, son casque constitué de défenses de sanglier, sa courte cape verte brodée à l'effigie du mufle sanglant de son animal-totem. Ils distribuaient encouragements et promesses, félicitations et paroles de réconfort, car la destination précise n'était encore connue que de ces trois-là. Ils s'assuraient que le train des équipages était bien organisé et prêt au départ, vérifiaient l'ordre des animaux et des cavaliers. Ils réglaient les petits conflits entre bandes rivales, rendaient la justice en présence des druides, exigeaient la vie de celui qui avait enfreint leurs règles, et pendant tout ce temps notaient le nombre, l'approvisionnement, les forces et les faiblesses de chaque clan au sein de cette horde impatiente de marcher vers la gloire.

Seuls n'étaient pas encore revenus les représentants envoyés vers le ponant, partis recruter en Gaule, parmi les Rèmes, dans la brumeuse Alba et la montagneuse Celidon. Chaque jour on guettait l'apparition de leurs silhouettes sombres sur les collines au couchant, mais le Temps était compté.

Pendant que les guerriers attendaient que leur force atteigne sa plénitude, qui avait été révélée à Brennos dans son songe de gloire, des joutes et des jeux étaient organisés à toute heure du jour et de la nuit, tribu contre tribu, champions en combat singulier, le jeune contre le vieux. Courses de chars, courses à pied, concours de lancer de javelots et exploits divers meublaient l'attente. Mais l'heure était maintenant à coiffer et raidir les chevelures avec de la chaux délayée, à raser les mentons, à peindre les corps aux couleurs du clan. On polissait le bronze, on aiguisait les épées et on jetait des boucliers votifs dans le fleuve, en hommage à Daan, Toutatis et Némétona, les divinités protectrices. Les étoffes tissées pendant l'hiver étaient taillées, le cuir cousu, tandis que ceux qui étaient morts de froid recevaient des funérailles solennelles sur les rives au nord, à l'abri de bosquets.

Les chiens sillonnaient les camps et y commettaient de menus larcins. On dressait les chevaux, on les bouchonnait et on les harnachait, on leur donnait un nom, et on en sacrifia quelques-uns, dont l'arrière-train fut offert au fleuve, le reste étant distribué à l'élite des cavaliers.

L'ensemble dégageait une impression de nervosité, d'impatience, d'énergie contenue qui déferlerait bientôt dans les contrées environnantes comme l'eau brise la glace au printemps. Brennos sentait l'urgence de faire mouvement au plus tôt.

Mais une lune entière crût, et décrût.

Enfin les cornes et les trompettes résonnèrent au loin dans les collines du Ponant, et annoncèrent l'arrivée des Gaulois, des Albanii de l'Île aux Spectres, et des féroces Celidonii à l'étrange façon de se mouvoir, comme en une danse barbare. C'était le soir. Une lumière orangée flamboya sur des milliers de lances et de boucliers, à mesure que les tribus descendaient depuis la crête des collines vers le fleuve, avec des cris sauvages, leurs chevaux lancés au galop, suivis par une vaste meute de chiens aux abois et d'enfants surexcités.

Alors qu'on fêtait l'arrivée de ces dernières troupes, qu'on les comptait, qu'on les nourrissait et qu'on les divisait entre les différentes armées, loin de toute cette agitation, un petit groupe de maraudeurs venus du sud entra au pas de ses montures dans l'enclos de Brennos. Six hommes en tout et pour tout, bien vêtus contre le froid, bien équipés, bien armés, et totalement épuisés. Une jarre de vin à la main, le seigneur Bolgios s'avança à leur rencontre.

— Vous étiez donnés pour morts.

— Il faut croire que les morts nous ont renvoyés, répondit l'homme aux yeux sombres qui les menait. Nous sommes allés dans les Enfers, aucun doute là-dessus, mais il semble que nous n'y soyons pas les bienvenus. Quoi qu'il en soit, la route que tu envisages est bonne. Il y a des postes de guet à l'entrée de la plupart des vallées, qu'il sera assez aisé de neutraliser.

Seule la passe vers la Thessalie causera quelques difficultés.

— Tu auras tout loisir de nous parler de cela plus tard, tu as d'abord besoin de repos. Sois le bienvenu, Orgetorix, et reçois mes félicitations.

Le lendemain, Brennos ordonna d'allumer cinq grands feux dans le vaste enclos royal qu'il avait laissé construire au cœur du camp immense, et il fit mander les rois, les seigneurs de guerre et les chefs de chaque tribu pour un festin au cours duquel leur seraient révélés les détails de la Quête qui les attendait. Ils vinrent vêtus de leurs tenues les plus somptueuses, casques au cimier arrogant, capes chamarrées, torques de bronze et d'or luisant à leur cou et sur leurs bras, montés sur leur plus beau cheval au chanfrein brillant. Les fumets de viande rôtie et de vin chaud au miel embaumaient l'air. Quatre cents hommes ripaillèrent une pleine journée, et aucun n'eut le droit de s'arroger le meilleur morceau : on donna à chacun un peu de chaque pièce ; combats et querelles se limitèrent aux joutes verbales, même si quelques pichets et assiettes volèrent. Mais une garde d'hommes armés de javelines avait été disposée autour du banquet, avec pour instruction de neutraliser tout invité, quel que soit son rang, qui tirerait l'épée du fourreau.

À dire vrai, c'est la curiosité plus qu'autre chose qui contint les excès habituels de ces champions.

En début d'après-midi, deux faucons apparurent dans le ciel, tournoyant au-dessus des feux de l'enclos comme s'ils observaient ce qui s'y passait. Quand Tungorix l'Arverne, ivre, sortit sa fronde pour toucher le mâle à l'aile, lui retroussant les plumes, Brennos lui ordonna de quitter la table. Il avait vu dans les rapaces un présage de chance, et celle-ci venait d'être blessée.

— C'est Némétona qui les envoie. Des faucons

comme ceux-là peuvent voir leur proie insouciante ou le péril qui guette, comme par magie. De même, nous détecterons le danger avant qu'il ne survienne, et repérerons nos proies grâce aux yeux perçants du faucon. Tous les oiseaux représentent de bons présages.

Un peu plus tard, cependant, un des rapaces vola plus bas pour mieux voir. Mais un corbeau tomba soudain du ciel et, dans un déchaînement de battements d'ailes, le chassa vers l'azur avant de se poser sur la table à laquelle Brennos et ses lieutenants étaient assis, dans un silence maussade. L'oiseau déploya ses ailes, projetant leur ombre sur le visage las d'Orgetorix. Puis, d'un coup de bec, il saisit un os dans l'assiette en bois de Bolgios et s'élança dans les airs. Mais, au lieu de disparaître, il attaqua de nouveau les faucons, qui plongèrent et virèrent pour fuir. Toutefois on les revit peu après, qui décrivaient des cercles et observaient le camp.

Après cet incident, l'humeur de Bolgios s'assombrit, et il refusa de prendre le conseil d'un sage afin d'interpréter correctement ces signes.

Brennos décida de mettre un terme aux réjouissances et de révéler enfin la nature de la Quête à laquelle il avait déjà consacré deux années de sa vie et pour laquelle il avait envoyé des émissaires aux quatre coins du monde connu.

Il épingla un morceau de laine rouge à son épaule, gravit la rampe d'accès à la petite tour de guet érigée à l'intérieur de son enceinte, et engloba du regard ses hôtes en contrebas. Il sourit devant les monceaux d'os, les restes de pain et le vin renversé sur les longues tables. L'humeur générale était bonne. Il avait pris avec lui un petit bouclier ovale qu'il posa à ses pieds. En bois poli, avec un petit ombon de bronze, l'objet était quelconque, dépourvu de toute grandeur. Et c'est avec humilité que Brennos s'adressa aux rois, seigneurs de guerre et champions assemblés :

— Je suis Brennos ! J'ai un clan, une famille et une terre. Mais à cet instant précis je n'ai ni clan, ni famille, ni terre. Vous êtes mon clan. Vous êtes ma famille. Et ma terre est ce rêve qui m'a été envoyé du Pays Fantôme – le songe qui m'a enjoint de rassembler et de mener une grande armée formée des meilleurs, des plus courageux, des plus redoutés d'entre nous !

« Sans vous, je ne suis rien. Lorsque le rêve se sera réalisé, je ne serai rien de plus qu'un homme qui a eu un rêve. Mais jusqu'à ce moment-là, je suis Brennos ! Et vous avez répondu à mon appel à prendre les armes. À présent, vous voulez connaître la raison de cet appel.

« Y a-t-il quelqu'un qui ignore comment nos ancêtres ont été dépouillés par des pillards, des meurtriers et des mercenaires, des étrangers à nos contrées ? Ces assassins vinrent sans idée de paix ou de négoce, avec seulement en tête la destruction, la spoliation, la profanation et le pillage de nos bosquets sacrés et des sépultures respectées de nos fiers aïeux ! Si un tel homme se trouve ici, alors c'est qu'il est né sans passé. Et il n'est point de tels hommes, de cela je suis certain.

« Ces étrangers ont volé nos chars, nos boucliers, nos têtes et nos cœurs. Et ils ont emporté tout ce qui était fait d'or et d'argent, et qui pour nous était sacré. Tout ce qui fut façonné dans le bronze et l'obsidienne, tout ce qui nous était sacré parce qu'y survivait le plus cher souvenir de chacun de nos clans – nos ancêtres ! Ces précieux objets étaient les vaisseaux grâce auxquels les morts demeuraient parmi nous. Ils nous ont été dérobés. Pour être offerts aux grottes aveugles qui percent les montagnes du Sud, où les voix verbeuses de dieux et de déesses imbibés de vin débitent des mensonges sur leur avenir. Ces endroits sont appelés sanctuaires d'oracles, et ils sont bourrés d'infamie. Et de trésors, qui sont notre héritage volé.

« Est-il un seul homme parmi vous qui n'ait pas entendu la plainte de nos ancêtres, depuis que leur existence d'aventures, de festins et de combats dans le Pays Fantôme a été outragée ? Leur souvenir terrestre n'est pas à sa place, dans nos foyers, mais enfermé dans ces temples du mensonge, butin révoltant d'hommes qui nous sont étrangers. Chacun ici a entendu cette plainte, j'en suis certain. Je vous regarde et je vois les larmes dans vos yeux. Tous, nous en avons souffert.

Brennos resta silencieux un moment, puis reprit, d'un ton plus posé :

— Enfant, j'ai vu mon père défendre son honneur en combat singulier. À cinq reprises, en autant d'années. Lequel parmi vous n'a pas fait de même, à un moment ou un autre de sa vie ? Aucun, j'en suis certain. Cinq fois en tout, mon père a combattu, et dans chaque duel il utilisa le char et les courtes javelines ; puis à pied, avec l'épée et le long épieu de frappe ; puis dans l'eau, avec la hache et le bouclier, et ensuite en courant et en sautant. Quatre fois, dans ces duels, il fut victorieux, et la cinquième il donna sa tête, et elle fut honorablement donnée, et honorablement prise. J'étais un peu plus âgé alors. Deux années plus tard j'ai conduit une attaque sur le camp de son meurtrier, et j'ai repris la tête. Je l'ai fait avec rapidité, droiture, et sans hésiter. Et honorablement ! Si l'un d'entre vous a déjà repris la tête d'un père, d'un frère, d'un oncle, d'un compagnon d'armes, qu'il frappe la table ! Maintenant ! s'écria-t-il.

« Par le Seigneur du Tonnerre en personne, c'est là un vacarme effrayant que vous faites. Même Toutatis, le Marteleur de Fer et Seigneur des Éclairs frémirait en l'entendant. Oui, et vous l'avez prouvé par cette clameur, tous nous avons vu un être cher tué avec rapidité, droiture, et sans hésiter. Honorablement ! Et nous nous sommes vengés avec rapidité, droiture, et sans hésiter. Honorablement !

Il leva la tête vers les cieux et les désigna du doigt.

— Tous, nous sommes pareils à ces deux faucons qui planent au-dessus de nous. Les voyez-vous ? Ils sont toujours là. Ils ont été envoyés par Némétona qui aime les forêts, ou peut-être par Badb la Reine du Carnage, assoiffée de batailles, mais quelle importance ? Ce ne sont pas des faucons ordinaires, ils nous observent, ils nous écoutent, et nous sommes semblables à eux, prêts à observer et écouter, puis à frapper, avec rapidité, droiture, et sans hésiter !

« Certains sont comme ce corbeau qui est venu picorer les os dans l'assiette de Bolgios. Il n'était pas présage de mort. Courage, Bolgios, mon ami ! Cet oiseau apportait une leçon. Il a frappé sans honneur ; c'est un charognard ; il n'hésite pas à voler la viande tendre quand il en trouve ; les étrangers qui sont venus en nos terres étaient des charognards. Ils ont trouvé quelque chose de précieux, et ils ont tiré avantage de nos querelles intestines et de notre lassitude à faire la guerre. Ils nous ont dérobé la mémoire de nos ancêtres.

« Après une journée de combat, nous sommes tous affaiblis. Ils nous ont volé notre passé, ils nous ont volé nos vies. Aujourd'hui nous sommes forts. Aujourd'hui nous allons reprendre nos vies, notre or, notre argent, nos masques, nos chars, tout ce qui nous est précieux, tout ce qu'on nous a dérobé, tout ce que ces étrangers ont accumulé.

« Notre marche sera longue et difficile. Mais plus loin nous irons, et plus notre progression se déroulera dans la tiédeur de contrées ensoleillées. Pourquoi ? Parce que nous allons en terre grecque ! Oui, mes amis, nous allons attaquer le pays des Grecs ! Et nous y reprendrons tout ce qui est à nous, sur la terre des Illyriens et en Macédoine, où Aleksandros a entreposé son butin. Mais c'est en terre grecque que nous retrouverons la gloire de nos ancêtres ! Dans un endroit appelé Delphes, où un serpent garde une grotte qui recèle la majeure partie de notre passé. Nous trancherons la tête du serpent, nous arracherons le cœur de la poitrine de ces prétendus prêtres qui ont amassé ce butin, et nous éventrerons la terre elle-même. Nous allons reconquérir la vie de nos ancêtres !

Ces derniers mots, qu'il avait presque rugis, déclenchèrent en réponse une clameur générale parmi les invités de l'enclos. Alors qu'ils se réjouissaient et frappaient les tables du poing et de la garde de leur épée, Brennos leva de nouveau les yeux vers les faucons et, l'espace d'un instant, si court que seul Orgetorix le remarqua, l'incertitude brilla dans son regard.

Brennos redescendit par la rampe, et Orgetorix vint à sa rencontre pour lui apporter son casque à cimier de sanglier. Brennos dévisagea le jeune guerrier avec sympathie.

— C'était un beau discours ! Je suis fort impressionné par ce rassemblement, seigneur Brennos. Aleksandros, comme tu le nommes, a levé une armée et conquis la moitié du monde connu, et une plus grande partie encore du monde inconnu. Mais cette horde est innombrable. Tu pourrais gagner le royaume des dieux lui-même. Et il a suffi de ta parole pour les faire tous venir ici. Sincèrement, je suis impressionné.

Brennos accepta le compliment avec humilité.

— Tout reste à faire, Orgetorix. Je prétends disposer de plus de guerriers que je n'en ai en réalité. Parfois ceux qui semblent un millier ne sont en fait qu'une centaine. De la même manière, quelques milliers peuvent paraître des dizaines de milliers. Et je n'ai nullement l'intention de partir à la conquête du royaume des dieux. Sauf pour ce serpent à Delphes. Pour le reste, je laisserai les dieux des Grecs tranquilles. Il s'agit de pillage, et de récupérer le butin des razzias du passé.

— Le passé peut nous être dérobé de bien des façons différentes.

Le seigneur de guerre tirailla les pointes de sa moustache en soupesant cette observation teintée d'impertinence. Puis il eut un fin sourire et acquiesça.

— C'est juste. Un jour je te questionnerai sur le passé qu'on t'a dérobé, et sur la raison qui te pousse, toi, un Grec, à prétendre être un autre, et à te faire appeler Orgetorix, « Roi des Tueurs » ! Mais pour le moment, tu es mon guide en terre grecque – ton pays ! –, et j'ai confiance en toi.

— Tu as confiance en moi ?

— Oui. J'ai décidé de me fier à toi. Seuls les seigneurs Bolgios et Achichoros connaissent notre force réelle. J'ai confiance en toi, et je suppose que je dois avoir confiance en ces vagabonds à la triste figure qui défendent tes arrières. En revanche...

Une fois de plus, il lança un regard troublé vers les faucons qui planaient toujours dans le ciel.

— En revanche, je n'ai aucune confiance en ces volatiles. Ils nous observent depuis trop longtemps. Ce ne sont pas là oiseaux ordinaires.

— Pas plus que ne l'était ce corbeau, ajouta Orgetorix. Il a troublé Bolgios, mais c'est mon visage que ses ailes ont couvert de leur ombre.

Brennos réfléchit à ce détail.

— En effet. Bolgios en a conçu quelque appréhension, lui qui n'est pas homme à s'inquiéter aisément.

— L'oiseau a volé sa nourriture. C'est ce qui a effrayé Bolgios. Mais les corbeaux sont familiers du fait. Ce sont des charognards, et celui-là s'est simplement conduit selon sa nature. Mais ce n'était pas qu'un simple oiseau : il y avait autre chose en lui, qui a déployé ses ailes pour me masquer le soleil couchant. À moins que son but n'ait été de me dissimuler à ces faucons.

— C'était peut-être un fantôme...

— Peut-être, approuva Orgetorix. Mais pas effrayant. Plutôt... protecteur. Ces faucons me tracassent bien plus. Nous sommes épiés, c'est certain. Toute ma vie je me suis senti épié. Et soudain, j'ai l'impression d'être traqué. Je ne sais qui ces faucons surveillent, toi ou moi. Mais même si tu ne disposes pas des cent mille guerriers qu'exigeait ton rêve, selon mon décompte tu en as un bon quart – les Grecs sont doués pour compter, au moins –, et je pourrai me perdre dans cette horde féroce d'hommes bardés de fer.

— Agis comme il le faut, répondit Brennos, mais ne me perds pas de vue, pas plus que notre destination lorsque notre horde se déversera sur les terres grecques. Quand nous atteindrons ces montagnes et ces passes étroites – ces Portes de l'Enfer – j'aurai besoin de ton conseil.

— De toute ma courte vie je n'ai jamais rencontré un Celte qui ait placé autant de confiance en un Grec que toi en moi, dit le jeune homme.

Brennos eut un sourire froid.

— Mais tu es plus celte que grec. Tout en toi me l'affirme.

— Je suis né en territoire grec. J'ai été enlevé des terres grecques. Mon frère également. Il me manque. Je suis perdu pour les Grecs, Brennos. Je les trahis pour toi en te guidant là-bas. Mais mon pays demeure dans mon cœur.

— C'est une terre perdue qui demeure dans ton cœur, fit remarquer Brennos en posant sur Orgetorix un regard narquois. Ton père était peut-être grec mais, à ce que tu racontes, ta mère était couverte de verre coloré et de bronze léger, elle buvait le sang du bélier et puait les herbes amères. Une enchanteresse ? En d'autres termes, elle ne venait pas des terres grecques. Tu le sais, et moi aussi. Roi des Tueurs ? Roi des Fantômes te serait titre plus approprié, bien que seul le Corbeau Ébouillanté sache quels fantômes enserrent ton cœur de leurs doigts glacés. Néanmoins, j'ai promis de t'aider, et j'honorerai ma promesse. Mais avant tout, aide-moi à aller au sud ! Aide-moi à retrouver les terres chaudes où reposent la mémoire de mon père et la chaude étreinte de tous mes pères, et de mes mères, mes frères, mes sœurs. Tous ces morts qui nous ont été volés, emportés au loin par tes fantômes, il y a si longtemps qu'à l'époque les étoiles elles-mêmes n'avaient peut-être pas la même place dans le ciel.

Orgetorix sourit, avant de contempler la voûte nocturne.

— Les étoiles se meuvent-elles ? Sauf pour tomber, je veux dire. Si tel est le cas, je ne vivrai pas assez vieux pour le voir. Mais les oiseaux... Regarde-les : ils bougent, et comment !

Après un plongeon, les deux faucons venaient de virer et volaient soudain vers le ponant. Perplexe et fasciné, Orgetorix observa leur manière de disparaître dans les nuages assombris par le crépuscule, comme des bouffées de fumée qui se dissipent dans un vent soudain.

— Je ne te décevrai pas, seigneur Brennos. Mais la vérité est que nous avons tous besoin de porter en nous des fantômes, et les miens me manquent. Si seulement je parviens à les trouver et à les emprisonner, je ne réponds pas de l'issue de mon retour à la terre grecque.

— Tu me trahiras.

— Certainement pas. Il se peut que je me retourne contre toi, oui. Mais en plein jour, pas dans les ténèbres !

— C'est honorable, estima Brennos.

Et il se drapa dans sa cape.

À l'aube, les camps furent démontés et la première des armées entama sa lente marche vers le sud, Brennos et sa cavalerie en tête. Deux jours durant on n'entendit que le son des cors, le grondement des chars et les ordres qu'on criait. En trois grandes vagues les rives du Daan, où les loups et les chiens se battaient pour quelques restes dans les tas d'ordures, furent abandonnées au silence et aux fumeroles des feux mourants.

Tous avaient disparu quand Argo, toujours mû par un songe, glissa à l'horizon, la voile baissée, saisissant la brise pour suivre le courant du Daan qui l'emportait vers le levant.

La désolation et la désertion accueillirent Jason et son équipage, mais la route prise par la Grande Quête était évidente. La horde, cette légion de vengeance commandée par Brennos, avait tracé sa voie vers le sud à travers la forêt et la campagne, et les traces de son passage demeureraient visibles pendant une génération.

16

Hors du temps

Je m'étais déjà éveillé du Sommeil de Mort à de nombreuses reprises, mais jamais pour découvrir le visage ravi d'une femme penchée sur moi.

— Nous avons réussi ! Nous avons réussi ! s'écria la vision aux cheveux blonds, ses yeux bleus agrandis et étincelants d'excitation. Nous avons volé ensemble !

Elle était à califourchon sur mon corps, ses mains me giflant légèrement les joues pour me tirer des corridors hantés de la Mort.

— Réveille-toi, Merlin ! Réveille-toi !

Quand elle vit que j'étais revenu à moi, elle s'inclina et pressa ses lèvres sur les miennes, en un baiser violent, affamé et incandescent. Ses cuisses enserraient ma taille dans un étau, ses doigts effleuraient mes paupières toujours closes, pour fêter ce que nous avions vu, peut-être.

Puis elle se mit à trembler, me serra dans ses bras et frotta sa douce joue contre la mienne.

— Ensemble nous sommes puissants, Merlin. Mon père n'a jamais volé ainsi. Je ne le croyais pas possible : voler à travers les jours et les semaines. Ensemble nous pourrions voler à travers les années !

Je la repoussai et me mis debout. Elle parut déçue. Je tremblais moi aussi, je me sentais étourdi, nauséeux, avec l'impression de regarder le monde d'une très grande hauteur. C'était comme si je chutais. Et une ecchymose marquait mon bras droit, qui m'élançait.

Qu'avait-elle fait ? Que m'avait fait cette enchanteresse venue du Nord ?

— Tu as l'air las, Merlin. Et plus vieux, murmura-t-elle en se redressant sur les coudes pour mieux m'observer.

Je levai les mains devant moi. Leur peau était grisâtre, et à la cassure des poignets je vis des rides et des plis qui n'y étaient pas auparavant.

— Tu m'as fait voler à travers le Temps ! C'est une chose terrible et dangereuse.

— Mais c'était merveilleux ! dit-elle, à nouveau enflammée par l'excitation. (Elle bondit sur ses pieds pour m'étreindre encore.) C'est la meilleure chose que j'aie faite de toute ma vie. Nous avons vu l'armée, et tous les guerriers. Et nous avons vu quelle direction ils prennent ! Pourquoi une telle colère ?

— Parce que c'était la chose la plus dangereuse et la plus terrible que nous puissions faire ! lui criai-je une fois encore.

Elle en resta interdite un instant. Mon visage était en feu. Ma vue était encore brouillée, et il me semblait toujours contempler les choses d'une grande hauteur.

D'un doigt, Niiv m'effleura la tempe.

— C'est vrai, tu es plus vieux, dit-elle. (Puis elle ajouta, sur le ton de la plaisanterie :) Mais ça te va bien.

Ces minauderies me mirent en fureur. Gagné par la panique, je m'exclamai :

— J'ai perdu des années par ta faute, sorcière ! Je devrais te tuer sur-le-champ...

— Mais pourquoi ?

Elle était indignée. Elle ne comprenait pas la raison de ma fureur ; elle n'avait tout simplement aucune idée de ce qu'elle venait de faire.

Pourquoi avait-elle agi ainsi ? J'étais incapable d'échapper à cette question. J'avais eu l'intention de recourir à un peu de magie et de voler vers le sud, afin de constater où était arrivée la horde et d'espionner ses chefs. J'espérais apprendre ainsi leur destination. Voler au loin est un exercice plus ardu que la course sous la forme d'un chien, même si c'est plus facile que la nage, que j'ai en horreur, quelles que soient les circonstances. Mais le vol lointain ne fait que très peu vieillir, et c'est pourquoi j'y avais consenti. Niiv m'avait supplié de la laisser m'accompagner et, compte tenu de ses origines, j'avais accepté. De plus j'étais curieux de voir ses talents à l'œuvre.

Et cette petite créature retorse nous avait fait aller à rebrousse-temps. Son propre corps pouvait supporter les dommages d'une telle folie, si elle n'était pas répétée en trop d'occasions, mais le mien était brisé par l'effort. Elle avait réussi à lier ses charmes aux miens, à espionner la méthode pour voler à travers les saisons, et l'avait copiée, en m'aveuglant grâce à ma propre inattention. Il est des marques sur mes os – c'est du moins ce qu'on m'a affirmé – qui sont les clefs de ces enchantements périlleux. Elle avait vu, caressé et recopié les signes ; elle était entrée en moi très profondément. Et je n'avais rien senti !

Elle me poursuivit un moment en criant, tandis que je m'enfonçai dans la forêt, errant et divaguant, en proie à la plus grande confusion. Une corne sonna, et je perçus les aboiements des chiens, signe que Jason et les autres s'inquiétaient de mon absence, et qu'ils se lançaient à ma recherche. Je semai très vite la fille, mais pas ces maudits chiens, les fidèles molosses d'Urtha, que leur flair guida jusqu'au petit surplomb où je m'étais réfugié. Leurs abois se transformèrent en jappements de sympathie quand ils me découvrirent.

Ils semblaient heureux de me trouver sain et sauf. Et bientôt la silhouette musclée de Jason les domina. Il les chassa, puis vint s'asseoir auprès de moi, le souffle court et empestant le vin.

— Tu sais courir. Mais tu sembles malade, Merlin. Tu as le teint gris.

— Cette sorcière m'a volé mon âme. Pendant un instant seulement, mais elle l'a volée. Tu as ma permission de la tuer.

— La dernière fois que j'ai tenté de le faire, c'est toi qui es venu à son secours. Et la protectrice d'Argo a bien failli te geler les parties !

— Les temps ont changé.

— Eh bien, avant de discuter de l'avenir de cette nymphe, dis-moi ce que tu as vu. L'armée, n'est-ce pas ?

Je lui racontai ma vision des guerriers. J'omis toutefois de lui préciser que je les avais surpris peu de temps avant leur départ, quelques semaines auparavant, à l'endroit exact où Argo était maintenant échoué, et où les Argonautes se reposaient après ce long voyage sur le fleuve. Je décrivis la scène en détail, les trois armées, le rassemblement des champions, la nature de la Quête elle-même, c'est-à-dire l'invasion la plus formidable de l'histoire, dont le but était de se réapproprier les objets sacrés des diverses tribus, les hommages aux morts et la présence totémique des ancêtres. Naturellement, il y aurait de nombreux pillages en chemin, car il ne faisait guère de doute que la soif de sang affleurait chez chacun de ces hommes, tout comme chez les femmes d'ailleurs.

Ce serait une expédition sauvage vers le sud, qui laisserait une piste si facile à suivre que je ne voyais aucune raison de chercher de nouveau la position précise de la horde par cette journée chaude du début d'été. Plus vite nous ferions mouvement et plus rapidement nous la rejoindrions.

— Quelle taille a cette armée, as-tu dit ? me demanda Jason.

— Ce sont trois armées, en réalité. L'une est commandée par Brennos, une autre par Bolgios, et la troisième par Achichoros. Il y a de cela quelques années, un songe est venu à Brennos, d'après ce que j'ai pu comprendre. Les esprits furieux de ses ancêtres l'ont chargé de rapporter les objets sacrés de leur race, qui avaient été dérobés pour servir d'offrandes à l'un ou l'autre des nombreux oracles de ton pays. Dans ce rêve il a reçu pour mission de lever une armée de cent fois mille guerriers, tous des champions. J'ignore qui lui a envoyé ce rêve, mais il semble qu'il l'ait accompli. Brennos a derrière ses songes un allié puissant.

Jason se gratta la barbe, perplexe.

— Cent fois un millier de guerriers, dis-tu. Par le sexe glorieux d'Apollon, cela fait beaucoup d'hommes. Cent fois mille... Combien cela fait-il vraiment, au total ?

— Cent mille.

Levant les mains à hauteur de son visage, il remua les doigts.

— Voici dix doigts. Donc, si dix hommes étaient assis ici, nous aurions cent doigts. Et s'il y avait cent hommes... un millier de doigts. Et pour faire cent mille... Par les dieux, cela fait beaucoup de doigts !

— Si tu comptes les doigts, alors tu dois parler de dix fois cent mille.

— Je ne suis pas très doué avec les chiffres, Merlin.

— Et les doigts sont le cadet de nos soucis. Le train des équipages est énorme, et il y a probablement une demi-fois autant de femmes et d'enfants que de guerriers. Ils ont amassé des provisions et des animaux pendant tout l'hiver. Ils sont préparés pour une grande invasion des terres grecques – ton pays, Jason. Et il y aura maints pillages et rapines en chemin. Tout cela est fort bien organisé.

Sourcils froncés, il me considéra un moment en silence.

— Et quelle est leur destination ?

J'hésitai avant de répondre :

— Le sanctuaire d'Apollon, à Delphes.

Je ne saurais dire quelle réaction j'avais attendu de Jason. Qu'il soit indigné, peut-être, ou scandalisé. Mais je n'avais pas imaginé qu'après être resté un bref moment abasourdi il éclaterait d'un rire tonitruant. Il se releva, ramassa un bâton qu'il lança au loin pour distraire les chiens, puis se retourna vers moi.

— Delphes ? Alors ils sont fous ! Il faudra que leur armée franchisse une des passes les plus étroites du monde connu : les Portes de Feu ! Les Thermopyles ! Delphes ? Ils échoueront. Avec ou sans l'aide des dieux, qu'ils soient armés de bronze ou de fer, ils échoueront ! Vingt hommes peuvent tenir cette gorge sans rien d'autre que des bâtons pointus. Un cri au mauvais endroit tandis que tu avances dans ce piège, et les parois de roche s'écroulent sur toi. Te rappelles-tu lorsque nous avons ramé entre ces écueils mouvants, alors que nous allions vers la Colchide ? La colombe a effleuré les rocs du bout de son aile, et l'extrémité de la poupe d'Argo a été emportée. Les Portes de Feu sont cent fois pires !

Il parut soudain prendre conscience de ce qu'il disait, et ajouta :

— Oui, bien sûr... Aussi, si nous voulons les rattraper, il faut que ce soit avant la passe. Sinon il n'y aura personne à atteindre, pas même mon fils.

Il s'accroupit.

— À ce sujet, justement... L'as-tu vu ? Thesokorus ?

Je lui répondis par l'affirmative.

— Il est avec l'armée, où il tient un rang qui lui permet de côtoyer Brennos en personne. Les deux hommes semblent être amis.

— À quoi ressemble-t-il ? demanda Jason après un court silence.

À toi. Il te ressemble tellement. Je ne l'avais pas remarqué en Macédoine. Le soleil était trop fort, peut-être. Mais, dans sa férocité, son ambition et sa clairvoyance, il est le reflet de ta jeunesse.

— Fort, dis-je. Jeune. Impatient. Il a grande prestance. Mais son frère lui manque.

— Oui, bien sûr. Le Petit Rêveur. Mais un fils à la fois, n'est-ce pas...

— Il y a autre chose, ajoutai-je. Quelque chose d'autre qui le trouble grandement. Niiv, sous la forme du faucon, ne l'a pas vu, ou bien elle n'y a pas prêté attention. Mais un corbeau s'est soudain posé sur la table autour de laquelle les hommes festoyaient. Il a volé de la nourriture dans l'assiette d'un des chefs, mais il semble que ce soit Orgetorix qu'il observait. Ton fils Orgetorix était assis à la même table. Ce corbeau a surgi de nulle part, tout comme Niiv et moi sommes sortis du néant. Jason, je connais ce corbeau ! Pour le moment, je ne puis l'identifier. Mais nous sommes épiés, cela ne fait aucun doute.

— Tu me l'as déjà dit...

— Alors je te le répète. Nous sommes suivis... et je soupçonne que cet espion représente un danger pour nous tous.

Jason approuva ces propos, puis il m'aida à me mettre debout.

— Nous avons vingt et une fois dix doigts à enfoncer dans les yeux de ce vieil oiseau noir s'il s'essaie à venir rapiner sur Argo. Cela fait beaucoup de doigts pour deux yeux.

Je me sentis le devoir de lui préciser les choses :

— Si je savais à qui appartiennent ces yeux, je serais plus à même de juger de l'efficacité de deux cent dix doigts !

Sa réponse fut empreinte de colère :

— Ce n'est qu'un oiseau, Merlin. Un gros charognard noir. Et il n'y a rien que tu puisses m'apprendre sur ces animaux. Allons, reprends-toi, et dis-m'en plus sur mon fils. Me ressemble-t-il ? A-t-il une étincelle qui brûle dans ses prunelles ? L'air sûr de lui, de la noblesse dans l'attitude ? Ressemble-t-il à un petit-fils d'Æson ?

Tout en discutant nous retournâmes vers les chiens, auprès desquels se trouvaient Elkavar et Tairon de Crète, qui étaient partis à ma recherche avec Jason. J'étais incapable de comprendre pleinement l'Achéen. Cet homme, ce mort, ce ressuscité vivait et foulait le sol d'une terre distante de sept cents ans ou plus de la sienne, et donnait l'impression de ne pas regretter tout ce temps enfui, et de ne se soucier que d'un visage, d'un geste, d'une mimique ou d'un sourire : son fils, par la chair et le sang, lui rappellerait... sa propre personne ! Souhaitait-il à ce point ne rien retrouver de Médée dans le garçon ? Ou désirait-il simplement voir ce dernier et le reconnaître comme son fils ? Jason était en lutte avec lui-même, un instant furieux, le suivant concentré sur ses buts ; un jour dédaignant tout ce en quoi il croyait, pour le lendemain sacrifier à des dieux depuis longtemps disparus.

Il était réellement hors du temps.

Comme Orgetorix.

Et comme moi.

— Ton fils ne te ressemble en rien, mentis-je.

Jason parut affecté tandis que nous marchions.

— Vraiment ?

— Il a sa propre personnalité. Et je ne doute pas un instant que ce soit bien ton fils.

— Et pourquoi une telle certitude ?

— Il y a en lui cette désinvolture face à la vie... Il est intrépide, brave, insensé et égocentrique.

Jason éclata de rire.

— Eh bien, voilà assurément un riche mélange de poisons. Mais comme tout remède, suivant la quantité administrée, les poisons peuvent créer ou anéantir la maladie !

Je dévisageai Jason un moment, car sa métaphore me paraissait très inappropriée. Et pourtant... Je ne lui avais pas dit toute la vérité sur Orgetorix. Je n'avais pas mentionné ce sentiment de perte et de perplexité qui habitait le jeune homme. Je me demandai si Jason avait deviné cette omission, et s'il estimait seulement qu'avec la bonne combinaison de ces traits puissants, son fils parviendrait à vaincre ses peurs.

Le visage du jeune Celte me hantait. Alors que, toutes ailes déployées, je planais au-dessus de lui, j'avais vu à la fois l'ombre et le feu dans ses yeux quand il les avait levés vers moi. Il avait su que ce faucon n'était pas un simple prédateur ailé. Il semblait me lancer un appel muet par-delà les jours qui nous séparaient, et la chose m'intriguait.

Et alors même que je pensais cela, il me sembla que l'ombre du corbeau assombrissait l'éclat du soleil.

Argo était solidement amarré à la berge, et on l'avait déchargé. Ruvio parcourait au petit galop l'étendue saccagée qui avait été l'immense campement, des talus de terre aux enclos avec leurs palissades de pieux taillés en pointe et leur sol souillé de cendres. Les Argonautes fouillaient les lieux à la recherche de tout ce qui aurait pu être abandonné ou oublié par la horde et qui pourrait nous être de quelque utilité, que ce soit du grain, de la viande salée, de la toile ou des vêtements. Ils se mêlaient aux nombreuses meutes de chiens qui grondaient et montraient les crocs sans cesser de gratter la terre. Les deux molosses d'Urtha avançaient parmi eux, et les chiens sauvages se tenaient à distance respectueuse.

Rubobostes, lui, désigna les bois où je m'étais caché peu de temps auparavant. Nous aperçûmes les yeux étroits et les museaux gris de la meute des loups qui nous surveillaient en silence depuis l'orée.

— Il y en a plus de dix. Ils sont très calmes, très patients. J'espère qu'ils attendent notre départ, plutôt que notre sommeil.

L'enclos royal où Brennos s'était adressé à ses lieutenants fut nettoyé, ses portes réparées pour protéger le court repos dont tous les Argonautes avaient grand besoin. Rubobostes et Ullanna préparèrent un ragoût succulent mêlant les maigres provisions du bord et la nourriture trouvée alentour. Michovar avait fait du pain avec de l'herbe, semblait-il.

— Tout ce qui se réduit en poudre peut servir à faire du pain, m'expliqua-t-il. Même des crânes !

Elkavar et les deux Cimbres, Conan et Gwyrion,

avaient débourré sept chevaux qui erraient entre le fleuve et la forêt, des animaux trop vieux, abandonnés et qui retournaient déjà à l'état sauvage, mais qui seraient parfaitement utilisables pour notre voyage vers le sud.

Erdzwulf passait son temps à étudier de près les nouvelles cartes de la région. Tairon de Crète, bien qu'ignorant tout des montagnes qui nous séparaient des terres grecques, possédait un talent naturel pour interpréter les labyrinthes, qui nous serait précieux pour affronter les défilés et ces vallées sinueuses où coulaient des rivières aux multiples affluents : car l'ensemble formait le plus ancien labyrinthe qui soit. Ses longs doigts aux ongles dorés traçaient diverses routes par lesquelles nous pourrions poursuivre et rattraper l'énorme masse d'hommes et de chevaux qui s'écoulait vers les collines de Macédoine, comme l'inondation dans les champs, discrète dans un premier temps, avant de tout submerger.

Il nous fallait maintenant nous séparer d'Argo. Nous avions devant nous une longue route dans des passes de plus en plus difficiles d'accès avant d'atteindre les marches de l'Illyrie ; puis un chemin sinueux nous conduirait à travers la Macédoine et jusqu'en Thessalie, avant de déboucher aux Portes de Feu, ces gorges encaissées qui barraient le passage vers les plaines hostiles menant jusqu'à Delphes.

Jason était déchiré entre la certitude qu'il valait mieux intercepter l'armée avant qu'elle n'arrive aux Thermopyles, où d'après lui aurait lieu un massacre épouvantable qui pouvait très bien coûter la vie à son fils, et son instinct qui lui dictait d'attendre jusqu'à

Delphes, où il serait aisé de le retrouver. Mais si l'armée des Celtes entrait avec succès en terre achéenne, la horde se répandrait telle une eau courante, et ses trois divisions fondraient sur l'oracle de Delphes comme autant de tempêtes. Et Orgetorix, perdu dans la déferlante, risquait aussi bien de renoncer à sa mission, à cause du souvenir respectueux qu'il gardait pour ce lieu sacré.

Urtha comprenait parfaitement le dilemme de Jason, mais pour des raisons toutes personnelles : il ne voulait pas que Cunomaglos tombe sous une lance grecque. L'interception devait donc se produire avant les Thermopyles, et dès lors il nous fallait hâter notre départ.

La question fut soulevée de savoir qui annoncerait à Mielikki qu'Argo allait être mis en lieu sûr, dissimulé à la vue, et surtout déserté pour quelque temps.

— Je lui ai pissé dessus, dit Jason. J'ai peur rien qu'en imaginant ce qu'elle me fera si je vais la voir.

Tous les regards se tournèrent vers moi, mais je secouai la tête négativement. Le vol du faucon m'avait épuisé, et j'avais d'autres préoccupations en tête. Mais Ullanna me rappela mes relations privilégiées avec Argo, et je n'eus d'autre choix que d'accepter.

Mielikki me fit attendre. Je m'accroupis dans le vaisseau vide. Le crottin avait été ramassé et l'endroit nettoyé, mais il flottait dans l'air quelque chose qui rappelait la présence récente de Ruvio. J'appelai la Dame de la Forêt d'une voix douce à maintes reprises. Le visage sévère me contemplait, et j'avais froid. L'odeur de l'hiver chassa peu à peu celle du cheval, et un flocon de neige tomba sur ma joue, en une piqûre glacée.

La Dame de la Forêt était mécontente. J'appris très vite qu'elle avait surpris notre conversation.

— Vous m'avez fait naviguer jusqu'ici, et à présent vous projetez de m'abandonner !

La voix soudain jaillie de l'Esprit du Navire me fit sursauter. Je me retrouvai accroupi dans une couche de neige épaisse, au milieu d'un paysage boisé et gelé, où le soleil se reflétait si violemment sur les échardes de glace et les plaques de givre alentour que je dus plisser les paupières pour combattre l'éblouissement.

Enveloppée dans une fourrure d'ours noir, le visage dissimulé derrière un volumineux capuchon rouge et vert, Mielikki avançait vers moi, soulevant à chaque pas un agressif nuage de neige. Son lynx gronda et cracha dans ma direction. Je me redressai pour l'accueillir.

— Nous devons aller au plus vite vers le sud, et franchir les passes des montagnes, à pied et à cheval. Ici est le terme de notre voyage sur le fleuve. Nous ne t'abandonnons pas, nous te laissons simplement en cale sèche pour quelque temps.

— Naviguons plutôt jusqu'à la mer, dit-elle. Puis cap sur le sud, à travers les détroits, et ensuite les îles d'Iolcos, ou même Thessalon. Argo s'y est déjà rendu par le passé.

Elle faisait référence au voyage de Jason, et les détroits n'étaient autres que l'isthme de l'Hellespont. C'est le navire lui-même qui partageait ces souvenirs avec sa divine protectrice. Je me remémorai ce voyage interminable comme si c'était hier, le long halage autour de la côte de cette mer aussi sombre que le vin, jusqu'en Colchide, puis la traversée de l'océan et l'arrivée dans cette zone dangereuse pour la navigation, où les eaux du Daan se perdaient dans un paysage désolé de marais et de joncs ; ensuite les rudes heures passées à ramer contre le courant pour pénétrer à l'intérieur des terres, vers les régions montagneuses, au sud de l'Hyperborée, là où, maintenant, Brennos et ses pairs celtes régnaient. Mais l'expérience que j'avais acquise à parcourir le Chemin autour du monde me disait que notre périple serait plus court par les terres. Cependant cette certitude était tempérée par le fait que nous serions plus en sécurité en mer, où les seuls risques étaient les pirates et les créatures difformes que Poséidon pouvait décider de nous envoyer. Sur terre, nous devrions affronter des seigneurs de guerre tribaux, au mieux, et les Macédoniens bien armés et décidés, si nous jouions de malchance.

Les Grecs eux-mêmes étaient faibles, depuis un certain temps déjà. C'est seulement aux Thermopyles qu'ils seraient en mesure de résister, et Brennos avait déjà défini sa stratégie pour enlever le défilé.

— Nous nous y engouffrerons comme la lave brûlante coule des flancs du volcan, avait-il proclamé à ses champions pour les exhorter. Nous brûlerons tout sur notre passage, et que les vivants marchent sur les cadavres encore chauds de ceux qui sont tombés ! Nous submergerons jusqu'au moindre brin d'herbe, et toute jeune vie qui voudrait nous arrêter.

Et c'était peut-être bien ainsi qu'il procéderait. Ces Celtes se souciaient beaucoup moins de la mort que les Perses qui avaient attaqué cette porte, quatre générations plus tôt, pour être stoppés par une poignée de Spartiates.

Mais les temps avaient changé. Lorsque la mort d'un guerrier ne signifiait rien d'autre que la poursuite de son combat dans l'Autre Monde, la bataille avait tendance à se poursuivre après la mort.

— Nous ne t'abandonnerons pas, dis-je à Mielikki.

Mais le voyage par terre sera plus rapide. Ensuite, nous reviendrons et nous te ramènerons en tes terres.

Mielikki était en colère ; et tandis qu'elle arpentait la neige devant moi en modulant un son étrange, pareil à une mélopée sourde, peinant à sortir de sa poitrine, je songeai qu'elle semblait effrayée. Finalement elle vint vers moi et rabattit son capuchon. Son visage était d'une pâleur mortelle ; ses yeux, des billes de glace ; sa bouche, une cicatrice ourlée de lèvres minces. Les rides laissées par l'expérience des ans creusaient sa peau, et des cristaux étincelaient là où des larmes s'étaient figées. Cette femme était belle, mais je voyais bien qu'elle pouvait devenir impitoyable, et violente.

— Celle qui était là avant, dit-elle, ne faisait que passer dans le navire. Elle n'y était pas toujours présente. Elle venait selon son bon vouloir, ou quand celui que tu nommes Jason l'invoquait.

Mielikki parlait de Héra, qui n'avait promis à Jason que des conseils parcimonieux durant le voyage, car elle était alors engagée dans un jeu plus vaste et plus impitoyable, qui se déroulait au-delà du royaume des mortels.

— Certains, parmi les autres qui ont séjourné ici, les très anciens, étaient comme moi liés au navire. Eux, pas plus que moi, n'avaient nulle échappatoire. Le navire constituait leur monde, et le monde auquel ils avaient jadis appartenu leur était désormais interdit. Plus je voyage, plus je m'éloigne de ma terre, et plus grand est le froid qui m'envahit. Tu ne peux pas m'abandonner ainsi. Je vous transformerai tous en statue de glace si vous songez à commettre une telle chose.

Je fus parcouru d'un long frisson et, sous l'effet du froid, mon souffle se transforma en vapeur devant ma bouche. La Dame de la Forêt se recouvrit le visage.

— Même avec Ruvio, nous ne pourrions tirer Argo que sur une courte distance, dis-je. Et il nous faut gravir les montagnes. Le navire doit rester en arrière.

— Le navire peut rester en arrière, mais l'Esprit du Navire doit être emporté, insista Mielikki. Ce n'est qu'une petite partie de l'ensemble ; vos charpentiers la détacheront aisément. Il te sera toujours utile, Merlin, de pouvoir invoquer son esprit. Tu risques d'en avoir besoin à l'avenir...

Ces paroles en disaient long.

— Vraiment ? Pourquoi ?

— Les yeux féroces qui t'épiaient ont fui. Elle a quitté le navire juste après que nous avons accosté. Elle a fui sur des ailes.

— Sous l'apparence d'un corbeau, dis-je dans un murmure.

Mielikki ne répondit pas, aussi je répétai ces derniers mots d'une voix plus forte.

— Un oiseau au plumage de nuit, dit-elle enfin. Elle est en grande colère, et très dangereuse.

— Je sais qu'elle me déteste.

— Elle a peur de toi, et de Jason.

Les propos de Mielikki étaient de plus en plus déroutants.

Cette fille surgie du passé avait peur de nous ? Elle me détestait ? Mielikki semblait en savoir long, aussi l'implorai-je de m'en révéler plus. Tout ce qu'elle consentit à me dire fut :

— Je ne suis pas comme celle qui navigua avec Argo à l'époque de Jason. Celle-là...

Héra, une déesse.

— Celle-là, quel que soit son nom, était plus puissante que moi. Elle arrivait à pénétrer l'Esprit du Navire. Elle jouait avec les hommes qui ramaient sur

Argo. D'autres gardiens se sont montrés plus respectueux de ce navire, et à mon tour je le respecterai. Mais, Merlin, je ne parviens qu'à entrevoir les ombres qui vont et viennent sur le Seuil. Si je pouvais t'en dire plus sur Yeux Féroces, je le ferais. Si tu m'abandonnes, je ne puis t'aider. Si vous laissez le navire en arrière, alors emportez-moi au moins avec vous. Les terres au-delà du Seuil s'étendent dans bien des directions. Je vous serai utile.

Je quittai Argo et partis à la recherche de Jason. Il m'écouta avec attention et ensemble nous estimâmes une nouvelle fois le temps de navigation, le long de la côte du Ponant, à travers les détroits, les écueils mouvants, puis la traversée de l'océan constellé d'îles jusqu'à Thessalon, Artemisium ou n'importe quel endroit où nous arriverions avant de nous enfoncer dans les terres pour intercepter Brennos.

Certes nous profiterions du courant du Daan, au lieu de ramer contre lui, mais voyager à pied et à cheval demeurait néanmoins préférable. Nous disposions de sept montures, sans compter Ruvio, qui pouvait aisément tirer un chariot lourdement chargé.

Décidément, tout indiquait qu'un voyage terrestre serait plus aisé. Mais je m'inquiétai pour Argo, et, à ma grande surprise, ce fut également la réaction de Jason.

— Elle a raison : si nous l'abandonnons, il risque de tomber entre de mauvaises mains, voire d'être démembré et de finir dans les feux de l'hiver. Et j'ignorais qu'il nous faudrait raccompagner cette glaciale dame chez elle.

Il croisa les bras sur la table où était étalée la carte rudimentaire de notre voyage. Rubobostes chantait d'une voix forte en ajoutant du bois au feu qui flambait dans l'enclos, et au-delà de la porte les chevaux trottaient sous la surveillance attentive des Cimbres.

— D'accord, dit-il enfin. Nous le dissimulerons avec soin, dans les bois, là-bas. Et quand nous reviendrons, nous naviguerons de nouveau avec lui. Tout cela est de bon sens. Emporte le cœur d'Argo s'il le faut, mais ne découpe que la surface du bateau, car le bois est lourd, et notre chevauchée a toutes les chances de se révéler bien rude.

D'un doigt, il se mit à tapoter la carte, plongé dans ses réflexions.

Il me fallut quelques secondes pour comprendre que je venais d'être congédié.

17

Rage de sang

Une fois de plus, les molosses me retrouvèrent grâce à leur flair. Recroquevillé dans un creux du sol, le corps transi, l'esprit confus, j'avais le bras toujours douloureux à l'endroit où le lance-pierres l'avait atteint, et les articulations raidies par les années supplémentaires dont je venais d'hériter.

Gelard poussa sa truffe humide sous mon menton. Son haleine empestait la viande. J'étais prêt à accueillir fraîchement Niiv, maîtresse désignée du chien, mais c'est Urtha lui-même qui écarta les branchages feuillus dissimulant ma cachette et me sourit.

— Ah, tu es là.

— Va-t'en, j'ai besoin de rester seul.

— Ton amoureuse boude. Elle est frénétique, elle te cherche partout.

— Ce n'est pas mon amoureuse ! m'écriai-je avec colère.

Je réalisai soudain que le seigneur de guerre ne faisait que me taquiner.

— Trop maigre, hein ? fit-il en riant.

Il se fraya un chemin à travers les branchages et descendit dans le trou auprès de moi.

— Trop dangereuse, concédai-je.

Les chiens, haletants, observèrent la scène jusqu'à ce que Urtha leur ordonne de s'asseoir et de se calmer, instruction à laquelle ils obéirent promptement.

— Mais elle t'a dans la peau, c'est sûr. Je peux voir ces choses.

— Plus profond que dans la peau, lui confiai-je.

Urtha acquiesça comme s'il comprenait ce que je sous-entendais, puis il poussa un léger soupir.

— Ullanna est comme ça. Lorsque je suis possédé par la rage de sang, je prends conscience de sa présence toute proche. Elle reste calme, ses mains se posent sur mon visage ou mes épaules, et je m'apaise. Alors elle s'assied avec moi et se met à parler de la toundra et de la chasse, des hivers dans les collines passés à guetter une quelconque bande de cavaliers puants dont je n'ai jamais entendu parler, et elle me répète les plaisanteries qu'elles se racontent entre elles pour passer le temps, ces femmes qui sont au moins aussi sauvages et rusées que les hommes, sinon plus. Et je ris, Merlin. Elle me fait rire. Et si une partie seulement de ce qu'elle affirme avoir fait dans sa vie, sur un cheval, avec une lance ou une épée, si une partie de cela seulement est vraie, alors elle pourrait réduire au silence un poète dans ma maisonnée tous les soirs, pendant un plein cycle de la lune ! Elle me plaît. Elle me plaît beaucoup. Elle me fait rire...

— Eh bien, voilà une bonne chose, non ?

Il me lança un regard acéré, presque douloureux.

— Je n'ai pas le droit de rire, Merlin. J'ai besoin de cette rage de sang. Rien ne peut continuer tant que Cunomaglos n'est pas réduit au silence sur le sol, la poitrine ouverte, et servant de festin aux corbeaux. Comprends-tu ? Aylamunda occupe mon cœur. J'entends ses cris dans mon sommeil... Je l'étreins contre moi. Comprends-tu cela ?

Je hochai la tête. Pour la première fois depuis très longtemps Urtha s'était rasé les joues, avait peigné sa barbe et coupé court les cheveux sur sa nuque. Il avait fière allure. Les cheveux sur son crâne étaient légèrement raidis, prêts à recevoir une application de chaux, afin de créer cette singulière crête de piques que les guerriers celtes arboraient pour aller à la bataille.

Ce jeune homme était propre, il portait beau, et dans ses prunelles dansait une lueur qui suggérait moins la haine que l'intérêt.

Cependant il n'était pas prêt à renoncer, bien qu'il se sentît pourtant sur le point de le faire.

Comme s'il avait deviné le fil de mes pensées, il répéta :

— J'ai besoin de la rage de sang.

Il demandait mon aide pour arriver à conserver sa colère, il voulait que je lui rappelle que sa femme et son fils avaient été abandonnés, massacrés, et que cela méritait vengeance.

D'un nouveau hochement de tête, je lui donnai mon assentiment, et il parut satisfait.

— J'ai besoin de la rage de sang...

— Je le sais. Et Cunomaglos en goûtera l'âpreté. Jason tiendra tes lances. Je m'occuperai de tes blessures. Tous les deux, nous insulterons Cunomaglos.

— Seulement tant qu'il sera en vie.

— Bien entendu.

— Quand il sera mort, moi seul l'insulterai !

— Bien sûr.

— Merci.

Il me sourit et dit, pour me taquiner à nouveau et en me donnant une bourrade à l'épaule :

— Alors, elle t'a dans la peau, hein ? Il y a un petit peu de Niiv dans le cœur du vieux jeune homme ?

— C'est plus profond que cela. Et ce n'est pas mon

cœur qui m'inquiète : une lame de glace le transperce, que je peux fort bien utiliser.

Une fois encore, je m'ouvrais à ce jeune Celte impétueux.

— Ah, fit-il en frappant dans ses mains. Bien sûr ! C'est dans tes os, tes vieux os gravés. Elle est allée aussi profond, alors ?

— Oui. Et je ne vois pas en quoi cela te réjouit autant.

— Peut-être parce que je ne comprends pas. En fait, je voulais te poser une question depuis quelque temps déjà, au sujet de tes os. Si je comprends bien ce que tu dis, tes os sont gravés de sorts et d'enchantements et autres recettes secrètes pour tout ce fatras d'écorces d'arbres, de poudres de feuilles et d'excréments ocres que les druides prétendent connaître, alors qu'en général ils mentent, même si je dois reconnaître que tout cela fonctionne souvent...

— Mes os sont gravés de charmes, en effet.

— Des charmes ! Oui, bien sûr. Eh bien, voilà ce que je me demandais : quand tu seras mort, et que toute cette horrible chair aura pourri et disparu, dit-il en me tapotant la joue et en me pinçant la peau du bras, toute cette chair laide et vieillie, dévorée par les rats, les chiens sauvages, les charognards et tout le reste, toutes ces créatures qui ne sont pas trop regardantes sur la qualité de ce qu'elles mangent, quand donc il n'y aura plus que tes os nus, tes os magiques, les os de ce pauvre vieux Merlin hélas décédé...

— Où veux-tu en venir, Urtha ?

— Eh bien, est-ce qu'ils pourraient être utiles à quelqu'un comme moi ? Si je les conservais pour un usage personnel ?

Je le dévisageai. Plaisantait-il ? Était-il sérieux ? Je commençais à me rendre compte que pour le *Keltoï*, une part non négligeable de l'existence était un jeu. Le problème était qu'une autre, aussi grande, devait être considérée de façon mortellement sérieuse.

— Pourquoi me demandes-tu cela, Urtha ? As-tu pour projet de me tuer ? Si oui, réfléchis encore. Il y a une malédiction inscrite dans la magie que je cache sous mes chairs.

L'idée parut le ravir.

— Saurais-tu créer une telle malédiction en moi ? Ce serait merveilleux. Périr honorablement est une chose, mais trop souvent nous mourons d'un coup de lance dans le dos. Une malédiction qui poursuivrait un aussi lâche assassin, voilà qui serait un cadeau merveilleux. Je te laisse décider, bien sûr.

— Pourquoi toutes ces questions ? demandai-je de nouveau, de plus en plus irrité par cette interruption Tenterais-tu de me redonner bonne humeur ? En ce cas, va-t'en. J'ai d'autres sujets de réflexion. Et le dernier d'entre eux est bien d'imaginer mon squelette transformé en trophée si je recevais une flèche.

— Je n'étais pas sérieux, dit Urtha dans un demi-sourire, avant de détourner le regard. Simplement curieux. Comme toi, j'ai d'autres sujets de réflexion. J'ai beaucoup songé à mes fils, à Munda, et à ce qui viendra après moi maintenant que...

Il s'interrompit, se gratta sa moustache récemment peignée d'un geste absent. Il pensait à Kymon. Et j'avais la certitude qu'il réfléchissait à la façon dont tout avait changé, depuis qu'il avait fondé ses inquiétudes pour l'avenir sur un songe trompeur. Il avait imaginé une querelle entre ses fils, se développant en une guerre qui scinderait le territoire ancestral.

C'est cette peur qui l'avait mené dans le Nord. L'événement ne risquait plus de se produire, puisqu'un de ses fils était mort. Ses craintes pour le futur étaient venues de cette bouche de Hel que les Grecs appellent la Porte d'Ivoire.

Néanmoins, dans ces rêves qui provenaient de la Porte d'Ivoire – généralement considérés comme des mensonges et des tromperies –, se glissait souvent un élément intrigant. Rien n'était totalement tel qu'il semblait. Urtha aurait peut-être un jour un troisième fils d'un autre femme ; ou bien le jeune Urien, après s'être régalé de la chair des chiens, reviendrait d'entre les morts. Aucune hypothèse ne pouvait être écartée. Seul le Temps lui-même pouvait répondre de la véracité ou de la fausseté des songes, et je n'étais pas d'humeur à engager un marché coûteux avec ce dernier pour entrevoir l'avenir d'Urtha.

J'avais la peau distendue, les yeux fatigués, ma barbe avait des reflets gris, et surtout je m'apitoyais sur moi-même. Et tout cela à cause de Niiv au sourire lumineux comme une caresse. Comme un ver, elle avait trouvé son chemin jusqu'à mes os et y avait saisi l'essence de la magie ; tel un loup, elle avait hurlé sa victoire après le festin ; puis elle s'était rendu compte de son erreur et m'avait observé avec les yeux agrandis par la prudence du chat. Et avec tout cela, non, je n'étais pas, pour le moment du moins, dans un état d'esprit propice à la générosité.

Par ailleurs, j'en étais réduit à des suppositions.

— Pourquoi es-tu venu me trouver ?

Urtha se releva, balaya de la main les débris de l'hiver accrochés à son pantalon, intima d'un geste un silence obéissant à ses molosses, et m'aida à me mettre debout en emprisonnant mon poignet dans une main ferme. Il me regarda droit dans les yeux.

— Parce que j'ai découvert quelque chose. Je voulais que quelqu'un d'autre le voie. Viens, je vais te montrer.

Nous sortîmes du bosquet. Urtha enroula la laisse de Maglerd autour de son poignet, je me chargeai de Gelard, et nous nous mîmes à courir entre les arbres espacés. Dans l'air flottait une odeur chaude et puissante de fumée de bois, tandis que résonnaient la hache et le marteau des Argonautes en plein labeur. Ils préparaient le long halage à la poursuite de Brennos et de sa horde.

Les molosses nous menèrent aux berges escarpées flanquant les flots gris du Daan. Par cette journée cristalline, l'eau étincelait sous le soleil haut dans le ciel. Les chiens tiraient sur leur laisse et jappaient en lançant des regards nerveux vers le ponant.

— Ils ont un flair particulier pour la Mort, dit Urtha.

Après avoir longé quelques minutes la berge au trot, nous arrivâmes devant une tombe ouverte où deux corps au visage grisâtre gisaient en une pose étrange, face contre terre. Aucune arme n'était visible auprès d'eux. Leur dos à demi exposé était taché de sang. La terre était fraîchement remuée, et les cadavres avaient été à demi dégagés, selon toute vraisemblance par les molosses d'Urtha.

— Ces deux hommes de valeur étaient mes amis, ils comptaient parmi mes *uthiin*. Ils m'ont trahi, et Cunomaglos les a trahis à son tour.

— Qui étaient-ils ? demandai-je.

Il jeta une poignée de terre sur chacun des cadavres.

— Je les connais, mais je ne te dirai pas leur nom. Ils méritent de pourrir avec les bêtes. Je me souviendrai d'eux, pourtant, car ils furent mes amis. Je garderai en mémoire les combats glorieux et les chevauchées sauvages que nous avons partagés. Cunomaglos est l'auteur de cela. Je suppose qu'il en est venu à douter de la loyauté de ces deux-là. Il a eu raison. J'imagine qu'ils nourrissaient des doutes persistants sur cette aventure où il les avait entraînés.

Il se tourna vers moi. Son regard avait la dureté du métal.

— Il en reste neuf. Neuf en tout.

— Ce qui fait beaucoup d'hommes à défier.

— Je n'en défierai qu'un seul, Merlin. Le Seigneur-Chien en personne. Si je suis vaincu, cela n'ira pas plus loin. Si je suis victorieux, alors oui, les difficultés commenceront. Ils viendront se mesurer à moi, un par un. Ils seront frais, et féroces. Quand j'en arriverai au sixième adversaire, mon bras sera très lourd. La tâche ne sera pas aisée.

Je posai ma main sur son épaule, comme un vieil ami, et je réprimai un sourire.

— Bah, au moins tu as l'arrogance de ton côté, et cela t'aidera.

Il acquiesça.

— Je l'espère vraiment. Mais le premier adversaire est le seul qui compte.

— Merlin... Merlin !

Parfois j'ai l'impression d'être un arbre, enraciné dans le sol au sein d'une nuée de corneilles jacassantes ; elles font leur nid, se chamaillent dans mes branches, battent des ailes et s'agitent, et je ne puis rien faire pour les chasser.

Jason, Mielikki, Urtha... et maintenant Niiv, qui me défiait du haut d'une butte de terre, à la limite du camp. Bras croisés, rouge de colère, elle affichait un air maussade qui donnait l'impression qu'elle boudait, mais ses yeux étaient enflammés par l'irritation.

— Merlin ? Qu'ai-je fait ? Tu dois arrêter de

m'ignorer. Est-il vrai que tu as autorisé Jason à me tuer ? Pourquoi ?

Elle avait le don de m'énerver.

— Ne t'approche pas de moi. Va donc importuner Tairon, il est aussi retors que toi.

— Retors ? Qu'est-ce que ça veut dire ? cria-t-elle, exaspérée. Je ne te comprends même plus. Qu'ai-je donc fait pour te mettre dans un tel courroux ?

— Tu sais très bien ce que tu as fait ! Tu m'as volé mon savoir ! Tu m'as affaibli !

— Je ne t'ai rien volé ! cria-t-elle en agitant l'index un instant, comme si elle s'adressait à un enfant. Tu as toujours été en selle, tu as toujours tenu les rênes. J'ai seulement sauté en croupe derrière toi. Et je me suis accrochée à toi. Je me sentais en sécurité avec toi...

Elle plaidait sa cause, à présent, me croyant simplement en colère, et espérait sans doute m'attendrir. Comment aurait-elle pu savoir que j'étais terrifié ?

— Tu m'as charmé, contrai-je. Et tu m'as volé.

— Ce n'est pas vrai. Tu es un menteur !

— Moi, mentir ? Alors que j'ai en face de moi une rusée catin comme toi ?

— Quoi ? Comment m'as-tu appelée ? Comment oses-tu ?

— Crois-tu que je n'ai jamais rencontré des représentantes de ton engeance avant toi ? Tu es la pire sorte de sorcière qui existe ! Crois-tu que ton aïeule Meerga ne jouait pas les mêmes tours ? Je l'ai culbutée, elle m'a escroqué et j'ai dû la tuer.

Un instant interloquée, Niiv se ressaisit et déclara d'un ton sec :

— Elle est morte dans le lac en essayant d'entrer en contact avec un ancêtre. Elle n'avait pas pris les précautions qui s'imposaient, et elle a été emportée par

Enaaki. La même chose te serait arrivée si je ne t'avais pas mis en garde.

— Elle est morte sur le lac. Dans une barque, le cou broyé. Elle a payé le prix fort pour son indiscrétion ! Enaaki n'a englouti que sa dépouille, et j'ai moi-même dévoré le demi-enfant. Puis j'ai reconduit l'embarcation à la rame jusqu'à la rive.

— Menteur... Menteur !

— Je sais ce que tu portes, Niiv. Je sais que tu as un demi-enfant en toi. Ne m'approche pas. Que puis-je te dire de plus ? Que puis-je te donner encore ?

— Tout ! Tu peux tout me donner !

Je tirai un plaisir inattendu à la toiser un long moment avant de dire, avec une froideur calculée :

— Laisse-moi tranquille, Niiv. Je suis trop vieux, trop prudent pour me laisser encore abuser par un lutin du givre comme toi, une moins que rien, une brise légère dans la tempête des charmes, je suis trop sage pour t'autoriser à me piéger encore.

— Une moins que rien ? répéta-t-elle, trop furieuse pour continuer.

— Si je t'avais piégé une fois, je pourrais recommencer, geignit-elle au bout d'un moment. Mais je ne t'ai jamais piégé, et je te promets de ne jamais le tenter. Et je ne te crois pas quand tu affirmes avoir tué Meerga. Et pas davantage quand tu proclames que tu veux que Jason me tue. Dis-moi que ce n'est pas vrai...

Quelle merveille de voir pareille beauté danser sur ma musique. Comme elle ressemblait à Meerga, mais sans l'égoïsme amer de cette dernière. Meerga avait été un cadavre entre mes mains, même si ce n'étaient pas ces mains qui l'avaient tué. Je ne pouvais avoir pour Niiv ce regard de faucon.

— Crois ce que tu veux, raillai-je. Si Jason te laisse vivre, alors tiens-toi loin de moi.

— Tout ça, c'est à cause de l'autre, celle qui a débarqué ! N'est-ce pas ? Celle qui sentait le sang et les feuilles brûlées.

Le sang et les feuilles brûlées ?

C'était maintenant à mon tour d'éprouver un choc. J'avais déjà entendu cette expression. Peut-être Niiv interpréta-t-elle mon mutisme soudain comme de l'incrédulité, car elle ajouta avec colère :

— Celle qui émettait un cliquetis de métal vert brillant. Les yeux-poignards !

— Mielikki ? demandai-je, méfiant, alors même que je n'avais nullement en tête la Dame de la Forêt. Mielikki a abandonné le navire ?

— Pas elle. L'autre ! s'écria-t-elle. Celle qui a débarqué pendant que tu te préparais à voler sur les ailes du faucon. Elle n'a pas remarqué que je l'observais. Si tu cherches à la voir, tu ne le peux. Mais c'est bien elle, n'est-ce pas ? Tu la caches ; et tu ne veux pas que je le sache.

La voix de Niiv était pareille au vent qui hurle. Elle se tenait au milieu de sa propre tempête, furieuse et délaissée, intuitivement jalouse d'une amie affectueuse surgie de mon passé. L'activité dans le camp et autour d'Argo aurait tout aussi bien pu se produire à l'autre bout du monde.

Du sang et des feuilles brûlées ?

Non, c'était impossible !

J'interrogeai Niiv :

— Te dissimulais-tu à l'intérieur du navire, lorsque cette femme aux yeux-poignards est descendue à terre ?

— Mielikki est ma mère-esprit, me rappela-t-elle. Et c'est pourquoi jamais tu ne provoqueras ma mort. Je suis sa fille. Elle ne permettrait jamais que je sois en danger.

Elle s'était rendue dans l'Esprit du Navire ! Mielikki l'avait protégée. Mais pourquoi en étais-je aussi surpris ? La Dame de la Forêt et la jeune *shamanka* étaient issues du même cœur. Il était bien naturel que Mielikki prît sa progéniture sous son aile.

Mais qu'avait vu Niiv ? Et qu'accepterait-elle de me révéler ?

— Je ne connais pas cette femme aux yeux-poignards, m'exclamai-je. As-tu entendu son nom ?

— Je n'ai fait que l'entrevoir. Elle était semblable à l'ombre du nuage. Mais elle était avide. Terrifiante. J'espère qu'elle ne m'a pas aperçue. Et tu la connais, je le sens.

— Peut-être as-tu raison. Mais pour le moment, laisse-moi tranquille.

— Non !

Alors que je me détournais, elle me hurla :

— Qui est-ce, alors ?

Elle cria mon nom, puis croisa les bras, baissa la tête et grommela des malédictions amères et plaintives qui rebondirent sur ma peau tels des glands qui frappent le flanc de la mule.

Que faire ?

Jason se précipitait vers moi, l'épée à la main, alerté par les cris. Je vis Elkavar et Conan le Cimbre qui accouraient aussi, quoique plus prudemment, en décochant des regards nerveux à la fille vêtue de noir, immobile sur le monticule devant moi.

— Que se passe-t-il, Merlin ? As-tu besoin d'aide ?

— Aucunement, répondis-je à Jason.

Il considéra Niiv, et la lame de l'épée brilla. Niiv hurla sa fureur et son indignation, tourna les talons et disparut de l'autre côté du tertre.

Je regardai Jason, lus la curiosité et l'inquiétude sur ses traits énergiques. Il attendait que je lui parle, mais les seules pensées que j'étais capable de formuler tournaient sans fin dans mon esprit, comme des feuilles mortes dans le vent d'automne.

Où s'en est-elle allée ? Où se cache-t-elle ? Ce ne peut être vrai...

Je ne pouvais dire à Jason ce que j'avais sur le cœur. Pas encore.

— Fais en sorte que cette fille ne m'approche plus !

D'un ton plein de sous-entendus, il demanda :

— Plus jamais ?

— Non. Pas de cette façon. Et ne songez pas à la malmener : elle a une amie puissante à bord d'Argo.

— Non. Pas de cette façon. Et ne songez pas à la maltraiter ; elle a son âme pas sauve à bord d'Argo.

18

La colline creuse

Il fallait que je retrouve Yeux Féroces. Il fallait que je voie le visage derrière ce voile. Mais où chercher ? Où était-elle allée après avoir quitté le navire ? Comment pourrais-je l'appeler ? Cette fois, je pris mes précautions.

Je devais offrir un spectacle bien singulier, avec ma veste en mouton crasseuse, mon pantalon de laine élimée et mes longs cheveux emmêlés, alors que je courais vers l'orée du bois, puis la longeai pour éviter ces loups toujours aux aguets, scrutant les ombres à la recherche d'une sente, d'un passage ou d'une coulée dans la forêt par où cette femme aurait pu se glisser dans sa fuite.

Je marchai pendant plusieurs heures, droit vers le sud, le long de cette large route tracée par l'armée de Brennos à travers les terres. J'arrivai à une maison de pierre dont la porte avait été arrachée, sans doute pour servir de bois de chauffe. Elle avait été depuis longtemps saccagée et abandonnée, mais il restait quelques sacs de grosse toile dans un coin, sous lesquels je me blottis. Je rassemblai alors mes pouvoirs pour voyager par le songe, et j'entrai dans le Sommeil de Mort.

Immédiatement, je pris mon envol sur les ailes du faucon. Je m'élevai dans les airs, survolai la plaine, vis l'immense étendue de la forêt, la vaste clairière avec son feu fumant et le dessin des enclos, le miroitement du fleuve, l'ondulation des collines au nord, la masse des montagnes au sud, où bientôt Jason devrait chevaucher à bride abattue. J'appelai Yeux Féroces, la fille de la cascade. Je planai dans le vent en appelant, en attendant...

Et elle répondit à mon appel ! Soudain, elle sortit du soleil sous la forme d'un prédateur aux vastes ailes déployées, serres en avant, qui fondait sur moi avec un hurlement courroucé. Je fis une embardée pour l'esquiver, mais elle me frappa d'une de ses ailes. Elle vira et revint à l'attaque aussitôt, et ses yeux qui brillaient d'un feu sauvage m'étudiaient, tandis que son bec était prêt à me déchirer la gorge.

Je plongeai de nouveau et fonçai à tire d'aile vers la forêt. Elle me poursuivit quelque temps – instants terrifiants, qui n'avaient pas dû durer plus de quelques respirations –, puis elle obliqua prestement et remonta sans effort vers le soleil, m'échappant une fois de plus.

Alors j'invoquai le chien. Grâce à mon flair, je trouvai mon chemin dans les bois, à travers les fourrés et le long des torrents glacés enserrés dans la verdure. Je hurlai pour l'appeler ; elle m'entendit et vint à moi sous la forme d'un chien, mais pour me surprendre, encore.

D'un rocher en surplomb, elle gronda à mon adresse. Alors que je levai les yeux, surprenant l'éclat des étoiles dans ses prunelles, elle se jeta sur moi. Je battis en retraite. Elle se reçut tant bien que mal sur le sol, se releva en hâte puis s'élança vers moi en deux bonds aussi élégants que puissants. Nous luttâmes en grondant. Les griffes prélevèrent leur dû de sang, comme les crocs, mais dans les flancs à l'épaisse fourrure, jamais à la gorge.

Cette fois, ce fut elle qui rompit l'affrontement. Elle s'éclipsa en galopant le long du torrent, jeta un rapide coup d'œil en arrière, puis disparut dans la pénombre du bois.

Sous la grosse toile, dans la maison en ruine, je léchai mes blessures.

Une chose était certaine à présent : où qu'elle fût, elle savait que j'étais à sa recherche. Et elle répondait à mes appels.

J'étais plus mal en point que las, la faim me tenaillait, et j'avais depuis longtemps perdu toute notion du temps ; j'essayai une apparence moins agressive : l'enfant que j'avais été naguère, le *sinisalo* qui est en chacun de nous et qui jamais ne disparaît, mais marche toujours à côté de l'homme ou de la femme qu'il est devenu.

J'envoyai cet enfant fantomatique dans les bois, et il courut jusqu'au torrent près duquel les chiens s'étaient battus. Le petit cours d'eau se jetait dans le Daan, et ses eaux peu profondes coulaient à travers le camp déserté tout près de l'enclos royal où Brennos s'était adressé à ses seigneurs de guerre. Mais je m'enfonçai un peu plus dans la forêt, jusqu'à trouver un endroit où le torrent contournait le pied d'une colline. Là, un promontoire rocheux dissimulait l'entrée d'une grotte exiguë. J'appelai l'Autre, qui, peut-être, m'attendait déjà.

Accroupi, je contemplai le ruisseau, et elle émergea du surplomb, petite fille vêtue de peaux de bête, les cheveux fous, une fronde à la main, lestée d'un galet ovale, lisse. Alors que je me levais, émergeant des broussailles, elle projeta la pierre et se mit à courir. Le caillou me frappa douloureusement à l'épaule. Je m'élançai derrière elle et la suivis un temps. Elle filait d'une clairière à un sous-bois, bondissait par-dessus les rochers ou se glissait sous un arbre abattu, traversait les fourrés et les eaux boueuses, toujours loin devant moi.

Mais ce n'était pas un jeu. Il n'y avait ni rire, ni moquerie, aucune sensation de plaisir.

Je finis par renoncer au fantôme et laissai l'enfant revenir à moi à travers le songe.

La nuit était tombée, et un homme se tenait dans l'encadrement de la porte démolie, qui scrutait les ténèbres à l'intérieur. Le sursaut que je fis me trahit. L'homme tourna la tête dans ma direction et m'aperçut dans la pâle lueur du clair de lune. Je repoussai la grosse toile et dégainai mon épée tout en me levant en hâte.

— Ah, tu étais là, dit Elkavar. Range ça. Par le sourire de Scaithath ! Tu es un homme bien difficile à dénicher. Heureusement, tu ne t'es pas lavé depuis quelque temps...

Il donna une secousse sur la laisse de cuir à son poing, et Maglerd apparut. Le molosse lança deux aboiements brefs en guise de salut.

Une nouvelle fois, j'avais été flairé par l'animal.

— Je suis heureux de te voir, Elkavar. Mais pourquoi me cherchais-tu ?

— Parce que j'ai compris un petit peu qui tu es, et qui tu cherches, et j'ai trouvé quelque chose que tu devrais venir voir, je pense.

Ce que je n'avais pas réussi à discerner, peut-être parce qu'elle savait comment me rendre aveugle à ses traces, Elkavar l'avait trouvé par instinct et grâce à ce talent naturel qu'ont les Hiberniens pour découvrir les souterrains dissimulés, même si de son propre aveu il était également doué pour se perdre une fois aventuré sous le sol.

Il avait décelé un étroit passage dans ce qui semblait n'être que le surplomb rocheux d'une petite colline qui s'élevait au cœur des bois. En fait, dès l'arrivée d'Argo, il avait eu le pressentiment qu'un passage souterrain s'ouvrait non loin.

— Je possède un don pour ces choses-là, me rappela-t-il. Bien que je n'aie aucun sens de l'orientation, comme tu le sais.

Il avait cherché, en vain dans un premier temps, mais il avait persisté et avait enfin trouvé le passage. Dès qu'il m'y eut mené, je reconnus la colline où j'avais rencontré Yeux Féroces sous sa forme canine.

Il me fut très vite évident que cette colline était fort ancienne, et créée par la main de l'homme, bien que l'entrée étroite du souterrain semblât naturelle.

Il s'enfonçait dans le sol, suivant une pente assez raide. Elkavar était très content de lui.

— Les *brughs* de chez moi sont d'une facture supérieure, mais il est vrai que ceux qui peuplaient mon pays à l'époque des Danaens étaient les plus talentueux au monde pour façonner la roche.

Je sais, je m'en souviens.

Le passage multipliait tours et détours sur une certaine distance, puis se divisait en deux embranchements, sous une arche de chêne pétrifié marquant la frontière entre le territoire des hommes et celui des esprits. Il n'allait pas très loin dans le monde souterrain, comme nous le constatâmes. Dans l'obscurité, il était malgré tout possible de deviner un grand lac où pullulaient les grenouilles, havre d'oiseaux qui pataugeaient dans le plus grand silence. Des relents pestilentiels de marais planaient sur la grotte. De temps à autre, l'eau clapotait doucement contre les rochers quand quelque créature faisait surface.

Je n'aperçus aucun fantôme et décidai que les lieux étaient abandonnés. C'était un trou aveugle sous la terre, rien de plus.

— Il n'y a rien ici, dis-je, un peu déçu.

— Vraiment ? railla Elkavar.

Je scrutai à nouveau la pénombre, et le pressai de m'en dire davantage.

— Eh bien, tout d'abord, les lacs comme celui-ci, ou comme celui où nous nous sommes rencontrés, dans les terres du Nord, changent tandis que tu en fais le tour. Si tu n'y prêtes pas attention, tu ne le remarques pas. Ce grand lac de Pohjola est l'un des points de convergence de ces voies souterraines, comme tu le sais peut-être.

C'est exactement ce que j'avais soupçonné, en particulier lorsque Elkavar lui-même était apparu. Cela expliquait sans doute pourquoi tant de voyages en songe, tant de chasses au talisman débouchaient là. Mais ce grand lac glacé m'avait semblé très différent de cette vaste mare puante qui s'étendait sous la colline, près du Daan.

— Si tu continues à suivre la rive, dit l'Hibernien, tu arriveras à une forêt sauvage dans laquelle serpente un chemin nettement tracé. Quelqu'un l'a emprunté récemment, et a tenté de dissimuler ses traces aux autres yeux. Je suis resté assis là, et j'ai reniflé l'air qui venait de la forêt. Je pense qu'elle s'étend vers le sud. Parfois l'odeur est suave et rappelle ces herbes que nous aimons et qui viennent d'au-delà des mers du Sud. Parfois il y a le parfum du sang...

— Du sang ? dis-je. (Mon cœur battait la chamade, et je dévisageai Elkavar.) L'odeur du sang, et quoi d'autre encore ?

— Une autre odeur. De brûlé.

— Yeux Féroces ! C'est donc par là qu'elle est partie ! Elle a dû déceler le Chemin alors que je volais dans le Temps avec Niiv accrochée à mon cou. Elkavar, tu es un héros !

— Pas du tout, répondit-il, modeste ; je suis simplement né avec la capacité de trouver ces passages. Bien que, comme je te l'ai déjà dit, je m'y perde tout aussi aisément. Mais ce don et celui du chant sont à peu près les deux seuls que je possède. Je t'attendrai ici.

Je commençai à longer le bord du lac quand une pensée me vint. Je hélai mon compagnon :

— À quelle vitesse peux-tu apprendre une nouvelle mélodie ?

— Aussi vite que tu peux la chanter, répliqua-t-il avec assurance.

Il s'était perché sur un de ces rochers gris et lugubres, là où les troncs noueux des échardes de l'hiver pointaient vers la voûte sans étoile. Le lac grossissait doucement comme je chantais, mais je demandai à Elkavar de m'accompagner avec son curieux instrument, et la surface des eaux entra en éruption, crachant des formes noires de tous côtés, qui firent cercle quelques instants en un halo fébrile et finirent par se dissoudre dans un bref clapotis, retournant au lac et au silence.

Elkavar rit.

— Si tu es capable de faire ça, pense aux prodiges que moi je peux accomplir...

Il souffla dans son instrument et comprima fermement l'outre gonflée ; le son qui en sortit réveilla le lac de nouveau, mais une fois encore il se calma. Alors Elkavar boucha certains trous des tuyaux avec ses doigts et produisit une mélodie mélancolique. Jadis, j'avais entendu une mère la chantonner à ses enfants pour les mener vers le sommeil, tandis qu'elle les berçait dans ses bras.

— Quelles étaient les paroles, déjà ?

Je les lui récitai, et il se mit à les chanter d'une voix modulée, accompagné du miaulement velouté, presque triste, de son instrument.

Je suis l'exilé
Qui revient, revient
Aux collines creuses
Aux collines brillantes
Je suis l'exilé
Qui revient au foyer.

Les eaux frissonnèrent. La pénombre parut s'accroître et les arbres tremblèrent comme à l'approche de la tempête. Une brise froide souffla sur mon visage. Mais tout dans cet endroit étrange demeurait silencieux.

Elkavar devina mes sentiments et se remit à chanter. Les notes et les mots semblaient mystérieusement attirés vers le trou sombre dans les arbres où Yeux Féroces avait disparu.

Le silence régnait de nouveau, à part le murmure de l'eau sur la rive et la respiration discrète du bois.

Et soudain elle fut là, grande silhouette parmi les ombres, voilée dans la nuit, immobile comme une statue à l'entrée du passage, qui m'observait.

Je marchai vers elle. L'invocation chantée par l'Hibernien l'avait rappelée de son voyage, lui faisant rebrousser chemin sous l'effet de la curiosité, à cause de souvenirs chers à son âme mais douloureux. Et je savais avec certitude, à présent, qui me contemplait derrière le voile.

Je m'arrêtai devant elle, assez près pour la toucher

si j'avais étendu le bras, mais pas assez pour un baiser. Elle désirait que je garde cette distance. Je distinguai le visage derrière le voile, usé par les ans, parcheminé, mais beau, étranger à ce monde, intouchable et, comme moi, perdu dans le Temps tout en y étant intimement lié.

Médée ! Fille d'Æétès, prêtresse du Bélier, et rien de tout cela en même temps. Car elle était bien plus vieille, d'un nombre incalculable de générations. Elle et moi faisions partie du même cœur, ce cœur immémorial aux battements incessants.

— Qui es-tu ? dit-elle à mi-voix. Qui es-tu, pour connaître mon chant secret ? Tu navigues avec Os Pourrissants...

Je croyais Médée morte. L'oracle à Arkamon avait dit à son fils qu'elle avait trop sacrifié pour le cacher, et qu'elle en avait péri, en de terribles tourments.

Bien sûr, c'était vrai ; Médée était morte depuis sept siècles. J'avais été aveuglé par mon refus de recourir aux talents que je possédais. L'oracle avait dit la vérité, mais avec circonspection.

Celle que j'avais jadis appelé Médée n'était pas morte. Elle avait survécu à travers le Temps, elle avait arpenté le Chemin, et je ne l'avais pas reconnue lorsque nos routes s'étaient croisées. Je n'avais pas reconnu la fille qui avait été mon amie d'enfance.

— J'ai eu pour nom Merlin, dis-je. (J'éprouvai les plus grandes difficultés à trouver mes mots.) Enfants, nous avons batifolé dans le petit lac au pied d'une cascade. Tu prenais plaisir à me décocher des flèches mouchetées d'un fruit. Nous avions dix gardiens ; ils nous observent toujours, ils attendent que nous atteignions notre maturité, bien que je ne sache pas pour quelle raison.

Elle m'étudia avec attention derrière son voile. Je

percevais son esprit sous la forme d'un bourdonnement d'insectes. Elle était effrayée, confuse, intriguée, et peu désireuse d'accueillir la vérité à venir.

— J'avais pour nom Antiokus lorsque Jason a recruté le premier équipage d'Argo, et quand il est parti piller ton sanctuaire en Colchide. J'étais sur Argo, et aussi dans le palais quand tu as simulé le meurtre de tes enfants.

Avec un cri d'horreur, et dans un souffle qui empestait le sang et les feuilles brûlées, Médée arracha son voile et me regarda fixement, entrevoyant la vérité de mes paroles, car elle la connaissait déjà en partie.

Mais cette soudaine lueur de compréhension s'évanouit très vite, remplacée par la colère, qui creusa des sillons de larmes et de souffrance autour de ses yeux, durcissant encore le modelé de ses sourcils et de sa bouche.

— Qu'est cela ? siffla-t-elle. Quel tour est-ce donc ? Il ne reverra jamais ses fils ! Dis-le-lui. J'ai trop sacrifié pour les cacher ; jamais il ne les reverra ! Ils sont tout ce qui compte dans ma vie. Ils deviennent forts en grandissant, et je suis fière d'eux.

— Il n'est pas loin. Il trouvera Thesokorus.

— Vraiment ? Je l'ai arrêté sur Alba, j'ai réveillé les morts, j'ai contribué à dévaster cette contrée pour le retenir. J'ai ensuite empoisonné son esprit sur ce navire. Et je peux très bien l'arrêter ici.

Elle n'arrivait pas à détourner ses yeux des miens. Je songeai à cet énorme taureau qui était tombé du colosse en osier : la signature de Médée. Et cette présence effrayante, surnaturelle du corbeau dans la tête de l'un des géants, alors que nous remontions le courant en rassemblant tout notre courage. Elle avait donc été à ce point proche de nous ! Quelle part exacte avait cette femme dans la malédiction qui frappait ce pays ?

Je ne pouvais moi non plus détacher mon regard du sien. Une avalanche d'images grisâtres, accumulées pendant tant de siècles, commençait à se préciser – pour nous deux. Hypnotisée, Médée secoua la tête, comme pour chasser les souvenirs douloureux qui déferlaient en elle. La mémoire l'envahissait telle une inondation soudaine, froide et impétueuse. Elle s'était trouvée en Pays Fantôme en même temps que moi, sans savoir qui j'étais réellement, ni ce que nous avions été l'un pour l'autre dans un lointain passé. J'étais alors moi-même effrayé par Yeux Féroces, parce que je ne la comprenais pas du tout. Et voilà que j'étais de nouveau attiré par elle, à moins que ce ne fût par l'enfance que nous avions partagée.

Elle alla droit au but, d'une voix douce mais déterminée qui brisa la magie du moment.

— Ce tour ne marchera pas. Tu es un homme intelligent, Antiokus, et un ami d'Os Pourrissants. Mais je vois le but de la manœuvre. Tu n'es pas comme moi. J'ai toujours été seule, unique. Les autres ne sont que des souvenirs trompeurs. Je foule le sol du Chemin seule. Quant à Merlin... Il ne fut qu'un rêve agréable !

Pourquoi, en ce cas, ses lèvres tremblaient-elles en prononçant ces mots ? Pourquoi se forçait-elle à une telle froideur ? Parce que, bien sûr, elle aussi commençait à comprendre.

— Il m'est arrivé de penser la même chose, dis-je. Moi aussi, j'ai cru que j'étais unique, avec quelques songes doucereux pour tous compagnons.

— Non ! cracha-t-elle. Tout cela n'est que duperie cruelle. Je ne sais comment tu as fait pour piller mes souvenirs à la manière d'un corbeau. Mais jamais Os Pourrissants ne touchera mes enfants. J'ai attendu trop longtemps d'être avec eux de nouveau. Hécate ! Hécate ! hurla-t-elle soudain. Comment peut-il être ici ?

Comment cela se fait-il ? La terre elle-même semble se retourner contre moi !

Et, sur ce cri sauvage et déchirant, elle fit demi-tour et s'enfuit, désespérée. La bouche d'ombre l'engloutit.

Brusquement, le bruit de sa course cessa. J'étais resté immobile, regard braqué sur l'endroit où elle avait disparu, et l'esprit empli des ténèbres de cette grotte, de l'odeur lourde du lac, et du gémissement lointain d'Elkavar, qui jouait tranquillement de son instrument. Je ne pouvais apercevoir Médée, mais elle était revenue vers moi, et c'est elle qui me héla :

— Combien de gardiens ?

— Dix.

— Donne-moi un nom.

— Cunhaval, le chien qui court dans la forêt.

— Trop facile à deviner. Un autre.

— Sinisalo, l'Enfant de la Terre. Comme toi et moi.

— Un autre encore.

— Skogen, l'Ombre des Forêts Oubliées.

Un silence suivit ; puis le bruit d'une course, encore.

Je voulus la suivre, mais à nouveau sa voix me parvint, presque plaintive :

— Laisse-moi... Laisse-moi, Merlin, je t'en prie ! Je ne te veux aucun mal.

Et je me rendis compte qu'elle avait atteint bien plus profond dans ses os que moi. Elle avait recouru à bien plus d'enchantements. Elle était beaucoup plus forte en ce domaine, et c'était là un grand danger.

Elle s'en était allée. Je retournai auprès d'Elkavar, qui m'attendait là où les rochers tutoient l'eau dans ce monde souterrain de grisaille et de silence, son instrument en bretelle, et sur le visage un masque de curiosité et de malice nonchalante.

— Eh bien, cela n'a pas duré longtemps, commenta-t-il. J'espère que ce n'est pas à cause de ma manière de chanter. J'accepte la critique...

— Tu as fort bien chanté, protestai-je.

— Merci. C'est aussi mon opinion. Mais j'aurais cru que vous auriez plus de choses à vous dire, tous les deux. À l'évidence, vous avez un passé commun.

— En effet, admis-je, pris au dépourvu. Bien plus que tu ne penses. Nous avons tous deux été surpris par la rencontre.

Elkavar soupira, comme s'il comprenait parfaitement ce que je voulais dire. Puis il secoua la tête, comme s'il saisissait ce que je ressentais. Enfin il m'offrit son conseil :

— Je pourrais te complimenter pour ta façon de faire avec les femmes, Merlin. Mais je crains qu'il n'y ait pas matière à cela. Tu n'as pas eu le dessus. Tu l'as laissée filer trop tôt.

— Ce que tu as vu ici n'est pas la conclusion.

— Tu vas la poursuivre ? Voilà un homme comme je les aime ! À sa manière de te regarder, il était évident que vous avez été amants jadis. Cette flamme peut être ranimée. Et j'écrirai la chanson ! Quel était son nom ?

— Elkavar... commençai-je.

Mais je me rendis compte que je ne trouvais pas les mots pour le contredire, le dissuader ou le remercier. S'il avait vu quelque chose, avec ses talents pour explorer les labyrinthes souterrains, qui étais-je pour douter de ses intuitions ? Mon passé n'était qu'une succession d'instants d'expériences frappantes dans le vide du voyage sur le Chemin. La majeure partie de mon existence m'était aussi obscure qu'un paysage noyé dans la brume, qu'on devine sans le voir, et qui n'acquiert quelque clarté que lorsque l'on s'en approche de près.

Amants ? Cet homme était romantique. Elle et moi étions des enfants avant que le Temps ne commence. Rien de plus.

Et nos chemins s'étaient séparés.

Et pourtant, et pourtant...

L'amour entre Médée et Jason, cependant, avait été stupéfiant par son intensité, monstrueux par sa violence, tragique dans sa trahison. Je n'avais pas reconnu Médée pour celle qu'elle était lorsque je l'avais aidée dans sa fuite de Colchide, loin du roi furieux qui la considérait comme sa fille (comment s'était-elle immiscée dans la vie de cet homme ?). Je ne l'avais pas plus reconnue le jour où elle avait fui Jason, emmenant ses fils, un couteau à la main, lorsqu'elle nous avait piégés dans le tunnel derrière les portes de bronze.

Je me rappelais en revanche très bien le sentiment d'impuissance totale qui m'avait étreint ce jour-là. Et le cri de Jason : « Antiokus ! Fais quelque chose ! »

Impossible !

C'est Médée qui m'en avait empêché. Mais j'ignorais alors à quel point je connaissais cette femme. Parce que je ne cherchais pas à le savoir. Elle venait d'utiliser exactement les mots que j'aurais pu prononcer : « J'ai toujours été seule, unique. Quant à Merlin... Il ne fut qu'un rêve agréable. »

Médée, j'en avais maintenant la conviction, était « celle qui s'était égarée », pour reprendre les termes employés en Pays Fantôme par les esprits de mon passé. J'étais celui qui ne parvenait pas à lacer ses bottes. Les autres étaient arrivés chez eux, ou le seraient bientôt.

Médée et moi étions tous deux abandonnés sur le Chemin, quand bien même chacun de nous avait échappé à sa manière aux conséquences et aux nécessités de sa vie.

Il fallait que je la retrouve. J'avais besoin de la ramener auprès de moi. Dès qu'elle avait émergé de la lugubre forêt et posé son regard sur moi à travers le voile, j'avais éprouvé un besoin irrésistible de réclamer une partie de ma vie qui m'avait été volée : son commencement.

19

Rêves et souvenirs

Argo était une fois de plus pris dans le filet des cordes. Ruvio, harnaché, toujours de bonne volonté, tirait le navire sur la berge, à travers le camp désert, vers les bois.

— Où étais-tu passé ? s'enquit Jason d'un ton soupçonneux. Il y a quelque chose de l'oiseau en toi...

— Plus tard, dis-je. Je suis encore étourdi.

En réalité je cherchai Niiv avec quelque nervosité. Ce fut un soulagement de n'apercevoir aucun signe d'elle.

Michovar et ses hommes, ainsi que les Germains, avaient préparé une cachette, une tranchée peu profonde et recouverte de branchages, où Argo fut placé, non sans efforts. Il ne serait certes pas à l'abri de quiconque fouinerait dans ces bois, mais sa présence serait assurément indétectable depuis la rivière.

Jason tranchait à présent les cordages qui maintenaient la poupe et, avec l'aide de Rubobostes, en sépara l'effigie de la Dame de la Forêt. Après l'avoir enveloppée, on la déposa dans le plus grand des deux chariots qui avaient été réparés. Jason pénétra seul dans l'Esprit du Navire et, selon le conseil de Mielikki, il en détacha le cœur. Le morceau de bois noirci, aux arêtes déchiquetées, qu'il porta dans le chariot, ressemblait tout au plus à un fragment arraché d'une épave, mais il y résonnait l'écho muet des jours anciens.

La statue de Mielikki et le cœur d'Argo furent recouverts de deux couches de toile avant qu'on ne cloue des planches par-dessus. Le reste du chariot fut chargé de provisions, de cordes et d'armes. On graissa l'axe des quatre grandes roues et deux autres, de rechange, furent hissées à l'arrière. Ruvio serait en mesure de tirer ce petit véhicule sans difficulté.

Tous ces préparatifs ne demandèrent qu'une journée ; nous passâmes la nuit autour du feu dans l'enclos, goûtant la cuisine de Michovar et un vin âpre, dont Elkavar avait découvert une jarre en terre, au fond d'une fosse emplie de détritus près de la rivière. Il n'en restait pas beaucoup, mais le Volque l'épiça et le chauffa, et la lassitude et l'irritation diffuses qui s'étaient insinuées parmi les Argonautes laissèrent place à la détente et aux bavardages.

Tairon nous narra une version de l'histoire d'Icare et de son frère, Raptor, à qui leur père avait inséré des tendons de bronze dans le corps afin de tenir des paires d'ailes mécaniques. Elkavar chanta, pour le plus grand plaisir d'Urtha, mais cela n'enchanta guère Jason. Michovar et ses hommes dansèrent au rythme d'un tambour en proférant des grognements d'animaux et des chants plus mélodieux ; c'était une danse qui célébrait la chasse victorieuse d'un tigre. Le fauve, dirent-ils, ne se montrait que très rarement en leur pays, où il était annonciateur de grands changements et plus généralement de bon présage.

Ensuite Ullanna entonna d'une voix gémissante une

complainte dédiée à son pays natal, par bonheur courte, et Conan et Gwyrion l'accompagnèrent en fredonnant. Ils émettaient des sons curieux qui, selon leurs explications, étaient en relation avec le « besoin indicible, pour tout homme et toute femme, de se nicher en sécurité dans la contrée de ses ancêtres ».

Michovar n'était guère impressionné, jugeant tout cela trop sentimental.

— Vous n'auriez nulle envie de vous nicher dans la contrée de mes ancêtres, grommela-t-il. La neige vous y monte jusqu'au cou, le gel vous mord le derrière et le vison vous dévore dans votre sommeil, en commençant par les orteils. Nous, au moins, nos chants parlent de chasse fructueuse...

Les feux baissaient et Conan les alimenta pour redonner une nouvelle vie et une nouvelle chaleur au camp. Cathabach et Rubobostes s'occupèrent des chevaux. Manandoun et Urtha allèrent s'isoler pour deviser paisiblement. Après quelque temps, Manandoun se leva et laissa le chef, avec un signe de tête rapide vers Ullanna qui observait la scène, non loin de là.

Elle s'assit, referma les pans de sa cape autour d'elle, plaça avec soin sa lance et son épée sur le sol et contempla les étoiles. Elle ne fit pas le moindre mouvement quand, après un temps, Urtha se leva, serra sa propre cape sur ses épaules et quitta l'enclos. Je le suivis à distance, discrètement, jusqu'à la rivière. Il se campa sur la berge, silhouette immobile qui se découpait sur la surface miroitante de l'eau, regard fixé sur la voûte céleste, abîmé dans ses pensées.

Je voulais l'aborder, et lui expliquer ma décision de partir en éclaireur devant le reste des Argonautes, mais le moment semblait inopportun. Cependant, avant que je n'eusse eu le temps de retourner à l'enclos, un autre homme surgit de la nuit. Il était alerte et curieux, en dépit de son haleine chargée de vin. Il me rejoignit et passa un bras autour de mes épaules.

— J'ai discuté avec cet Hibernien gémissant, qui m'a conseillé de te parler. Marchons un peu. Je sais que tu vas nous quitter ; le moins que tu puisses faire est de me dire pourquoi.

Comme toujours, Jason se montrait à la fois direct et diplomate.

Nous nous éloignâmes d'Urtha en longeant la rive.

— Il peut sentir ces traîtres. (Jason eut un regard rapide en direction de la silhouette solitaire du guerrier.) Il invoque un Titan, je suppose – en admettant que ces *Keltoï* sachent comment faire apparaître les Titans – pour l'aider le moment venu.

— Nous serons tous à ses côtés, le moment venu.

Jason cessa de marcher et me dévisagea.

— Vraiment ? Toi aussi ?

Je me demandai ce qu'Elkavar avait bien pu lui raconter. Comme s'il devinait mes pensées, Jason déclara :

— Elkavar m'a dit que tu avais trouvé moyen de partir en éclaireur. Je lui ai demandé où tu avais disparu sans bruit. Je m'inquiétais pour toi, d'autant que la fille pohjolane s'est éclipsée, elle aussi.

Niiv ? Elle devait être quelque part dans les ténèbres, à nous épier.

— Il a dit vrai, répondis-je. Il y a un chemin sous la terre qui me permettra de vous devancer, et peut-être même de devancer l'armée. Je vais vous quitter quelque temps, afin de l'explorer. Je ne peux t'en dire plus, sinon qu'une partie de ma vie m'a rattrapé, et que je dois résoudre le problème qu'elle me pose.

Jason eut un haussement d'épaules qui exprimait son fatalisme.

— Chacun d'entre nous a charge de dissiper les

ombres de son passé. Pourquoi pas toi ? Mais tu aurais dû m'en parler, Merlin, avant que nous préparions le chariot et les chevaux. Nous pouvons tous aller vers le sud par ton souterrain.

Je le dissuadai promptement. Aucun homme ordinaire ne franchissait les mystérieuses portes des Enfers avant sa mort. Elkavar, selon ses propres termes, était « né » pour de tels voyages, même s'il avait tendance à s'égarer dans le monde souterrain. Comme bien des Argonautes, il était moitié légende, moitié homme : Tairon et ses labyrinthes, Rubobostes et sa grande force, Ullanna et ses talents de chasseresse. Mais aucun d'entre eux – à l'exception de Tairon, peut-être – ne serait capable de pénétrer sous terre et d'y cheminer.

— Où débouche ta route mystérieuse ? demanda Jason après un moment.

— Au sud, assurément, lui répondis-je. Et j'ai une idée de l'endroit précis, mais je ne puis en être certain. Elkavar m'aidera, si je venais à me perdre.

Jason se rembrunit un instant, puis il remarqua mon sourire et eut un petit rire.

— Alors bonne chance dans ton projet.

Je lui tus qu'il s'agissait du chemin de Médée, ou du moins d'une entrée par le Daan qui pouvait rejoindre son chemin. Comme je l'avais dit en toute sincérité à Jason, je n'avais aucune certitude, mais chaque sanctuaire possède son propre parfum, parfois doux comme le miel, parfois âcre comme le soufre. Et quand elle était revenue m'affronter, les effluves de cèdre et de romarin, nets en dépit de la puanteur du marécage m'avaient rappelé un endroit que je connaissais : le sanctuaire d'un oracle bien précis, si je ne me trompais pas.

— J'ai remarqué que tu ne portais plus la petite

dent montée en amulette que la fille t'a donnée, dit-il soudain.

La *sedja* avait été cousue dans ma veste en peau de mouton. J'avais presque oublié qu'elle était là. Mais après l'incident, quand Niiv s'était invitée dans mon vol sur les ailes du faucon, au-dessus de l'armée, j'avais retiré le talisman. Je soupçonnais en effet Niiv d'être capable de voler jusqu'à lui, et il était essentiel qu'elle ne me suive pas.

La dent était cachée dans Argo dénudé, sous le pont, au fond de la cale.

— Tu me manqueras, Merlin, déclara Jason alors que nous revenions vers les feux qui brûlaient au loin. Je sais bien que je suis ici à cause de toi, de tes certitudes et de ta foi en moi, à cause de tes pouvoirs d'enchantement, à cause du monde – mon monde – qui est devenu fou ! « Fou » est-il le mot qui convient ? Un fils et son père, toujours vivants sept centaines d'années après leur mort... Oui. Je crois que « folie » est un terme approprié, conclut-il en hochant la tête d'un air songeur.

Je faillis alors lui révéler ce que j'avais découvert : que Médée, elle aussi, était toujours en vie, dans ce monde de folie. De fait, elle avait toujours été vivante, avançant le long de sa propre route, au fil des années, les épuisant jusqu'à ce que – l'idée était étrange – ses fils réapparaissent sur cette terre, passent des ténèbres à la lumière, d'une ère à une autre, sans rien savoir de tout ce Temps perdu.

Mais mon instinct me répétait qu'il était encore trop tôt pour mentionner Médée. Jason perdrait son but de vue. Il avait besoin de ne penser qu'à son fils, et au moyen de le trouver.

Mon expérience en Pays Fantôme, cependant, et les paroles de Médée – « Je l'ai arrêté sur Alba, je peux l'arrêter ici... » – justifiaient que je lui dévoile autre chose, quelque chose qui garderait aiguisé son appétit d'aventures. Comme je le regardais fixement, Jason me dévisagea, intrigué.

— Qu'y a-t-il ?

— Je crois savoir où se cache Kinos.

Il écarquilla les yeux.

— Kinos ? Le Petit Rêveur ? fit-il. (Son visage était soudain animé par la surprise et l'émerveillement, et il m'agrippa les épaules.) Comment le sais-tu ? Comment peux-tu le savoir ? Tu n'as vu que Thesokorus, tu me l'as dit toi-même. Tu l'as donc vu, lui aussi ? Rendait-il également visite à l'oracle ? Pourquoi ne m'avoir rien dit ?

Le soupçon assombrit son regard, et il répéta, d'un ton plus rude :

— Pourquoi ne pas me l'avoir dit ? Merlin, où est-il ?

J'ôtai ses mains de mes épaules. Ses doigts s'étaient crispés si profondément dans ma chair que je craignais qu'ils n'écrasent mes précieux os.

— Il est sur Alba, caché dans un lieu nommé le Pays Fantôme, le Pays de l'Ombre des Héros. Il vit « entre les murailles battues par les flots ». Te rappelles-tu ce que je t'ai raconté de la visite de Thesokorus à l'oracle ? Les « murailles battues par les flots » sont les falaises d'Alba. Mais le Pays Fantôme est une contrée complexe. Ce n'est pas seulement le lieu de résidence des morts, mais aussi celui des âmes à naître. Et, d'une façon ou d'une autre, Kinos a réussi à pénétrer dans ce royaume.

D'une façon ou d'une autre ? C'est Médée qui l'avait envoyé là ! Mais cela, je ne pouvais le révéler à Jason.

Il était très perplexe. Après un long moment, il secoua la tête et s'écarta de moi.

— Tes actions sont bien souvent incompréhensibles, Merlin ; tu es un être plein d'étrangeté et de mystère. Aussi il n'y a aucune raison que je doute de toi. Pourtant c'est le cas, parce que je désire ardemment que tes paroles soient vraies, et que l'idée d'être déçu m'est insupportable. Un fils à la fois, c'est ce que tu m'as toujours dit, et je suis déchiré par le besoin de revoir mon petit Thesokorus. Je brûle d'impatience de le serrer dans mes bras.

Je ne pus m'empêcher d'éclater de rire.

— Ce n'est pas ton petit Thesokorus, Jason. C'est devenu un homme d'imposante stature, presque aussi fort que Rubobostes. Et il est surnommé le Roi des Tueurs. Je me montrerais prudent, à ta place.

Il eut un mouvement de tête dédaigneux. Il savait tout cela, mais n'y accordait aucune importance. Seul comptait pour lui le fait qu'ils soient à nouveau réunis.

— Comment peux-tu en être sûr ? répéta-t-il. À propos de Kinos ?

— J'ai vu un spectre qui avait le visage d'Orgetorix quand je me suis rendu en Pays Fantôme. Je ne t'en ai pas parlé parce que je ne comprends pas moi-même comment il pouvait se trouver en deux endroits à la fois. Ambaros, le beau-père d'Urtha, a connu ce même jeune homme à l'époque où il épiait le Pays Fantôme. Et il a affirmé qu'il y avait un frère avec lui. Il est certain que c'étaient des « spectres-frères », selon ses propres termes. J'ai une petite idée de ce qui s'est passé ; d'ici nos retrouvailles, je ferai de mon mieux pour savoir. Un fils à la fois, t'ai-je dit, Jason, mais nous les retrouverons tous les deux, et avant longtemps. Accroche-toi à cette merveilleuse pensée.

— La merveille sera quand je les aurai serrés tous deux dans mes bras, et que j'aurai plongé mes yeux dans les leurs, murmura-t-il d'un air sombre. Alors je saurai que ce n'est pas simplement un rêve. Il m'arrive de penser que je vais reprendre conscience d'un coup, et que de nouveau l'eau glacée emplira mes poumons, et que mon ombre hurlera du fond du lac.

— Non, tout cela est bien réel, lui dis-je doucement. Tu t'en rendras bientôt compte.

Il acquiesça, en une sorte de remerciement muet, puis inspira vivement et parut se résigner à mon départ.

— Eh bien, va ton chemin, alors, Merlin. Et que Poséidon veille sur toi quand tu descendras sous la surface de ce monde.

Jason accepta d'attendre que je sois parti pour annoncer mon départ aux autres.

J'avais pensé qu'avec l'abandon du navire, certains des Argonautes décideraient également d'arrêter leur périple vers le sud, Michovar et ses Volques tout particulièrement, puisqu'ils n'avaient rejoint l'expédition que pour retourner chez eux. Ils discutaient avec animation de la question, mais l'attrait du Sud au doux climat, l'énigme de la Grande Quête de Brennos et les secrets des sanctuaires finirent par persuader tous les membres de l'équipage de rester. À cheval ou à pied, quelques-uns dans le chariot tiré par Ruvio, ils formeraient une sorte d'Argo terrestre.

Urtha se trouvait toujours au bord de la rivière. Je l'approchai avec prudence et lui dis que je partais. Il me dévisagea d'un air railleur.

— Tu devais injurier Cunomaglos pour moi, avant sa mort. Ce sont tes propres paroles.

— Et j'espère bien être là pour le faire, répliquai-je. Mais tu ne rattraperas pas l'armée avant plusieurs semaines. Et alors il faudra que tu repères ton ennemi. C'est une troupe très nombreuse, qui recouvre les collines.

— Je le trouverai, déclara Urtha avec une assurance inébranlable. La puanteur de ce chien bâtard est bien connue de mes molosses. Quand ils se mettront à baver et que leurs yeux rougiront, je saurai qu'il est tout près. Je te souhaite un voyage sans problème, Merlin. Où est la fille ? ajouta-t-il après réflexion. La gardienne de mes chiens ?

Où, en effet ? Je lui répondis que je n'en savais rien et lui demandai, s'il l'apercevait, de se montrer aimable avec elle et de la persuader de demeurer avec le groupe au lieu de se lancer à ma poursuite. Dans le royaume de Poséidon, elle ne me retrouverait jamais.

— Je crois que nous savons tous, à présent, que tu vas où bon te semble, commenta Urtha d'un ton plein de sous-entendus, presque mélancolique.

Elkavar avait rassemblé nos provisions pendant que nous discutions : victuailles, eau, petites quantités d'herbes amères que j'avais découvertes à l'orée de la forêt, bandes d'écorce prises sur le chêne, le frêne et le noisetier qui prospéraient dans la forêt, et nos armes, non pour combattre les forces venues des Enfers, mais afin de nous protéger dans le monde d'hommes et de guerriers qui s'étendait devant nous.

Chacun porterait une épée, un couteau et quatre fines javelines à la pointe de fer effilée. Elkavar avait également sa fronde, et une petite bourse emplie de « projectiles magiques », ainsi qu'il les appelait, et que j'identifiai comme étant ces petites pointes de flèche de pierre venues d'une époque très reculée.

Ainsi équipés, nous nous glissâmes tous deux hors de l'enclos, rejoignîmes le torrent que nous longeâmes dans la nuit, en direction du haut monticule où les peuples du Daan enterraient leurs morts, à la frontière avec le Monde d'en-bas.

20

Le Fantôme de la Terre

Les Grecs avaient un terme pour désigner cela, cette confusion et cette désorientation qui suivent l'arrogance d'une trop grande certitude. J'avais cru que poursuivre Médée à travers les Enfers serait aussi simple que de pister une horde de dix milliers d'hommes. Mais une armée laisse un pays dévasté ; tandis que dans le royaume chtonien où Perséphone et Poséidon volaient sous l'apparence de chauves-souris, et où le Chemin se divisait en une sente aveugle serpentant entre les rochers et une autre descendant vers un lac aux eaux noires, nul indice, nul effluve de celle qui me précédait ne subsistait dans l'air...

Très vite, nous nous égarâmes.

— Tout est de ma faute, dit Elkavar d'un air mécontent. (Il lança sa ligne une fois de plus dans l'eau sombre, avec l'espoir d'attraper quelque poisson, mais n'obtint qu'un paquet collant d'herbes.) Je n'ai pas prêté attention aux signes.

— Quels signes ?

Hélas, il n'aurait pu le dire. S'il y en avait eu, il les avait manqués, faute de les avoir négligés.

Jusqu'à son instrument qui était inutile. Il gonfla l'outre de peau, la pressa sous son coude et joua des doigts sur les trous qui perçaient les tuyaux. Mais aucun son n'en sortit, sinon un triste soupir pareil à un râle d'agonie.

Poséidon lui avait dérobé sa musique. Et sans son instrument, sa voix était aussi morte que la poussière. Il était incapable d'interpréter la moindre mélopée d'invocation, la moindre lamentation aux défunts pour qu'ils viennent à notre aide ; il ne pouvait adresser une complainte au vent qui court sur le Monde d'en-haut, ou pour que le grondement du tonnerre roule à travers les cavernes et nous permette de suivre son écho. Il ne pouvait entonner la chanson secrète de Médée dans l'espoir de l'attirer suffisamment en arrière sur le Chemin pour nous donner une idée de la direction à suivre.

— Je suppose qu'Orphée n'a jamais eu ce problème, dit l'Hibernien d'un ton lugubre.

Je lui rappelai le sort d'Orphée, mis en pièces par les Ménades et jeté dans le fleuve Hèbre.

— C'est vrai, reconnut Elkavar avec sagesse. C'est le destin des musiciens de tomber parfois en disgrâce. Peut-être ai-je de la chance, après tout. Mais mon chant me manque.

Il posa sur moi un regard sombre :

— Et qu'en est-il de tes propres talents ?

Je lui révélai que Poséidon m'avait moi aussi dépouillé de ma voix ; ou plutôt, j'avais conscience, et ce n'était pas la première fois de mon existence, qu'entrer dans les contrées infernales me faisait perdre mes pouvoirs d'enchanteur, même si j'avais jusqu'à présent toujours survécu à mes périples dans le Monde d'en-bas.

Quelques instants plus tôt, j'avais tenté de chanter à ma façon pour rappeler Médée, et j'avais découvert en moi l'absence de toute harmonie. J'avais aussi voulu invoquer le chien, le faucon et le poisson, sans succès. Il m'aurait été bien utile de pouvoir flairer les odeurs sur les sentes, mais je ne pouvais atteindre les charmes gravés dans mes os, semblables à un parchemin enfermé dans une jarre d'argile scellée.

— Tu n'es plus qu'un homme, dit Elkavar. (La déception pointait dans sa voix.) Un homme ordinaire.

— Pour le moment, oui. Mais quand nous reviendrons à la surface, ajoutai-je, amer et sarcastique, je redeviendrai le monstre que j'étais auparavant.

— Je l'espère bien.

Mais une pensée vint soudain à l'Hibernien :

— Le bruit court parmi les Argonautes que tu peux voler sur des ailes, nager grâce à des nageoires, et courir sur quatre pattes, ce genre de choses, comme un animal, pour ainsi dire. De fait, est-ce que tu n'étais pas plus oiseau et chien qu'homme, quand je t'ai découvert dans cette maison en ruine ? Tu venais de le faire, tu venais de changer de forme ; ne prétends pas le contraire. Je sais reconnaître quelqu'un qui est capable de se transformer ainsi, et certains gardent la marque de la bête sur leur visage toute leur vie, d'autres en ont simplement l'odeur. Et, mon ami, quand je t'ai trouvé en grand désarroi, tu sentais la fiente d'oiseau et tu avais l'haleine fétide d'un chien sauvage.

— Merci.

— C'est la pure vérité. Et on dit que...

— Je sais ce qu'on dit. Et on a raison : j'ai souvent volé sur les ailes du faucon. C'est difficile, mais bien pratique. Et pour répondre à ta question, j'ai essayé toutes sortes de formes : oiseau, chien, poisson, enfant... J'ai même tenté de devenir la racine d'un de ces arbres, là...

Au-dessus de nos têtes, la voûte de notre monde n'était qu'un entrelacs impressionnant de racines et de vrilles venues du Monde d'en-haut qui masquaient le ciel d'un linceul végétal. Elkavar les contempla un moment, puis me regarda comme si j'étais devenu fou.

— Pourquoi ?

— Les racines de la forêt sont reliées au monde. Nous sommes enfermés dans le filet de la forêt.

— Je vois. J'ignorais cela. Mais, pour revenir à ce que je disais, le bruit court parmi les Argonautes que tu as plus de tours dans ton sac que tu ne le laisses paraître.

Avait-il parlé à quelqu'un ? Ou était-il simplement doué d'une intuition merveilleusement aiguisée ? Je devinai la réponse : j'avais fait beaucoup de confidences à Urtha. Le *Keltoï* et l'Hibernien, en dépit d'un long passé de conflits entre leurs peuples, avaient certainement lié amitié pendant notre trajet sur le fleuve.

— Que t'a dit Urtha, exactement ?

Elkavar parut légèrement embarrassé.

— Que tu es hanté par dix visages venus de ton enfance ; qu'ils sont présents dans tes os ; que ces derniers peuvent ouvrir des mondes ; que tu ouvres, si je ne me trompe pas trop, sous la forme d'oiseau, de chien...

Je l'interrompis d'un geste, alarmé par tout ce qu'il savait sur moi. Je n'en éprouvais nulle colère, mais je répugnais simplement à trop penser à cette vie dans ma chair que j'utilisai de plus en plus, contre la sagesse accumulée tout au long de ces générations.

— Et où veux-tu en venir ?

— Qu'y a-t-il d'autre en toi, Merlin ? Il doit bien s'y trouver quelque chose que tu pourrais invoquer pour nous aider à repérer notre chemin. Si ce n'est pas un chien... Que dirais-tu d'une chauve-souris ? Un ver de terre serait trop lent.

Je le fis taire à nouveau. J'étais las de son obstination et de ses railleries. Il avait raison : dix êtres qui changeaient de forme, comme il l'avait dit, étaient bien en mon pouvoir. Mais la plupart d'entre eux étaient hors de portée de mes invocations, en cet instant.

Je plongeai en moi-même pour atteindre celui que je redoutais toujours de solliciter, le seul qui pouvait agir dans les Enfers.

Morndun.

Le Fantôme de la Terre...

J'avais oublié à quel point il est douloureux de l'éveiller.

La vie, qui devrait être animation, ralentit soudain pour se figer dans un froid ténébreux. La glace gagne les membres, et le désespoir se met à hurler à l'intérieur de votre crâne. Le Temps s'étire à l'infini, en un vide atroce, un désert de jours et d'années. Les ombres qui vous observent sont celles des disparus. Elles vont d'un pas lourd, elles pleurent, elles éructent, elles jurent. Les articulations se paralysent, il devient difficile de marcher. Vous titubez dans la boue ; il n'y a d'autre odeur que la pestilence de la décomposition. Une mère appelle, un père crie, un frère gémit, une sœur vous hèle de très loin. Ce sont ceux qui sont perdus-à-la-vie. Durant notre existence, nous pouvons apprendre à vivre et à pleurer les morts ; nous nous concentrons sur le jour devant nous, sur le temps qui reste. Mais invoquer le fantôme, c'est invoquer ce qui s'est dérobé et qui ne devrait jamais être dérangé.

Il est douloureux d'éveiller cette ombre.

Aussi, imaginez-moi : beaucoup plus vieux que n'importe lequel des corps qui gisaient dans le lac sombre devant moi. L'éveil du fantôme ouvrirait les portes à des moments de bonheur et de plaisir qui remontaient à une époque précédant la formation des collines elles-mêmes.

Je poussai un très long hurlement, recroquevillé sur la berge, la chair pendant de mon corps en lambeaux moisis, les mâchoires de glace broyant mes entrailles.

Elkavar prit la fuite pour observer la scène à distance.

J'invoquai les défunts, et ils sortirent du lac. Ils n'étaient pas très nombreux, et certains étaient morts depuis si longtemps qu'ils parvenaient à peine à hisser la tête hors de l'eau. Quelques-uns se traînèrent vers moi, courbés en avant, mains crispées sur la poitrine, comme ils font toujours, leur regard vide fixé sur moi. Plus ils approchaient et mieux je sentais leur désir d'entendre ma voix : étais-je venu pour les ramener ? Leur mort était une erreur tragique, ils s'en étaient allés de façon prématurée. Ce jeune messager avait certainement été envoyé pour les mener de nouveau au-dehors, à la lumière du jour, dans l'animation de la vie.

— Je suis perdu... J'ai besoin d'un guide, implorai-je.

La déception les fit promptement reculer. Après un moment, une voix dit :

— Je suis tombé à la bataille de Platées. Je combattais avec les Spartiates. Avons-nous remporté la victoire ce jour-là ? Nous avons tout fait pour vaincre.

Puis une autre voix :

— La dernière chose que j'ai vue, ce furent ces flammes qui s'élevaient au sommet des murailles de

Tirynthe, juste avant que cette lance ne me transperce la mâchoire. L'incendie a-t-il ravagé la ville ?

Une autre, encore :

— Mon ami Agamnos était engagé en un combat mortel avec Hector. C'était au printemps, à Troie. J'ai été frappé dans le dos avant de voir la fin. Hector est-il mort ?

Je répondis qu'en effet Hector avait péri, mais que je ne connaissais pas les réponses aux autres questions.

Une voix plus calme se détacha alors de ces ombres pâles et mouvantes :

— Où vas-tu ?

— Au sud. Vers la bouche d'un oracle.

— En quel pays ?

— La Macédoine. L'oracle que je cherche se trouve à Arkamon.

Une femme s'avança. Elle était enveloppée de voiles épais, et tenait ses bras serrés sur son ventre.

— Je ne suis pas morte depuis longtemps, murmura-t-elle. Je connais l'endroit où tu souhaites te rendre. Suis-moi.

Elle sortit des eaux du lac, mais soudain s'accroupit sur la rive, et de ses mains desséchées tordit le bas de ses vêtements crasseux. Elle exprima l'eau de ses manches et de sa robe, comme pour échapper un instant à son linceul. Puis elle vint vers moi, et je crus qu'elle allait me dépasser sans s'arrêter, tête baissée. Mais elle redressa le front et me regarda, de ses yeux hantés par le désespoir.

— Mon mari est-il heureux ? dit-elle dans un chuchotement sépulcral.

Ses sourcils se froncèrent en une expression d'angoisse. Elle me dévisageait, cadavre contemplant un cadavre, mais avec une telle intensité et une telle soif de réponse à sa question que j'en eus presque le souffle coupé.

— Je l'ignore. Je suis navré.

Son regard était rivé au mien.

— Nous avions deux fils, des garçons vifs et éveillés. Ils sont partis pour la guerre, pour toujours. Je suis morte de chagrin. C'est un dur trépas : quitter un mari bon et droit. J'espère qu'il est heureux.

Elle baissa la tête de nouveau et se mit à remonter la sente vers l'endroit où Elkavar et moi avions choisi le mauvais embranchement.

Nous la suivîmes à distance, sans jamais faire halte pour prendre un peu de repos ; bientôt nos jambes furent lourdes et nos sens émoussés par la fatigue. Mais la femme marchait toujours, de ce pas traînant de spectre, et à sa suite nous traversâmes forêts et vallées, longeâmes des torrents et passâmes dans les ruines de villes antiques dont les murs luisaient d'un éclat doux alors qu'aucune lune n'était là pour les éclairer.

Peu à peu, l'odorat nous revint, et nous sentîmes la terre, la végétation et le soleil et l'été.

Et la peur ! Et le sang !

À chaque nouveau pas je percevais un peu mieux l'écho d'un combat sauvage, les cris des hommes, le choc aigu de l'épée contre l'épée, le rire des Furies.

Notre guide s'arrêta un instant, et son visage se leva vers la lumière diffuse devant nous.

— Merci.

Ce fut tout ce que je trouvai à lui dire.

Mais elle demeurait immobile, à contempler la lueur du soleil, de la vie, et elle se souvenait. Puis, lentement, elle tourna les talons et repartit le long de la sente obscure.

Je la suivis des yeux jusqu'à ce qu'elle soit hors de

vue. Alors je m'éveillai du Sommeil de Mort, et Elkavar sursauta en voyant mon visage livide reprendre soudain les couleurs du sang et de la vie.

— Je m'apprêtais à t'enterrer, marmonna-t-il d'un ton enjoué, teinté de soulagement. J'ai passé ces derniers moments dans la terreur. Tu fais un cadavre très convaincant !

Le flot de la grande armée de Brennos s'était écoulé lentement à travers les montagnes, en direction des plaines au nord de la Thessalie, tandis que des petits groupes de guerriers s'en écartaient souvent pour chevaucher vers le levant et le ponant, sillonner la contrée et étancher leur soif de pillages et d'aventures. Il était impossible de les contrôler. Puisqu'ils finissaient toujours par rejoindre le gros de la horde, Brennos et ses lieutenants ne pouvaient pas faire grand-chose.

Une de ces bandes, forte de deux centaines de guerriers environ, avait flairé la présence de l'oracle à Arkamon. Elle avait parcouru les défilés, traversé les forêts et s'était ruée entre les amas rocheux pour affronter la poignée de soldats déterminés mais dispersés, qui avaient pour mission de protéger ce sanctuaire isolé. Pour la plupart blanchis sous le harnais, ils étaient armés de lances et de lourdes épées, vêtus d'une cuirasse et de jambières en fer, et le cimier de leur casque jaune s'incurvait vers l'avant.

Ce jour-là, la victoire n'était pas pour eux.

J'estimai à une centaine les pillards impliqués dans la mêlée. Ils étaient torse nu et leur pantalon rouge et vert était maintenu par une ceinture serrée. Ils avaient peint leur visage en blanc, comme leurs cheveux, et une raie noire leur barrait le torse, du cœur à l'entrejambe. Ils riaient presque en combattant, tourbillonnaient et frappaient, sautaient de rocher en rocher, attaquant les défenseurs avec une vitesse et une férocité hallucinantes. Lorsque l'un d'entre eux était transpercé par une lance, il s'écartait de la mêlée en rampant, ou bien demeurait debout, bras levés, l'épée au poing, et hurlait sa fureur à l'ennemi, pour aussitôt s'abattre sur lui, possédé par cette rage de sang qui finissait par les emporter tous les deux.

Dans les frondaisons de la forêt, mon regard fut attiré par un reflet. Des lances, des chevaux impatients ! Il y avait là des chars qui se tenaient en réserve de la bataille en cours.

Si pour ma part j'étais plutôt enclin à tenter de me frayer un chemin parmi les combattants pour atteindre la forêt, Elkavar fit une suggestion beaucoup plus sage :

— Ils portent tous les mêmes peintures, tu l'as peut-être remarqué. C'est un groupe issu d'un seul et même clan, les Tectosages, je dirais, et nous sommes aussi différents d'eux que ces pauvres défenseurs avec leurs casques ridicules. Ces sauvages guerriers ne sont pas d'humeur à vérifier nos identités. Ils sont armés d'épées, mais il y a aussi des lanciers dissimulés dans les bois proches. On les appelle des Gésates, et ils sont capables de lancer quatre javelots dans le temps qu'il te faut pour claquer des mains.

La puanteur fade du sang soulevait le cœur, et le vacarme était comparable à celui des mouettes saisies par la frénésie de la voracité. Je jetai un regard vers l'endroit où je m'étais dissimulé, jadis, pour écouter l'oracle, cette niche invisible dans la falaise, et je vis quelqu'un qui observait la scène discrètement de ce même perchoir. Et plus loin, avachis sur leurs montures, six cavaliers tout de noir vêtus.

Un jeune guerrier élancé, l'un des rares pillards à porter un torque de bronze, réussit soudain à sauter d'un rocher à l'autre par-dessus la ligne des Macédoniens, vers l'entrée du sanctuaire de l'oracle, où Elkavar et moi nous trouvions. Mais alors que l'audacieux approchait de nous par bonds successifs, cette même silhouette sombre se glissa hors de sa cache dans la grotte, rejoignit l'homme par derrière et lui planta sans hésiter sa lance dans le dos. Sa victime, arc-boutée, eut un rictus de douleur et s'effondra au sol.

Je reconnus son meurtrier dans l'instant. Orgetorix !

Le fils de Jason jeta un rapide coup d'œil alentour, puis s'apprêta à regagner sa cache. Mais on l'avait vu agir : déjà un autre guerrier bondissait de rocher en rocher pour l'atteindre, épée brandie, et le bruit qu'il faisait était noyé dans le tumulte du combat. Dans quelques secondes, il frapperait. Je pris un javelot à Elkavar, le levai, lui donnai des ailes et le lançai.

Orgetorix vit mon geste, et le javelot qui filait vers lui. Une seconde il resta pétrifié de stupeur, laquelle grandit encore lorsque l'arme l'effleura. Il fit vivement volte-face, à temps pour voir l'arme se ficher dans la mâchoire de son attaquant, rejetant celui-ci en arrière. Alors le jeune homme se faufila vers le sanctuaire entre les blocs rocheux et arriva dans l'espace où Elkavar et moi étions accroupis pour surveiller le combat.

Pendant un moment, Orgetorix ne dit mot, mais son visage s'assombrit lorsque nos regards se croisèrent, et je sus qu'il m'avait reconnu.

Il tourna son attention vers Elkavar, qu'il détailla de la tête aux pieds. Voyant chez lui tous les signes d'un homme appartenant à la horde de Brennos, il lui demanda :

— Es-tu là pour défendre cet endroit ? Ou pour l'attaquer ?

Elkavar ne comprit qu'en partie ces paroles, aussi jugeai-je plus sage d'intervenir.

— Je te présente Elkavar, venu d'Hibernie. Quant à moi...

Que pouvais-je lui dire, sinon la vérité :

— Je suis Antiokus, celui-là même que tu as poursuivi, armé d'une fronde, dans le palais de ta mère. On me connaît sous le nom de Merlin, à présent. Et nous ne défendons ni n'attaquons ce sanctuaire. Mais je crains qu'il ne soit promis à un saccage imminent.

— Je crois que tu as raison, dit-il en surveillant le combat. Cet endroit m'est cher pour des raisons personnelles. Mais ces bâtards veulent leur part du pillage, et je n'y puis rien...

Il s'interrompit un moment, durant lequel il m'observa, puis il reprit :

— Une fronde, dis-tu ? Dans le palais de ma mère ?

— Tu n'étais alors qu'un enfant, cependant tu visais déjà juste.

Quelle intensité dans le regard qu'il posa sur moi ! Un instant il se revit courant dans ces couloirs dallés de marbre, à la poursuite de l'ombre d'un oiseau ou d'un chien – innocent subterfuge pour éviter ces petites boulettes d'argile ! –, riant comme je demeurais insaisissable, surpris lorsque j'apparaissais soudain derrière lui, triomphant lorsque je le laissais m'attraper.

Le souvenir, trop imprécis, se dissipa dans ses prunelles, bien qu'il demeurât visiblement intrigué.

Mais le massacre était plus important.

Les derniers Macédoniens étaient tombés sous les lames des pillards. Les cadavres furent dépouillés, puis tournés face vers le sol. Les hommes, couverts de sang, se précipitèrent dans la grotte et se mirent à fouiller chaque passage. Ce faisant, ils se rapprochèrent dangereusement de l'endroit où nous nous dissimulions tous trois.

Leur butin fut bien maigre. L'oracle d'Arkamon n'était pas très recherché. Néanmoins, il jouissait depuis des siècles d'une réputation bien particulière, et c'est pourquoi j'avais souvent quitté le Chemin pour aller le voir, lorsque cela m'était possible.

C'était moins une destination de pèlerinage que de dernier recours. L'oracle ne parlait que selon son bon plaisir, et cela avait nui à sa réputation. Cette attitude pour le moins singulière avait éveillé mon intérêt, et la curiosité avait souvent guidé mes pas vers lui, et du même coup vers Orgetorix.

Ce dernier était maintenant assis et observait le saccage de ce sanctuaire si important pour lui. Les guerriers tectosages, à demi nus, fous d'excitation, beuglant, s'irritaient de plus en plus de ne trouver que parois rocheuses peintes d'images fantomatiques d'animaux, et passages nauséabonds menant à des boyaux souterrains encore plus inhospitaliers et puants. Ils ne purent s'approprier que quelques objets d'or ou d'argent, qu'ils arrachèrent à leurs alcôves, fourrèrent dans des sacs et emportèrent.

Avec leur départ, le monde au-dehors se calma. Les dépouilles des Tectosages tombés au combat avaient été évacuées. Celles des Macédoniens avaient été abandonnées là, où elles ne tarderaient pas à pourrir, et les corbeaux se jetèrent sur leur festin dans un silence relatif.

Il n'y avait rien que notre trio pût faire, et nous quittâmes la grotte pour repartir vers le village pillé. Ici aussi, nous trouvâmes les corbeaux, mais également les compagnons d'Orgetorix qui avaient gardé sa monture. Ils n'avaient pas participé à la razzia du village, car ils accompagnaient Orgetorix depuis trop longtemps pour contrevenir à ses ordres de se tenir à l'écart des combats, et de ne pas prendre part au raid sur le sanctuaire de cet oracle.

L'un d'entre eux me reconnut. Il se pencha en avant sur sa selle alors que nous nous regroupions sur la place et dit :

— Tu es venu ici jadis. Tu étais assis là-bas, tu regardais, et tu attendais.

Orgétorix mit soudain un visage sur ses soupçons.

— C'est vrai. L'homme en haillons, avec ses deux chevaux efflanqués... Tu restais assis, à manger des olives et du fromage de chèvre, tout en nous observant. Puis tu m'as suivi jusqu'au sanctuaire. L'oracle savait que tu étais là.

Au centre de ce village anéanti, Elkavar et moi étions entourés de sept cavaliers, tous par chance plus interloqués que menaçants. Mais le fils de Jason me scrutait avec une intensité brûlante.

— Je ne le nie pas, lui répondis-je.

Elkavar semblait nerveux. Son instrument ne cessait d'émettre de petits couinements apeurés.

Orgetorix me demanda :

— Qui est ma mère ?

Je le regardai droit dans les yeux, ces yeux sombres qui avaient autrefois étincelé de gaieté tandis qu'il galopait dans le palais entre les gardes pendant ses parties de cache-cache, Petit Rêveur sur les talons. Jason était à leur recherche, tandis que moi, Antiokus, l'ami de leur père, je criais aux deux garçons : « Nous pouvons vous voir ! »

— Médée est ta mère.

Il réfléchit à cette réponse un long moment, le visage impassible, peut-être parce qu'il ne s'était pas attendu à ce que je le sache, ou parce que lui-même n'en avait pas eu la certitude absolue.

Mais, me toisant de sa monture, il demanda :

— Alors qui est mon père ?

— Veux-tu que je te réponde ? Os Pourrissants.

La réponse le fit sursauter. Son cheval se cabra et recula, désemparé. Orgetorix lui flatta l'encolure pour le calmer, sans me quitter du regard.

— Et quel est le vrai nom de mon père ? demanda-t-il d'un ton mesuré.

Et je lui dis :

— Jason, fils d'Æson. Cet homme traversa la moitié du monde connu pour réclamer une terre qu'on lui avait volée ; et il aima ses fils...

— Et il les trahit, comme il trahit leur mère. Comme il trahit tout le monde. Os Pourrissants ! Un nom terrible, mais qui convient parfaitement à un homme aussi haineux que mon père.

Il se tut, tremblant de rage. Puis, mû par la curiosité, il demanda :

— Répète-moi son autre nom, que je l'entende encore...

Quelque chose était étrange dans le comportement de cet homme jeune et agressif : il était incapable de prononcer le nom de son propre père. Médée avait interdit à sa langue de former ces deux syllabes, j'en étais certain. Existe-t-il manière plus cruelle de fermer le cœur d'un homme à son père, que de transformer le nom de ce père en une insulte imprononçable ?

— Jason, murmurai-je. Jason.

Orgetorix baissa les yeux et se tassa un peu sur sa monture. Nerveux, ses hommes échangeaient maintenant des regards vifs.

Puis il leur dit, avec calme :

— Trouvez des chevaux pour ces deux-là, et promptement. Une longue chevauchée nous attend.

Il se tourna vers moi, m'adressa un hochement de tête et ajouta :

— Il nous faudra suivre ces bâtards jusqu'à Brennos. Avec un peu de chance, ils ne se souviendront pas de ce que tu as fait. Une invasion se prépare, comme tu le découvriras très bientôt. Je me souviens de toi, à présent. Tu m'apparais dans mes songes. Je n'étais qu'un enfant, et tu m'as montré quelques tours simples ; j'en ai usé pour taquiner mon père. Tu me racontais des histoires extraordinaires... Oui, je me souviens de toi.

— Je suis heureux de te revoir... Thesokorus.

— Par les dieux ! s'exclama-t-il, surpris mais sans inquiétude. Tu sais qu'on m'appelait ainsi ? Tu connais mon nom d'enfance ? Je fais serment de ne jamais te tourner le dos !

21

Roi des Tueurs

Les six hommes qui chevauchaient avec Orgetorix formaient une troupe assez sordide. Ces mercenaires avaient renié leur serment d'honneur temporaire envers les chefs qu'ils servaient dans diverses contrées, ou bien échappé d'un cheveu au bras de la justice – si l'on pouvait appeler cheveux les crins sur leur tête. Il y avait là deux Ibériens vêtus d'une veste de cuir, un Arverne à l'expression rébarbative, un Tectosage âgé, au visage couturé de cicatrices, qui me surveillait continuellement, et deux hommes qui étaient des loups solitaires depuis si longtemps qu'ils ne se rappelaient plus leurs origines.

Ils s'étaient joints au jeune Grec comme le coquillage se colle au granit de la falaise, peut-être parce qu'Orgetorix promettait aventure et butin. De tels hommes, féroces de cœur et d'indépendance, avaient quand même besoin d'un chemin à suivre, et un rêveur comme le fils de Jason – ignorant qui il était, mais déterminé à découvrir d'où il venait – constituait une lueur de magie dans l'obscurité de leur existence.

Pour l'heure, ils étaient mécontents : parce que j'avais éveillé sa curiosité par mes connaissances à son sujet, Orgetorix restait avec moi plutôt qu'avec eux, bien qu'il ne me questionnât plus pendant quelque temps. C'est la musique d'Elkavar et son chant qui les détendirent un peu. La mélodie et la voix douce ouvrirent les portes du souvenir à ces hommes quand ils se retrouvèrent assis autour du feu, à mâcher de la viande amère et mal cuite et à boire du vin aigre. Parfois l'un d'entre eux se levait et entonnait à voix basse quelque chanson de sa jeunesse. Alors Elkavar faisait de son mieux pour accompagner la mélodie en lui conférant quelque rythme. Plus tard durant notre voyage, il me confia :

— J'éprouve les plus grandes difficultés à insuffler un peu d'enthousiasme dans une chanson qui parle de l'ombre d'une mère assassinée errant dans les collines désolées, à la recherche d'un époux qui a enlevé la fille d'un vendeur de mules.

Orgetorix garda ses intentions pour lui deux jours pleins, tandis que nous chevauchions entre sud et levant dans le sillage des pillards. Tout ce que j'appris de lui durant ce temps fut qu'il avait entendu parler du projet d'attaquer le sanctuaire d'Arkamon et décidé de suivre le groupe de pillards, moins pour tenter d'empêcher le sac que pour s'assurer que rien de primordial dans l'esprit du lieu ne serait volé. Il pensait qu'un fragment de son passé reposait quelque part dans ces grottes. Pour quelle autre raison l'oracle lui aurait-elle enjoint de la retrouver ?

Nous progressions en une équipée muette et prudente.

Puis, subitement, nous sentîmes frémir le sol lui-même.

Un murmure à peine perceptible, les vibrations

sourdes d'une armée en mouvement. Vers le levant nous pûmes bientôt distinguer des signes éloquents : une brume de poussière planait sur toute la contrée, soulevée par des milliers de chevaux, et l'air miroitait à l'aube et au crépuscule, troublé par la chaleur d'une telle foule.

Brennos approchait d'une série de vallées qui s'étendaient vers la Thessalie, et qui sans doute étaient étroitement surveillées. Avec Orgetorix, nous lançâmes nos montures vers le sommet d'une colline d'où nous pourrions apercevoir l'éclat lointain des armes et des armures. Les pillards d'Arkamon, au galop, avaient probablement déjà rejoint l'immense procession.

— Ainsi donc, la voilà, dit le Grec d'un ton rêveur. Cette horde est en route pour ravager une contrée qui devrait m'être plus chère que ma propre vie. Et c'est grâce à moi qu'elle arrive ici. Pour elle, j'ai rôdé en tous sens dans les collines au nord de mon pays. J'ai conduit l'envahisseur aux portes de la cité.

Il s'agita un peu sur sa selle, croisa les avant-bras sur l'arçon raide, et ses yeux sombres plongèrent dans les miens.

— Tu sembles fort savant en nombre de domaines, Merlin. Connaîtrais-tu la destination de cette horde ?

— Delphes.

Il acquiesça d'un air absent. À l'évidence, il s'attendait à ce que je le sache.

— Certains y parviendront, cela ne fait pas de doute. Brennos croit que ses ancêtres reposent dans le sanctuaire, là-bas, prisonniers de pillages passés. Je le soupçonne d'avoir inventé de toutes pièces cette belle histoire, en guise d'excuse au saccage d'un lieu sacré. Le pire, c'est que je reste indifférent à la vérité comme au mensonge. Peu m'importe. Ce petit sanctuaire derrière nous signifiait plus pour moi que toute la terre grecque, et j'ai assisté à sa profanation sans rien pouvoir faire. Quelque chose est mort en moi. Et pourquoi te confié-je tout cela ? Parce que, en toi aussi, quelque chose est mort. Nous sommes des hommes morts sur une terre vibrante. Nous ne sommes pas à notre place ici. Est-ce que je me trompe ?

— Pour nous, c'est moins une question de place que de temps.

Orgetorix éclata de rire.

— Bien, bien. Je dormirai mieux avec ces belles paroles pour apaiser mes rêves. Une question de temps ? Celui de se reposer est venu. Mangeons. Demain, nos vies changeront complètement.

Le petit groupe montrait des signes grandissants d'impatience à Orgetorix. Elkavar avait été relégué dans un coin solitaire, à l'écart de notre camp de fortune. Les mercenaires désiraient rejoindre l'armée au plus tôt. Bien que la horde progressât à marche forcée, nous pouvions apercevoir ses feux dans le lointain, et ces hommes imaginaient que les campements de l'armée leur offriraient un repas plus copieux que les rations sèches que nous mâchions sur ce promontoire rocheux, où nous étions plus exposés à la nuit que protégés du vent froid.

— Je me souviens de plus en plus clairement de toi, me dit tout à coup Orgetorix.

Allongé sur sa couverture, il s'était dressé sur un coude, dans la position qu'il adoptait autant pour manger que pour parler. Il jouait avec dextérité de son petit coutelas tout en parlant, et découpait des morceaux de sa tranche de viande séchée, qu'il avalait prestement.

— Dans le rêve du palais, deux visages me reviennent à la mémoire. Tous deux me regardent à travers d'épais barreaux dorés. L'un a une barbe noire, et hurle ; l'autre est imberbe, et angoissé. Je ne parviens jamais à me remémorer suffisamment de détails de ce songe pour réentendre les paroles qui sont criées. Elles trahissent la colère, assurément, la peur aussi, et la supplique. Mais il y a toujours cette terrible odeur de sang. Et puis un couteau perce mes chairs.

« Et une autre chose étrange. Cela s'est produit peu après. Je suis sûr que c'est un fait réel, bien qu'il reste vague à mon esprit. Je me rappelle être blotti avec Petit Rêveur dans un bateau. Petit Rêveur était mon frère. La mer est mauvaise, et une femme encapuchonnée hurle ses instructions à un homme en armure qui rame de toutes ses forces. La sueur ruisselle sur son visage. Une voile en lambeaux claque, inutilisable, comme nous accostons. Et cet homme me prend sous son bras et me transporte dans une grotte. Petit Rêveur crie. La femme fait les cent pas devant nous, passant et repassant dans la lumière, et jure dans un langage étrange, tandis qu'au-dehors une sombre tempête approche... Je frissonne toujours en songeant à la façon dont les vagues s'écrasent à l'entrée de la grotte et tentent de nous attraper de leurs griffes d'écume.

« Mon jeune frère pleure, et moi je suis terrifié. Quelque entité puissante est entrée en fureur contre nous ; Poséidon, je suppose. Nous sommes tombés en disgrâce auprès des dieux. C'est presque un soulagement quand la femme nous emporte sous ses bras au fond de la grotte, à l'abri de la marée d'ailleurs descendante, pour que nous nous reposions. Je me souviens très bien de ses paroles : « Vous devez dormir, maintenant, les garçons. Vous vous endormirez garçons, et vous vous réveillerez hommes. Vous prendrez soin l'un de l'autre, et l'on prendra soin de vous. »

Orgetorix se plongea dans la contemplation du feu, puis soudain, il rengaina son coutelas, se leva et marcha jusqu'à un arbre accroché à la falaise rocheuse par trois racines rabougries. Au loin, la nuit d'été était ponctuée par les feux de camp de la grande armée.

— Cet homme angoissé, c'était toi, Merlin, dit-il sans me regarder. Je le vois, maintenant. Et l'homme barbu...

— Oui, approuvai-je sans le laisser finir. Ton père.

J'allai le rejoindre. Bras croisés, il observait la sente sinueuse qui nous mènerait, par-delà la colline voisine, au cœur de l'armée.

— Os Pourrissants. Un nom terrible pour un homme terrible. Il a trahi sa famille. À cause de lui, Petit Rêveur et moi avons connu l'épreuve de l'exil.

Je restai silencieux. Orgetorix était troublé et perplexe, pour de nombreuses raisons, mais sa colère et sa haine envers Jason formaient une corde serrée sur son cœur, que tirait vigoureusement un cheval trop fougueux pour que je tente de le dételer maintenant.

Il eut un soupir bref, et me coula un regard oblique.

— Et cette femme dans la grotte, j'en suis sûr, était ma mère. Mais pourquoi s'est-elle exprimée dans cette langue inconnue ? Cela, je ne puis le comprendre.

— Médée venait de Colchide, un pays lointain, où l'on parle une langue étrange, bien plus ancienne que la tienne.

— Est-ce vrai ? Alors cela expliquerait ce mystère. Jamais personne ne m'en a donné la clef. Elle était la fille d'un roi nommé Æétès. Or je n'ai jamais pu trouver quelqu'un qui ait seulement entendu parler de lui. Il y a bien cette histoire qu'on m'a racontée, un jour : celle d'une toison de bélier dont coulerait de l'or et qui proviendrait de cette contrée, la Colchide. J'ai cru que ce pays se trouvait sur une des îles. Mais une terre différente, plus ancienne, dis-tu. Oui, mon frère et moi sommes très certainement bien loin de chez nous.

Ils s'étaient réveillés d'un profond sommeil et main dans la main étaient sortis de la grotte ; mais celle-ci n'était plus en bord de mer, là où Poséidon avait tenté de les détruire. Elle ouvrait maintenant sur des collines, et c'était un labyrinthe de cavernes à l'air doux et parfumé, où chantait continuellement une brise caressante.

Devenu homme, Orgetorix venait de voir cette grotte mise à sac. Car les deux frères étaient sortis du sanctuaire de l'oracle, à Arkamon.

Orgetorix parut s'égayer. Il tourna le dos à la vallée, se hissa dans la fourche de deux branches et me considéra avec intérêt pendant un très long moment. Enfin il opina du chef, comme s'il venait d'élucider une énigme. De fait, il déclara :

— Après cela, les souvenirs ont un sens beaucoup plus clair. L'endroit regorgeait d'arbres fruitiers et d'oliviers, et nous nous sommes régalés, deux petits vauriens insouciants au milieu de nulle part. Après les horreurs de la traversée en mer, et ces journées de cauchemar, nous avions l'impression d'être dans les Champs Élysées. Cachés dans les bois avoisinants, nous avons épié les gens qui entraient et sortaient de la grotte. Nous trouvions la chose très divertissante. Parfois ils apportaient de la viande cuite qu'ils déposaient, et une fois qu'ils étaient partis, d'autres hommes venaient ramasser leur offrande. Nous avons réussi à en voler un peu avant leur arrivée. Ils laissaient aussi du vin, bien qu'à l'époque nous ignorions que c'en était, et un jour, enivrés, nous avons trahi notre présence. Des nuées un corbeau a fondu sur nous, un oiseau énorme qui nous a guidés dans la forêt alors que ces hommes se lançaient à notre poursuite. Nous avons réussi à leur échapper, mais nous étions perdus, et malades. Je me souviens d'un cavalier qui est venu vers nous. Il avait un casque qui semblait d'or bruni, avec sur la cime un oiseau de proie aux ailes déployées. Son cheval était harnaché somptueusement ; c'était une vision terrifiante, démoniaque. Mais cet homme, nommé Bellovésus, descendant d'un grand roi biturige, nous prit aussitôt en pitié. Ce qu'il venait faire au sanctuaire, je n'en ai nulle idée, nous autres *Keltoï* allons partout, comme tu l'as sans doute constaté... mais il nous emmena dans le Nord, jusqu'à son fort, où il nous prit pour fils adoptifs, nous entraîna aux arts guerriers et nous éduqua.

Orgetorix sauta souplement de son perchoir, se frotta les mains comme s'il avait froid, alors que le soir était doux, sans un souffle de vent. J'eus l'impression qu'il était heureux de m'avoir parlé.

— Et voilà toute l'histoire, pour l'instant du moins, fit-il avec l'ombre d'un sourire. (Il reprit, plus tendu :) Merlin... Il reste quelques questions que j'aimerais te poser.

— Si j'en connais les réponses...

— Elles concernent mon frère. Tu m'as vu à Arkamon, tu fais partie de ma vie, c'est maintenant clair. Je me demandais... As-tu jamais vu mon frère ?

Il scrutait mes yeux, non d'un air soupçonneux, mais avec avidité. Je résolus de mentir, car je n'étais pas certain de ce que je croyais et je ne voyais nulle raison de le bercer de faux espoirs. J'avais déjà commis semblable erreur avec Jason.

Jason ! Où se trouvait-il maintenant, me demandai-je subitement. Combien de temps Elkavar et moi avions-nous erré dans le Monde d'en-bas ? Les autres Argonautes avaient-ils déjà rejoint la horde, pour, eux aussi, rechercher follement les fantômes de leur passé ?

— Si je m'en souviens bien, l'oracle t'a dit qu'il se trouvait entre des murailles battues par les flots, et qu'il commandait son propre territoire...

— Bien qu'il l'ignore ! Oui. Je me rappelle les paroles de l'oracle. Et ce jour-là, j'ai su que c'était toi qui nous épiais, dans les rochers. J'en ai eu la conviction. Alors même que je ne savais pas qui tu étais. Me suivrais-tu, Merlin ?

— Non ; je parcours un Chemin bien particulier. Ne m'en demande pas la raison. Parfois, il se trouve que ce Chemin croise mon passé. C'est simplement ce qui s'est produit ici.

Orgetorix secoua la tête. Il ne comprenait pas le sens réel de mes propos, et son esprit en était égaré.

— Quel homme singulier tu es, Merlin. Je me pose une question : as-tu aimé ma mère ?

— Je n'ai jamais aimé Médée, répondis-je avec sincérité.

Pourtant sa question m'avait fait l'effet d'un coup de poing en plein visage. Le regard d'Yeux Féroces dans le royaume souterrain ; ce choc brutal ; les souvenirs que nous avions partagés à cet instant, ceux de temps plus doux, plus intimes. Bien avant la Colchide.

Inconscient de mon trouble, Orgetorix insista, avec un sourire fugace.

— Alors as-tu aimé mon père ?

— Oui. J'ai aimé Jason.

— Tu as aimé l'homme que je hais. Comme c'est étrange... Oui, il est bien étrange que nous nous tenions ici, sachant ce que nous savons, et que je m'ouvre quand même à toi.

Devais-je lui révéler où vivait son frère ?

Devais-je lui dire ce que je soupçonnais à propos de

ce frère avec qui il avait chassé, appris le maniement des armes et grandi, sous la férule juste et attentionnée mais aveugle de Bellovésus ?

Je fus tiré de cet embarras par Orgetorix lui-même, qui dit tout à coup :

— Je l'ai perdu. Petit Rêveur a disparu. C'était tellement curieux, Merlin. Un jour, nous chevauchions dans une vallée encaissée. Tout était très paisible. Nous nous remettions de blessures sans gravité reçues lors d'un raid pour voler du bétail. Le succès avait couronné cette aventure : dix têtes de courtes cornes noires, un taureau gris et quatre chevaux. Les cornes de guerre avaient retenti, mais nous ne redoutions pas d'expédition punitive. Les villageois n'étaient pas assez puissants, et peu nombreux sur leurs pauvres terres. Aussi quelques-uns d'entre nous avaient-ils décidé de partir chasser. Mon frère avait cru apercevoir un faon, une proie parfaite. Je l'ai vu lancer sa monture dans les fourrés, j'ai entendu son rire, comme pour dire à l'animal : « Je t'ai vu ! » Ce genre de rire... Et il n'a jamais reparu. J'ai découvert son cheval, qui broutait un peu plus loin, mais du cavalier, nulle trace. Deux jours entiers, j'ai fouillé la vallée. Il semblait impossible qu'il se fût évanoui aussi totalement. S'il avait été tué, la rivière n'aurait pu charrier son corps très loin. Cette disparition m'a hanté. Ni grotte, ni passage, ni recoin dans la vallée, pas de verger brumeux ou de chêne immense, pas d'autel, pas de bouche d'ombre dans le flanc d'une colline... Rien qui eût pu le prendre au piège. Il m'a manqué, et il me manque toujours. Ensemble nous avions vécu l'exil ; et le perdre aussi soudainement, aussi mystérieusement...

Il guettait ma moindre réaction tout en réfléchissant, et visiblement la seule évocation de ce souvenir le mettait à la torture. Après un temps, il ajouta d'un ton égal :

— Je suppose que c'est pourquoi il y a quelque chose de mort en moi. Ceci n'est pas ma vie. J'ai perdu ma vie ; une vallée au pays des Bituriges en a ravi le dernier fragment. Jusqu'à ce que tu surviennes de nouveau...

J'inspirai lentement, pris le temps d'ordonner mes pensées.

Mais un gémissement sortit de l'instrument d'Elkavar, m'évitant de répondre. Nous regardâmes alentour et vîmes un des mercenaires ibériens qui se tenait non loin, la lance pointée vers nous. Son regard méfiant allait d'Orgetorix à moi. Derrière lui, les autres étaient en selle et tenaient nos chevaux à la longe.

— Qu'y a-t-il, Madraud ? s'enquit Orgetorix avec calme.

— Tu fais grande conversation, ce soir, répondit l'autre. Or tu t'étais arrêté pour dormir. Nous désirions continuer à chevaucher, mais tu as voulu que nous fassions halte. Pour dormir. Nous voulions étancher la soif de nos lames à l'entrée de ce trou parlant. Mais tu as voulu observer le combat de loin. Il y a en toi de la proie, ainsi en avons-nous décidé ; tu es la proie, non le chasseur. C'est pourquoi nous te quittons.

— Alors adieu, répondit Orgetorix, impassible. Laissez-nous des chevaux.

— Ils viennent avec nous, gronda Madraud avec un rictus méprisant en relevant un peu sa lance.

C'est alors que je découvris pourquoi Thesokorus méritait son surnom de Roi des Tueurs.

Il s'élança, et fondit avec une soudaineté fatale sur l'Ibérien, selon une technique que j'avais vue pratiquée par les Grecs eux-mêmes : une charge mortelle, pour l'un ou pour l'autre. Madraud hoqueta lorsque son chef l'empoigna par la nuque, repoussa la lance de l'autre main et plongea dans ses chairs la lame effilée qu'il avait sortie de son fourreau, avec le bruit du métal qui crisse sur la pierre à aiguiser.

Aussitôt un des autres mercenaires sauta à bas de sa monture et s'élança vers moi, la lance brandie, les yeux étincelant comme ceux d'un chien enragé. Subitement, il fut frappé par une outre gémissante. Elkavar venait de lui lancer son instrument. Surpris un instant, l'homme titubait lorsque Orgetorix lui transperça le cœur d'un coup fulgurant.

Les autres cavaliers firent volter leur cheval, qu'ils mirent au petit galop. Orgetorix se lança après eux, bondit lestement sur la croupe de la dernière monture. Il fracassa le crâne de l'Arverne, qui s'affaissa au sol, où il fut parcouru de spasmes quelques instants encore. Pendant ce temps, le Roi des Tueurs saisit les rênes, ainsi que les longes des trois chevaux non montés. Les autres mercenaires dévalaient déjà la colline. Orgetorix revint vers moi au petit trot, tirant derrière lui nos montures. Son visage s'était assombri.

— Je ne m'attendais pas à cela, dit-il avec un regard noir au cadavre de Madraud.

— Jamais je ne l'aurais deviné, répondis-je. Tu combats comme un chat sauvage, les cris en moins.

— Crier gaspille le souffle. Merlin, je te demanderai de dévêtir ces chiens dès qu'ils auront cessé de remuer. La veste de cuir de Madraud me semble plus indiquée pour la bataille que cette peau de mouton crasseuse sur tes épaules...

Une fois de plus, on critiquait ma tenue !

— Et leurs bottes et leurs ceintures nous seront utiles.

Il mit pied à terre et inspecta ses propres vêtements pour voir s'ils étaient tachés de sang.

Elkavar contemplait son instrument. Deux entailles dans l'outre à vent, souvenir de mon attaquant, lui avaient coupé le souffle.

— Comme un cochon égorgé, commenta-t-il avec quelque tristesse. Plus de couinement pendant quelque temps. Mais ce sera assez aisé à réparer, dès que j'en aurai le temps, ce qui ne pourra que te réjouir.

Nous prîmes alors du repos, jusqu'à cette heure la plus sombre qui précède l'apparition soudaine du soleil et une aube nouvelle. Durant la nuit, Orgetorix avait hissé les cadavres de ses compagnons d'autrefois dans les arbres de la falaise, et les avait pendus aux branches hautes. Ce n'était pas là un acte de vengeance, plutôt l'expression de sa haine, me sembla-t-il ; et celle-ci n'était pas dirigée contre ces hommes... Les corps misérables n'étaient qu'un moyen pour le Roi des Tueurs de hurler sa fureur muette. Et c'est ma propre arrivée qui en avait ouvert les vannes.

Je le regardai s'affairer dans notre campement, silhouette pâle, fantomatique, silencieuse et déterminée. S'il avait conscience de mon regard sur lui, il n'en montrait rien.

À présent, j'étais certain de connaître non seulement la nature exacte de sa haine mais aussi sa source, et par là même sa fausseté. Mais pour des raisons insondables – c'est-à-dire, pour des raisons que je ne souhaitais pas analyser pour le moment –, l'heure n'était pas venue de parler à ce jeune solitaire aux manières brusques et directes.

L'un des motifs de mon attitude était néanmoins très clair : je me demandais où sa mère se cachait. Peut-être nous guettait-elle en ce moment même, de quelque anfractuosité dans la falaise, du ciel ou du terrier d'un charognard souterrain. Mais j'avais la certitude qu'en ce cas elle ne dévoilerait pas sa présence. Je m'interrogeai sur le moment qu'elle choisirait pour cette révélation, et sur la cause pour laquelle elle me permettait de côtoyer un fils qu'elle avait si jalousement protégé.

Au plus profond de mon cœur, je sentais qu'elle était tout aussi ébranlée que moi par la découverte de notre passé commun. Pas plus que moi, elle ne savait que faire ; tous deux nous étions préoccupés par les résurgences de notre longue vie et perplexes face aux hommes et aux femmes plus fougueux que nous avions rencontrés sur le Chemin.

Craignant une embuscade de ses anciens compagnons, Orgetorix nous mena au bas de la colline et le long d'un ruisseau. Nous chevauchâmes à vive allure quand le terrain le permettait, afin de doubler la horde. Bientôt nous rencontrâmes la ligne silencieuse des massacreurs de Brennos, qui abattaient les animaux paniqués fuyant devant l'armée, en général des proies de petite taille et des oiseaux. Ces hommes maniaient en experts la fronde et l'arc, et dès que la terre commençait à trembler, ils entassaient leur tableau de chasse et partaient rapidement plus au sud.

Bientôt l'armée apparut. Devant elle allaient vingt hommes lourdement armés, montés sur des chevaux noirs. Ils avançaient au pas et scrutaient, d'un regard méfiant, les collines et les bois proches. Quand ils nous aperçurent, quatre d'entre eux s'élancèrent au galop vers nous. Ils tenaient le bouclier haut et la lance baissée. Ils ne portaient pas de casque et leurs cheveux étaient de lin. Ils nous aboyèrent quelques mots, qu'Orgetorix comprit sans difficulté. L'un d'eux parut d'ailleurs le reconnaître. Il demanda le nom de ses compagnons, nous détailla sans aménité, Elkavar et moi, avant de nous saluer d'un bref hochement de tête, puis les quatre attendirent que l'avant-garde de l'immense colonne les rejoigne. Nous fûmes autorisés à nous placer derrière le premier détachement, fort de quelque deux centaines d'hommes, que suivaient des fantassins et des chariots chargés de butin et de provisions, tirés par des bœufs.

Les proies abattues par les éclaireurs furent rassemblées avec enthousiasme. La lente procession passa devant nous, et les regards qu'on nous lançait étaient moins curieux que las. Le bruit courait d'un changement de direction vers la côte, et cette perspective était visiblement source d'approbation et de soulagement. N'importe quoi paraissait préférable à ces passes montagneuses interminables et à ces bois lugubres.

— Je dois aller voir Brennos sans tarder, me dit Orgetorix. J'aurai besoin de sa protection si ces bâtards de maraudeurs m'aperçoivent. Ils m'ont vu abattre un de leurs chefs. Ils pourraient exiger un combat singulier en guise de vengeance. Je devrais peut-être lui apporter un présent. Les grands rois sont sensibles aux gestes de ce genre.

Le jeune homme me dévisagea froidement.

— Je ne te tiens pas pour présent remarquable, mais il apprécierait peut-être le chant d'Elkavar. L'ennui, c'est que c'est une marche silencieuse.

Une marche silencieuse ? Les collines avoisinantes tremblaient sous le martèlement régulier de la progression des hommes. Mais Orgetorix faisait évidemment allusion à l'absence de tout cri de guerre, tout battement de bouclier, toute échauffourée en tête de colonne. Et aussi à la limitation des feux, réduits au strict minimum. Pour autant que des milliers d'hommes et leur approvisionnement pussent progresser sans bruit vers le sud en territoire hostile, cette armée arrogante et magnifique s'y efforçait.

D'où la présence en éclaireurs des massacreurs, qui moissonnaient les proies effrayées par les vibrations du sol. Et de ces hommes soigneusement choisis qui chevauchaient à distance de la horde pour emporter les postes de guet. Orgetorix avait repéré pour Brennos la plupart de ces positions ennemies de surveillance lorsqu'il errait par ici durant l'automne et l'hiver.

Mais il ne les avait pas toutes localisées.

Nous approchions d'une vallée qui s'étirait entre cinq collines, et qui devait nous mener au cœur de la Macédoine elle-même. J'avais survolé ces lieux lorsque je recherchais Yeux Féroces, avant de décider de moins utiliser le faucon, et avant qu'Elkavar ne me découvre dans la maison en ruine.

J'avais pris un court repos, car mes ailes étaient fatiguées, et j'avais alors vu le danger, bien que ce fût seulement maintenant que j'en entrevoyais toute la portée.

Je détenais une information capitale à communiquer au chef de cette légion immense.

J'avais un présent à offrir à Brennos.

CINQUIÈME PARTIE

Les Portes de Feu

22

Au poste de guet

On avait construit le poste de guet juste sous la crête d'une colline, et il offrait une vue dégagée sur la vaste vallée, connue sous le nom de Promenade des Loups, qui menait au sud vers les plaines fertiles de Macédoine, une nation guerrière avec laquelle il faudrait combattre, en dépit du coup que lui avait porté la mort toujours pleurée de son jeune roi : Alessandros, connu aussi comme Iskander, Alexandre...

Tant de noms en tant de langues désignaient cet homme aux os fins, doté d'un regard d'aigle capable de trouver les confins de ce monde. Avec quel pouvoir de persuasion son ombre avait-elle dû marchander, pour que le Temps lui accorde une telle part de légende !

Le petit bâtiment était niché au sein d'un boqueteau de jeunes cèdres et de pins, et avec ses murs peints en noir il n'était presque pas repérable depuis la vallée en contrebas. Même des yeux avertis de sa présence auraient eu du mal à le distinguer sous la ligne de crête boisée.

L'ombre des nuages glissait sur les collines, et

l'homme qui vivait là vaquait à ses occupations, en ce début d'été. Il se montrait prudent jusque dans son usage du feu et ne cuisinait jamais après le crépuscule, et uniquement lorsque le vent emportait l'odeur de la fumée au sud, loin du danger potentiel. Vers le souvenir d'Alessandros !

À l'époque du grand roi, ce guetteur était jeune, à peine un adolescent, en fait. Et ses poumons étaient encore trop faibles pour qu'il pût participer à la grande expédition vers le levant, pour découvrir l'océan et le bord du monde. Mais il avait eu l'heur de plaire au jeune roi, qui avait trouvé comment l'employer : « Lorsque tu auras un peu grandi, tu seras guetteur sur ma frontière du nord ! »

Aujourd'hui, il avait certes avancé en âge. À tel point qu'il était le plus vieil homme qu'il eût jamais connu. Parfois il se disait que la Mort l'avait oublié. Les années s'écoulaient, s'ajoutaient par dizaines, et bientôt il aurait vécu huit de ces dizaines. Il avait appris à compter. Et pourtant il demeurait aussi alerte qu'un jeune daim. Si sa barbe avait la blancheur de la colombe, ses yeux conservaient l'acuité du faucon, et ce petit homme était toujours capable de courir d'une saillie rocheuse à un boqueteau de pins odorants, filant à couvert comme un lièvre.

Quatre fois par jour, telle l'ombre des nuages, il effectuait le tour de la colline où il vivait, scrutait les vallées et le faîte des autres collines à la recherche de tout signe de danger, tout indice qui révélerait une troupe de guerriers, le grondement lointain et la brume de poussière d'une armée en marche.

Et comme il rêvait d'apercevoir une armée en marche ! Il gardait encore vivace à l'esprit l'image, toute de bronze et de couleurs, du jeune roi menant ses soldats à la guerre vers la Perse. Mais à présent plus aucune troupe ne faisait mouvement dans ces vallées désespérément désertes.

Derrière la maison, dans leur cage, ses précieux pigeons étaient au calme. Il y avait assez de place pour en loger soixante. Il les envoyait vers le sud selon un rituel très particulier. À chaque lune, les pigeons lui étaient ramenés par quatre cavaliers venus de la forteresse que les oiseaux connaissaient comme leur foyer. Lorsqu'un d'entre eux n'y parvenait pas – tué par un aigle, en général – le guetteur en était attristé. Il les connaissait tous. Mais une perte procurait toujours le plaisir de faire la connaissance d'un nouveau compagnon ailé.

Quatre fois par jour il parcourait les pentes autour de son poste. Et chaque jour, il rédigeait le même message sur un morceau de parchemin : « Tout est comme il doit être. »

La façon dont était libellée cette phrase et la manière d'attacher le petit document à l'oiseau changeaient quotidiennement. C'était une précaution supplémentaire pour les hommes des avant-postes, à trois jours de cheval, là où les collines se dressaient dans la grande plaine.

Parce qu'il était méfiant par nature, il modifiait régulièrement le chemin emprunté et l'ordre des tâches, bien qu'en plus de cinquante années passées à ce poste rien ne se fût produit qui l'aurait poussé à changer le contenu du message. Mais il faisait toujours halte devant l'urne de marbre dissimulée au plus profond d'un bosquet d'épineux et de pins, là où reposaient les cendres de celle qui avait été sa femme.

Ils aimaient danser ; sur la colline silencieuse, ils dansaient en se remémorant des musiques ; et toujours, chaque matin et chaque soir, il prenait l'urne dans ses bras et dansait avec sa défunte épouse. Elle avait été heureuse ici, en dépit de l'isolement, des difficultés d'approvisionnement, en particulier quand l'hiver macédonien se faisait rude. Au départ de leurs deux fils, elle avait pleuré. Et après n'avoir reçu aucune nouvelle d'eux pendant un temps trop long, sa peine avait cristallisé une pierre qui lui écrasait le cœur. Il avait abandonné la mémoire de ces deux jeunes garçons impétueux, même si deux petits boucliers polis gisaient à côté de l'urne, comme un gage d'espoir. Mais il n'avait jamais renoncé à celle de sa femme.

Seul depuis tant d'années qu'il n'en tenait plus le compte, le guetteur vivait au jour le jour, aussi satisfait de l'existence, avec l'esprit aussi clair et la vue aussi perçante que dans son enfance.

« Tout est comme il doit être. »

Parfois il ajoutait : « Plusieurs cavaliers et bêtes de somme, fatigués, légèrement armés. »

Ou : « Nomades ; un chariot. Une famille ; deux bœufs et cinq chevaux. »

Mais généralement il se contentait de cette phrase rituelle : « Tout est comme il doit être. »

Et cet homme à la belle barbe blanche aurait pu vivre heureux jusqu'à s'éteindre selon le cycle de la nature, pour être ensuite placé dans une urne à côté de sa femme par les hommes plus au sud qu'il gardait, s'il n'avait eu un jour la triste idée de quitter l'abri de sa maison pour chasser un faucon.

Le rapace s'était posé sur la crête. Craignant pour ses pigeons, le guetteur avait lancé deux pierres vers l'intrus. Les yeux durs de l'oiseau de proie s'étaient fixés sur lui. Un esprit inflexible avait découvert où l'homme vivait, et ce que camouflait sa maison. Des ailes véloces avaient propulsé l'oiseau dans les airs, vers le nord.

Ce fut la grande infortune de cet homme, par cette

journée d'été venteuse, d'avoir voulu chasser un faucon, et en agissant ainsi de m'avoir rencontré.

« Tout est... »

Il s'arrêta d'écrire. Les pigeons s'agitaient soudain dans leur cage. Ils semblaient inquiets. Le faucon était-il revenu ? Le soleil filtrait par la mince fenêtre ouvrant sur le levant, dessinant sur la table la forme du bol de pierre plein d'olives et de fruits secs qui constituaient le menu du jour. Puis un nuage cacha l'astre resplendissant et, pendant un instant, la petite pièce fut plongée dans la pénombre.

Un chat sauvage ? Un lynx, peut-être ?

Mais les oiseaux s'étaient calmés. Il n'y avait plus qu'un battement d'ailes occasionnel et un roucoulement doux tandis que les pigeons observaient les ombres de leur cage. Il revint à sa tâche et termina le message :

« ... comme il doit être. »

Il signa la bande de parchemin, apposa la marque avec application, puis leva les yeux de nouveau. À présent les oiseaux étaient trop silencieux. Il y avait peut-être bien un prédateur dans les parages, après tout.

Il prit sa fronde, étira les lanières, caressa la poche, la chargea d'un galet rond et se leva de son siège. Mais avant qu'il ait pu faire un pas vers la porte, celle-ci s'ouvrit lentement. La lumière de l'extérieur demeura pourtant occultée par la silhouette imposante d'un homme de grande taille, vêtu d'une longue cape, qui se courbait pour regarder dans la pièce. L'inconnu entra, un doigt barrant ses lèvres, et referma la porte derrière lui.

Dans le dos du guetteur, les volets de la fenêtre

grincèrent quand une main les repoussa. Un homme au teint hâlé passa la tête à l'intérieur en souriant.

— Bien le bonjour, dit-il dans le dialecte du vieil homme. Mon nom est Thesokorus. Je n'essaierais pas de me servir de cette fronde, si j'étais toi.

— Toutes mes excuses, dit l'autre intrus avec un accent curieux. Je manque à tous les usages. Je suis Bolgios, un des commandants d'une armée qui souhaite passer sans encombre. Et je te souhaite également le bonjour.

Et tous deux s'esclaffèrent.

Le grand inconnu ôta son casque de fer et gratta sa barbe, qui était d'un roux flamboyant. Ses yeux, dans un visage maculé de crasse, luisaient de l'éclat du jade. Sa cape était noire, probablement en peau d'ours, et des relents de sueur, de cheval et de fumée flottaient autour de lui.

L'homme aux yeux verts tenait dans une main trois cages où s'agitaient six volatiles très animés.

— Pour aujourd'hui, dit-il au guetteur. Pour les messages.

Puis il souleva un pan de sa cape et révéla dix pigeons, le cou brisé, accrochés au revers du vêtement.

— Pour le dîner, ajouta-t-il avec un petit rire.

L'homme à la peau olivâtre se hissa par la fenêtre et vint prendre le message. Il le lut avec attention avant de donner son approbation d'un hochement de tête.

— Tout est en effet comme il doit être. Envoie le message, je te prie.

— Qui êtes-vous ? demanda le guetteur.

Ses yeux étaient agrandis par la terreur et ses mains, levées en un geste de protection devant lui, tremblaient.

— Nous sommes des amis de ce qui gît dans les profondeurs, à Delphes, dit l'autre. Mais des amis d'un genre spécial. À présent, attache le message et envoie-le.

Le guetteur obéit. L'oiseau s'élança dans les airs, décrivit un cercle à la verticale de la colline, puis fila vers le sud. L'homme appelé Thesokorus l'observa par la fenêtre et lui envoya un baiser pour qu'il fasse diligence.

— Très bien. Et maintenant, rédige les cinq autres messages, exactement comme tu le ferais normalement, et attache-les aux oiseaux. Et précise quand ceux-ci devront être relâchés.

Le guetteur s'exécuta, et n'hésita qu'un instant en regardant les pigeons dans leur cage. La trahison qu'il commettait lui serrait le cœur. Il leva les yeux, rencontra ceux du grand intrus d'un vert dur comme la pierre, et soupira. Peut-être avait-il renoncé à la ruse qu'il venait d'envisager. Il calligraphia lentement les messages, les marqua, puis les attacha à ses pigeons.

— Fort bien, dit l'aimable Thesokorus. Ces oiseaux vivront. Garde cela à l'esprit. Il y aura quelqu'un ici pour les envoyer.

Quand tout fut terminé, l'homme aux prunelles vertes, le géant du Nord aux manières brusques prit le guetteur par les épaules et le mena au-dehors. Les autres pigeons gisaient morts dans leur cage, et Thesokorus ramassa les petits cadavres, qu'il rassembla dans un sac de cuir ; cela ferait toujours un peu plus de viande pour la marmite.

— Je ne vous ai pas vu approcher, murmura le guetteur nerveusement, alors que Bolgios le dirigeait vers le bord de la pente. Comment ai-je pu vous rater ?

— Nous savions que tu surveillais la vallée. Nous avions envoyé un oiseau pour te repérer. Il nous a dit que tu lui as lancé une pierre.

— Ce faucon ?

— Le faucon, oui. Nous avons pris nos précautions. Cela n'a pas été facile, mon ami. Regarde...

— Par Mercure ! gémit le vieillard. Comment ai-je pu ne pas voir cela ?

Il contemplait d'un air hébété l'immense déploiement de cavaliers, soldats, femmes, chariots et bœufs, qui emplissait toute la vallée, de part et d'autre de la colline d'Artémia. C'était une foule énorme, une armée impatiente mais immobile, qui scrutait la colline, attendant le signal de reprendre la marche dans le défilé, vers l'océan. L'homme aux yeux verts leva haut une main, vers sa droite, et le sol frémit quand la horde s'ébranla en direction du sud.

— Ce n'est pas possible... J'ai regardé il y a une heure à peine.

— Nous n'étions pas là, il y a une heure, répondit Thesokorus. Et tes yeux comme tes oreilles ont été... distraits, dirons-nous ?

— J'aurais dû remarquer le tremblement du sol.

— Nous sommes venus sur la pointe des pieds.

— Ce n'est pas possible.

— C'est arrivé. Sois remercié de ton aide.

Le guetteur fouilla les yeux ténébreux du jeune homme qui parlait sa langue. Doucement, il demanda :

— Que va-t-il advenir de moi, maintenant ?

— Viens avec moi.

Thesokorus guida le guetteur jusqu'à l'urne de marbre qui reposait dans l'ombre fraîche.

— Qui gît ici ?

Le vieillard croisa les bras sur sa poitrine et se mit à trembler.

— Mon épouse, morte il y a de cela bien des années. Ses funérailles ont été la seule occasion où j'ai quitté mon poste. J'ai rapporté ses cendres ici. J'avais besoin de la sentir proche de moi. Ne la touche pas !

— Tu l'aimais ?

— Beaucoup. Et je l'aime toujours. Nos deux fils sont partis au sud, pour la guerre. Je n'ai plus jamais eu de nouvelles d'eux. Il est dur de voir celle qu'on aime mourir de chagrin. Elle me manque beaucoup.

— Eh bien, dit l'étranger, c'est un amour qui mérite d'être respecté.

Quelque temps plus tard, le cœur du guetteur fut déposé avec révérence dans l'urne, sur les cendres, puis l'urne fut scellée de nouveau, avec le plus grand soin, et laissée en paix entre les deux boucliers de cuivre des fils disparus.

23

Contre les Macédoniens

Pendant quelques jours, après avoir réduit au silence le poste de guet, la grande armée poursuivit sa marche vers le sud, à l'ombre des collines, se déversant dans les vallées étroites en d'interminables colonnes. L'heure était à un silence nerveux, impatient et sinistre. Le bruit de la progression de cette multitude semblait rouler dans les défilés et croître sans cesse en volume. Mais la nouvelle avait couru, aussi rapide à s'étendre qu'un feu d'été dans un bosquet d'oliviers : le poste de guet avait été réduit au silence. Il n'y a nulle crainte à avoir avant les Thermopyles.

Brennos lui-même était confiant. Le récit triomphal de Bolgios – comment il s'était joué du vieillard au bout de la vallée, une histoire qu'il avait répétée vingt fois, en selle, au camp, lors des repas – avait endormi la méfiance du chef, au point qu'il avait du mal à croire encore à l'existence de l'ennemi. Ce fut donc un seigneur de guerre étonné et plutôt confus qui, après nous avoir menés hors des vallées, le long d'une mince bande de terrain montant avec régularité vers des collines couronnées de brouillard, se retrouva nez à nez avec un contingent de Macédoniens fortement armés, qui nous barrait la route du sud.

Ils avaient pris position sur une crête, et leur vue était aussi impressionnante que menaçante. Leur ligne s'étirait aussi loin que portait l'œil à l'horizon devant nous. Ils frangeaient chaque bois et chaque amas de rocs gris surplombant la passe d'où émergeait lentement l'armée celte.

Brennos envoya des cavaliers pour arrêter les colonnes, et distribua vivement ses ordres.

Avancez les chars et les archers !

Que des éclaireurs aillent occuper les points dominants afin de se rendre compte de ce que ces troupes peuvent cacher derrière leur première ligne.

Puis il adopta une attitude très calme. Il ôta son casque à défenses de sanglier et, de la paume d'une main, se mit à en polir doucement l'ivoire.

À sa gauche, Achichoros, qui allait torse nu à cause de la chaleur, avait passé une jambe en travers de sa selle et concentrait toute son attention sur l'orange qu'il pelait. À sa droite, Orgetorix aux sombres prunelles, à présent vêtu de son kilt de bataille et de la veste de cuir, était penché sur l'encolure de son cheval et observait l'armée déployée en face d'eux.

Les Macédoniens s'étaient disposés en phalanges, sur huit rangs. Ils portaient plastron de cuirasse en fer luisant, sandales et jambières de métal sous une ample tunique rouge, et étaient coiffés d'un casque jaune à la forme étrange, sous lequel leur visage barbu n'avait rien d'avenant. Tous étaient armés de lances : longues au premier rang, plus longues au milieu, et très longues à l'arrière. Le soleil brillait sur les pointes alignées, qui paraissaient acérées, et redoutables. Ces lances étaient lentement abaissées et relevées au rythme régulier d'un chant sinistre psalmodié par les guerriers.

Des pigeons, qui volaient en cercle au-dessus du champ de bataille encore vierge, se posaient parfois sur ces perchoirs oscillants et battaient des ailes pour conserver leur équilibre. Le seul signe de désordre dans la vague bien ordonnée des piques se limitait, de temps en temps, à la brève secousse infligée à une arme pour déloger ce visiteur ailé importun.

— De tout ce que je pensais voir en sortant de cette maudite vallée... commença soudain Brennos.

Orgetorix garda le silence et Achichoros estima plus diplomate de cesser de mâcher son orange. Il se tourna vers l'autre seigneur de guerre et attendit la fin de sa phrase.

Après un moment, et comme Brennos ne disait rien, Achichoros se risqua à une interprétation :

— Tu n'avais pas imaginé que quatre milliers de Macédoniens, visiblement prévenus de notre arrivée, nous barreraient la route ? Est-ce là ce que tu allais dire ?

Brennos lui décocha un regard mauvais.

— Quelque chose de ce genre. Comment ont-ils su ? Un de ces pigeons a dû porter le mauvais message.

— Sans doute l'œuvre du guetteur à l'entrée de la vallée, supposa Orgetorix. Une petite erreur dans son libellé, ou bien le bout d'une plume recourbé, quelque signal subtil. Nous autres, Grecs, sommes très doués pour ce genre de tours, et ces Macédoniens apprennent vite de leurs voisins.

— Ce maudit guetteur !

— Maudit ? fit Orgetorix en secouant la tête, amusé. J'en doute. Il marche au côté d'Alessandros, à cette heure, et tous deux se gaussent de nous. Ce vieillard a compris qu'il allait mourir, et il a fort bien réussi à nous faire accroire qu'il envoyait le message que nous désirions. Bah, il est mort et tiré d'affaire, et nous sommes ici, dans une situation délicate. Alors, seigneur Brennos, qu'allons-nous faire ?

De sa main qui tenait encore une moitié d'orange, Achichoros désigna l'ennemi.

— Je suggère d'attaquer, Brennos. Solution sanglante, mais qui offre l'avantage de ne pas figer la situation.

— Vas-y, rétorqua Brennos. Attaque de front, avec tes lanciers d'élite. Nous t'observerons et suivrons.

— Je pensais que les oranges étaient toutes sucrées, dit Achichoros d'un ton détaché. Celle-ci est très acide.

Il jeta le fruit par-dessus son épaule.

À présent Bolgios et ses deux gardes personnels arrivaient au galop. La crinière de feu du chef flottait derrière lui, et ses membres luisaient de sueur. Il avait revêtu sa tenue de bataille en cuir, et portait cinq javelines et son bouclier ovale.

— Y a-t-il une raison à cette halte ?

— J'en vois environ quatre milliers, au cas où tu ne l'aurais pas remarqué.

— Dix-sept centaines et onze, pour être précis, répliqua Bolgios avec un rictus à l'adresse d'Orgetorix. Les Grecs ne sont pas seuls à savoir compter.

— Bien compté, opina le Grec.

— Merci. Et je te rappelle, Brennos, que nous sommes des dizaines de milliers face à ces dix-sept centaines. Si nous étions de ceux qui se repaissent des entrailles de leurs ennemis après la victoire, nous pourrions être rassasiés de foie macédonien avant que le soleil n'atteigne son zénith ! Pourquoi attendre ?

— La stratégie, répliqua Brennos, avec une pointe d'irritation.

— La stratégie ? répéta Bolgios, perplexe.

— Pourquoi montrent-ils aussi clairement leur peu de force face à nous ? Et leur tactique : ce chant, ce mouvement des lances qu'ils abaissent et relèvent, menaçant d'éventrer nos chevaux...

Bolgios parut encore plus décontenancé.

— Les lances qu'ils abaissent ? Éventrer nos chevaux ? C'est une tactique ?

— Ils se montrent très démonstratifs, mon bon ami Bolgios, ce qui laisse penser à certains d'entre nous qu'ils cachent quelque rouerie.

— Peut-être sont-ils simplement... Comment formuler ma pensée sans te paraître impertinent, mon bon ami Brennos ? Peut-être sont-ils simplement... démonstratifs.

Les deux hommes s'affrontèrent du regard.

— J'accepte ta critique, dit Brennos avec calme. Mais il y a autre chose. Nous ne voyons pas tout.

— Où ai-je déjà entendu cela ? maugréa Bolgios.

Il se renversa en arrière et leva les yeux vers le ciel. Son cheval se cabra pour compenser le poids du cavalier. Bolgios lui fit décrire un tour complet sur place, sans cesser de scruter l'azur, puis il ôta son casque et éclata d'un rire sonore.

— Oui ! Tu as raison. Ce ciel sans nuage ! Je comprends, maintenant. Il nous trompe en restant ainsi. Il va s'écrouler sur nous et nous prendre tous par surprise ! Mes excuses, seigneur, mais je dois aller ordonner à mes hommes de lever leur bouclier pour protéger leur tête !

Il partit au petit galop en vociférant des insultes à l'adresse des Macédoniens.

Brennos contempla l'ennemi d'un air sombre.

— Il a raison, bien sûr.

Ce fut au tour d'Orgetorix de s'esclaffer.

— Quand il prétend que le ciel va nous tomber sur la tête ?

— Quand il dit que nous devrions abréger. Mais j'ai dans l'idée qu'ils dissimulent des chars, ou des archers, derrière leurs rangs. Et en ce cas, leurs réserves sont bien cachées. Si Bolgios a pu les dénombrer, c'est qu'il a grimpé sur un point dominant, et pourtant il n'a pas aperçu leurs autres forces...

— Je soupçonne Bolgios d'avoir plaisanté, dit Achichoros avec une grimace. (Il s'étira sur sa selle.) Ne te méprends pas sur mes paroles, je ne mets pas en doute son courage, mais son aptitude à compter au-delà du nombre de chevaux qu'il peut prendre dans une razzia. Ce nombre est sans doute élevé, mais pas tant que cela. Il voulait nous donner courage. Nous avons devant nous trois milliers d'hommes au moins.

— Oui. Je crois que tu vois juste.

— Dix-sept centaines ou trois milliers, ils forment une masse compacte, nota Orgetorix. Surtout, ils nous bloquent la sortie de ce défilé. Et nous n'avons même pas atteint les Thermopyles.

— Peu m'importent les Thermopyles ! s'exclama Brennos. Un défilé à la fois. Où est cet enchanteur ? Celui qui nous a prévenus pour le guetteur...

— Derrière toi.

Brennos se tourna lourdement sur sa selle et me toisa. Quand ses yeux se posèrent sur ma monture, celle-ci eut un petit mouvement de recul, comme si le regard de cet homme était aussi effrayant pour les chevaux que pour les hommes. Mais les hommes de pouvoir ne sont pas moins curieux que les autres, et la curiosité adoucit la férocité.

— Ta vision à distance te révèle-t-elle ce qu'il y a derrière les Macédoniens ?

Ma réponse fut très simple :

— Il y en a d'autres, mais peu nombreux. Ils veulent que tu croies qu'ils cachent une légion entière en réserve, pour te déstabiliser. Ils semblent avoir réussi.

Un instant le visage de Brennos s'emplit de fureur, puis il se détendit et un fin sourire passa sur ses lèvres. Il se tourna vers Achichoros et lui dit quelque chose. Les deux hommes rirent. Achichoros repartit vers la tête de son armée et les lanciers qui la formaient. Brennos envoya un messager à Bolgios, sur le flanc droit. Derrière nous, les chars bougeaient légèrement, signe d'impatience. Une fois de plus Brennos me regarda.

— J'aimerais que tu quittes le champ de bataille ; trouve un point d'observation surélevé et sûr. Toi aussi, Orgetorix. Je préfère te garder hors de danger. Je veux t'envoyer au sud, de nouveau, en éclaireur.

— Comme tu voudras, répondit le Grec, mais à contrecœur.

Nous lançâmes nos chevaux pour longer au trot la première ligne de la horde. C'était une manœuvre dangereuse si les phalanges macédoniennes dissimulaient effectivement des archers et des centaines de cavaliers, mais à peine avions-nous quitté le commandant en chef qu'un grand cri de guerre retentit, vibrant de rage. Un petit char, tiré par deux chevaux à la longue crinière noire, surgit alors de derrière le front de l'armée de Bolgios et fonça en terrain nu vers la pente au sommet de laquelle les Macédoniens attendaient, chantant toujours leur hymne sinistre dans le va-et-vient de leurs lances.

L'ennemi parut aussi surpris que l'armée celte par cette attaque isolée.

Il y avait quelque chose de familier chez les deux occupants du char. L'aurige penché en avant, qui fouettait ses chevaux avec férocité, était une femme au corps délié, vêtue d'une mince veste verte sans manches et d'une culotte de cuir usée. Elle avait le visage noirci, et ses cheveux de jais flottaient au vent. Elle poussa les chevaux à accélérer l'allure quand le char arriva presque au contact de la ligne de lances, avant d'infléchir subitement leur course pour redescendre la colline.

Mais pas avant que son passager, un guerrier de grande stature et torse nu, qui tenait au poing une courte javeline, n'eût propulsé cette arme avec une force incroyable vers l'ennemi, transperçant la poitrine d'un Macédonien si violemment que l'homme parut cloué à celui qui se trouvait derrière lui. Ce qui était probablement le cas.

Une longue javeline fendit l'air droit vers l'attelage, mais l'homme se courba souplement et attrapa le projectile au vol avant que celui-ci n'atteigne son épaule. L'aurige fit virer les chevaux vers les Macédoniens, et la javeline fut retournée à l'envoyeur avec une vigueur sauvage. Mais une pluie de flèches et de pierres commençait déjà à s'abattre autour des attaquants, qui effectuèrent un rapide demi-tour pour se mettre hors de portée. L'homme s'accrochait d'une main au rebord du char, et de l'autre saluait l'ennemi d'un geste moqueur, tout en déversant un torrent d'insultes de sa voix perçante.

Et Urtha possédait un répertoire d'insultes des plus étendus !

Et Ullanna était un aurige aussi gracieux qu'impétueux !

Leur attaque précipita l'action dans les rangs de

l'armée de Brennos. Alors qu'Ullanna ramenait l'attelage en sécurité, de nos lignes surgit une vague de chars qui se précipitèrent vers les phalanges macédoniennes, la lance prête, dans une charge bruyante et exubérante. Les cavaliers suivaient, et le sol trembla sous le galop de leurs montures. Ils levaient leur bouclier en fonçant vers les lances mortelles. Achichoros et Bolgios avaient eux aussi déclenché des attaques. Nous nous abritâmes tous sous nos boucliers brandis quand une pluie de flèches s'abattit subitement sur nous, et Elkavar, trop occupé à protéger son précieux instrument pour se soucier de sa propre sécurité, fut touché à la jambe par une pointe effilée qui ne fit que l'égratigner.

Je criai en direction d'Urtha, qui affichait une expression féroce, sourd et aveugle à tout ce qui ne concernait pas directement le combat. Ullanna avait été touchée à l'épaule par une pierre pointue, et le choc l'avait projetée à bas du char. Agenouillée sur le sol, elle arrachait de l'herbe pour en recouvrir sa plaie béante qui saignait d'abondance. Urtha m'aperçut et me fit un signe, mais dès que la Scythe eut regrimpé dans le char, ils retournèrent à la bataille au triple galop. À voir la grimace qui tordait les traits d'Ullanna, elle souffrait beaucoup.

Derrière moi, j'entendis un homme s'exclamer :

— Encore cet oiseau de malheur ! Ce maudit corbeau...

Orgetorix scrutait le ciel. Là-haut, un corbeau piquait vers nous. Mais soudain le volatile vira sur un courant d'air ascendant et survola la masse grouillante des combattants. Elkavar et moi battîmes en retraite sur une colline. Les vallées grouillaient de guerriers impatients d'en découdre, et seule l'autorité incontestée des trois hommes à la tête de la horde parvenait à les contenir. Des cavaliers galopaient devant les colonnes, et les collines avoisinantes étaient envahies d'hommes désireux d'assister au spectacle. Le vent soufflait vers le nord. Tous pouvaient sentir l'odeur âcre de la frénésie meurtrière et entendre le vacarme, pareil au cri suraigu d'un millier d'oiseaux charognards au loin, ainsi que les sonneries stridentes des trompettes qui créaient une atmosphère de chaos et de fureur infinie.

Un roi macédonien trouva la mort ce jour-là, ainsi qu'un millier de ses loyaux soldats. Les autres prirent la fuite, et la formidable muraille de lances ne fut bientôt plus qu'une armée en débâcle. Nous ignorions alors que nous avions ravi une tête aussi prestigieuse, mais les maraudeurs, qui étaient restés dépouiller les cadavres avant de les enterrer, apportèrent le corps de ce roi, encore revêtu de son armure, avec à son doigt l'anneau sigillaire. En revanche, ils avaient déjà détroussé les généraux. Brennos leur laissa l'armure et toutes les bagues, sauf le sceau royal. Il ordonna que la tête du roi soit huilée et préparée pour sa conservation. Plus tard, ce trophée serait montré aux troupes.

Les pertes subies par l'armée celte avaient été lourdes. Il était impossible de dire qu'on aurait pu les limiter si l'attaque n'avait été aussi compulsive, à la suite du défi d'Urtha et Ullanna à la face des Macédoniens. Malgré les nombreux morts dans leurs rangs, les Celtes exultaient. Ils n'avaient eu droit qu'à des escarmouches depuis qu'ils avaient quitté les bords du Daan, et cette bataille était pour eux la première confrontation significative avec l'ennemi, inattendue et remportée grâce à leur nombre et à leur détermination farouche.

Pour beaucoup d'entre eux, il semblait désormais que rien ne pourrait les arrêter. Toute prétention de discrétion disparut ; on allumait maintenant de grands feux dès la nuit venue, pour rôtir le gibier, les cornes sonnaient au crépuscule et à l'aube, et chants comme combats simulés abondaient.

Les blessés avaient été renvoyés vers le nord, sous bonne escorte. Brennos, toujours très pragmatique, sentit le besoin qu'avaient ses soldats d'honorer la mémoire des morts. Dès le lendemain de la bataille, des Celtes tombés les armes à la main furent ensevelis avec les honneurs sous cinq tertres énormes à l'extrémité de la vallée. Savoir si le vent et le temps épargneraient ces sépultures était une autre question. Durant la cérémonie, le roi prononça leur hommage funèbre à la lumière des torches et déclara solennellement que leurs esprits étaient en route vers le Pays Fantôme. Puis il exhorta son armée à presser l'allure vers le sud, sans attendre, car à présent toute la Grèce se lèverait pour affronter l'envahisseur.

Aussi nous accomplîmes les rites funéraires, nous festoyâmes, chantâmes pour le dieu rassembleur, qui devait envoyer des oiseaux aux ailes noires pour accompagner le retour des fantômes chez eux... et nous nous mîmes en marche dans la nuit.

Pour rattraper le temps perdu.

Orgetorix était parti discrètement, et il chevauchait déjà en éclaireur, suivant les instructions de Brennos.

Il ne fallut pas longtemps avant que ce dernier ne fasse quérir Urtha. Ullanna souffrait encore du coup reçu à l'épaule, et c'est Elkavar qui tenait les rênes du char, tandis que la Scythe était recroquevillée sur le plancher de l'attelage, en proie à un léger accès de fièvre, qui passerait bientôt.

Urtha et moi nous présentâmes à Brennos, et le *Keltoï* expliqua comment, alors qu'il était sur le point de rejoindre l'armée, il avait trouvé un char abandonné dans l'un des étroits défilés voisins. Brennos était au courant des nombreuses escarmouches qui avaient émaillé la progression de la horde, et il offrit sans hésiter l'attelage à ce fougueux guerrier.

— J'ai beaucoup entendu parler de ton pays, dit-il. Mon père m'a raconté qu'au-delà de ses rivages se trouve une contrée où les ombres des héros chevauchent, attendant que vienne leur temps sur cette terre. Non pas les morts, mais ceux à naître.

— Cette contrée se trouve tout près de mon grand fort, déclara Urtha en se redressant sur sa selle. Oui, ma forteresse surplombe la rivière qui sépare nos deux mondes. Parfois, j'aperçois les bateaux brillants qui parcourent ses eaux. Nous allumons des feux et pratiquons des sacrifices dans les bosquets de saules sacrés. Et lorsque l'ombre d'un héros traverse ces eaux, c'est sur ma terre qu'elle pose d'abord le pied. Ensuite, où elle va, pour trouver le repos ou accomplir sa Quête, cela la regarde.

— Ton pays me plaît beaucoup, de ce que tu en dis, fit Brennos d'un ton songeur.

Urtha avait le plus grand mal à contenir sa fierté. Il dit :

— Ce serait grand honneur pour moi de te recevoir en mon fort. Ma demeure est à ta disposition. La chasse en Alba requiert vélocité et intelligence, elle n'a d'égale nulle part. Et près de la rivière s'étend un verger qui porte continuellement des fruits.

— Et si je venais avec une centaine de mes hommes, tu pourrais nous accueillir tous ? demanda

Brennos. Sans penser que nous venons pour t'envahir ?

— Viens avec un millier de tes guerriers, fanfaronna Urtha. Nous festoierons de daims rôtis et de perdrix pendant une lunaison entière. Ensuite nous pourrons opérer quelques razzias au sud, pour prendre les taureaux les plus vigoureux que tu aies jamais vus. Ces clans du Sud ne valent pas grand-chose, mais ils s'y entendent pour élever des bêtes incomparables.

— Ton fort doit être un des plus vastes que je puisse imaginer, et tes propos me font grande impression. Quand cette balade sera terminée, je viendrai donc avec un millier de mes hommes pour goûter à ton hospitalité. Merci. Et merci aussi pour cette étincelle qui a allumé le brasier de la bataille. Je sais toujours reconnaître quand un acte décisif, spontanément entrepris, met fin à ma propre incertitude. Cette charge restera dans les mémoires. Et ton aurige était pareil à un hibou furieux, bien que beaucoup plus désirable. Son souvenir demeurera longtemps dans mon esprit. Est-ce ta sœur ?

Urtha ne répondit rien. Regard fixé droit devant lui, il vint placer sa monture à côté de celle du chef de guerre. Brennos me lança un sourire fugitif, réalisant qu'il abordait peut-être un sujet sensible. En fait, je m'étais rendu compte dès le début que cet échange était un assaut typique de provocation. Brennos savait sans nul doute que le *Keltoï* exagérait la taille et les capacités d'accueil de sa place forte. Et le débarquement d'un millier d'hommes dans le pays d'Urtha aurait sans doute été considéré comme une invasion caractérisée.

Mais le jeune seigneur cherchait quelque chose ; et si Brennos en avait conscience, il facilitait au mieux la demande.

— Ce n'est pas ma sœur, répondit enfin Urtha. Elle vient d'un pays situé au levant d'ici. Là-bas, d'après ce que racontent les Hittites...

— Les Hittites ?

— Un peuple de menteurs. Ils prétendent que ces femmes – les Scythes – se tranchent un sein pour mieux tirer à l'arc.

— Voilà une histoire que j'ai déjà entendue. Mais, bien que ton aurige ne soit pas spécialement grasse, il m'a semblé voir...

— Je te l'ai dit, seigneur Brennos. Ce ne sont que des mensonges. Ullanna, puisque tel est son nom, m'aide dans un projet qui m'est très personnel. Il y a un homme, quelque part dans ton armée...

Brennos tira sur ses rênes et leva une main.

— Si tu t'apprêtes à me dire que tu souhaites tuer quelqu'un, la réponse est non. Par les dieux, nous aurons déjà bien assez de mal à atteindre ce nid de serpents, Delphes, sans nous arrêter chaque heure pour quelque combat singulier dicté par la vengeance, parce que l'un a dérobé un cheval à l'autre, ou tué son molosse préféré.

Les deux hommes s'affrontèrent du regard. Urtha avait le visage empourpré par la fureur. Celui de Brennos était pâle, très froid.

Le torrent de cavaliers et de chars continuait de s'écouler autour de nous. Quelque part un chariot versa et des chiens aboyèrent férocement en se précipitant sur la viande tombée au sol. Un cavalier approcha de Brennos, le considéra un instant, puis fit volter sa monture, qu'il lança au petit galop.

Alors Urtha dit, d'un ton très calme :

— Il s'appelle Cunomaglos. Il se trouve quelque part dans cette horde.

— Il doit y avoir dans cette horde une centaine d'hommes qui portent ce nom.

Sans se laisser démonter par le refus glacial opposé à la requête qu'il n'avait même pas formulée, Urtha poursuivit :

— Je craignais pour l'avenir de mon pays. J'ai écouté des conseils trompeurs, et j'ai abandonné mon fort. Je suis allé chercher des réponses au loin alors que j'aurais dû quérir la vérité dans ma propre famille. Cela a-t-il quelque sens pour toi, seigneur Brennos ?

— Certes, répondit le chef de guerre, avec un hochement de tête presque imperceptible.

— Alors que j'étais au loin, Cunomaglos et d'autres se sont joints à ton expédition. Ce faisant, ils ont laissé mon fort sans défenseurs. Je vis à la frontière avec le Pays Fantôme, et ce qui le hante n'est pas toujours amical envers les vivants. Cela a-t-il quelque sens pour toi, seigneur Brennos ?

— Certes, répéta Brennos en s'inclinant sur sa selle et en regardant le sol. Plus que tu ne le penses.

— Ma femme est morte, mon fils est mort. Ils ont été les victimes d'une force malfaisante que je ne comprendrai pas tant que je ne serai pas retourné là-bas pour la traquer. Mais je ne peux revenir sur mes terres tant que Cunomaglos ne m'a pas répondu de sa désertion. S'il m'était resté loyal, ma famille me couvrirait de quolibets pour m'être conduit comme un idiot, et tous riraient des excuses que je bafouillerais... Sans attendre à la lisière du Pays Fantôme d'apprendre que leur mort a été vengée, afin qu'ils puissent retourner en paix dans le Royaume des Ombres.

Brennos me dévisagea un moment, d'un regard insondable. Puis il se tourna vers Urtha :

— As-tu rejoint cette armée pour me retrouver, ou pour mettre la main sur ce Cunomaglos ?

— Pour la seconde raison. Pour l'instant, toute autre considération est en sommeil, comme l'ours qui hiberne.

— Comment t'y prendras-tu pour le débusquer ?

— J'ai deux vieux compagnons qui flaireront sa piste, affirma Urtha.

Il leva la main. J'entendis le grondement des molosses, et soudain Gelard et Maglerd apparurent dans la marée mouvante des guerriers. Ils étaient tenus en laisse par une jeune personne aux cheveux coupés courts, au visage pâle et vêtue d'un pantalon et d'une chemise de couleurs vives.

— Est-ce un homme ou une femme ? demanda Brennos.

Il rit face à cette fine silhouette qui venait se placer près de lui et murmurait des paroles apaisantes aux deux chiens haletants.

— Ni l'un ni l'autre, répondit Urtha.

Niiv aux yeux de braise le regarda avec colère, mais un moment seulement, et j'évitai la fureur qui la consumait.

Brennos héla un de ses capitaines, un homme trapu, aux traits avenants et au visage piqueté de chaume roux, dont les moustaches lissées dardaient leur pointe en dessous de la mâchoire. Il portait les couleurs des Tectosages.

— Voici Luturios, annonça Brennos. Luturios, je te présente Urtha. Quant à toi, dit-il en s'adressant de nouveau à mon ami, va chercher ton Cunomaglos. Que le flair de tes chiens te conduise jusqu'à lui. Penses-tu qu'il te sait ici ?

— Il l'apprendra bientôt.

— Bien, je ne peux m'offrir le luxe que chacun de mes hommes passe son temps à surveiller ses arrières. Trouve-le, Luturios et son escouade l'isoleront des autres. Dans quelques jours, nous atteindrons la mer. Je ferai une seule et unique exception pour toi, Urtha. Quand nous serons arrivés à la côte, tu pourras affronter celui qui est cause de ton veuvage. Et je n'interromprai pas ce combat. J'attendrai qu'il arrive à son terme. Si tu essaies d'en finir avant que nous ayons atteint la mer, Luturios aura son mot à dire. Il sait fort bien s'exprimer, dans ces circonstances.

— Je trancherai ta maudite gorge, dit Luturios.

Il était tout à fait clair, mais avec un sourire des plus aimables.

Urtha s'inclina sur sa selle, fit volter sa monture et s'éloigna, derrière Niiv qui courait avec les chiens le long de la colonne.

24

Le combat entre Urtha et Cunomaglos

Urtha vint à moi quelque temps après. Il trottait sur un beau cheval noir tandis que nous longions le lit d'une rivière asséchée.

— Je veux être celui qui trouvera Cunomaglos, dit-il. Cela peut te paraître insensé, mais il faut que je vive ce moment où il me reconnaîtra. J'ai besoin de voir l'éclair dans ses yeux quand il m'apercevra, et qu'il comprendra que je suis là pour lui. Si je ne me trompe pas sur son compte, c'est une lueur de peur et non de moquerie qui m'accueillera.

Je n'avais pas eu l'intention de proposer mes services à Urtha, sinon pour l'aider à traverser les lignes ennemies, mais je pense qu'en me confiant cela il voulait me dissuader d'user d'un quelconque charme.

J'acquiesçai d'un hochement de tête.

— Pourquoi la peur ? dis-je.

— Parce que c'était un homme d'honneur, et qu'il m'aimait comme un frère. Et la trahison aura été un spectre accroché à son dos depuis l'instant où il a quitté le pays.

Il était inutile d'argumenter sur cette certitude.

— N'hésite pas à me demander mon aide, quelle qu'en puisse être la nature.

— Soutiens-moi dans ma recherche ; reste auprès de moi. Les chiens vont le dépister.

Niiv était de nouveau invisible. Elle gardait ses distances. Lorsque Urtha avait trouvé le char abandonné, Ullanna et lui s'en étaient servis pour devancer les autres, mais ils avaient également pris la Pohjolane avec eux. Elle était si légère que sa présence ne faisait guère de différence pour les chevaux qui tiraient l'attelage. Les chiens avaient trotté derrière.

Avec une journée de retard, pendant laquelle ils avaient dû affronter un détachement de soldats macédoniens, les autres membres de notre groupe avaient fini par nous rattraper et Maglerd salua leur arrivée discrète par un joyeux concert de jappements et de grognements. Rubobostes et Tairon se présentèrent à notre feu en plein milieu de la nuit, les Cimbres peu après, avec le chariot et le cœur d'Argo. Puis Manandoun, Cathabach et les Germains. Michovar, apparemment, avait fini par rebrousser chemin.

— Et Jason ? m'enquis-je.

— Nous l'avons perdu il y a deux jours, dit Manandoun. Il a pris le cheval le plus robuste et est parti en direction du ponant. Il semblait très excité par quelque chose.

— C'est ce cavalier, ajouta Tairon. Le jeune homme qui l'a appelé. Il semblait le connaître.

Un cavalier était apparu sur une crête rocheuse, entre les pins aux branches étendues, et avait hélé Jason. Celui-ci avait paru abasourdi par cette vision, puis très déterminé à découvrir l'identité de cet inconnu. Il n'avait pris qu'un cheval, qu'il avait lancé sans attendre à l'assaut de la pente. C'est la dernière fois qu'ils l'avaient vu.

Je posai une innocente question à propos d'éventuels oiseaux qu'ils auraient pu remarquer alors.

Tairon se rembrunit et secoua la tête négativement, mais Manandoun se gratta le menton, réfléchit un instant et répondit :

— Des moineaux, ou ce qui en tient lieu par ici, et un corbeau solitaire, ou quelque autre grand oiseau noir. Je l'ai déjà vu ; je crois qu'il suit l'armée, probablement pour se repaître des morts.

Cette dernière phrase me fit sourire.

Ce corbeau, dévorant les morts ? Il protégeait plutôt une jeune vie des morts revenus de l'autre rive.

Urtha remarqua ma réaction. Pendant que tous les arrivants s'installaient, il me murmura :

— Jason est-il en difficulté ?

— Il s'est laissé leurrer, répondis-je. Il croit avoir vu son fils. Combien de temps mettra-t-il à comprendre la supercherie ? Et où ira-t-il ensuite ?

— À Delphes ? suggéra le *Keltoï*.

C'était fort probable. Si Médée ne le menait pas à sa perte avant...

Urtha sortit son épée du fourreau et tapota la paume de sa main du plat de la lame au métal poli.

— Je me rappelle avoir pensé que je me servirais sans hésiter de ceci contre ton vieil ami. J'étais en colère contre lui. Mais dès que cette affaire avec le Seigneur-Chien sera terminée, j'utiliserai cette lame pour aider Jason comme je le peux. Ma décision n'est pas entièrement motivée par la générosité, j'espère que tu le comprends. J'ai invité Brennos et un millier de ses hommes à venir séjourner dans ma forteresse, pour festoyer de daims rôtis et de perdrix, si je me remémore bien mes propos irréfléchis. C'était quelque peu imprudent, je pense, et il pourrait être utile d'avoir Jason à mon côté.

— Il s'est assurément montré fort utile, il y a sept cents ans, dis-je.

Urtha acquiesça, comme si rien n'avait pu lui paraître plus évident.

La terre se mit à trembler. Le ciel nocturne était noir, saupoudré d'étoiles, et l'air était empli de senteurs de cèdre et de lavande. S'éveiller en une telle contrée est comparable à une naissance ; on sent l'épanouissement de la rosée sur ses joues, le vent frais dans ses cheveux, et une vigueur inédite dans ses membres. Cette heure qui précédait l'aube ! Si le sombre Hadès était autant chargé de vie à cet instant de la journée, aucun Grec ne regretterait jamais de mourir.

Le soleil incendia bientôt le levant, au-dessus des collines boisées, dessinant le contour des rochers et des crêtes, le vieux visage du monde. Je le saluai comme il convenait.

Urtha était encore enveloppé dans sa couverture. Je lui décochai un petit coup de pied pour le réveiller. Les Cimbres étaient déjà debout, et prêts. Niiv restait silencieuse, son pâle visage brillant dans l'aube sous ses cheveux ras. Elle m'observait avec les yeux d'un chat, mais elle détourna le regard quand elle me vit me rembrunir.

La terre tremblait !

Après une nuit et une journée de marche, nous avions profité d'une nuit de repos. À présent, les milliers d'hommes et de femmes qui constituaient l'armée de Brennos reprenaient leur progression en direction de la mer ; vers la mort pour maints d'entre eux, aux Thermopyles ; vers la promesse d'une victoire à Delphes.

Et alors que cette vaste horde s'ébranlait lentement au sud, Urtha et moi, avec à nos côtés Rubobostes sur un cheval plus léger que son bien-aimé Ruvio, et les fidèles Manandoun et Cathabach, nous chevauchions sans hâte dans l'autre direction.

À la recherche d'un chien au visage d'homme altier, et au cœur de bâtard.

— Vous allez dans la mauvaise direction. Delphes est au sud...

Si nous avions reçu un broc de lait chaque fois que nous entendîmes ces mots, qu'on nous lançait d'un ton de plaisanterie, nous aurions pu recouvrir toute la terre grecque de fromage.

Jour après jour nous remontâmes le flot interminable de la masse des cavaliers et des fantassins, des bêtes de somme, des enfants qui trottinaient derrière les chariots lourdement chargés.

Où que nous allions, on pensait que nous apportions des nouvelles, des instructions ou des ordres pour la bataille. Ceux qui se trouvaient en queue de chaque armée avaient déjà fortement exagéré le combat pourtant féroce qui s'était déroulé en tête de la horde. Ils avaient vu les tertres funéraires et senti les bûchers. Ils avaient su quel grand nombre de morts il y avait eu. Mais ils avaient foulé le sol détrempé de sang bien longtemps après qu'il eut été versé, et c'est par leur seule imagination qu'ils avaient reconstitué l'événement.

Maglerd et Gelard trottaient et furetaient entre les roues grinçantes et les jambes lasses. Les deux molosses jouissaient d'une réelle popularité. Des groupes entiers d'hommes fortement armés s'arrêtaient, entouraient les chiens et jouaient avec eux.

Leurs propres animaux leur manquaient. Maglerd et Gelard savouraient fort cette attention, jusqu'à ce que la voix sèche d'Urtha les rappelle à l'ordre. L'air penaud, un peu coupable, ils reprenaient leur traque.

C'est grâce aux chiens que nous étions acceptés et bien accueillis tandis que nous passions en revue chaque clan, ou quand nous demandions l'hospitalité des passants.

Un jour finalement, comme je n'avais jamais douté que cela arriverait, tôt ou tard, les molosses changèrent de comportement. Le regard fou, ils firent cliqueter leurs colliers de fer en s'agitant, et leurs mâchoires rouges se mirent à écumer de bave. Je décelai leur forte odeur, bien qu'ils fussent à cent pas de distance, scrutant la colonne. Maglerd s'était couché sur le ventre, et Gelard était tellement tendu que je craignis qu'il ne se brisât les côtes. Une centaine de cavaliers passaient devant nous, et d'après leurs boucliers je pensai qu'il s'agissait d'Arvernes, venus des terres situées au ponant de la Gaule, près de cette mer qui la séparait du pays d'Urtha. Ils étaient avachis sur leurs montures, visiblement exténués, et traînaient derrière eux cinq vaches et quelques chevaux tout aussi épuisés. Parmi eux, se trouvait un petit groupe d'hommes qui ne semblait porter aucune couleur. Ils avaient strié leurs cheveux de bandes blanches, et les avaient coiffés en épis qui retombaient mollement. Tous paraissaient malades. Leurs capes étaient sombres et épaisses, et il était étrange de les voir ainsi accoutrés, car les jours étaient chauds, à présent, et la plupart des guerriers allaient légèrement vêtus.

Urtha arrêta un des Arvernes.

— Connais-tu le nom des autres hommes qui chevauchent dans vos rangs ?

— Ils viennent d'une contrée proche du Pays Fantôme, répondit le guerrier. (Il posa sur le *Keltoï* un regard soupçonneux.) Ils ont emmené quelques chevaux de prix et des vaches excellentes. Nous avons déjà commercé avec eux par le passé. Ce sont des hommes valeureux. Pourquoi cette question ?

— Je recherche un vieil ami, Cunomaglos, des Cornovidi. Il prend soin de mes chiens.

L'Arverne baissa les yeux sur les deux molosses au corps tétanisé par la fureur. Puis il regarda Urtha et secoua la tête.

— Pourquoi me poses-tu semblable question alors que tes chiens t'ont dit tout ce que tu veux savoir ? Et pourquoi mens-tu ? Cet homme n'est pas ton ami.

Il lança quelques mots à ses compagnons ; quarante cavaliers se retournèrent vers nous, la mine maussade, puis tous quittèrent la colonne, laissant seul le petit groupe débraillé.

Le poil hérissé, les molosses se mirent à aboyer. Tous deux fixaient un homme dans la troupe.

Cunomaglos regarda par-dessus son épaule. Il était exactement tel que je me l'étais imaginé : un être au corps puissant, aux cheveux couleur terre brûlée, aux yeux mauvais dans un visage rébarbatif. Il portait une cotte de mailles sur une chemise de lin vert, et un pantalon court rayé. Ses bras nus étaient tatoués, ses mollets zébrés de cicatrices. Il parut saisi, puis il tira sur ses rênes, fit tourner sa monture et hurla un juron à notre adresse. Sa barbe noire était emmêlée, et ses cheveux ébouriffés pendaient en mèches lourdes sous un casque de cuir sans décoration.

En parcourant le Chemin pendant plusieurs vies normales, j'avais vu de quelle manière la peur et la fureur peuvent se mêler chez un homme pour lui donner une apparence si sauvage qu'elle ferait douter l'adversaire le plus résolu en plein combat. Pourtant je ne puis décrire ce que je vis dans les yeux de Cunomaglos à cet instant – désespoir et soif de meurtre, peut-être. Avait-il revécu dans ses cauchemars la désolation qu'il avait laissée derrière lui en abandonnant la famille d'Urtha ? Les esprits d'Aylamunda et d'Urien venaient-ils le tourmenter depuis le Pays Fantôme ? Les morts parmi ses anciens compagnons, ceux des *uthiin* qui étaient restés fidèles à leur chef, l'avaient-ils rattrapé sur les spectres de leurs chevaux pour lui murmurer des insultes ? Cet homme affrontait le moment tant redouté dans ses songes. La vengeance l'avait rattrapé et lui disait avec un calme implacable : « Je suis venu te tuer, parce que tu as tué mon épouse et mon enfant. Tu m'as volé la vie qui m'était promise, et je vois à ton regard que tu le sais déjà. Je suis venu reprendre cette vie. »

Cunomaglos s'était figé, et ses yeux pâles, qui s'étaient arrêtés sur Urtha, ne cillaient pas. Ce dernier fit soudain volte-face et revint auprès de moi.

— Je le tiens ! dit-il, avec un sourire sec. As-tu vu son expression ? Il a deviné ce qui s'est passé au fort ; il a peur. Dis-moi, à quelle distance sommes-nous de cet océan ? Emploie un de tes charmes pour que nous y arrivions au plus vite, Merlin. Je suis impatient de frotter d'eau salée les blessures de ce chien bâtard !

Au loin, le scintillement des eaux de l'océan était apparu, moucheté d'îles. Les Celtes se débandèrent et poussèrent montures et chars en avant du gros de l'armée, par groupes avides de se réserver les meilleurs plages pour courir et jouer. Quand nous arrivâmes au bord des falaises, plus un endroit du littoral n'était vierge. Partout roues et sabots marquaient le sable tandis qu'un clan en défiait un autre dans toutes sortes de compétitions, comme de rejoindre à la nage les rochers sombres qui crevaient la surface de la mer, tels des écueils déchiquetés, à une certaine distance du rivage.

Les jeux de jet abondaient, que ce soit à la lance, avec des pierres ou des outres lestées. Les Iceni, natifs d'une contrée au sud du pays d'Urtha, et les Belges habitant de l'autre côté de la mer avaient constitué deux équipes de quarante joueurs, et réinventaient ce jeu ancien qui consiste à frapper du pied ou du poing et à faire sauter en l'air une vessie de porc gonflée d'air.

Brennos ordonnait déjà l'édification de remblais défensifs du côté des terres, et organisait les postes de surveillance. Depuis deux jours, une autre armée avait suivi la nôtre comme son ombre. Ses guerriers étaient maintenant déployés dans les collines derrière nous, et ils avançaient parallèlement vers le sud. Leurs intentions n'étaient pas claires. C'est pourquoi Brennos avait disposé une force très importante d'hommes bien armés en fin de colonne.

Luturios et sa brigade aux lames acérées escortèrent Cunomaglos et ses hommes à l'intérieur des terres, jusqu'à la rive éloignée d'une rivière tumultueuse qui coulait entre les rocs. Ils trouvèrent un endroit où chaque berge herbeuse était frangée d'arbres adossés à des escarpements rocheux, et où l'eau arrivait à la taille.

Urtha et Ullanna arrivèrent par l'autre berge, accompagnés des *Keltoï* d'Argo. Tairon et Rubobostes étaient restés en arrière pour veiller sur l'Esprit du Navire.

Luturios et ses hommes se retirèrent en aval le long de la rivière, allumèrent un feu et s'assirent pour observer de loin. Si ce combat se déroulait selon les règles, ils ne seraient que spectateurs.

Urtha et Cunomaglos déposèrent leurs armes, puis chacun approcha de sa rive. Cunomaglos avait rasé ses joues et ciré ses cheveux, rassemblés en une seule tresse épaisse. En pantalon, nu jusqu'à la taille et le torse couvert de tatouages, il était formidable de puissance. Toute peur, toute fatigue l'avaient quitté. Ses bras épais étaient striés par les veines ; ses yeux, profondément enfoncés dans le visage, ne permettaient pas de dire dans quelle direction allait son regard. Partout, peut-être.

Urtha portait un kilt et une mince bande d'étoffe bleue en bandoulière attachée à l'épaule par une broche gravée d'un mufle de chien. La *lunula* de son père venait par-dessus, et à l'évidence Cunomaglos avait remarqué ce totem familial qui brillait au soleil. Se demandait-il pourquoi le bijou était sur Urtha, et non sur le druide, dont la mort avait permis au roi de rentrer en possession de son bien ?

Le temps des négociations était arrivé. Juste avant de livrer un combat singulier, les Celtes adoptent le « parler de bataille », qui laisse libre cours aux métaphores les plus échevelées comme aux insultes les plus méprisantes.

Bras croisés, chaque homme examina l'arsenal de son adversaire. Puis Cunomaglos s'écria :

— Je vois que tu as mendié, emprunté et volé une belle collection d'armes. Ces grands boucliers sont impressionnants, mais ils ne me contiendront pas.

— Je serais très étonné que tu aies traîné toutes ces armes avec toi depuis ton foyer. Tu as dû mendier, toi aussi. Est-ce bien un protège-sexe de pierre que je vois là ? Tu dois avoir réellement peur de la puissance de ma lame.

— Je te le prête volontiers, si tu promets de ne pas l'utiliser traîtreusement comme arme de jet.

— Seul un couard tel que toi envisagerait ce genre de traîtrise. Garde-le, il me servira à lester ton cadavre jusqu'au fond de la mer, quand je procéderai à tes funérailles.

— En fait, rétorqua Cunomaglos, j'avais prévu de le graver en mémoire d'un frère, et de le déposer sur la terre, au-dessus de ton corps refroidi et vidé de son sang.

— Alors ne prends pas la peine de t'exercer au maniement du burin et du marteau. En ce qui concerne le combat, ce terrain ne convient pas aux chars.

— D'accord avec toi. J'aurais aimé te défier sur un char, mais ce ne serait pas juste pour les chevaux.

— Je propose seulement deux armes à la fois, dont le choix nous reviendrait à tour de rôle.

— La proposition me va parfaitement. Nous devons décider sur quelle berge nous commencerons. Et je propose que nous gardions la rivière elle-même pour la cinquième rencontre, même si c'est uniquement pour que les règles soient bien claires, puisque tu nourriras les corbeaux après le premier assaut.

— Quatre rencontres sur terre, et la cinquième dans l'eau, à outrance, jusqu'à la mort. D'accord. Et quoi qu'il arrive, aussi longtemps que dure l'affrontement sur terre, lorsque la dernière courbe du soleil disparaîtra derrière cette colline, le combat sera terminé pour la journée.

— Je suis d'accord sur ce point. Clewvar, au regard aigu, assurera mes arrières. Nous ne combattrons à outrance que si nous atteignons la rivière. Lexomodos veillera sur mes armes.

— Cathabach assurera mes arrières. Ullanna de Scythie surveillera mon armement.

Deux hommes de Cunomaglos s'esclaffèrent brièvement à l'idée qu'une femme prépare un homme au combat et porte ses armes, mais il était tabou d'insulter les proches d'un adversaire en un tel moment, et Cunomaglos demeura immobile et silencieux jusqu'à ce que le sarcasme soit étouffé.

— Une chose encore, poursuivit Urtha. Puisque c'est Luturios, le représentant de Brennos, qui nous a guidés à cet endroit, aucun de nous ne peut se targuer d'être arrivé le premier au gué, et donc d'avoir le droit de décider du choix des armes. Je propose que nous tranchions la question par un jet de lance sur cet olivier, là-bas, près de ce gros rocher. Le gagnant sera celui dont le tir arrivera le plus près de la première fourche.

— Je suis d'accord.

Chaque homme prit une javeline légère, qu'il décocha en même temps que son adversaire. Les hampes fusèrent dans l'air, si proches qu'elles faillirent se toucher, mais chaque pointe se ficha sans encombre dans l'arbre, et c'est Cunomaglos qui réussit le meilleur jet.

— Je choisis les lances lourdes de frappe, avec les pointes larges, et les boucliers en bois de chêne et cuir, cerclés de bronze. Et nous nous affrontons sur ta rive.

— D'accord.

Juste au moment où vous pensez que le combat est sur le point de débuter, les Celtes s'arrêtent, pour se livrer à la méditation et aux insultes. Chaque homme sélectionna cinq lances et deux boucliers, puis Ullanna et l'homme de confiance de Cunomaglos, Lexomodos, se rencontrèrent au milieu de la rivière et convinrent que les armements étaient équilibrés de part et d'autre.

Urtha mangea un repas en silence, assis jambes croisées devant le feu, regard fixé sur son frère d'adoption. Cunomaglos le toisait de même.

À l'aube, chacun était toujours assis auprès du feu maintenant éteint, et regardait l'autre. Il était difficile de dire si les combattants avaient dormi, mais ils se levèrent en même temps, apparemment frais et dispos, se déshabillèrent entièrement et avancèrent dans l'eau où ils s'accroupirent pour se laver.

— Aujourd'hui je vais te tuer, pour Aylamunda et mon fils Urien, morts parce que tu as abandonné le fort.

— J'espère que tu seras un adversaire valable pendant la première partie de la matinée, répliqua Cunomaglos. Ensuite, tu vas fatiguer. Sois certain que je te préviendrai avant de porter le coup fatal.

— Je te promets que l'écho de ces paroles est la dernière chose que tu entendras.

Urtha se ceignit de son kilt de bataille, qui était d'un tissu léger à l'ourlet pourpre. Il noua par-dessus un kilt de cuir, renforcé d'un cercle de métal large comme une main pour protéger l'entrejambe. Il choisit des sandales, attacha une petite pierre sur son cœur, noua sa chevelure en une houppe, et coupa les pointes de sa moustache, qu'il confia à Ullanna. Alors il s'éloigna rapidement hors de vue de son ennemi, s'accroupit et fit ses besoins.

Une fois soulagé, il revint et soupesa chacune des lances, vérifiant son poids et son équilibre. À mon regard de novice, les boucliers ronds et lourds semblaient plus une gêne qu'une défense, mais Urtha lança chacun en l'air pour montrer comme leur maniement lui était aisé. Puis il descendit vers la berge pour attendre Cunomaglos.

Celui-ci fut transporté par ses hommes de l'autre

côté de la rivière, car il aurait été désavantagé avec des sandales trempées. Il était pareillement apprêté, bien que son kilt fût noir et qu'une bande de métal pendît sur sa poitrine au bout d'une corde de lin. Il n'avait pas pris la peine de revêtir son protège-sexe.

Ils déposèrent leurs armes et s'étreignirent, s'embrassant par trois fois avant de se séparer et de ramasser leurs armes.

Cathabach me murmura :

— Les trois étreintes inévitables : pour un passé partagé, pour des paroles aimables partagées, pour un temps futur où ils chevaucheront dans les mêmes vallées, en Pays Fantôme.

— Et quand commencent-ils à se battre ?

— Maintenant, je pense...

Quand ils se ruèrent l'un sur l'autre, j'eus la certitude qu'ils allaient tous deux s'écrouler dans l'instant. J'ai vu bien des créatures redoutables s'attaquer mutuellement ou s'abattre sur leur proie, mais j'ai rarement vu une telle fureur animale sur le visage d'hommes qui un moment plus tôt étaient nobles et fiers, et qui soudain se transformaient en créatures surgies du royaume de Hel en personne. La face empourprée, la bave aux lèvres, ils se heurtèrent dans la clameur de leurs voix suraiguës. Frappant, bondissant et décochant des coups de pied, ils tourbillonnaient, fonçant sur l'ennemi et roulant au loin pour éviter les coups féroces dirigés sur chaque partie de leur corps.

La lance d'Urtha se cassa net. Cunomaglos recula de plusieurs pas, haletant, pendant qu'Ullanna en apportait une autre, et ils reprirent aussitôt le combat. Lorsque, à son tour, la lance de Cunomaglos se brisa juste derrière la pointe, Lexomodos lui en jeta une nouvelle. Ils luttèrent ainsi pendant toute la matinée et, quand la cinquième lance d'Urtha fut inutilisable, ils jetèrent au sol boucliers et armes et allèrent à la rivière. Côte à côte ils plongèrent dans l'eau pour se nettoyer du sang dont ils étaient couverts.

Ils se reposèrent jusqu'en milieu d'après-midi, chacun sur sa berge.

Alors, pansés et recousus par leurs assistants, ils se firent face de nouveau.

Urtha cria :

— Je choisis les épées à large lame et garde d'ivoire, que tu as sans doute dérobées aux Trocmii.

— C'était un cadeau ! s'exclama Cunomaglos en feignant d'être outragé.

— Et les petits boucliers légers de cuir et frêne. Ainsi il faudra nous rapprocher l'un de l'autre pour nous infliger quelque dommage !

— D'accord. Tu dansais si loin de moi que je commençais à me demander si je verrais ton visage un jour.

— Tu le verras, cette fois, et je promets de t'embrasser sur la bouche quand ton esprit quittera ton corps.

— À la pensée d'un pareil baiser, venant de lèvres comme les tiennes, j'ai peur pour la première fois !

Les deux hommes éclatèrent de rire, avant de prendre les armes convenues, et Urtha fut transporté de l'autre côté de la rivière.

Cet assaut fut plus sanglant, et mes oreilles bourdonnaient. Le fer contre le fer, lorsqu'il est frappé avec une telle force, crée un son qui résonne dans l'air et s'accroît en volume jusqu'à ce que les rochers eux-mêmes donnent l'impression de hurler et de frémir sous son écho. Les boucliers furent fendus, jetés. Urtha reçut une profonde entaille au flanc, mais il trancha un des orteils du pied gauche de Cunomaglos. Ils brisèrent trois lames chacun avant de décider d'une pause pour panser leurs blessures.

Le crépuscule était encore loin.

— Il se bat avec une grande vigueur, dit Manandoun.

Ullanna appliquait alors de la mousse ramassée dans les sous-bois sur les plaies d'Urtha.

— Les hommes qui se savent en tort se battent toujours avec une grande vigueur, répondit Urtha, sardonique.

Ullanna intervint :

— Toi aussi, tu combats avec ardeur. J'ignorais que tu possédais une telle vitesse de frappe.

— Les hommes qui se savent dans leur bon droit combattent toujours avec ardeur, approuva Urtha, mettant fin à la conversation.

Il but une décoction chaude d'herbes et avala un peu de miel. De l'autre côté de la rivière, Cunomaglos, visiblement gêné, s'exerçait à se mouvoir avec son pied bandé, pour s'assurer qu'il pourrait encore courir et sauter.

Il avança jusqu'au bord de l'eau et héla son adversaire.

— Si tu acceptes de ne pas tenter les attaques de pied et les sauts, j'accepterai de ne pas te frapper au côté où, je le vois, tu as été profondément blessé.

— J'accepte cette condition, cria Urtha en retour. À toi le choix des armes.

— Aucune arme, sinon celles qu'offrira la rivière. Nous combattrons au milieu du courant. Pas de quartier, jusqu'à la mort. Il faut en finir, Urtha. Voilà ce que je propose.

— Je viens t'affronter dans un instant. J'accepte tes conditions.

Il revint vers nous, posa les mains sur mes épaules,

sans rien dire, et se tourna ensuite vers Ullanna, dont il prit doucement le visage entre ses paumes.

— Tu as bourré mon corps d'assez de mousse pour arrêter mon cœur. Si je meurs, envoie les rennes faire bombance sur mon cadavre. Merci.

— Ton cœur tiendra bon, dit-elle. Ramasse des pierres acérées si tu en trouves ; évite les grosses. Elles sont trop lourdes pour causer les meilleurs coups.

Urtha ôta la petite pierre accrochée sur son cœur et passa autour de son cou la *lunula* d'or.

Il donna l'accolade à Manandoun et à Cathabach, puis descendit au bord de la rivière. Le jour baissait rapidement. Cunomaglos le retrouva au milieu du courant, et l'affrontement reprit pour la troisième fois.

À voir les deux hommes se frapper avec des pierres, puis lutter, les bras emmêlés, tomber et patauger, refaire surface en se crachant dessus, à être témoin de cette épreuve de force désespérée, j'avais l'impression d'assister à un de ces combats titanesques des débuts du Temps lui-même. Contempler la mort ne m'avait jamais réjoui. À n'en pas douter, j'avais déjà vu assez d'événements sanglants pour satisfaire tout penchant morbide, en admettant que j'eusse jamais eu ce travers.

Ils auraient pu porter des peaux de mammouth, ou les cuirasses étincelantes des Achéens, qui s'étaient si vaillamment illustrés sous les remparts d'Ilion. Ils auraient pu être deux chats sauvages se chamaillant, ou des rois se mesurant l'un à l'autre pour une flotte de fiers vaisseaux ancrés sur toute la surface d'une baie semblable à celles qui se trouvaient non loin d'ici, où les chars et les hommes qui faisaient la course et jouaient avec ces outres remplies d'air étaient maintenant au repos.

Pour moi, il n'y avait aucune différence ; j'avais vu trop de fois cela dans le passé, et ce genre de spectacle avait maintenant tendance à me rendre malade. S'il n'y avait eu mon amitié pour Urtha, j'aurais volontiers tourné les talons définitivement.

En fait, je fermai mes sens au monde, me pelotonnai, et laissai les grognements des adversaires glisser sur moi.

Elkavar aurait sans doute composé un chant disant qu'ils avaient usé d'assez de pierres pour combler une crique sur cette côte, tant ils s'étaient frappés. Ullanna aurait pu juger qu'ils auraient dû dormir toute la nuit ; rien ne ressortirait d'une brutalité aussi ultime.

Je décelai dans l'air l'odeur des crânes à vif. Les deux hommes s'étaient mutuellement martelés jusqu'à l'horreur. Aucun ne survivrait.

— C'est injuste !

Le cri angoissé d'Ullanna m'éveilla. Le crépuscule étendait ses ombres. Je bondis sur mes pieds pour voir Urtha tituber face à une lance prête à le transpercer.

La rivière en était pleine !

— Tout ce qu'offre la rivière ! pavoisa Cunomaglos en pataugeant à la suite du roi, qui battait en retraite.

Je compris aussitôt que quelque part en amont avait eu lieu une escarmouche sérieuse, car armes et cadavres dérivaient dans le courant. Ullanna s'était effondrée à genoux, tête baissée.

— Tout ce qu'offre la rivière ! claironna encore l'homme couvert de sang.

Et il frappa une fois de plus Urtha, perçant l'or trop tendre de la *lunula* et harponnant le corps de son ennemi qui avait basculé dans l'eau.

Je vis la main de mon ami crever la surface et se

refermer sur un fragment de hampe brisée, à l'extrémité acérée.

Urtha jaillit de la rivière comme si ses forces étaient intactes et empala son agresseur sur le morceau de bois. Le sang jaillissait par à-coups de la poitrine des deux hommes. Cunomaglos parut faiblir.

Alors Maglerd aboya, se précipita jusqu'à la rivière, bondit dans l'eau et tira l'homme qui avait jadis pris soin de lui au fond, sous la surface. L'énorme molosse secouait furieusement sa proie en grondant, relevant parfois le mufle pour respirer, les mâchoires rougies, les prunelles incandescentes. Puis il forçait encore Cunomaglos dans l'eau, pour terminer ce que son maître avait commencé.

Le chien et le Seigneur-Chien furent emportés vers la mer en une lutte confuse qui passa sous le petit feu que Luturios entretenait avec soin.

Urtha rampa jusqu'à la berge. Ullanna et Elkavar s'élancèrent pour lui venir en aide. Ils portèrent son corps martyrisé au sec, enveloppèrent ses membres tremblants dans une cape épaisse. Ullanna dégaina un coutelas à lame étroite et le plongea dans la blessure béante à la poitrine du Celte, puis elle plaqua sur la plaie une grosse poignée de mousse qu'elle avait préparée.

— Un peu plus de nourriture pour les rennes, murmura Urtha avec un faible sourire.

Le visage inondé de larmes, Ullanna s'inclina sur lui et l'embrassa sur la bouche.

— Ils n'oseraient pas, lui dit-elle d'une voix douce.

Il lui agrippa le bras et voulut se redresser.

— Pour ce qui est de... Je dois être sûr...

— Qu'il est mort ? Cunomaglos ? Mort et dévoré. Ta rage de sang a triomphé, et ce sont maintenant tes molosses qui profitent d'un bon repas. Luturios les a laissés faire. Il a dit : « À mon avis, ce n'est pas très juste. Mais assez quand même. » Urtha, Cunomaglos n'est plus. À présent les autres *uthiin* t'attendent.

— Je pensais bien qu'ils réagiraient ainsi, dit-il, épuisé.

Il serra la *lunula* dans ses bras, et passa les doigts sur l'or déchiré. D'instant en instant, il devenait plus pâle. Il me sourit.

— Dis à Luturios que je discuterai avec lui des termes des combats suivants demain, à l'aube. Mieux, règle ces détails pour moi, Merlin. Rien de trop lourd ni de trop acéré, ajouta-t-il en tentant de plaisanter.

Ullanna lui prit le visage dans les mains et le berça doucement.

— Ils attendent que tu déclares que c'est fini. Ils veulent rentrer chez eux, car ils sont en disgrâce.

Pendant un moment, Urtha fut incapable de parler. Sa respiration n'était qu'un souffle léger. Il n'en avait plus pour longtemps. Il m'écartait, je m'en rendais compte. Il avait combattu honorablement ; il mourrait en paix, dans les bras d'une mortelle, et non auprès de quelque enchanteur qui s'évertuerait à guérir son corps de plaies que seul un enchanteur pouvait discerner.

Je ne l'aurais pas aidé, de toute façon. La mort d'un homme n'est pas mon affaire.

Au revoir, Urtha.

— Ils ne doivent pas rentrer chez eux, fit-il dans un murmure vibrant de colère. Pas dans ma forteresse. N'importe où ailleurs, si on les accepte, mais pas là-bas.

— Luturios le leur dira, affirma Ullanna.

— Quant à moi, soupira cet homme qui ressemblait déjà à un spectre, je veux retourner chez moi.

Et la chasseresse scythe déclara :

— Tu partiras sur-le-champ. Je t'emmènerai. Et que quelqu'un tente seulement de m'en empêcher !

Nous allumâmes deux feux au bord de la rivière, et Bolgios offrit l'un de ses chars aux flancs ornés et six excellents chevaux, plus des provisions, pour le long voyage qui attendait Ullanna. Le seigneur de guerre était encore surexcité par sa récente bataille, durant laquelle une seconde armée avait été défaite. Aucun de nous n'eut le cœur de lui dire que les débris de cet affrontement, emportés par la rivière, avaient donné une issue fatale à la rencontre des deux frères d'adoption.

Manandoun et Cathabach avaient la mine grisâtre et déconfite. Ils brûlaient d'accompagner Urtha chez lui, mais ils étaient bien conscients d'avoir promis à Jason de demeurer avec lui jusqu'à la fin de sa propre Quête.

Mais celui-ci aurait fort bien compris leur trouble, s'il avait été là. C'est pourquoi nous nous crûmes autorisés à les délivrer de leur serment. Ils ramassèrent donc leurs maigres affaires, et chacun prit en charge un des molosses d'Urtha.

Ullanna revint auprès de moi et me fit présent d'une flèche qu'elle avait confectionnée, dont l'empennage était constitué d'un collier de plumes qu'elle avait fabriqué lorsqu'elle approvisionnait Argo grâce à ses talents de chasseresse.

— Je sais que tu as maints sujets de préoccupation à l'esprit en ce moment ; mais j'espère que tu trouveras le temps de te rappeler une vieille amie.

Son regard ambigu éveilla ma perplexité, mais je ne vis que des larmes dans ses yeux.

J'aurais pu en rester là, avec la flèche en cadeau, en regrettant déjà l'absence de ce jeune roi cornovidien qui avait pris une telle importance dans ma vie en si peu de temps, et qui déjà s'en allait. Mais rien n'est jamais aussi simple. Du cœur de ses bosquets sacrés et de ses grottes béantes, le Temps et ses dix visages attentifs me rappelèrent brutalement que le cours de mon existence ne m'appartenait pas.

Le contact froid et nerveux à mon épaule me fit sursauter. Niiv se trouvait derrière moi, pâle et craintive dans la nuit.

— Ne me fuis pas, murmura-t-elle d'une voix tendue, presque irritée. Non, ne me fuis pas. Je sais que je me suis mal conduite. Je n'avais pourtant l'intention de faire de mal à personne. Je suis encore incertaine de ce que je peux et ne peux pas faire. Ne me punis pas pour mon ignorance. Je t'en prie ! Mais il faut que tu fasses quelque chose pour lui.

— Pour Urtha ?

Elle était vêtue d'un pantalon et d'une veste de cuir doublée. Là où autrefois le givre s'était cristallisé autour de ses yeux et de sa bouche, j'eus l'impression de voir des larmes figées par le gel. Mais son visage juvénile était marqué de lignes dures, et malgré son opulence, la finesse de sa chevelure trahissait un vieillissement prématuré. Et ce n'était pas un signe que je souhaitais voir chez elle.

— Pourquoi faut-il que je fasse quelque chose pour lui ?

— Tu sais très bien pourquoi ! s'écria-t-elle sur un ton proche de la souffrance. Tu dois savoir pourquoi ! Cela ne te coûtera que peu !

Abasourdi par cet éclat, et conscient que seul Elkavar en avait été témoin – et il avait aussitôt détourné la tête, par discrétion –, je menai Niiv au bord de la rivière. L'eau coulait, claire et lumineuse sous les étoiles ; plus aucun cadavre n'en descendait le cours ; des hampes de lances et des armes brisées s'étaient accumulées sur l'autre berge, et des herbes aquatiques s'y étaient accrochées, flottant dans le courant tels des lambeaux de linceul.

Il suffirait de quelques instants pour la plonger dans la rivière et lui maintenir la tête sous l'eau, afin qu'elle glisse dans la Mort et soit emportée jusqu'à la mer.

— Je te le demande encore. Pourquoi faut-il que je fasse quelque chose ?

Elle croisa les bras sans répondre. Coupable ! Mon cœur se serra. J'eus du mal à prononcer la phrase sans me départir d'un calme de façade :

— Tu as sondé l'avenir... Tu as devancé le cours du Temps...

— Juste un petit peu, confessa-t-elle. (Elle parut se recroqueviller un peu plus sur elle-même, puis elle m'implora :) Seulement un tout petit peu ! Et je ne me suis pas servie de toi. Je n'ai pas cherché à voir pour toi et moi, seulement pour Urtha. Il n'y a que des ombres.

Je me souviens de lui avoir alors répondu d'une voix sifflante :

— Bien sûr, il n'y a que des ombres ! Qu'espérais-tu ?

Et je me détournai. Les battements de mon cœur roulaient comme le tonnerre dans ma poitrine.

Qu'avait-elle fait ? Avait-elle encore profité de moi, à mon insu ? Elle affirmait le contraire. Possédait-elle un tel pouvoir ? Non ! Impossible. Elle ne pouvait pourtant être encore en moi. Mais si elle ne se servait pas de moi... alors de qui ?

Je l'entendis qui disait :

— Je vois bien que je t'ai blessé, par le passé. Cette

fois, je te le promets... C'est seulement parce que tu dois veiller sur Urtha. Ne m'abandonne pas.

Je m'enfuis en courant.

Pas de cris, cette fois. Elle m'observa sans bouger, dans les ténèbres de la rive, silhouette menue et voûtée, perdue dans l'épanouissement d'un pouvoir qui la submergeait sans qu'elle le sût.

Je courais sur les traces du char, comme un enfant qui poursuit son père, ou un chien qui trotte derrière son maître.

— Attendez-moi. Attendez-moi !

Les molosses et les *uthiin* allaient en éclaireurs. Ullanna, montée sur un des chevaux qui tiraient le char, ne remarqua mon arrivée que lorsque je sautai dans l'attelage et m'accroupis à côté du mourant. Je pris les mains d'Urtha dans les miennes. Le char s'arrêta. Le froid de la mort avait envahi le corps du jeune chef, qui me considéra à travers ses paupières à demi baissées, avant de froncer les sourcils.

— Merlin ? Que fais-tu ? Tu as l'air las.

— La journée n'a pas été de tout repos. Tout le monde n'a pas le loisir de batifoler dans la rivière.

Il sourit à ces mots.

— Mais tu me sembles aller un peu mieux, dis-je avec sincérité. Et cela ne manque pas de me surprendre. Je crois que tu es entre de bonnes mains. Et je ne parle pas des miennes.

— Je le crois aussi, approuva-t-il.

Bien qu'il fût livide, ses yeux brillaient.

— Il s'est produit une chose étrange, après le combat dans la rivière. Je me sentais comme mort, mais je n'avais pas l'impression de mourir. Ce sera l'un des trois Voyages de Guérison que tout homme doit entreprendre dans son existence. Aussi tu peux retourner auprès de Jason, avec la certitude que je raconterai des mensonges sur toi à mes amis avant l'été prochain.

Incapable de répondre, je me sentais transporté de joie. Son regard clair ne me quitta pas tandis que je descendais du char. Immobile dans la nuit, je contemplai son lent départ vers le nord, à travers des territoires hostiles.

— Et j'espère bien te revoir en Pays Fantôme, me cria-t-il. Une de ces années.

— Plus tôt que tu ne le penses ! répondis-je sur le même ton. Et j'espère avoir du daim rôti et de la perdrix quand je viendrai. N'oublie pas !

— Je n'oublierai pas. Mais quand tu viendras... ajouta-t-il en toussant à cause de l'hilarité, viens seul !

La dernière chose que j'aperçus de lui fut la tache blanche de sa main levée vers moi.

25

Les Portes de Feu

Rarement dans ma vie j'ai éprouvé une mélancolie aussi forte que dans les quelques heures qui suivirent le départ d'Urtha pour son long voyage de retour. Elkavar me tint compagnie en silence, Gwyrion et Conan se joignirent à nous autour du feu, près de la rivière, et Niiv, Niiv la dévouée, s'assit sur un amas rocheux. Sa petite silhouette recroquevillée se découpait dans la pâle clarté de la lune montante, aussi immobile qu'une chouette. Si elle m'observait, je préférais ne pas le savoir, quand bien même elle m'intriguait fort, une fois de plus. L'urgence contenue dans ses paroles, au départ de notre ami *keltoï*, était comme le rappel continuel de ses talents croissants.

Ces deux derniers jours, j'avais eu l'esprit préoccupé par Urtha. Pendant ce temps, Jason avait disparu au sud, à la poursuite de ce qui, j'en avais la conviction, n'était qu'un nouveau subterfuge de Médée : l'image de son fils à cheval, qui lui faisait signe. Mais Orgetorix aussi s'était éclipsé. Il était parti en direction des Thermopyles, afin de reconnaître le terrain pour Brennos.

Au sein de la horde régnait une certaine confusion.

Achichoros avait eu une vision, à son tour et il avait décidé de chevaucher vers le nord, le long de la côte, et de pousser à travers les contrées au levant, sur les pas d'Alessandros, où il espérait mettre la main sur un butin plus accessible qu'à Delphes. Il avait emmené plusieurs milliers d'hommes et leurs familles, à la grande fureur de Bolgios. Brennos avait réagi avec philosophie : il savait qu'il disposait toujours de forces suffisantes pour emporter le passage dans le défilé et continuer en Étolie.

Mais Gebrinagoth et Gutthas avaient suivi Achichoros, et j'appris que Rubobostes donnait lui aussi des signes d'agitation. La progression irrésistible de l'armée dissidente d'Achichoros la mènerait tout près de son propre pays, ce qui lui déplaisait fort, car il imaginait sans peine que les guerriers n'hésiteraient pas à piller et massacrer ces terres qui l'avaient vu naître.

Il finit par venir me voir. Il semblait embarrassé et déprimé, et sans doute avait-il trop chaud sous sa fourrure d'ours noir qu'il s'entêtait à mettre. Nous partageâmes un peu de vin. Il m'annonça qu'il allait devoir emmener Ruvio, mais qu'il nous trouverait des chevaux robustes pour porter le cœur de bois d'Argo.

— Je sais bien, j'avais promis que je naviguerais avec Jason, mais seulement jusqu'à mon pays, dit-il. J'aurais dû rester encore ; j'aimerais le voir heureux. Mais ces armées sont plus intéressées par le pillage que par le repos sacré des morts... Comme tu le sais déjà, je suppose... ajouta-t-il en posant sur moi un regard prudent.

Je lui dis qu'en effet je l'imaginais aisément, et il poursuivit :

— Dans les générations précédentes, mon pays a été ravagé trop souvent. Il faudra que je persuade

Achichoros de continuer à avancer droit vers le levant, et non de bifurquer entre levant et septentrion.

— Tu auras besoin d'un grand nombre de nœuds gordiens pour les retenir.

Rubobostes sourit.

— N'oublie pas que je peux les nouer en moins de temps qu'un homme ne vide une cruche de vin.

Ce disant, il me tendit le vin. J'en bus une bonne rasade, mais ne pus terminer la cruche, et quand je m'essuyai les lèvres il tenait entre ses doigts un petit nœud d'une exquise complexité, qu'il avait fait avec une lanière de cuir.

— Un souvenir de moi, même si quelque chose me dit que mon sentier et ton large Chemin se croiseront de nouveau un jour.

— Je l'espère.

Il se leva, me fit ses adieux et retourna dans les rangs des hommes qui se massaient derrière l'étendard d'Achichoros.

Les Argonautes se dispersaient plus vite que ne s'évapore une ondée en été. Mais Tairon et Elkavar demeuraient curieux de savoir ce que le sanctuaire de l'oracle à Delphes pourrait révéler, bien que ni l'un ni l'autre n'eût la moindre intention de participer au pillage des lieux. Ces deux hommes, qui peinaient à échanger quelques paroles, étaient si semblables dans leur don étrange pour les souterrains et les labyrinthes qu'ils auraient presque pu être parents. Leur esprit fonctionnait de la même manière. Une attitude, un geste ou un regard et deux mots mal articulés suffisaient amplement à les faire rire d'une plaisanterie incompréhensible de tout autre.

Les Cimbres avaient l'esprit enflammé par la pensée de leurs ancêtres. En parlant à l'un des lieutenants de

Brennos, ils avaient appris toute l'histoire de l'invasion de leurs terres tribales, et la façon dont leurs morts avaient été dépouillés. Quelles que soient les motivations réelles de Brennos pour cette attaque des terres grecques, il avait insufflé un sentiment d'outrage et un désir brûlant de vengeance à une grande partie de ses hommes. Gwyrion se remémorait des histoires entendues dans son enfance qui faisaient écho à chacun des propos déclamés par Brennos au bord du Daan. À dire vrai, les pays de ces hommes avaient bien été pillés, et le souvenir de cet événement – vieux de trois centaines d'années – demeurait une source de colère et de souffrance au sein de leurs familles ; ce pouvait n'être qu'une légende, mais elle les touchait au cœur. Et ils avaient hâte de frapper les Grecs.

Pendant l'une des nuits qui suivirent, Elkavar murmura :

— Ne penses-tu pas que tu l'as peut-être mal jugée ?

— Qui ?

— Qui ? Mais la favorite de la Dame de la Forêt ! Qui d'autre ? Par le baiser d'Anu, Merlin, cette gamine est à vif, et entichée de toi, au cas où tu ne l'aurais pas remarqué. C'est une bouderie d'enfant qui se lit sur son visage, pas une ruse d'adulte. Que le dieu de bonté insuffle un peu de bon sens dans ton crâne épais ! Tu es un homme dur, Merlin, et froid, un homme vide en dedans. Tu es aussi mort que ce corps que tu as invoqué dans la grotte, celui qui nous a guidés jusqu'à Arkamon. Tu ne mérites pas la chaleur de ton propre sang. Pas étonnant que les insectes ne te piquent jamais. Si ton cœur avait des pieds, il serait déjà à mi-chemin du Daan à cette heure ; il courrait, heureux de s'être débarrassé de toi.

— Chercherais-tu à me vexer ?

— Dans ce cas précis, oui, c'est ce que je cherche.

— Alors considère que tu m'as vexé. Et maintenant, retourne dormir.

La colère d'Elkavar n'en diminua pas pour autant, comme me le prouva sa respiration heurtée dans la nuit étoilée.

— Tu n'es pas plus capable de te vexer, marmonna-t-il après un moment, que tu ne l'es d'éprouver un sentiment de perte. Des aspects aussi simples de l'humanité t'ont été arrachés par le vent et la pluie. Tu es réellement un homme mort, qui arpente ce monde avec les masques du sourire, du chagrin ou du rire. Je n'aime guère dormir à côté des morts. Il émane d'eux une odeur déplaisante. Aussi je ne saurais dire pourquoi j'ai choisi de rester auprès de toi. Peut-être dans l'espoir d'entrevoir un jour une simple goutte d'eau dans tes yeux. D'où je viens, nous les appelons des larmes. Pour toi, elles ne sont probablement qu'un ingrédient pour une potion quelconque...

Il poursuivit dans cette veine quelque temps encore, puis se calma. Mais un peu plus tard, il ajouta :

— Réfléchiras-tu à ce que je viens de te dire ? À propos de la fille ?

— J'y réfléchis depuis des jours, lui dis-je.

— Je me demande si c'est la vérité, commenta-t-il aigrement. (Il resserra les pans de sa cape autour de ses épaules pour étreindre le sommeil.) Si ça l'est, alors j'en suis heureux pour toi. Une petite touche d'humanité, enfin !

Dormir ? Impossible. Je chevauchai en plein cœur de la nuit jusqu'à la mer illuminée par les étoiles. Le déferlement incessant des vagues venait balayer le sable à mes pieds. La mer était chaude, paisible, baignée de lumière intérieure.

À l'aube, un oiseau vint de l'océan, à longs battements d'ailes réguliers, suivant une direction déterminée. Je reconnus bientôt un cygne. Surgi de la lueur du soleil levant, silencieux et grave, il passa si près de moi que la pointe d'une de ses ailes me toucha à la tête et me fit tomber au sol. L'oiseau, qui paraissait malade vira, se ressaisit et s'éleva au-dessus des falaises basses pour survoler l'intérieur des terres.

Elkavar apparut derrière un rocher, et remit un peu d'ordre dans sa tenue. Je n'avais pas remarqué qu'il m'avait suivi.

— Bonjour, me lança-t-il avec entrain, avant de regarder le cygne. Tu sais, je crois qu'elle essaie de te dire quelque chose.

Non sans quelque irritation, je lui demandai ce qu'il sous-entendait, et il haussa les épaules.

— Elle rentre chez elle, Merlin. J'imagine qu'elle veut te dire au revoir.

Ces paroles me frappèrent plus profondément que je ne l'aurais cru. Soudain, la mélancolie qu'affichait Niiv la nuit précédente ressemblait moins à une attitude affectée. Elle avait sollicité ma compréhension, et je l'avais rejetée par peur de cet usage débridé et puéril de son don naturel.

La Maîtresse du Nord aurait à répondre de bien des choses, pour avoir donné une telle force à Niiv sans contrôler le pouvoir dont elle jouait désormais du bout des doigts.

Je suivis le vol du cygne pendant une demi-journée, et finalement je retrouvai Niiv. Elle s'était installée dans un bosquet d'amandiers, près d'une mare peu profonde, parmi les ruines d'une ferme. L'air était lourd de chaleur et de silence. Elle chantonnait en plumant l'oiseau qui gisait en travers de ses cuisses, le cou amolli par la mort. Elle avait disposé dans sa chevelure les grandes plumes des ailes, qui saillaient selon des angles improbables. Elle portait la robe claire qu'elle avait apportée de Pohjola. Ses seins menus et ses épaules étaient nus et luisants de transpiration.

Autour d'elle étaient répandus des écorces d'amandes et le duvet du cygne.

— Il est venu de très loin au nord pour moi, dit-elle alors que je mettais pied à terre. (Elle caressa le cou de l'oiseau.) Il a volé si vigoureusement, et si longtemps. Je sais, je sais. Inutile de me le dire. Je ne devrais pas me servir de mon charme tant que je n'en connais pas les limites.

Elle avait invoqué le cygne dans l'intention de l'utiliser pour rentrer chez elle. Pauvre cygne, pauvre Niiv ! L'oiseau avait volé des jours durant. Elle devait vraiment éprouver une envie déchirante de retrouver son foyer.

En l'observant, je décelais le mal qu'elle s'était infligé. Ses yeux étaient ternis par la fatigue, et des ridules commençaient à marquer sa peau. Ses lèvres étaient pincées, son cou amaigri, flétri. Son regard était flou, comme noyé, non par les larmes ou la tristesse, mais par les efforts et le vieillissement. Ses mains tremblaient légèrement quand elle détachait les plumes blanches de la peau sanguinolente du vaillant oiseau.

Son aspect me troubla. J'allais au bord de la mare, me penchai pour boire un peu d'eau, et contemplai le pâle reflet d'un homme qui vieillissait de même. Ma propre apparence me causa un choc. Pour la première fois je voyais le changement se produire, et pourtant... Pourtant je m'inquiétais plus pour la fille.

Je retournai auprès d'elle, ôtai les plumes piquées dans ses cheveux, pris le cadavre du cygne et le jetai au loin. Elle me gifla violemment, mais ne chercha pas à récupérer le corps de l'animal.

— Niiv... Tu dois ralentir. Si tu continues à ce rythme, tu seras morte dans un an.

— Morte de quoi ? murmura-t-elle avec humeur. Qu'est-ce qui peut me tuer ? Je suis protégée par la Maîtresse de la Terre du Nord. Et Mielikki veille sur mon bien-être.

L'insensée ! J'aurais pu rire, approuver et la laisser agoniser, ses vieux os s'effritant en poussière sous les chairs encore jeunes. Mais je ne pouvais agir ainsi, d'autant que Niiv n'était pas la seule personne insensée de ma connaissance !

— Mielikki est loin de son monde, insistai-je, et elle veille sur Argo. Argo est un esprit à l'intérieur d'un navire, et ta gardienne est très occupée. La Maîtresse de la Terre du Nord t'a donné un talent pour les charmes, les enchantements, mais aucun pour la sagesse. Tu te tues en usant de ce qu'elle t'a offert si vite. Trop vite.

Elle me cracha au visage, parut aussitôt le regretter et avança la main pour essuyer ma barbe. Mais elle se ravisa, ramassa une poignée de grandes plumes et les arrangea en éventail. Elle les caressa, dans un geste étrange de défi.

— Laisse-moi seule ; tu ne te soucies pas de moi. Si j'ai vieilli, c'est en t'aidant, ou en essayant de le faire. Tu m'as rejetée. Laisse-moi !

Une fois de plus, je réprimai une soudaine hilarité, que suivit aussitôt un sentiment de désespoir. Que dire à cette sotte enfant ?

— Tes charmes n'auront jamais aucun effet sur moi. Si tu parviens à comprendre cela, tu peux commencer à être libre. Je te crois lorsque tu affirmes que tu ne voulais faire aucun mal en volant sur les ailes du faucon avec moi, à travers le Temps. Je te crois.

— C'est la vérité. Pourquoi cela t'a-t-il pris si longtemps ?

— Parce que tu m'effraies.

— Moi, je t'effraie, toi ?

Son rire fut presque sinistre, et ses yeux pareils à de la glace quand ils se posèrent sur moi.

— Tu me terrifies, Merlin. Je t'ai donné une petite partie de moi-même. Mais c'était une erreur. À présent, je vis dans la peur de ce qui pourrait couver derrière ce visage de cadavre qui est le tien !

Je n'aurais pu dire si elle était innocente et honnête, ou si elle jouait un rôle. Terrifiée par moi ? Cela n'avait aucun sens. Je ne lui avais rien offert de plus que ma colère et mon rejet pour ce que j'avais vu comme sa fourberie.

Une à une, elle piqua les plumes de cygne dans ses cheveux, en une pantomime à la fois délibérée et ridicule, qui pourtant prétendait avoir une signification.

— Tu me fais peur, dis-je encore, doucement, parce que j'ai peur pour toi. As-tu conscience des dommages que tu t'infliges ? Niiv, lorsque tu as volé à travers le Temps, juste un peu, quelques jours en arrière pour apercevoir le rassemblement au bord du Daan, tu as gaspillé une pleine année de ta courte vie. Pour moi, l'effort a été bien moins coûteux. Tu n'es en rien comme moi, même si je ne nie pas tes talents. Mais tu dois les faire croître comme on fait pousser un buisson de roses. Tu peux couper un bouton, mais jamais récolter toutes les fleurs.

Elle se leva subitement et me cria au visage :

— Des roses ? Des roses ? Tu me parles de roses ? Alors que moi je te parle du Temps ? Je t'ai vu, Merlin, pourquoi n'acceptes-tu pas le fait que je t'ai vu ? J'ai vu l'homme que tu deviendras !

— Et tu t'es tuée pour cette vision !

Elle fit courir ses mains sur son corps délié.

— Ai-je l'air morte, à tes yeux ?

— Tu es en train de mourir !

Mais elle demeurait intraitable.

— Alors je mourrai en sachant combien tu deviendras puissant ! J'ai vu toute l'étendue de ce pouvoir !

— Ne me dis rien !

Je me ruai sur elle et plaquai ma main sur sa bouche, mais elle se dégagea. Elle voulait à tout prix parler de ce vol fantasmatique, ce vol de cauchemar dans l'avenir. Une de ses mains restait agrippée à la mienne, alors que l'autre me combattait. La fureur embrasait ses prunelles, et une grimace de triomphe tordait ses lèvres.

— Je ne veux pas savoir, répétai-je désespérément.

Elle se calma, s'adoucit, et toute férocité déserta son visage, pour y être remplacée par la confusion.

Nous nous rassîmes, main dans la main. Soudain consciente de sa poitrine dénudée, elle couvrit ses épaules de la cape qui traînait au sol.

— Je sais bien que je n'aurais pas dû le faire, dit-elle. (De la main gauche elle jouait avec une plume, tandis que la droite serrait toujours la mienne.) Merlin, je vois bien que j'ai fait ce qu'il ne fallait pas. J'ai essayé de te dire que j'avais été imprudente. Mais tu étais tellement en colère, tellement effrayé... Je ne m'étais pas rendu compte à quel point. Et la dernière chose que j'aie jamais voulu, c'est t'effrayer.

Elle ficha la plume dans ma chevelure, rit et l'arrangea à son goût. Son souffle était doux, mais aigre sur mes lèvres. Elle murmura :

— Les plumes te vont bien. Mais tu le sais déjà. Au long de ta longue existence, tu as porté plus de plumes qu'il n'en faut pour habiller un vol de mouettes, n'est-ce pas ?

— Oui.

— Et tu as dansé pour appeler le tonnerre.

— Oui.

— Il y aura encore du tonnerre et des plumes dans ton avenir, même si c'est plutôt la forêt qui te fera un manteau dans les temps futurs. Ne désires-tu pas savoir ce que j'ai vu ? Quel mal y aurait-il à ce que je te le dise ? Ce qui est fait est fait. La vision existe dans mon esprit. Je ne peux pas raccrocher la rose à sa tige, Merlin. Je ne peux pas remettre ce que je sais dans le chaudron du Temps.

— Alors autant me le dire...

Ravie, elle battit des mains et partagea enfin avec moi sa vision :

— Tu es autant lié à Urtha que sont mêlés les fils dans cette robe que je porte. Inextricablement ! Il mourra, tu continueras à vivre. Mais un des fils des fils de son fils deviendra la raison de ton existence, et la mort de tout ce que tu aimes. Son nom est Arthur. Oh, Merlin, tu atteindras un tel degré de pouvoir ! Ton pays est la forêt, tu vis en son centre. Lorsque tu te déplaces, elle flotte autour de toi comme une cape.

Remarqua-t-elle mon léger sursaut lorsqu'elle décrivit cette scène ? Pouvait-elle réellement avoir vu pareille chose ? Cet écho du Rêve de Sciamath ? Elle continuait de parler, sans se rendre compte de l'effet de ses paroles :

— Un grand homme, un grand roi, est assis entre

des murs de terre et de bois, flanqués de tours qui touchent les nuages, une forteresse bâtie sur des falaises de roc brillant. Le roi a peur de toi, Merlin. La forêt coule autour de cette forteresse comme une armée, et Merlin, plus âgé, plus sage, plus chenu, est en son cœur.

Elle se laissa aller un peu en arrière. Ses yeux brillaient, et elle avait crispé les deux mains sur sa poitrine. Elle ajouta :

— Et une petite ombre court avec le Seigneur de la Forêt. Cette ombre... pas moi, bien sûr !

Elle prononça ces derniers mots dans un rire, se jeta sur moi et me fit basculer à la renverse. Sa langue lécha mes lèvres, essayant d'ouvrir ma bouche de force. Son haleine était lourde, ses mains pressées et pressantes soulevaient ses jupons pour découvrir ses cuisses et tentaient de coincer mon bas-ventre dans une étreinte frénétique.

Mais elle se recula, désappointée, et eut une de ces moues espiègles dont elle avait le secret.

— Je t'ai senti durci, dans ce navire-esprit d'Argo, sur Alba, et tu n'as rien fait. À présent tu es tout tendre, tu ne peux rien faire.

— Et tendre je resterai.

Elle roula loin de moi, se rassit et entoura son torse de ses bras.

— Je t'ai dit ce que j'ai vu. Cette ombre dans la forêt pourrait-elle être moi ?

— Cette ombre dans la forêt ne pourrait jamais être toi, lui répondis-je en me relevant. Pas même si tu vivais sur cinq générations. Le plus grand âge que tu puisses espérer atteindre – desséchée, aveugle et édentée – ne t'emmènerait jamais à une époque où la forêt suivra mes pas !

— Alors je resterai ici jusqu'à ce que je meure.

J'aime cet endroit, c'est mon bosquet sacré. J'aime les amandes. Il y a des olives, par là-bas, l'eau est douce, et je peux appeler les abeilles pour avoir du miel et les petits oiseaux pour agrémenter mes repas. C'est ici que je resterai, c'est mon Lieu du Cygne. Quand tu auras besoin de moi – et ce sera le cas –, c'est ici qu'il te faudra venir pour me trouver.

Elle me surveilla en silence, avec colère, tandis que je dénouai la longe de mon cheval. Je lui lançai un dernier regard et un demi-sourire, puis je descendis au trot la pente vers la vallée qui aboutissait à la mer. Mais Niiv n'en avait pas encore fini.

— Est-il vrai que tu as tué mon ancêtre, Meerga ?

Elle se tenait sur un surplomb rocheux, le cygne mort dans sa main gauche, comme un jouet.

— Oui, lui criai-je. Mais c'était un accident. Je n'en avais nullement l'intention. Sincèrement, ce fut un accident.

— Quelle sorte d'accident ?

Pourquoi ne pas le lui dire ? Elle avait déjà deviné la moitié de la vérité. Elle ne ferait que précipiter un peu plus sa mort en cherchant à connaître le reste par quelque enchantement.

— Elle était pleine de notre enfant, Niiv. Nous savions tous deux qu'il serait un danger. Nous étions allés au lac, pour qu'elle accouche et pour noyer le bébé dans les eaux d'Enaaki. Mais ton ancêtre est morte en accouchant, et pour des raisons qui me resteront toujours obscures, je n'ai pas pu tuer le nouveau-né. J'ai ramené la fillette avec moi. Je l'ai confiée à ton peuple.

— Ainsi donc, nous sommes parents ! fit-elle en jetant l'oiseau mort loin d'elle.

— Oui, c'est exact, hélas ! Et ton demi-enfant, le portes-tu toujours ?

— Oh oui ! railla-t-elle. (La raillerie n'atteignit pas son but.) Mais il est très petit et très patient ! Tu auras besoin de moi, Merlin. Des temps riches de surprises viendront.

Pas si je pouvais l'empêcher, pensai-je en conduisant ma monture d'une main sévère dans la vallée. Je ne me retournai qu'une seule fois pour la regarder. Un arbre sombre trônait au sommet de la colline. Au-dessus de son tronc, ses branches levées ondulaient comme dans un vent violent.

Au revoir, Niiv ! Jusqu'à la prochaine fois...

Mais elle eut le dernier mot. Sa voix se répercuta jusqu'à moi dans le défilé alors que je chevauchais vers Brennos, porteuse d'un message qui allait me hanter :

— Je ne t'ai pas tout dit, Merlin... Pas tout ce que j'ai vu...

La terre se remit à trembler. Hommes à pied ou à cheval, chariots tirés par les bœufs et chars grinçant recouvrirent les collines, traversèrent bruyamment la rivière, certains suivant même la côte, un double défilé de guerriers rieurs, qui allaient dans le ressac de la mer scintillante sous l'aube.

En deux jours, nous atteignîmes les Thermopyles.

Les terres s'étaient élevées régulièrement pendant quelque temps, les vallées plus étroites se couvraient de cèdres et de pins élancés, et ce manteau dru et odorant qui étouffait les sons rendait la progression difficile, sous le ciel d'un bleu cristallin, presque aveuglant. Des torrents impétueux grondaient sur des rochers dangereusement glissants, et les chevaux dérapaient et titubaient, ce qui ralentissait encore la colonne. L'armée de Brennos s'était largement dispersée dans ces collines, et si les Grecs nous avaient tendu une embuscade ici, ils auraient pu nous tailler en pièces.

En fait, ces terres étaient désertes. Le gibier avait fui à notre approche, ou bien il n'en avait jamais existé dans cette région. Lorsque nous émergeâmes enfin des bois pour découvrir la masse désolée de la montagne, nous étions devant une petite plaine où luisaient des ossements blanchis par le Temps. C'étaient les restes de ceux qui avaient tenté de franchir les Thermopyles, dont on avait traîné les cadavres ici, pour les laisser pourrir et servir de repas aux charognards. Plus tard, les pluies de l'hiver et les sabots des animaux de passage les avaient en partie écrasés.

La chaîne de montagnes s'étendait à droite et à gauche, jusqu'à l'horizon, si abrupte en certains endroits qu'elle s'écroulait sous son propre poids. Les arbres, désespérément accrochés aux à-pics, se penchaient vers nous. Le ciel était si lumineux qu'à scruter ces sommets élevés on en restait ébloui pendant un moment. Des nuages vaporeux couraient par-dessus la crête déchiquetée, et des faucons planaient haut dans l'azur.

Mais ces montagnes étaient traversées par une entaille verticale si étroite qu'elle aurait pu littéralement être l'œuvre d'un couteau géant. La passe serpentait en des méandres qui la soustrayaient vite à notre vue ; la lumière du soleil n'y pénétrait pas, et un vent lugubre en jaillissait. L'entrée en était gardée par une lance fichée dans le sol : immense, taillée dans le tronc d'un pin gigantesque, elle était terminée à son sommet par une pointe de bronze mangée de vert-de-gris, qui, en tombant, aurait pu écraser une centaine d'hommes. Autour du tronc avaient été accrochés des milliers de haillons qui flottaient au vent : les kilts et les capes des morts.

L'armée de Brennos s'étala sur toute la largeur de cette plaine jonchée d'ossements. L'attention de tous était fixée sur la lance. Puis nous vîmes un homme à cheval, qui sortait lentement de la passe et s'arrêtait près du symbole géant.

Il nous observa de loin. Son casque recouvrait la moitié de son visage, comme un demi-crâne. Du fer à l'éclat fade, sans aucun plumet. L'homme portait une armure de style étrusque, un pantalon court, une cuirasse de fer sur une ample chemise noire sans manches. Un bouclier protégeait son bras gauche, et sa javeline de jet était tenue bas. Une barbe grise peignée soulignait ce visage énergique.

Je sus qui c'était au premier coup d'œil. Après avoir contemplé paisiblement cette armée déployée en face de lui, Jason ôta son casque et cria mon nom à travers la plaine.

Quatre cavaliers lancèrent leur monture vers lui. Il recula dans l'ombre de la lance géante, offrant son flanc protégé par le bouclier, et cria mon nom une nouvelle fois. Un ordre aboyé quelque part dans la première ligne de la horde figea les attaquants. Ils voltèrent et revinrent en arrière, et un moment plus tard un char s'avança en cahotant, tandis qu'un homme s'exclamait :

— Merlin ! Merlin ! Va voir le cavalier !

Je m'avançai et stoppai l'attelage.

— Il m'appelle.

— Brennos dit que tu ailles lui parler. Il semble te connaître.

— Dis à Brennos que cet homme est mon ami et celui d'Urtha ; il ne représente aucune menace.

L'aurige celte éclata de rire, sans aucun doute amusé par la suggestion qu'un homme seul puisse représenter la moindre menace pour la horde immense qui lui faisait face.

Au trot, je parcourus la plaine aux ossements brisés jusqu'à Jason, qui affronta mon regard avec froideur. Derrière lui, de la plaie verticale dans la montagne soufflait un vent au gémissement malveillant. D'aussi près, je constatai que quatre cavaliers pourraient à peine y entrer de front, ou six fantassins tout au plus.

— Je t'attendais, dit Jason. J'étais parti chasser un fantôme.

— Je sais. Tairon m'a prévenu.

— T'a-t-il dit de quel fantôme il s'agissait ?

— Thesokorus.

— Il m'a appelé, Merlin. Et quand je me suis approché, il a fait demi-tour et s'est enfui, comme un homme en colère. J'ai chevauché aussi vite que j'ai pu, mais jamais je n'ai réussi à le rattraper. J'aurais dû comprendre alors qu'il avait été envoyé pour m'abuser. La question est : d'où venait ce fantôme ?

— D'où, à ton avis ?

Que devais-je lui dire ? Que Médée était toujours vivante, et dans ce monde ? À en juger par le regard qu'il posait sur moi, il soupçonnait que je lui dissimulais quelque secret ; et si je n'avais pas découvert la nature véritable de Médée, je le lui aurais révélé. Mais le visage de cette femme, cette expression familière, ces souvenirs doux et chers à mon cœur, revenus en un éclair... J'aurais eu l'impression de la trahir.

Jason dit :

— Tu as vu un fantôme sur Alba. Pourrait-il s'agir du même ?

— C’est possible. Jason, je suis certain qu’après t’avoir ravi tes fils, Médée les a cachés en des lieux séparés, l’un en terre grecque, et l’autre sur Alba. Et à chacun elle a donné en compagnon l’esprit de son frère, pour le réconforter, pour qu’il soit heureux. Quand tes fils ont atteint un certain âge, les fantômes ont disparu.

Il se rembrunit un peu plus.

— C’est là une idée singulière. Comment se fait-il que tu saches cela ?

— Orgetorix m’a raconté l’histoire de son enfance.

— Il te l’a racontée, à toi ? dit-il, aussi abasourdi qu’outragé. Quand ? Quand t’a-t-il parlé ? Tu l’as vu ?

— Il était avec cette armée. Pendant que tu pourchassais les ombres, je l’ai rencontré près du sanctuaire de l’oracle, à Arkamon.

— Et où est-il, à présent ?

— Je pense qu’il est parti en éclaireur devant nous, dis-je.

Je désignai la passe d’un mouvement de menton.

— T’a-t-il questionné à mon sujet ? Sait-il que je le recherche ? Le lui as-tu dit ?

— Pas encore...

Jason était rusé... Un sourire effleura ses lèvres. Son cheval s’ébroua, répondant à la tension subite du cavalier.

— Que me dissimules-tu, Merlin ? Quelle est cette chose que tu me tais ?

Avant que je puisse répondre, Elkavar arriva sur son cheval, signalant son approche par les gémissements rythmiques de son outre à tuyaux. Tairon suivait juste derrière. Le mur de l’armée de Brennos s’étendait dans leur dos. Les hommes étaient nerveux, agités en attendant les ordres. Mais ils restaient à distance dans l'éventualité où les Grecs apparaîtraient sur les hauteurs.

Elkavar cabra son cheval et sourit.

— Un message de Bolgios, annonça-t-il.

— Que dit-il ?

— À ton avis ? Je dois vous prévenir que ce message contient quelques fortes paroles. Dans l'essence, je pense qu'il a besoin de savoir, si cela ne vous dérange pas, ce qui se passe, et pourquoi, si ce n'est pas indiscret, vous restez plantés là à bavarder. Et si vous avez un moment, quand cela vous siéra bien sûr, auriez-vous l'obligeance de lui indiquer, à lui ou à Brennos, si la passe est libre, sûre ou dangereuse. Je crois qu'il imagine que tu viens juste de passer par les Portes, ajouta-t-il à l'intention de Jason.

— Il se trompe. Mais ce Grec, lui, vient de les franchir.

Jason désigna un cadavre dénudé, recroquevillé et ensanglanté derrière la lance géante. Je n'avais pas encore remarqué le mort. C'est donc ainsi que Jason s'était procuré sa nouvelle armure.

— Mais il était seul. J'ignore la réponse à la question de Bolgios.

— Nous pourrions la découvrir, suggéra Elkavar en contemplant l'imposante muraille rocheuse. Il n'y a pas moyen de passer par-dessus ni par-dessous, si mon instinct me dit vrai. Par les seins de Nemue ! Il y a quelque temps nous remontions un torrent plus étroit qu'un jet de pisse par un matin d'hiver après une nuit de beuverie. J'aurais cru que nous pourrions chevaucher à travers cette faille dans la montagne avec la même aisance. Qu'en dis-tu, Tairon ?

Les traits implacables du Crétois ne changèrent pas d'expression. Il leva les yeux vers la crête déchiquetée qui mordait le ciel, haussa les épaules et marmonna :

— Allons-y, tout simplement.

— Où sont Gwyrion et Conan ? s'enquit Jason.

— Les dieux seuls le savent, répondit Elkavar. Ils étaient saouls la dernière fois que je les ai vus. J'irai les chercher.

— Et Rubobostes et son puissant cheval, ainsi qu'Urtha et ses fidèles *uthiin* ? ajouta Jason.

Je lui expliquai que Rubobostes avait repris la direction du nord, lui résumai la situation d'Urtha et d'Ullanna, le combat du jeune chef celte, et le départ des Cornovidiens pour l'escorter.

C'est la première fois que je voyais Jason triste. Cependant il était heureux qu'Urtha n'eût pas perdu son combat.

— J'aurais dû rester, dit-il calmement. Je n'aurais pas dû aller à la chasse aux fantômes. La rencontre d'Urtha avec ce chien galeux, cela ne me regardait pas. Mais j'aurais dû rester pour les autres. Nous avions besoin d'être ensemble. Malédiction !

— Nous devons avancer, rappela Tairon en regardant le vieil Achéen.

— Oui, je sais. Va chercher les Cimbres.

Tairon et Elkavar lancèrent leurs chevaux dans l'autre sens pour aller faire leur rapport.

Quatre hommes de Bolgios nous accompagnèrent, prêts à rejoindre au galop l'armée principale si nous rencontrions un problème. Et, Jason en tête, nous pénétrâmes dans le défilé. Le froid régnait entre ces roches. Chaque pas, chaque murmure résonnait bruyamment le long des à-pics. Le défilé tournait à droite puis à gauche, s'élargissait parfois, ou s'étrécissait pour ne laisser passer que deux hommes de front.

Au-dessus de nos têtes, le ciel était réduit à une mince bande d'azur, déchirée par les branches tordues.

— C'est un piège mortel, observa Elkavar de façon bien superflue. Il y a du mouvement devant nous, j'en suis sûr. Nous sommes épiés.

Je ne doutais pas qu'il eût raison.

— Prends les rênes de mon cheval, lui glissai-je à l'oreille, et garde un œil sur moi.

D'un hochement de tête, il montra qu'il avait compris.

J'invoquai le faucon.

Je m'élevai dans l'étroit défilé, redoutant un jet de fronde ou une flèche. Devant moi, la vallée s'ouvrait sur une vaste plaine où les Grecs nous attendaient, en rangs compacts. Le soleil brillait sur leurs casques et leurs boucliers, et des cavaliers trottaient devant les lignes. Ils avaient élevé une fausse forêt de pins entre eux et le défilé, afin que l'avant-garde de la horde celte, lorsqu'elle émergerait de la passe, soit pendant quelques instants cruciaux inconsciente de ce qui l'attendait.

Le long des bords de cette étroite entaille dans la montagne, toutefois, je ne vis que buissons, rochers erratiques et arbres aux branches agitées par le vent. Quelques cerfs broutaient paisiblement le serpolet. Des animaux plus vifs et au poil plus soyeux maraudaient à couvert, et eux m'avaient repéré.

Je fus surpris – et c'est un euphémisme – qu'aucun Grec ne nous guettât depuis les hauteurs. Qu'avait aperçu Elkavar, en ce cas ?

Je revins en selle et poussai ma monture en avant pour aller parler à Jason.

— Nous sommes attendus. Ces hommes ne passeront jamais. Et tout Achéen vénérable que tu sois, tu demeures beaucoup trop étrange pour ces Grecs de l'époque actuelle. Nous devrions faire demi-tour et prévenir Brennos.

Jason continua d'avancer pendant un moment encore. Visiblement, ce qu'il venait d'entendre le mettait en rage. Il désirait continuer, il voulait rattraper son fils. Son esprit ne pouvait se satisfaire d'aucune autre image, maintenant qu'il était si proche du but. Et de son foyer.

Mais il se tourna subitement sur sa selle, et eut une légère inclinaison du buste.

— Tu as raison.

Aussitôt, les quatre gardes de Brennos rebroussèrent chemin au galop, comme s'ils étaient poursuivis par les Furies, tandis que nous trottions nerveusement à leur suite.

Nous venions à peine de déboucher de nouveau sur la plaine que la première vague de guerriers s'engouffra dans le défilé. C'étaient des Rèmes, bons cavaliers mais jouissant d'une piètre réputation de combattants. Néanmoins ils étaient impatients de franchir les Thermopyles, et ils passèrent en une ruée sinistre auprès de nous, leurs longues lances de frappe dressées, boucliers prêts à être relevés au-dessus de la tête pour se protéger en cas d'éboulis.

Brennos les sacrifiait, en homme dur et calculateur qu'il était.

Juste derrière eux, il envoya les lanciers habiles des Tectosages, les Gésates, cette cohorte d'hommes retors qui avaient pillé Arkamon. Mal à l'aise dans cet espace confiné où ils s'engageaient, ils pressèrent sans façon les Rèmes d'écarter leurs montures.

Et en agissant ainsi, ils hâtèrent leur trépas.

Je compris, mais trop tard, que Médée avait aveuglé ma vue de faucon, d'une façon très similaire à celle que j'avais utilisée pour priver de ses sens le vieillard du poste de guet. Je me demandai s'il était mort en s'interrogeant toujours sur le fait qu'il n'avait rien ressenti alors que le sol sous ses pieds tremblait, ébranlé par l'armée en marche.

Et maintenant c'était mon tour d'être abusé. Je n'avais pas vu les Grecs alignés sur les crêtes. Les rochers qu'ils précipitèrent dans le vide broyèrent l'avant-garde massée dans le défilé, jetant la panique parmi les cavaliers qui se piétinèrent les uns les autres. L'entaille dans la montagne s'emplit de cadavres.

Mais Brennos n'abandonna pas la manœuvre, et d'autres hommes se ruèrent dans le piège, bouclier levé, repoussant les blessés pour se frayer un passage en avant.

Lorsque la grêle de rochers cessa, elle fut remplacée par un nuage de javelines, puis les arcs entrèrent en action, et les frondes.

Mais quelle force possédait cette armée celte ! Brennos avait prévu une telle embuscade jusque dans ses moindres détails, et il avait donné des instructions minutieuses. Les hommes arrivant de l'arrière déposaient une véritable chaussée de boucliers sur les morts entassés. Pour chaque guerrier qui tombait dans le défilé, cinq se ruaient à l'attaque, qui se regroupèrent dès que le passage s'élargit. En un éclair ils formèrent des phalanges, et tous les différends entre clans étaient oubliés, car chacun n'avait à l'esprit que le combat à venir. On distribua les armes, on les partagea, on les échangea ; le plus habile à l'épée prenait celle d'un autre, qui maniait mieux la lance.

Brennos et Bolgios franchirent les Thermopyles séparément, pour accroître les chances qu'un d'entre eux au moins survive.

Tous deux y parvinrent, même si Bolgios perdit un

doigt, sectionné par la pointe d'une javeline qui s'était fichée dans sa selle.

Alors que nous attendions, l'âme sombre, dans la plaine couverte d'ossements, Elkavar posa sur moi un regard partagé entre l'irritation et le désespoir.

— Je t'avais dit qu'il y avait des hommes là-haut...

— J'ai été dupé.

Jason surprit cet échange.

— Qui t'a dupé ? Qui serait capable de tromper un homme qui peut faire revenir à la surface et à la vie un navire mort gisant au fond d'un lac ? Un homme qui ne vieillit pas ? Qui ne meurt pas ? Parfois tes propos sont dépourvus de la moindre logique. Te moquerais-tu de nous, Merlin ?

— J'ai bel et bien été dupé.

Les Argonautes s'étaient regroupés autour de moi en demi-cercle, et la tristesse, ou peut-être la perplexité, se lisait sur leurs traits. Jason dit :

— Rappelle-moi ce que mon fils a dit à Brennos à propos de la trahison. Qu'a-t-il dit, au juste ? Tu l'écoutais...

Je ne répondis pas à la provocation de Jason. Il savait, j'en avais la conviction. Il attendait que je confirme que je ne le trahirais pas au cœur de la nuit, mais seulement en plein jour, selon les paroles de son fils au seigneur de guerre.

Une fois de plus, avant que je puisse formuler une quelconque réponse, Jason ajouta :

— Elle a caché mes fils dans le Temps, pour un voyage de sept centaines d'années. Puis tu me dis qu'elle leur a donné un fantôme pour frère, et je vois des fantômes au loin, à qui je fais la chasse. Et pendant ce temps tu parles à mon fils dans mon dos !

Il fit avancer son cheval tout près du mien.

— Dis-moi la vérité, Merlin. Elle est toujours

vivante, n'est-ce pas ? Elle nous a suivis à travers le Temps, elle est venue avec eux. C'est cette catin qui accumule les difficultés contre nous. Dis-moi la vérité, je t'en prie...

Je notai l'attention soutenue que me portait Elkavar. Il avait compris, bien sûr ; mais il n'en avait rien dit.

— Oui, répondis-je à Jason. Oui, elle est vivante. Elle a essayé de te barrer la route en Alba, où Kinos est caché. Tout était son œuvre : ces effigies gigantesques, la peur que nous avons éprouvée, peut-être même la désertion du pays, bien que je ne puisse être affirmatif quant à ce dernier point. Elle a empoisonné tes pensées sur le Rein, elle a instillé l'aigreur dans tes paroles, espérant retourner Argo contre toi.

— Elle se trouvait sur Argo ? rugit Jason.

— Cachée. Elle est rusée. Mielikki elle-même ignorait tout de sa présence.

— Les dieux savent tout.

— Non, hélas. Ou peut-être est-ce une chance... Elle a envoyé des spectres à ses fils afin de les réconforter. Elle t'a adressé un fantôme pour te provoquer et te leurrer. Elle m'a dissimulé la présence des Grecs sur les crêtes de ce défilé. Les dieux savent qu'elle m'a peut-être aveuglé en d'autres occasions, Jason. Je ne l'attendais pas, aussi je n'ai pas cherché à la voir.

— Elle est venue à travers le Temps, avec eux, répéta-t-il.

C'était plus une question qu'une constatation, car il n'était pas vraiment convaincu.

Je ne répondis pas. Le silence m'était un allié. Jason était un de ces rares individus rencontrés au cours de ma longue existence qui semblait capable de m'ouvrir comme une carcasse de gibier sur la table du festin, exposant chaque repli de mes entrailles au regard de tous.

— Tu mens ! souffla-t-il. Par le Taureau sacré, tu m'as menti. Je ne sais comment, ni de quelle manière, mais tu m'as trahi ! Il se passe quelque chose...

Presque douloureusement, il répéta :

— Il se passe quelque chose. Laisse-moi seul, Antiokus. Ton temps est révolu.

Il se détourna de nous et lança son cheval parmi les rangs de guerriers qui se pressaient toujours dans l'étroit défilé en préparation de l'assaut final à l'autre extrémité. Gwyrion me défia :

— Allons-nous le laisser aller seul ? Ne sommes-nous pas venus jusqu'ici pour l'épauler ?

Tairon s'écria :

— Quoi qu'il y ait entre Jason et toi, je suggère avec force que vous l'oubliiez pour l'instant. Nous devons franchir ce défilé. N'avons-nous pas fait serment d'aider Jason, en échange de notre passage sur Argo ?

— Allons, Merlin, me dit Elkavar en choisissant ses mots, on les appelle peut-être les Portes de Feu, mais leur chaleur n'est rien comparée à ce que tu trouveras au-delà !

Ce que je n'avais pas réussi à voir d'en haut, lorsque je contemplais les rangs des Grecs au loin, c'était la maigreur de leur armée. Le fer brillait sur eux, et ils lançaient leur cri de provocation avec vigueur ; mais ils étaient moins nombreux qu'il ne semblait, et n'étaient pas d'excellents soldats. La Grèce ne s'était pas encore remise des guerres passées. C'était un pays dont les portes étaient closes pour se défendre de l'ennemi plutôt qu'ouvertes pour permettre à ses forces de se déverser et d'attaquer à l'extérieur. Les Grecs discutaient, argumentaient, ne parvenaient pas à un accord.

Par le Taureau sacré de Jason, ils n'étaient pas meilleurs que les *Keltoï* !

Ce jour-là, Brennos perdit plus d'hommes que n'en peut compter même un Grec. J'ai entendu dire que les cadavres furent abandonnés dans le défilé pendant une centaine d'années, formant une couche si compacte, durcie par le temps et le poids des corps, que les cavaliers passaient sur eux en croyant fouler le sol. Finalement la mer elle-même, si pleine de pitié et de compassion, gonfla ses flots, envahit les collines et emporta les roches et les ossements au fond de ses eaux sombres.

Mais ce jour-là, lorsque Jason lança son cheval loin de moi, les Grecs combattirent jusqu'à la nuit, avant de perdre espoir et de fuir. Leurs blessés furent massacrés ; leurs dépouilles, horriblement avilies par la horde triomphante, furent exhibées en trophées, pour invoquer certains dieux des Enfers que j'ai toujours redoutés, et toujours évités.

— Par le Taureau sacré de Jason, ils n'étaient pas meilleurs que les Scythes !

Ce jour-là, Brennos perdit plus d'hommes qu'il en peut compter même un Grec. J'ai entendu dire que les cadavres furent abandonnés dans le défilé pendant une centaine d'années, formant une couche si compacte, durcie par le temps et le poids des corps, que les cavaliers passaient sur eux en croyant fouler le sol. Finalement la mer elle-même, si pleine de pitié et de compassion, gonfla ses flots, envahit les collines et emporta les roches et les ossements au fond de ses eaux sombres.

Mais ce jour-là, lorsque Pisos lança son cheval loin de lui, les Grecs combattirent jusqu'à la nuit, avant de perdre espoir et fuir. Leurs blessés furent massacrés, leurs dépouilles horriblement avilies par la horde triomphante, tandis exhibées en trophées, pour invoquer certains dieux des Celtes que j'ai toujours redoutés et toujours haïs.

« Une beauté qui ne vieillit ni ne s'estompe
est perdue dans le temps
hors de ce monde. »

Tiré de *A Flower*, de R. Andrew Heidel
Alfred Tennyson, *Le Rêve d'Akbar & autres poèmes*,
Éd. Orphée/La Différence, 1992.

26

Sanctuaire

Si brennos avait prévu une résistance farouche de la part des Grecs, il eut une surprise. En dépit des pertes qui nous furent infligées, l'armée de défense finit par se retirer devant nous et se fondit dans les collines et les vallées comme l'ombre des nuages.

Pendant les quelques jours suivants, nous progressâmes sans encombre vers le sud, puis vers le soleil couchant, selon une route tracée d'après les souvenirs les plus vagues du plus ancien d'entre nous : moi-même. Nous trouvâmes des villages désertés, des champs rasés, mais les animaux étaient plus ardus à détruire que les récoltes, et sur les arbres alourdis de fruits, noix et olives abondaient. La horde de Brennos avait considérablement diminué en nombre quand nous arrivâmes en vue du mont Parnasse. Ces terres étaient si vastes et parfumées, elles s'offraient si généreusement que les clans quittaient l'armée l'un après l'autre, non sans les excuses qui convenaient, pour partir à la recherche d'horizons plus personnels.

Achichoros faisait déjà route vers le levant. Bolgios recensa les clans qui lui étaient restés loyaux et s'en fut vers d'autres sanctuaires et les côtes du Ponant. La décision de cet homme au caractère volcanique constitua un choc pour Brennos, mais une fois de plus il sut se montrer diplomate. La longue marche fut interrompue et un festin préparé pour tous les commandants et les champions de chaque clan. La cérémonie dura jusqu'à l'aube, et il fut décidé, après un débat sérieux pendant les festivités, que les deux armées se rejoindraient en une contrée nommée Illyrie, à l'extrême nord de la mer du Couchant, là où les défilés dans les montagnes ramenaient directement au Daan.

Afin de démontrer à l'autre qu'il tiendrait parole, chacun des deux chefs de guerre sacrifia un de ses coursiers favoris. Leurs entrailles furent brûlées, la crinière et le cuir en dessous prélevés, nettoyés de toute parcelle de chair et offerts à l'autre sous forme de ceinture. Ce lien en crin de cheval était très puissant. Les carcasses des animaux furent ensuite équarries et salées, pour servir de nourriture dans les quelques jours à venir.

La poussière soulevée par le long cortège de l'armée de Bolgios obscurcit le ciel jusqu'au crépuscule, bien après que la terre eut cessé de frémir. Nous établîmes le campement pour la nuit, mais Brennos envoya des cavaliers nous réveiller avant l'aube, et nous mangeâmes et bûmes en marchant. Chaque jour se déroulait selon le même rituel harassant, jusqu'à ce que les pentes brillantes du mont Parnasse éclairent l'horizon, tel un phare attirant l'envahisseur.

La dernière fois que j'avais vu le Parnasse, c'était l'année où il avait été transformé en sanctuaire. Me trouvant en terre grecque, où les nombres revêtent une grande importance, je m'amusais à calculer les années qui s'étaient écoulées depuis. Mille huit cents ! Mille huit cents ans dans le passé de ma vie. À l'époque, les vallées avaient résonné de la plainte des trompettes de bronze et du tonnerre des tambours tendus de cuir. Les flancs de la montagne grouillaient de femmes hurlantes ; l'odeur du sang des boucs et des béliers sacrifiés alourdissait l'air. Je me souvins des eaux rosies de la rivière qui serpentait entre les collines, et du parfum de la mort dans mes narines.

Aujourd'hui le silence planait sur ces lieux, excepté bien sûr le grondement indistinct créé par les chevaux et les chars qui se dirigeaient au ralenti vers le défilé encaissé gardant le sanctuaire d'Apollon. Nous avions traversé la vaste plaine connue sous le nom de Crisa sans difficulté. Les vieux pièges et les défenses délabrées, disséminés au pied des collines, n'avaient posé aucun problème non plus. Je chevauchais en tête de la colonne principale, en compagnie d'Elkavar et de Tairon, et je sentais sur ma peau le premier souffle froid de la brise descendue des sommets enneigés du Parnasse. Il avait paru petit vu de loin, mais ses flancs escarpés nous écrasaient maintenant de toute leur majesté, et l'air retentissait de l'écho de chaque mouvement de nos chevaux.

Nous avancions prudemment en longeant le bord de la montagne, et nous arrivâmes dans la gorge qui menait à Delphes. L'éclat des murs de roche brillante nous aveugla presque. Ombres et ténèbres s'étendaient sur tout le reste, par contraste avec ces falaises éblouissantes. La rivière déroulait son cours sinueux entre les bosquets d'oliviers vénérables, qui eux aussi étincelaient, comme recouverts de givre.

À l'aube, une partie des collines se teintait d'un rose tirant sur le rouge, et c'est là qu'Apollon avait creusé les grottes qui deviendraient son sanctuaire. Je savais où regarder, quelle sente suivre entre les autels de marbre et les bosquets sacrés, et bientôt, devançant toujours l'armée, nous vîmes une autre bande de métal étincelant. Ce n'était plus la roche ancienne du défilé qui éblouissait ainsi nos yeux, mais les derniers défenseurs du sanctuaire, deux cents vétérans grecs prêts à mourir pour leur dieu.

Ils portaient tous la ceinture de cuir. Ils combattraient jusqu'à la mort, aucune retraite n'étant possible pour eux en ce monde. Ils en avaient fait le serment.

Un nuage d'orage glissa soudain sur la crête et assombrit la gorge. Les hoplites frappèrent leur bouclier de leur épée, emplissant le défilé de ce roulement de tonnerre. Ils parurent couler comme des ruisselets d'eau dans toutes les directions, pour se mettre en position de défense.

Mais ils ne tinrent pas longtemps face à la formidable horde d'hommes qui avançaient lentement vers leur but enfin visible.

Brennos s'abattit sur le sanctuaire de l'oracle dans une furie de fer, lançant un millier de cavaliers d'élite et de Gésates, et quarante chars pour rapporter les morts en or et en argent qui étaient emprisonnés dans la montagne.

La gorge encaissée embaumait la fumée des encensoirs. Chaque sente, chaque statue, chaque entrée profonde dans la colline, chaque arbre était flanqué de son propre tripode, en invocation à Apollon pour protéger le sanctuaire.

Brennos les fit fracasser. À la hache il coupa les branches des arbres et en fit offrande au feu ; il ordonna qu'on déloge les figurines de marbre, qui, de leur niche, contemplaient la vallée et les roches de la montagne depuis un millier d'années. Il incita ses hommes à insulter les serpents qu'ils ne pouvaient voir mais qui, leur assura-t-il, déroulaient leurs anneaux juste sous la surface de la terre.

Il s'était fait fort de décapiter la Pythie, comme on appelait la vieille femme terrifiante qui demeurait assise, voilée, devant les crevasses sulfureuses de la roche, et qui prononçait les oracles pour Apollon. À entendre Brennos, on imaginait une sorte de Gorgone, vomissant continuellement des serpents de sa bouche tordue. En réalité, sous l'influence des prêtres corrompus de Delphes, la Pythie, qui était plus probablement une jeune femme vulnérable, avait fui bien avant que l'armée ne soulève la poussière au nord. Déçu mais inébranlable, Brennos trancha la tête d'un jeune hoplite, lui rasa les joues avec son couteau, fit une natte de ses cheveux, puis lui barbouilla d'ocre les lèvres et les yeux. Plus tard, il présenta la dépouille à ses lieutenants en expliquant que l'âge de la Pythie avait été dissimulé comme la peau du serpent qu'elle était ; ensuite il oignit et plaça le macabre trophée dans un sac, avant que les poils de la barbe n'apparaissent, trahissant le subterfuge.

Brennos découvrait peu à peu que l'histoire selon laquelle les Perses auraient pillé le sanctuaire avant lui était véridique. Presque tout ce qu'il était venu récupérer avait depuis longtemps pris la direction du levant. Et il était fort probable qu'Alessandros de Macédoine, qui avait défait les Perses peu après leur invasion de la Grèce, avait fondu ce trésor pour payer et récompenser son armée. Tout cela, une génération auparavant. Les morts sacrés que Brennos avait rêvé de ramener chez eux étaient maintenant transformés en pièces de monnaie pour les vivants.

Il dépêcha des cavaliers avec ces nouvelles à Achichoros, dont l'armée devait à présent être arrivée non loin de l'Hellespont, ce détroit entre deux terres tout au sud de la mer Noire. Les ruines de la Perse s'étendaient au-delà. Sa croisade serait plus longue qu'il ne l'avait pensé.

Avec plusieurs milliers d'hommes, Bolgios avait quant à lui pris la direction entre le nord et le couchant, vers le sanctuaire de Dodone niché dans un bois de chênes, pillant les contrées en chemin.

Les Grecs étaient plongés dans un profond désarroi. Leurs petites armées refluèrent en passant par les détroits de l'Achée, la terre ancienne de Jason, pour attendre que le sol cesse de trembler.

Ce jour, Apollon ne protégea pas son sanctuaire, même si les Grecs devaient prétendre le contraire bien après que Brennos fut devenu pâture pour les corbeaux. Ce qui restait du butin ravi autrefois sur les terres des *Keltoï* pouvait tenir dans deux chars. Quatre autres chars furent chargés du fruit de rapines ultérieures, mais à la vérité c'était là bien mesquin pour une armée aussi vaste.

Brennos le savait, et il envoya dire à Bolgios de prendre tout ce qu'il trouverait, soies, saphirs, pierres polies, bronzes, et même les pièces de céramique. « Tout ce qui brille ! »

Il y aurait un grand nombre d'yeux avides qui examineraient le contenu des chars pour y trouver leur part.

Je contemplai le village depuis l'autre côté de la vallée, dans les ruines disséminées d'une petite bâtisse ayant naguère servi de quartier aux soldats qui protégeaient les prêtres et la Pythie. Elkavar jouait en sourdine de son instrument, essayant de composer une « chanson obsédante qui illustrerait en l'illuminant la nature héroïque et tragique de ce lieu ». Sans y parvenir.

Conan revint bientôt et annonça qu'il y avait bien peu à piller. Tairon, semblait-il, avait pénétré dans les grottes du sanctuaire lui-même, plus par curiosité que poussé par l'avidité, et lorsqu'il nous retrouva plus tard sur la colline, il était perplexe.

Dans l'air doux, les cris qui résonnaient de l'autre côté de la vallée étaient aigus, mais distants. C'était presque paisible.

Tairon attacha son cheval et s'accroupit à côté de moi ; il se frictionnait les bras comme s'il avait froid.

— Il y a un labyrinthe très complexe à l'intérieur de la montagne, dit-il. Les salles se succèdent, les galeries s'enroulent en une spirale souterraine mais elles débouchent sur l'extérieur. C'est un endroit merveilleux ! Je m'y suis senti comme chez moi. Il communique avec d'autres sanctuaires, j'en suis convaincu. J'ai perçu des vents différents, le grincement des chênes et l'odeur de la résine de pin. Et ce labyrinthe permet d'accéder en un lieu situé dans mon pays ; j'ai reconnu son parfum. Culs-de-sac et pièges abondent ; il y a aussi de l'or, de qualité médiocre mais en grande quantité, de l'obsidienne et des sculptures magnifiques, le tout entreposé dans des niches profondes. Ces sauvages vont piller l'endroit, mais à mon avis, ils ne trouveront jamais tout ce qu'il recèle.

Elkavar demanda s'il avait vu trace de Jason, et le Crétois acquiesça. Il ôta son casque à plumet vert et désigna la sente qui déroulait son cours dans la vallée.

— Je pense que je l'ai vu, oui. Il avait remis une armure *keltoï*, et il se battait contre deux Grecs.

Deux hoplites mourants, qui rampaient pour trouver un abri, nous indiquèrent où Jason pouvait être. Nous nous élançames vers un alignement de colonnes blanches marquant une entrée dans la montagne, où nous le trouvâmes. Il se tenait immobile, l'épée au poing et le regard fixé au loin sur la vallée. Rêveur, triste peut-être. Il portait les vêtements bariolés d'un homme de Brennos qui avait échoué dans sa Quête. Un troisième Grec gisait à ses pieds, qui tremblait encore faiblement alors que son esprit le quittait. Jason saignait d'une entaille au bras, et Elkavar utilisa une longueur de cuir pour panser la blessure. Je restai à quelque distance, discrètement.

— Je ne sais même pas à quoi ressemble mon fils, murmura Jason d'un ton absent. (Il jeta un regard acéré à Elkavar.) Me ressemble-t-il ? Mais à quoi est-ce que je ressemble, moi-même ? Je n'ai aucune idée de mon visage ; je laisse ce plaisir à ceux qui ne peuvent l'éviter. Il faut que tu m'aides à le rechercher, Elkavar. Il est quelque part sur cette colline, je le sens.

Il eut un rire dénué de toute gaieté, avant de reprendre, angoissé :

— Je suis inquiet. Peux-tu imaginer cela ? Après tout ce temps écoulé, alors que je suis si proche de mon fils... Je suis inquiet. Et si je ne le reconnaissais pas ? Et s'il avait hérité la colère de sa mère ? Tu dois rester auprès de moi. Tu étais là quand ce traître de sorcier lui a parlé. Tu pourras l'identifier. Il s'adressera à toi, et tu te chargeras de me représenter. Il se peut qu'il ait besoin d'un peu de temps pour m'accepter.

— Merlin est ici, dit Elkavar à mi-voix.

Jason jura et me décocha un regard noir de fureur en pointant son épée vers ma tête.

— Je ne te comprendrai jamais ! À quel jeu joues-tu ? Ne m'approche pas ! Je ne te connais plus...

Le calme était retombé sur la vallée, après cette longue matinée de fureur. Seul le galop des chevaux rejoignant l'armée principale faisait encore frémir le sol. Le soleil se réfléchissait sur les armures des envahisseurs, qui revenaient chargés de leur butin. Les tuniques blanches et les plumets de crin aux vives couleurs des Grecs morts parsemaient les collines. Des cris de bienvenue et des exclamations devant les nouveaux trophées résonnaient brièvement, et les cris en réponse étaient pareils à une musique lointaine.

Delphes était presque silencieux.

Et c'est par contraste avec ce calme et cette immobilité générale que je repérai Orgetorix.

Il était accompagné d'un autre homme, lui aussi vêtu de l'armure de cuir multicolore des Celtes hyperboréens. Tous deux surgirent de derrière des rochers, de l'autre côté de la vallée, et remontèrent la route sinueuse d'un pas leste, en direction de l'ensemble d'édifices de marbre qui dissimulaient le sanctuaire proprement dit.

— Là ! m'écriai-je. Orgetorix, avec un autre homme !

Un moment, Jason demeura aussi immobile que les statues brisées, scrutant les silhouettes minuscules au loin, enregistrant chaque détail comme si c'était sa seule chance d'apercevoir le jeune homme qui avait traversé le Temps et se retrouvait presque à sa portée. Puis il aboya un ordre à Elkavar et Tairon, et dévala le flanc de la colline parsemé de rochers et d'épineux. S'il se rendit compte que je m'étais élancé sur ses talons, il ne fit aucun commentaire. Il m'avait chassé de son esprit.

— Je savais qu'il serait là ! cria-t-il en traversant la rivière dans de grandes éclaboussures.

Et, avec Tairon devant lui, car le Crétois était le plus véloce d'entre nous, il gravit la route pavée menant aux portes et aux cours qui à leur tour ouvraient sur la crevasse nue dans la montagne. Ici, l'odeur des gaz de soufre, plus forte, jaillissait de la grotte comme le souffle d'une Gorgone. Se remémorant peut-être le récit de Persée confronté à Méduse, Jason ramassa un bouclier rond abandonné sur le sol, en baisa le bord et l'éleva jusqu'à recouvrir la partie inférieure de son visage.

C'est lui qui entra le premier dans la grotte. Avec Tairon, ils tendirent l'oreille pour surprendre tout bruit suspect, mais il ne régnait là que le baiser du souffle aigre de la montagne. Le Crétois semblait aussi déconcerté que moi, mais il avait déjà exploré l'entrelacs de passages à peine éclairés, et il nous guida vers la statue du serpent Python, qui gardait l'accès aux profondeurs du labyrinthe.

Passant devant l'effigie, nous continuâmes à nous enfoncer, et pendant quelque temps le bruit le plus fort que nous perçûmes fut la respiration heurtée de Jason. Un mouvement subit dans la pénombre baignant un tunnel sur notre gauche nous fit sursauter. L'éclat vif d'une torche apparut et Jason émit un grondement de gorge quand la femme marcha sur lui, poitrine et ventre découverts, les yeux brillants au-dessus d'un voile noir, la chevelure tombant le long du corps en longues tresses étincelantes.

Quelque chose dans sa manière de se mouvoir, peut-être, ou bien la lueur dans ses yeux, en tout cas l'écho d'un souvenir, instilla dans l'esprit de Jason une soudaine compréhension, et l'horreur.

Dans l'instant il reconnut celle qui avançait vers lui,

et sans même le vouloir il recula d'un pas en secouant la tête. Je l'entendis qui murmurait :

— Non ! Oh non... Pas ici...

Puis, comme un animal blessé, il poussa une plainte de douleur et de fureur, lorsque Médée arracha le voile qui couvrait ses traits pâles et vieillis, révélant un rictus cruel et sinistre.

Sans même tourner la tête, Jason pointa son épée vers moi en criant :

— Tu savais ! Tu savais forcément.

Une fois encore je n'avais pas de réponse à lui offrir. J'eus le soupçon qu'à nouveau ma langue était liée, comme elle l'avait été tant d'années auparavant à Iolcos, comme mes yeux avaient été aveuglés aux Thermopyles.

Médée était dans son élément, et elle savourait le choc causé à l'homme qui tremblait devant elle.

— Rebrousse chemin, Jason, lança-t-elle. (Sa voix caverneuse était encore plus sonore dans ce monde souterrain.) Il n'y a rien pour toi ici. Tout ce que tu vois m'appartient, à moi et à mon amour. Tu ne retrouveras jamais tes fils.

— Essaie donc de m'arrêter ! rugit Jason.

Mais à cet instant les deux jeunes hommes surgirent derrière elle. Jason eut un hoquet, son pas se fit hésitant, puis il leva à demi sa main vers eux. La flamme de la torche projetait un éclairage irréel et dansant sur leurs visages solennels. J'étais saisi de stupeur. Kinos ? Ici ? Quelque chose n'allait pas. La nervosité noua mon estomac en prévision de la suite. Je hélai Orgetorix. Il aurait dû me reconnaître, mais il demeura silencieux, sans expression.

Alors Médée, tournant les talons, s'enfuit, emportant la lumière, avec les deux jeunes guerriers dans son sillage ténébreux.

Elkavar décrocha une des torches palpitantes de la paroi. Et comme en écho à cette affreuse poursuite dans le palais d'Iolcos, je courus à nouveau avec Jason pour sauver ses fils des mains de leur mère.

Elle nous mena dans les profondeurs de la montagne, dans les tunnels arborescents comme si elle y était naturellement chez elle. Son rire était plein de raillerie, et sa voix, d'insulte :

— Tu aurais dû rester dans ce lac, pour le bien que tu tireras de cette poursuite. J'ai fait serment que jamais tu ne toucherais de nouveau tes fils, Jason.

Il y eut un instant de silence.

— Mais tu peux profiter de leurs fantômes, conclut-elle, inquiétante.

Et soudain elle était là, dans l'obscurité du passage souterrain, la torche flambante tenue haut au-dessus de sa tête. Orgetorix et son frère vinrent se camper devant elle, et le visage de chacun était un masque de haine.

— Allez voir votre père, dit-elle.

Cette fois son rire fut furtif, presque triste.

Les flammes mordirent l'air derrière elle tandis qu'elle courait plus loin encore dans le labyrinthe, laissant là les deux jeunes hommes.

Jason dit alors :

— Quelque chose ne va pas. Qu'est-ce donc, Merlin ? Sers-toi d'un peu de ta magie pour me le dire...

— Je ne peux pas, murmurai-je, au désespoir.

Mes pensées tourbillonnaient, imprécises, alors même que j'essayais de lancer un enchantement mineur. Mais Médée savait comment jeter le filet invisible qui bloquait mes charmes.

— Bien sûr que tu le peux, grommela Jason d'un air méprisant. (Ces paroles me furent douloureuses, mais moins que celles qui suivirent :) Mais évidemment, pourquoi le ferais-tu ? Elle et toi êtes taillés dans le même bois. Je suis resté trop longtemps dans le lac. Les dieux m'ont rendu aveugle à ta duplicité.

— Non ! Ce n'est pas vrai, je le jure !

Mes propres paroles sonnaient creux. Je ne lui avais pas dit tout ce que je savais, c'était un fait. Pourquoi n'avais-je rien révélé sur Médée ? « C'est pour le mieux. Pour le mieux », m'étais-je répété, chaque fois que les doutes m'assaillaient.

Une seconde plus tard, ses fils firent deux pas vers nous et Jason, dans sa confusion, s'avança sans réfléchir, pour les accueillir. Alors, comme un serpent qui mue, le reflet de l'illusion s'estompa pour révéler le subterfuge de Médée. Les deux Grecs morts, la bouche béante dans leur visage blême, demeurèrent un instant encore debout, avant de s'effondrer dans leur propre sang, et leur dernier souffle siffla hors de leurs poumons écrasés.

Jason tomba lentement à genoux, poings crispés, yeux clos, et seule sa volonté lui permit de ravaler un cri torturé. Du sang coula de ses lèvres, puis ces paroles, d'une voix brisée :

— Oh, dieux, qu'elle soit maudite ! Maudite à jamais ! Père Zeus, brûle ses os dans son corps ; seigneur Hadès, pends-la à ses propres entrailles !

Il bascula en avant, puis parut se reprendre. Je l'entendis marmonner :

— Apollon ! Mielikki ! Argo ! Permettez-moi de le voir, quelques minutes, rien que quelques minutes. Ensuite je promets que le lac pourra me réclamer. Mielikki ! Mielikki... Si tu as quelque influence dans les cieux, parle pour moi, à cet instant. Le lac pourra ensuite me reprendre...

Il avait commencé à se replier sur lui-même, à se voûter comme un homme mourant.

Je m'avançai vers lui pour lui tendre un bras réconfortant, mais j'arrêtai mon geste, par crainte de le toucher.

Toujours aveuglé, je fus incapable de comprendre ce qui se produisit alors.

Jason sembla entendre une voix. Il se releva, serra la garde de son épée et la poignée de son bouclier avec vigueur, se pencha en avant vers les ténèbres et se mit à respirer lourdement, comme s'il s'attendait à quelque événement. Un battement de cœur plus tard, le couloir rocheux se referma autour de lui, telle une bouche qui engloutit un morceau de viande. Une bouffée d'air âcre me força à détourner la tête. Ahuris, Elkavar et Tairon contemplaient l'endroit où Jason venait de disparaître.

Le tunnel avait repris son aspect normal, mais nous pouvions percevoir l'écho de la course d'un homme.

Elkavar se tourna vers moi.

— Le suivrons-nous ?

— Cela ne servirait pas à grand-chose. L'esprit apollonien de Delphes est venu au secours de Jason, mais il n'aurait aucune raison de nous aider nous aussi.

Cependant Tairon était un coureur de labyrinthe. Nos regards se rencontrèrent, et peut-être pensait-il, comme moi, qu'il serait en mesure de poursuivre Jason assez loin pour découvrir où, dans toutes les issues de ce sanctuaire, le Grec ressuscité émergerait.

— Attendez-moi au-dehors, déclara le Crétois d'un ton sec.

Il dégaina son épée, tourna les talons et s'élança vivement dans le noir.

Il ne fallut pas longtemps avant que Tairon sorte en titubant de la montagne. Il avait le souffle court d'avoir couru et respiré les fumeroles délétères. Ses traits émaciés luisaient de sueur et il exprima de la main la transpiration qui avait imbibé sa longue chevelure noire.

J'attendis patiemment qu'il se fût remis, et à ma grande déception il eut un mouvement négatif de la tête.

— J'ai échoué. J'espérais émerger avec lui à l'autre extrémité, mais je l'ai perdu, alors même que je l'entendais toujours courir. J'ai seulement remarqué une odeur de miel, et ce parfum qui flotte dans les forêts de chênes. Il est très spécial, mais cela pourrait être n'importe où... N'est-ce pas ?

Il me dévisagea, et sourit en voyant mon expression.

Les paroles de Tairon étaient une révélation. Un aveugle venait soudain de voir la lumière.

Orgetorix ne se trouvait pas ici, à Delphes. Il était à Dodone, au Pays des Chênes ! Dans ce sanctuaire sacré de Zeus, où le jeune Jason s'était rendu pour demander une branche de l'arbre sacré, afin de construire la quille d'Argo. Par la suite, son vœu exaucé, ce sanctuaire était devenu le foyer spirituel de Jason. Il y était attaché comme un enfant à sa mère. Je doutais fort qu'il en fût seulement conscient, mais pour ma part je l'avais compris lorsque je naviguais avec lui, bien des années auparavant. Le chêne qui avait été incorporé avec un tel soin à la structure du navire avait réclamé le capitaine comme son fils. Un millier d'esprits habitaient Argo, et Jason était l'un d'entre eux.

Un fait que Médée ne savait que trop bien. Elle le menait là-bas, non pas loin de son fils, mais vers le jeune homme désorienté.

Elle m'avait dérouté et aveuglé, elle avait empoisonné l'esprit de son fils à propos de Jason, et accompli des prouesses d'enchantements, qui pelaient les années de son être plus vite qu'un chasseur ne peut vider un daim.

Elle s'était évertuée à séparer le fils du père, et à présent elle les rassemblait : cela m'était aussi clair que le visage luisant et marqué par l'incompréhension d'Elkavar. Quel meilleur moyen de se débarrasser de Jason que de le faire tuer par son propre fils ?

— Il est à Dodone ! dis-je à l'Hibernien.

— Cela me parle autant que si tu m'annonçais qu'il est sur la lune. Mais quelle que soit la signification de tes paroles, indique-moi simplement quand chanter, et quand m'abstenir.

— Chante tout ton saoul. À présent, je dois voyager par un autre chemin que le vôtre. Jason est en danger. Je ne puis prendre le risque de m'égarer de nouveau sous la terre, mais Tairon et toi aurez peut-être plus de réussite par cette voie. Pour le moment du moins, je vous dis au revoir.

— Pas pour trop longtemps, j'espère, murmura Elkavar en se rembrunissant. Je commençais à m'habituer à toi. Et tu représentes ma meilleure chance de rejoindre un jour mon pays.

— Je suis capable de m'égarer, tout comme toi ; je puis te l'affirmer.

— Et où vas-tu, précisément ? demanda Tairon, poussé par la curiosité.

— Je vais retrouver Argo et lui demander de voyager de nouveau en lui.

Gwyrion avait établi un campement isolé, près d'un petit feu, ses armes étalées autour de lui. Il semblait nerveux, trop frêle pour garder un bien aussi précieux. À mon arrivée, il posa sur moi un regard las. Le morceau arraché à Argo gisait sur le plancher du chariot, sous les peaux. La figure de proue aux traits blêmes était exposée, face vers le ciel, comme au repos.

— Elle n'est pas contente, me dit le Cimbre d'une voix morne. Je ne peux rien faire pour l'apaiser. Jason doit la ramener rapidement dans le Nord.

Je l'approuvai, puis grimpai dans le chariot, découvris le cœur de bois ancien et m'accroupis.

— Mielikki, Argo ! Esprit du Navire ! J'ai besoin de me rendre à Dodone, où une partie de toi vit toujours...

Seul le silence me répondit, puis l'Esprit d'Argo s'écoula au-dehors et m'emporta. Je me retrouvai parmi des rochers gris chauffés par le soleil, des ajoncs jaunes et les troncs noueux des oliviers. Mielikki était là, jeune et le visage lumineux, à quelque distance de moi. Elle n'était pas voilée, sa chevelure claire était coiffée en un toupet, et sa tenue se résumait à une tunique légère. Elle était assise en tailleur sous la vaste ramure d'un chêne ; derrière elle, une brume de chaleur faisait onduler la ligne des collines verdoyantes de broussailles et d'arbres, parfumées par mille herbes.

— Cet endroit m'effraie, dit-elle ; je ne suis pas habituée à pareille chaleur. Le reconnais-tu, Merlin ? C'est d'ici qu'est venue une partie du navire, il y a bien longtemps. De cet arbre tellement vieux... N'est-il pas splendide ? Tu peux voir la cicatrice laissée par Jason, là où il lui a coupé un membre pour faire son navire.

Je découvris alors que l'énorme chêne, sous son feuillage lourd et dense, portait cent cicatrices, laissées par cent Jasons qui avaient emporté leur part de ce bois très spécial quand leurs prières avaient été exaucées.

Ainsi donc, j'avais eu la permission de passer à travers l'Esprit du Navire jusqu'à Dodone. La Dame de la Forêt m'avait traité avec bienveillance.

Comme si elle devinait mes pensées, Mielikki dit, d'un ton avide :

— Oui, tu es bien ici. Et l'armée n'y est pas encore arrivée. Cet endroit n'est pas encore dépecé, mais il est presque désert. Tu peux sans danger rechercher Jason, mais promets-moi, Merlin, qu'une fois que tu auras trouvé ce que tu es venu chercher, tu me ramèneras chez moi. Je dois rentrer. Qui me reconduira chez moi ?

Elle implorait, et l'anxiété creusait ses traits.

— Moi. Moi, avec Jason. Je t'en fais le serment, sur mon grand âge.

— Et avec le manque de sérieux de la jeunesse ? Il faut que je rentre chez moi, siffla encore la Dame de la Forêt. Cet endroit m'est par trop étranger. Je suis hors du monde qui est mien. Où est la fille ? Où est cette fille impétueuse ?

— Je l'ai laissée au bord de l'océan. Elle s'attend à ce que je retourne auprès d'elle. Je n'ai pas l'intention de satisfaire son souhait, bien que je ne pense pas qu'elle me suivra encore, à présent. Mais comme toi, je suis effrayé par quelque chose.

Mielikki frissonna et jeta un regard autour d'elle.

— Oui. Yeux Féroces, dit-elle dans un murmure. Elle est quelque part, tout près, je la sens. Elle a le meurtre en tête. Reviens me voir quand tu en auras terminé, Merlin. Et si tu vois cette fille, dis-lui de venir à moi. Rappelle-lui qu'elle m'appartient.

Le meurtre en tête ?

Médée avait sillonné le monde en toute impunité. Quel choc elle avait dû ressentir, un matin d'hiver, en sentant à nouveau dans le vent l'odeur de Jason. L'homme maudit du lac, ramené des profondeurs, encore ligoté à son navire pourrissant par des haillons et des herbes aquatiques. Avait-elle vu ses yeux morts s'ouvrir ? Avait-elle entendu le gargouillis dans ses poumons quand ils avaient expulsé cette eau ? Avait-elle su que l'air et la vie s'étaient engouffrés à nouveau dans ce corps gelé ?

Quels rêves fiévreux et effrayants elle avait dû avoir cette nuit-là !

Ce visage froid, blanc comme le ventre d'un poisson, ces cheveux noirs et gris collés à son crâne ; ces yeux qui s'ouvraient sur elle, dans ce rêve.

Tu as tué mes fils. Le lac m'a rendu à la vie. La traque reprend, Médée. La traque reprend !

Quel rêve, après tout ce temps à errer dans un monde vidé de ce qu'elle aimait, à chasser les années, regardant chaque hiver céder au printemps suivant, comptant les étés, témoin des existences qui s'écoulaient autour d'elle, et toujours à courir, et courir encore, à se cacher dans l'ombre en attendant ce moment, ce merveilleux moment !

Quand un de ses fils sortirait en clignant des yeux de la grotte, à Arkamon, avec à son côté le petit fantôme de son frère...

Quand l'autre s'éveillerait dans quelque vallon humide au cœur d'Alba...

Vers lequel était-elle allée en premier ? me demandai-je tandis que je la recherchais à Dodone, dans la vallée, reniflant l'air, usant de ce qui était inscrit dans mes os pour l'empêcher de m'aveugler une fois de plus. Quels cheveux avait-elle caressés d'abord, de façon invisible, secrètement, tel un spectre, un rêve ? Elle aspirait la vie de ses fils, leur plaisir, leur innocence, présence plus ancienne que les grottes où ils vivaient, mère qui se rassasiait de leur nouvelle expérience ?

Les étreignait-elle dans ses songes ? Dansait-elle comme s'ils la connaissaient, serrant leur fantôme contre son sein, chantant son triomphe ? « Mes garçons... Mes garçons ! Et votre père est loin, très loin, dévoré par les poissons, enfermé dans une gangue de glace, dissous dans le lac. »

Avait-elle jamais entendu le cri de Jason, venu de ce lac ?

« Mes fils ! Rends-moi mes fils ! »

Refusait-elle de voir que Jason n'était jamais mort ? Argo, le brave et fidèle Argo, n'avait jamais permis que le fantôme abandonne son corps mortel. Avait-elle entendu ces cris ? Peut-être n'avait-elle jamais pensé à tendre l'oreille.

Quelle paresse !

Elle était comme moi, bien sûr. Nous avions grandi ensemble, appris ensemble, et nous étions des paresseux, elle à sa manière, moi à la mienne. En un autre temps, je l'avais aimée ; *en un autre temps* : c'était tout ce que j'avais pour tenir en échec le souvenir de cet amour.

Mais il gisait là, dans mon esprit hanté, comme le plus saisissant des souvenirs, qui attendait de revenir lorsque les nuages se seraient dispersés, et que le soleil aurait réapparu.

Je contrai ce sentiment par une pensée unique : de toute sa vie, quelle qu'en fût la part oubliée qu'elle avait partagée avec moi, elle avait aimé Jason plus profondément que moi, et ses fils plus profondément que Jason. C'est par amour qu'elle avait quitté le Chemin, par haine qu'elle avait refusé de le rejoindre.

Et c'était juste. Quoi qu'elle eût fait, elle avait connu un moment de véritable bonheur. Qui qu'elle fût devenue, elle ne vivait que les conséquences de ce moment de félicité.

Un instant de bonheur. En dix mille années d'existence.

— Comprends-tu, alors ? l'entendis-je dire. (Sa voix fut pour moi un choc dans le silence du bosquet.) Comprends-tu enfin ? As-tu jamais ressenti quelque chose de comparable ? Cela a dû t'arriver !

Elle se tenait derrière moi. Quand je me retournai, ce fut pour la prendre dans mes bras, en un geste rendu irrésistible par ces souvenirs encore enfouis et cachés à ma conscience. Mais son corps demeura de pierre. Il n'existait plus d'amour entre nous. Ou, s'il en subsistait, elle le combattait de toutes ses forces. Je scrutai son visage, si beau malgré les ravages du Temps, sa chevelure toujours semblable à du cuivre poli ; je plongeai les yeux dans les siens, si limpides, si intelligents ; son souffle était comme le parfum d'un fruit d'été ; nos doigts s'entrecroisèrent brièvement. Une beauté qui ne s'était pas estompée... Perdue dans le temps... presque incorruptible.

— T'est-il jamais arrivé de t'égarer ? me demanda Médée.

Ses lèvres effleurèrent les miennes.

— Non. J'ai quitté le Chemin, je me suis fait quelques amis, j'ai observé le monde à distance. Mais je ne me suis jamais égaré comme toi tu l'as fait.

— Et te rappelles-tu lorsque nous étions ensemble ? Il y a bien longtemps, au cœur de la forêt sauvage, dans les clairières lumineuses ?

Elle était forte. Elle savait certainement que je me remémorais une partie de cette période. Nous nous réveillions tous deux d'un sommeil tissé de nombreuses années, découvrant que nous n'étions pas seuls, que d'autres pareils à nous étaient de ce monde, et que nous avions vécu ensemble. Mais je dis, sans ménagement :

— Non.

Ma réponse parut presque l'attrister, mais elle poursuivit :

— Je me suis laissée aller à me souvenir... Juste un peu. Tout est là, si tu veux le voir. Quelle longue vie nous avons eue, tous les deux. Et nous avons été ensemble si peu de temps, Merlin. Oh oui, je sais que c'est toi, maintenant ! Ce que je ne voulais pas croire, aujourd'hui je le crois. Mais je ne puis accepter que tu sois parti vagabonder loin du Chemin.

Elle me considéra avec curiosité.

— Quel homme solitaire tu as dû être, poursuivit-elle. Tu as vécu si peu ! Certains diraient que c'est du gâchis. Je me sens triste pour toi.

Comme Niiv, Médée écorchait mes défenses, bien que d'une manière plus experte que l'enfant abandonnée de Pohjola. Mais nous savions tous deux qu'aucun de nous ne pourrait se découvrir, alors que le contact était si proche.

Pour me soustraire à son charme puissant et doux, je pensai à Jason.

— Tu as instillé dans ton fils le poison de la haine envers son père.

— Bien sûr ! Chez les deux ! dit-elle en riant.

Elle me regarda comme si cela tombait sous le sens.

— Thesokorus hait Jason uniquement parce que toi tu le hais. Est-ce l'usage que tu fais de ton savoir ? De ces os qui te démangent ? Tu enlèves leur propre vie à tes précieux enfants ?

Le chagrin passa en un éclair sur son visage, une expression de grande souffrance, et d'angoisse. Mais elle reprit aussitôt toute sa dureté, et son regard amer me dévisagea avec la même intensité rageuse.

— Précieux, Merlin ? Oui. Ils me sont précieux. Et pourquoi ? T'es-tu jamais posé cette question ? Combien de précieux enfants crois-tu que j'ai eus ? Penses-tu que ce sont là les deux seuls ?

Le monde se figea autour de moi tandis que je songeai à Niiv et à son demi-enfant – peut-être à moitié imaginaire ; à Meerga, son ancêtre, et à ce malheureux demi-enfant qui avait été conçu et avait vécu jusqu'à un âge avancé, mais toujours sous l'influence de l'esprit-gardien que j'avais imposé à sa raison. Et à la révélation que j'avais eue, face à Niiv : je ne pouvais risquer à nouveau de donner la vie à un enfant qui devrait affronter le monde ordinaire.

Médée avait été liée par le même savoir, et elle vit très vite que je comprenais. Étaient-ce des larmes que je percevais dans ses yeux ? Elle murmura :

— J'ai perdu le compte des enfants dont mon corps a dû se séparer. Peux-tu imaginer cela ? Mais j'ai donné un nom à chacun avant de le quitter. Ils me hantent, Merlin !

Pour la première fois je sentis de la tendresse dans la manière dont elle prononça mon nom.

— Mais je ne pouvais leur donner la vie ; cela n'aurait pas été juste pour eux. Tu sais ce que je veux dire. Tu le sais forcément. Peut-être que non, après tout, perdu comme tu l'es dans ton monde égoïste. De tous mes enfants, seuls ces deux-là semblaient être de Jason, et seulement de Jason, quand je les regardais, et même quand ils étaient encore en moi. C'est pour cela que je leur ai donné le jour. J'ai eu de la chance avec eux : ce sont les fils de Jason, ils n'ont qu'une ombre de moi en eux. Les ombres ne représentent aucun danger. Et je les aime. J'ai tant sacrifié pour nous assurer une vie normale, à Iolcos ! Je pensais les voir mourir, j'ai toujours su que je les verrais mourir. Mais cela ne devait pas se produire avant bien des années. Lui, je l'ai aimé comme je t'ai aimé jadis... Il y a si longtemps. Nous avons tant oublié, Merlin. Mais c'est si rare, n'est-ce pas ? Si rare de trouver un tel amour...

— Oui, dis-je, abaissant ma garde.

Ou le pensai-je seulement ? Je ne puis m'en souvenir. Je me rappelai trop la Médée d'avant sa disparition de mon monde, avant qu'elle se perde dans le Temps.

— Et il m'a trahi, s'exclama-t-elle. (Ce cri devait plus à la souffrance qu'à la colère.) Il m'a abandonnée pour cette autre femme, Glaucé. Il m'a quittée. Et il aurait emmené avec lui les garçons, mes enfants ? Dis-moi, Jason : qu'aurais-je dû faire ?

Elle tira doucement le drapé de sa robe sur sa poitrine, mimant la façon dont elle en avait déchiré une autre dans les couloirs sonores de son palais, éperdue de chagrin au point de songer au suicide après avoir découvert que Jason l'avait abandonnée. Et depuis toutes ces longues années, la manière dont elle avait perdu Jason continuait de la tourmenter.

Je n'avais aucune réponse à sa question. Mais j'imagine qu'elle n'en attendait pas. Je dis simplement :

— Cependant tu as enlevé leur vie à tes enfants. Quelle existence ont-ils eue ? Tu les as cachés à toi-même tout autant qu'à leur père. Et après tout cela, ils ne te voient toujours pas. Un animal de compagnie reçoit plus d'affection de son maître que Thesokorus n'en a jamais obtenu de toi.

— Ce sont là des paroles cruelles, dit-elle en me couvant d'un regard froid et peiné.

— Mais vraies.

Elle secoua la tête.

— Pas le moins du monde. J'ai vécu longtemps

solitaire. Il m'a fallu du temps pour m'accoutumer de nouveau à eux. Mais je leur offre le réconfort d'une mère dans leur sommeil. Lorsqu'ils étaient plus jeunes, j'ai donné à chacun l'ombre de son frère pour combler sa solitude. Quand le temps sera venu, je reviendrai dans leur vie éveillée et je les réunirai à nouveau. Le moment était presque arrivé lorsque tu as ramené leur père en ce monde.

— Et tu as donc empoisonné leur esprit pour satisfaire à tes propres fins.

Elle se rembrunit et croisa les bras devant sa poitrine, puis elle baissa les yeux et parut envisager une nouvelle réalité.

— Ce qui est fait est fait, murmura-t-elle.

— Et tu as empoisonné mon esprit. J'aurais pu révéler à Jason que tu te trouves ici. Mais il semblait impératif de n'en rien faire. Or ce n'était pas ma raison qui me dictait cette conduite.

— Ni la mienne, dit-elle en levant sur moi un regard éloquent. (L'ombre d'un sourire joua sur ses lèvres.) Tu n'en as rien dit à Jason parce que tu te sentais lié par une plus grande fidélité envers moi qu'envers lui. Et tel est toujours le cas, Merlin. Simplement, tu te refuses à l'accepter.

Je ne pouvais ni bouger ni parler. Médée me considéra avec tristesse, puis elle s'avança et m'étreignit brièvement. Ses lèvres s'attardèrent sur les miennes un instant, puis elle rompit le contact en reculant.

Ses yeux brillaient.

— Tu as un long chemin à parcourir pour me rattraper, Merlin. Mais tenteras-tu cet effort ? Lorsque Jason sera mort, il n'y aura plus rien entre nous. Son fils et lui se traquent mutuellement en ce moment même, dans la vallée qui s'étend en contrebas. Quand tout sera fini, je t'en prie, essaie de me retrouver. Je ne serai pas loin de toi.

Sa souffrance, sa nostalgie et cette sensation d'un amour fuyant m'avaient désorienté. Je l'abandonnai au moment où elle-même se détournait et semblait également me quitter, disparaissant dans la brume de chaleur qui miroitait sur les rochers gris.

Je la fuis en tombant littéralement. Je perdis l'équilibre et dévalai la pente raide, glissant et roulant à travers les buissons jusqu'à atteindre le pied de la colline. J'y découvris des charognards qui se repaissaient des cadavres de deux Grecs au corps nu, le visage recouvert par un casque, le ventre plein de sang.

L'eau cascadait sur les rochers et je rampai, contusionné et abasourdi, afin de m'asperger le visage. À cause des deux morts tombés en travers du cours d'eau, je ne bus pas, mais ma vivacité d'esprit me revint rapidement. Je tombai sur le dos et contemplai le ciel lumineux. Et après un temps, deux silhouettes sombres se penchèrent sur moi, de part et d'autre du torrent bouillonnant.

L'intérêt qu'elles me portaient ne dura qu'un instant. Peut-être me crurent-elles mort. En tout cas, je n'avais certainement pas l'intention de bouger. Par ailleurs, elles avaient d'autres préoccupations qui accaparaient leur esprit, et j'entrevis brièvement l'une d'elles.

Émergeant de la montagne à la lumière du jour, il avait reconnu le sanctuaire dès le premier regard, par la forme des collines et les hauts murs blancs s'élevant près de la rivière qui entouraient le faux chêne, où les cœurs infidèles étaient attirés. Il leva les yeux vers le sommet de la colline et l'amas de rochers gris, là où se dressait le grand arbre. Quelque part son écorce noueuse portait encore sa marque, qui, avec la croissance du tronc, n'était maintenant plus qu'une trace.

Il avait couru dans les galeries aux mille détours pendant une éternité, et il était épuisé. La sueur coulait abondamment sous la doublure en cuir bordant son casque de fer. Mais jamais il n'avait douté que ses pas le mèneraient à Dodone : il sentait l'air parfumé de miel, il percevait le bruissement du chêne de l'été.

Médée avait disparu. Il ne pouvait pas plus la voir que l'entendre. Elle s'était réfugiée dans son propre Pays Fantôme, bien que Jason sût que, sans doute, elle l'épiait.

Immobile dans l'ombre projetée par l'à-pic, il aperçut un mouvement furtif au loin, et trois petits chevaux blancs, le harnachement lâche, qui paissaient nerveusement. À part eux, à sa grande surprise, les environs du temple semblaient déserts.

Il approcha l'un des chevaux, prit ses rênes et le mena au bas de la pente vers les arbres, l'eau et les édifices silencieux du sanctuaire. De nouveau, il surprit un mouvement devant lui. C'était un homme qui menait sa monture parmi les rochers, traversant dans un sens puis dans l'autre la rivière, comme à la recherche de quelque chose. Il était malaisé de distinguer ses traits mais, comme Jason, il portait le pantalon court, le kilt de cuir et la cuirasse de l'envahisseur. Sa chevelure noire était coupée court, et hérissée.

Un moment, Jason le perdit de vue. Puis, d'un peu plus loin sur la berge, lui vint le bruit d'un cri et de pierres chutant. Abandonnant son cheval il retourna d'un pas prudent à la rivière, là où elle décrivait une courbe à l'ombre du chêne de Dodone. Très vite il se rendit compte que l'autre homme revenait sur ses pas, mais sur l'autre berge, en restant à couvert. Ce guerrier se montrait tout aussi circonspect que lui.

Jason l'entendit murmurer, d'un ton interrogatif :

— Kinos ? Kinos ?

Et il sut alors que sa Quête s'achevait.

Un instant plus tard, tous deux arrivèrent en vue de mon corps trempé et amolli, qui gisait en plein milieu du courant, sans défense. Une seconde Jason resta interdit en me voyant, puis son regard remonta vers le jeune homme campé en face de lui. Le désarroi s'afficha le temps d'un éclair sur le visage de ce dernier, pour être aussitôt remplacé par la méfiance. Les deux hommes se toisèrent en silence.

— J'ai pensé que tu étais peut-être mon frère, dit Thesokorus, comme s'il se devait de donner une explication. On m'a dit qu'il se trouvait ici. Accompagnes-tu Brennos et son armée ?

Jason le contempla un moment encore, puis il soupira, de soulagement et de ravissement. Il secoua la tête, et un léger sourire étira ses lèvres dans sa barbe. Il ôta son casque bosselé et le jeta au loin.

— Je pensais que je ne t'identifierais pas, dit-il doucement. J'ai aperçu ton spectre, à Delphes, mais sa figure n'avait aucune signification pour moi. Je retrouve le moindre trait du visage que je vois maintenant. Je t'aurais reconnu immédiatement. Cet homme, Merlin, écroulé lamentablement à tes pieds, cet homme m'a fait ta description...

— Qui es-tu ? l'interrompit Thesokorus dans un souffle, tendu par le courroux.

Il avait posé la main sur la garde en ivoire de son épée. Il ne parvenait pas à détacher son regard du vieil homme immobile sur la rive opposée, de l'autre côté du mince cours d'eau.

Jason conservait les mains loin de son corps, et sa propre épée demeurait accrochée dans son étui, dans son dos.

— Il t'a décrit dans les termes les plus flatteurs. Il a dit : ton fils est jeune, plein d'ardeur et de superbe ! Il a ajouté que tu ne me ressemblais en rien. Mais je ne sais pas. J'aime ton allure. Je pense que ce chien m'a menti. Jamais je ne me suis soucié des miroirs. Qu'en penses-tu, toi qui petit sautais sur le dos des taureaux ? Je ne peux me décider à t'appeler Orgetorix. Avec l'âge, me ressembleras-tu ?

— Je sautais sur le dos des taureaux ?

Jason eut un sourire plein de prudence. Le silence dans la vallée enveloppait la scène d'un halo irréel. Le reste du monde était très loin.

— Tu ne l'as fait qu'une seule fois, à quatre ans. Mais tu as été merveilleux. Dans l'arène réservée aux courses de taureaux, à Iolcos, ne t'en souviens-tu pas ? C'était un taurillon, tu n'étais qu'un enfant ; cependant tu as saisi ses cornes ornées de rubans et tu t'es projeté par-dessus la tête de l'animal, et tu as dansé sur son dos avec un rire de triomphe avant de courir te mettre à l'abri. J'étais si fier de toi !

— Non ! cria Thesokorus.

Il se débarrassa de sa veste de cuir qu'il jeta au sol, puis déboucla sa ceinture, la tenant de façon à pouvoir à tout moment dégainer son épée et laisser tomber le fourreau.

— Je ne te connais pas. Je ne te reconnais pas. C'est ce chien qui t'a raconté cette histoire. C'est un menteur, j'aurais dû le comprendre dès notre première rencontre. Mon père est mort il y a longtemps, et son crâne grimace dans la tombe d'un couard.

Jason parla alors d'une voix où perçait l'embarras. Il commençait à plaider sa cause. Cette entrevue ne se déroulait certes pas comme il l'avait espéré. Il avait imaginé que la clef de cette confrontation serait la persuasion, non l'hostilité. Je ne l'avais pas mis en garde.

— Pourtant je ne suis pas mort, déclara-t-il prudemment. Regarde-moi. Je suis tout à fait en vie. Je t'ai cherché à travers le Temps et la moitié du monde. Thesokorus...

— Non !

Les paroles de Jason mettaient le jeune homme en rage. Mais la confusion tourbillonnait dans ses yeux sombres, où étincelait la férocité. À travers le Temps ? Je pouvais presque entendre ses pensées, comme si une part de lui-même, instinctivement, savait la vérité. Mais la barrière de la haine et des défenses contre les émotions était trop forte.

— Thesokorus... implora Jason. (L'hostilité de son fils commençait à l'irriter.) On nous a donné une seconde chance. Je suis cet homme qui t'a attrapé dans ses bras après que tu as bondi par-dessus le taureau. Je sais ce que ta mère t'a fait. Je suis conscient de ce que je lui ai fait. J'ai eu tort ; j'étais insensé. As-tu la moindre idée du temps que j'ai passé à vous pleurer, Kinos et toi ? J'ai chevauché et navigué à travers le monde pour vous mener au bûcher funéraire ! Année après année, j'ai cherché, d'Ithaque à Épidaure ; j'ai accosté toutes les îles ; j'ai traversé la mer jusqu'à Ilion et Éphèse. Ma recherche de vos corps ne fut pas moins intense que si j'avais pensé que vous étiez tous deux vivants ! Je vous croyais morts, Thesokorus. J'ai vu votre mère vous tuer. Ne te souviens-tu pas de son subterfuge ?

— Le subterfuge a lieu maintenant ! cracha le jeune homme. Ma mère m'a soustrait et caché à mon père parce que c'est lui qui voulait me tuer !

— C'est faux. C'est faux ! s'insurgea le vieux marin.

C'était un cri de douleur. Quelque part au-dessus de

nous, je crus entendre le rire de Médée. Mais ce pouvait être l'appel d'un bélier errant dans les broussailles.

— Pourquoi avoir questionné l'oracle à mon sujet, à Arkamon ? demanda Jason d'un ton radouci.

Il tentait désespérément de faire baisser sa garde à son fils.

Une fois de plus, la question déconcerta Thesokorus.

— Tu en sais tant à mon sujet !

— Bien sûr, je sais...

— Mais c'est évident ! Cet homme-là, t'a renseigné.

La réponse de Jason fut emplie de colère et d'angoisse :

— Je suis Jason ! Je suis ton père. J'ai attendu toute une vie de te retrouver. Et maintenant que je t'ai retrouvé, ne vois-tu pas ? Nous pouvons partager le peu de ce qui reste de ma pauvre existence. Nous pouvons partir en quête de Kinos. J'ai une idée de l'endroit où il pourrait se trouver. Sur mon bouclier, c'est la vérité.

— Et où imagines-tu qu'il soit ? demanda Thesokorus d'un ton froid.

— Entre des murailles battues par les flots, répondit son père. C'est bien ce que l'oracle t'a dit, n'est-ce pas ?

Thesokorus afficha un air méprisant.

— Les oracles ? Il y a quelques jours, alors que j'étais en chemin pour Delphes, un autre oracle m'a murmuré qu'il était ici. Mais tout ce que j'ai trouvé, ce sont ces quelques hommes. Les gardes eux-mêmes avaient abandonné cet endroit, bien que ceux-ci aient bravement combattu. Il semble qu'il ne faille rien croire venant des oracles.

Jason leva les mains, en un geste d'apaisement.

— Ta mère a détruit mon univers en deux rapides coups de couteau. Elle m'a volé ma vie. Je ne puis nier que j'avais cessé de l'aimer, mais j'étais torturé à votre propos, Kinos et toi. Je ne pouvais concevoir comment vous avoir dans ma vie tout en vous laissant dans la sienne. Thesokorus, je le jure sur mon bouclier, encore une fois, lorsque je suis arrivé au palais ce jour-là, avec cette poignée d'hommes, c'était pour discuter d'un arrangement avec Médée, un arrangement qui vous aurait offert, à vous, nos enfants, le meilleur de nos deux mondes. Mais elle voyait les choses autrement, et elle m'a fui.

— Vous nous avez poursuivis, l'épée brandie ! rétorqua vertement Thesokorus, outragé. Avec le meurtre à l'esprit. Tu avais le meurtre à l'esprit.

— Elle a lancé ses gardes contre nous, elle nous a jeté du feu, elle nous a rendus muets. J'ai paniqué. Comment aurais-je pu savoir qu'elle avait prévu de fuir ? Tout était prêt pour cette mise en scène – le couteau, le sang, le char, le navire. Elle attendait ma venue. Mais elle devait savoir que je venais dans un esprit de paix.

— Non ! Mensonges ! Encore des mensonges ! À Arkamon, j'ai questionné l'oracle à ton sujet parce que je ne parvenais pas à invoquer ton nom. Mais maintenant que je le connais, ma haine envers toi n'en est que plus grande. Oh oui, je vois bien dans tes yeux que tu n'es qu'Os Pourrissants ! Tu es bien Jason ! Je pensais que tu étais mort depuis longtemps. Mais tu me hantais, jour et nuit. À présent j'ai une occasion de venger ma mère.

— Non !

Le cri de désespoir de Jason fut ignoré. J'entendis comme le crissement du fer sur la pierre à aiguiser, le son qu'émet une épée qu'on tire vivement de son fourreau.

— Non ! Pas ainsi ! implora encore Jason. J'étais aux Enfers, ni vivant ni mort. Un fantôme toujours vivant dans un corps inerte. Mais Merlin t'a vu à Arkamon. Il m'a ramené dans ce monde afin que je te retrouve. J'étais désespéré de te croire mort. Vingt années à pourrir sur Argo, sept cents aux Enfers. Mais rien de tout cela ne compte. Rien n'importe plus qu'être de nouveau dans le même monde que toi. Du temps a été perdu, nous ne pouvons le rattraper. Ce qui compte, c'est maintenant. Et nous devons faire œuvre utile de nos vies. En retrouvant Kinos. En chassant, en récoltant, en affrontant l'inconnu. En construisant !

Il se tut, le souffle court, dodelinant de la tête comme s'il était soudain exténué.

Mais son fils ne maîtrisait ni ses pensées ni ses actes. Bien qu'il eût écouté son père, il était resté impassible. Il dit alors :

— Cette vie est la seule qui soit mienne. Ce monde est le seul que je connaisse. Retrouver Kinos est la seule chose qui m'importe. Il n'y a nulle place pour les parents morts.

Seuls la rage de sang et un funeste appétit de vengeance se lisaient sur ses traits. Les muscles du bras tenant l'épée se bandèrent. À son cou, le pouls battait fort. Sa respiration était saccadée.

Jason vit ces signes et dit en hâte :

— Thesokorus... Pas ainsi !

— Si, dit Thesokorus avec un calme définitif. Précisément ainsi.

Il enjamba mon corps toujours gisant sur le sol. Nulle magie venue de Médée ne me paralysait ni ne m'ôtait la voix. J'avais choisi moi-même. Je m'étais rendu vulnérable à Jason. Et en agissant de la sorte, je m'étais interdit toute chance de l'aider.

Dans un éclair de fer éblouissant, Thesokorus frappa son père, en un coup vicieux et cruel. Jason bloqua l'attaque de sa propre épée, vacillant sous l'impact, et pendant un instant l'air retentit de la clameur du fer contre le fer comme Thesokorus tentait de toucher le poignet pour sectionner la main de son père.

Thesokorus trébucha et Jason l'attaqua, mais d'un coup qui manquait de conviction et fut aisément dévié. Ils se jetèrent l'un sur l'autre, pareillement ramassés sur eux-mêmes, dans le style grec, et luttèrent un moment en silence, avant de rompre. La respiration de Jason était pénible. Thesokorus demeurait calme, regard fixé sur son père, l'épée à demi brandie.

Jason baissa la sienne, renonçant à toute défense. Il était incapable de parler, mais ses yeux, rétrécis, perçants, tristes, exprimaient tout ce qu'il avait à dire.

Finissons-en.

Et alors que son père avait baissé sa garde, le Roi des Tueurs avança promptement de deux pas et plongea sa lame dans son ventre.

Je vis le vieil homme, mon ami, tomber à genoux, puis basculer sur le côté, les mains crispées sur la blessure. Le jeune Grec le dominait de toute sa taille, et son épée rougie de sang tremblait dans sa main. Je m'attendais à ce qu'il donne le coup de grâce au vaincu, mais il resta immobile, à le contempler.

Comme cela avait été rapide et brutal, comparé au combat interminable qui avait vu Urtha triompher de Cunomaglos !

Le regard de Jason rencontra le mien.

— Tu m'as trahi, Merlin. Tu m'as laissé croire qu'elle était morte. Tu savais qu'elle était toujours de ce monde. Tu aurais pu me le dire. Tu aurais pu éviter tout ceci.

Je rassemblai mes forces et m'assis, en m'appuyant sur ma main gauche.

— Je l'ai aimée bien avant que tu ne l'aimes, Jason. Le plus triste, dans tout cela, c'est que ces souvenirs me fuient. Je ne garde que les sentiments. Nous avons été arrachés l'un à l'autre. On nous a forcés à nous oublier mutuellement.

— Tu me trahis deux fois, grinça Jason. Ce mensonge aggrave tout. Homme trompeur !

C'est à présent sur moi que Thesokorus portait son attention, et sa mine s'était faite sévère. Il s'avança et, de la pointe de son épée ensanglantée releva mon menton. La sueur coulait de son torse sur mon visage.

— Qui est toujours de ce monde ? questionna-t-il.

L'intonation était éloquente. Il soupçonnait en partie la réponse.

— Ta mère, lui dis-je.

Il scruta mes yeux, attentif et impénétrable.

— Elle est au sommet de cette crête, là, près du chêne. Elle t'observe, en ce moment même. Jason a raison : il t'a dit la vérité. Elle a empoisonné ton esprit contre lui. Ta haine pour ton père est sa haine à elle, et non la tienne propre. Il n'est pas trop tard pour tout réparer.

Cependant, à voir la pâleur du visage de Jason et la tache de sang qui s'étalait sur son ventre, mes propos étaient probablement optimistes.

Thesokorus, qui se tenait toujours menaçant au-dessus de moi, le plat de la lame plaqué fermement contre ma mâchoire, contempla un long moment la colline. Espérait-il l'apercevoir ? Ou soupesait-il mes paroles ?

Enfin son regard revint se poser sur moi.

— Est-elle réellement là ?

— J'en ai la certitude.

Il se rembrunit.

— Cela ne se peut. L'oracle à Arkamon m'a dit que ma mère était morte.

— L'oracle à Arkamon n'était autre que ta mère. C'est là qu'elle est venue se cacher après sa fuite d'Iolcos. Là qu'elle a attendu que vous reveniez à elle, Kinos et toi.

L'extrémité de la lame perça ma peau. Je décelai l'odeur de la sueur et celle, âcre, de la peur émanant de Thesokorus, bien qu'à le voir on ne distinguât que calme et maîtrise de soi.

— Comment le sais-tu ? Comment peux-tu en être certain ? demanda-t-il après un moment.

— J'ai gratté un peu mes os, répliquai-je.

Il secoua la tête, sans comprendre, et un instant je pensai qu'il allait m'enfoncer sa lame dans la gorge. Mais il laissa retomber l'épée.

Il me vint alors à l'esprit que Médée, qui assurément observait, avait retiré le poison de l'esprit du jeune homme. Elle avait rendu sa liberté à Thesokorus, dans un geste peut-être guidé par le remords. Mais en agissant ainsi, elle l'avait précipité dans l'abîme.

— Je suis venu ici pour trouver un frère que je croyais vivant, dit-il avec lassitude. Au lieu de quoi je trouve un père et une mère que je croyais morts. Je tue le père. Et la mère me regarde faire depuis les arbres, tel un oiseau de proie. Un inconnu m'affirme que tout ce que je pensais savoir est faux, jusqu'à mes actes. C'est le genre de situations à partir desquelles, nous autres Grecs, écrivons des pièces de théâtre. Mais le temps des amusements est révolu. Tout ceci est trop.

Il s'écarta de son père, baissa les yeux et lança l'épée de côté, avant d'examiner ses paumes comme si elles étaient souillées.

— C'est trop. Trop !

— Thesokorus ! cria faiblement Jason.

Son fils avait ramassé sa cape et s'éloignait entre les arbres vers l'endroit où sa monture était attachée.

Seule une bourrasque aigre répondit à son appel.

— Tout aurait pu être différent, murmura Jason, à l'agonie.

Le sang s'étalait toujours plus sur son corps, pourtant il se redressa en vacillant, et parut recouvrer ses forces.

Le regard qu'il me lança était de pure malveillance. Ses lèvres se tordirent sur une grimace de douleur et de dégoût.

— Je ne te pardonnerai pas, Merlin. Tue-moi maintenant, avec ta magie, ou fuis-moi. Il se peut que mon fils m'ait porté un coup fatal, je ne sais encore. En tout cas, il m'a coupé le souffle.

Je cherchai les mots justes pour le faire changer d'avis. Mais il grogna, haleta et réussit à s'asseoir.

— Regarde-moi autant que tu le désires, dit-il, d'un ton venimeux. Rappelle-toi tout ce sang : un jour il jaillira de tes propres entrailles !

Péniblement, en tremblant et en vacillant, il se mit debout.

— Je n'ai pas pour me ramener chez moi le char d'une Ullanna qui m'aime ; je n'ai pas d'escorte pour chevaucher à mes côtés et me protéger. Des chiens ? Mes chiens attendent de se régaler de la moelle de mes os...

Il s'éloigna de moi en titubant. Il trouva une lance brisée et s'appuya sur le morceau de hampe. Me tournant le dos, il me maudit en lâchant une dernière injure, et ajouta :

— Après que j'aurai retrouvé Petit Rêveur, je reviendrai te voir, Merlin ! Crains cette aube, quand tu t'éveilleras pour me découvrir, souriant, penché sur toi ! Redoute cet instant, vieil homme !

Il se courba soudain en avant, avec un grognement sous l'effort, et ramassa l'épée à large lame de son fils, là où celui-ci l'avait jetée. Il contempla un instant son propre sang qui en maculait la lame, puis, avec un rugissement, il me la lança. J'esquivai juste à temps, et la garde en ivoire heurta mon épaule.

Secouant la tête, Jason partit en claudiquant vers le bosquet en bordure de la rivière, où son cheval était attaché. Mais il n'alla pas très loin avant de tomber à genoux. Sa tête s'abaissa, et de ses dernières forces il se cramponna à la lance pour empêcher son corps de chavirer.

En courant comme un enfant coupable, je gravissais la pente de la colline en direction de la crête et du chêne sacré de Dodone qui s'élevait, majestueux et intact, quand bien même il serait ébranlé par l'armée celte qui approchait.

Je ne vis aucune trace de Médée, mais la juvénile Mielikki m'attendait, les yeux noyés de larmes. Elle tendit une main vers moi. Je me mis à sangloter, pour le souvenir de la jeunesse, et de cette jeune femme qui était devenue Médée, après que nous eûmes connu l'amour, un amour que j'étais maintenant impatient de me remémorer. Et je pleurais pour Jason, pour la perte d'un ami, cet homme qui agonisait près de la rivière, agenouillé, une main pressée sur son flanc alors qu'il attendait de voir si son ombre se relèverait pour marcher dans le royaume silencieux de Perséphone.

La Dame de la Forêt me prit dans une douce étreinte. Je me laissai aller contre elle, en proie au désarroi et au désespoir. Si Niiv avait surgi des ombres de l'arbre et avait tenté de me voler mon savoir d'enchanteur à cet instant, elle y serait parvenue sans difficulté.

— Rien ne s'est arrangé, murmurai-je en m'apitoyant sans retenue sur mon sort. Je ne sais où diriger mes pas à présent. J'ai perdu le Chemin.

— Yeux Féroces s'est adoucie envers toi. C'était inattendu.

— Oui. Mais qu'ai-je perdu ? J'ai tant perdu.

— Tu ne peux en être sûr. Pas encore. Pas tant que tout n'est pas terminé.

Un instant ses paroles me déconcertèrent. Puis je pensai à Urtha, qui progressait lentement vers son propre pays, une contrée anéantie par la désertion et hantée par une armée de morts furieux. Et à Kinos, caché quelque part dans cette même contrée, qui peut-être recherchait Thesokorus comme le Roi des Tueurs le cherchait. Et Médée battrait sans doute en retraite pour protéger sa progéniture de Jason, si celui-ci survivait à sa blessure et partait à nouveau vers le royaume qui s'étend entre les murailles battues par les flots.

La Dame de la Forêt avait raison. Ce n'était pas encore terminé.

Elle m'apaisa. Le vent soufflait dans les branches du chêne, et l'odeur du miel venue des essaims embaumait l'air. Quelque part, à courte distance, la terre commençait à vibrer sous l'avance des cavaliers qui trottaient aveuglément vers nous.

— Le moment est venu de rentrer chez toi pendant quelque temps, murmura la Dame, qui me tenait enlacé.

— Oui, lui dis-je. (Je m'accrochais à cet espoir, à ce rêve, de tout mon cœur.) Ramène-moi chez moi, ajoutai-je en pensant au Pays Fantôme. (Ce souvenir me réchauffa.) Ramène-moi en Alba.

Elle parut étonnée.

— Au pays d'Urtha ? Dans ce désert ?

Je me souviens de lui avoir alors dit, avec amertume :

— Le désert est ici. Alba est un foyer qui en vaut un autre.

— Alors c'est là qu'Argo t'emmènera, chuchota Mielikki. Tous deux, nous t'accompagnerons. Je peux attendre de retrouver le Nord ; peu m'importe. Argo te reconduira chez toi.

Elle me prit par la main et avec douceur m'entraîna vers la rivière. Il n'y avait nulle trace de Jason. Nous nous assîmes sur un rocher et attendîmes le crépuscule. Et alors que la lumière faiblissait, le lit de la rivière se creusa. Les collines semblèrent s'élever pour nous envelopper jusqu'à ce que seule soit visible une étroite bande d'étoiles au-dessus de nos têtes.

Nous nous levâmes et entrâmes dans l'eau. Et alors surgit des ténèbres le beau petit navire, l'esprit d'Argo, pâle sous les étoiles. Il me frôla légèrement au passage et je me hissai à bord, m'installai parmi les peaux et les couvertures, et dénouai les lanières de mes bottes.

Libre pour quelque temps de respirer et de rêver.

Postface

Sur cette note mélancolique prend fin la première narration du *Codex Merlin*.

La suite de l'histoire relate le retour de Merlin à Alba, comment il se cache à la lisière du Pays Fantôme, hanté par la vision que Niiv a dérobée à l'avenir tout autant que par la certitude que Jason, s'il a survécu à sa blessure, reviendra sur cette île pour y chercher son second fils, Kinos, le Petit Rêveur. Et alors même qu'il s'efforce de comprendre à la fois la désertion qui a détruit le monde d'Urtha et la raison de l'attaque sauvage venue du Pays de l'Ombre des Héros, Merlin se persuade très vite que le Petit Rêveur tient un grand rôle dans la sombre histoire qui se déroule « entre les murailles battues par les flots » d'Alba.

Il attend que Médée émerge à nouveau des Enfers, et que revienne Argo, le navire des héros ; il est conscient que, dans les deux cas, les circonstances ont grandement changé.

R. H.
Londres, avril 2000

Merlin l'Immortel

Le pas de Merlin

Jean-Louis Fetjaine

Écosse, VIe siècle. Guendoleu, maître de Cumbrie, fait route avec sa suite vers le château du roi Ryderc. Parmi ses fidèles, un jeune barde, Merlin. Mi-homme, mi elfe, le garçon est déjà célèbre pour son art, mais encore innocent face à la ruse et aux complots. Lorsque Guendoleu meurt, assassiné par Ryderc, c'est pourtant au futur Enchanteur que revient la lourde charge de ramener la paix dans le royaume…

(Pocket n° 5813)

Cet ouvrage a reçu le prix Imaginales 2003

À paraître : *Brocéliande* (mars 2006)

Chute originelle

Le crépuscule des elfes
Jean-Louis Fetjaine

À l'aube des temps, gobelins, nains, elfes et humains vivaient en bonne intelligence. Les elfes, êtres graciles à la peau délicatement bleutée, peuplaient les bois et les marais, puisant dans la nature la force vitale qui leur faisait défaut. Ce peuple puissant et redouté des hommes était cependant destiné à disparaître. Le jour où la reine Lliane fit la rencontre du chevalier Uter, le jour où l'humain tomba amoureux de l'elfe, commença la lente agonie du peuple magicien…

(Pocket n° 5730)

L'avènement de la geste arthurienne

La nuit des elfes

Jean-Louis Fetjaine

Les hommes ont exterminé les nains, et ils ne comptent pas s'arrêter là... Retranchés dans la forêt, les elfes sont inconscients de la menace qui plane sur eux. Mais le druide Merlin veille, déterminé à freiner l'expansion des humains. Pour cela, il s'allie au chevalier Uter qui, à présent doté des pouvoirs de la reine Lliane, est devenu le Pendragon. Uter le valeureux, déchiré entre son amour pour la reine des elfes et celui qu'il porte à Ygraine, si humaine...

(Pocket n° 5748)

La fin des temps anciens

L'heure des elfes
Jean-Louis Fetjaine

Depuis que les hommes ont dérobé Excalibur aux nains, l'équilibre du monde est rompu. Uter hésite à rendre ce talisman à ses propriétaires légitimes, lorsque les monstres envahissent le royaume de Logres, anéantissant leurs adversaires désunis. Affolés, les hommes cherchent secours auprès des elfes. Mais la reine Lliane, réfugiée à Avalon avec sa fille Morgane et le mystérieux Merlin, acceptera-t-elle une fois de plus de tout sacrifier pour le peuple d'Uter ?

(Pocket n° 5768)

www.pocket.fr
Le site qui se lit comme un bon livre
Informer
Toute l'actualité de Pocket, les dernières parutions collection par collection, les auteurs, des articles, des interviews, des exclusivités.
Découvrir
Des 1ers chapitres et extraits à lire.
Choisissez vos livres selon vos envies :
thriller, policier, roman, terroir, science-fiction...
POCKET
Il y a toujours un Pocket à découvrir sur www.pocket.fr

Achevé d'imprimer sur les presses de

BUSSIÈRE

GROUPE CPI

à Saint-Amand-Montrond (Cher)
en octobre 2005

POCKET - 12, avenue d'Italie - 75627 Paris Cedex 13
Tél. : 01-44-16-05-00

— N° d'imp. : 52569. —
Dépôt légal : novembre 2005.

Imprimé en France

Pocket - 12, avenue d'Italie - 75627 Paris Cedex 13
Tél. : 01-44-16-05-00

— N° d'imp. : 52369. —
Dépôt légal : novembre 2005.

Imprimé en France